Nora Roberts est le plus grand auteur de littérature féminine contemporaine. Ses romans ont reçu de nombreuses récompenses et sont régulièrement classés parmi les meilleures ventes du *New York Times*. Des personnages forts, des intrigues originales, une plume vive et légère... Nora Roberts explore à merveille le champ des passions humaines et ravit le cœur de plus de quatre cents millions de lectrices à travers le monde. Du thriller psychologique à la romance en passant par le roman fantastique, ses livres renouvellent chaque fois des histoires où, toujours, se mêlent suspense et émotion.

# CRIME EN LETTRES D'OR

LIEUTENANT EVE DALLAS • 50

# NORA ROBERTS

LIEUTENANT EVE DALLAS • 50

## CRIME EN LETTRES D'OR

―――

Traduit de l'anglais (États-Unis)
par Guillaume Le Pennec

*Titre original*
GOLDEN IN DEATH

*Éditeur original*
St. Martin's Publishing Group, New York

© Nora Roberts, 2020

*Pour la traduction française*
© Éditions J'ai lu, 2021

*Le temps dévoile l'artifice caché sous les replis :*
*La honte rattrapera ceux qui dissimulent leurs torts.*

William SHAKESPEARE

*C'est l'éducation qui forme l'esprit ordinaire ;*
*À brindille tordue, arbre de guingois.*

Alexander POPE

# 1

Le Dr Kent Abner entama le jour de sa mort avec le sourire.

Comme il le faisait habituellement durant sa journée de repos, il embrassa son mari, qu'il avait épousé quelque trente-sept ans plus tôt, avant qu'il parte travailler puis s'installa tranquillement. Un peignoir, une tasse de café, un programme de mots croisés sur son mini-ordinateur et *La Flûte enchantée* de Mozart en fond sonore.

Il avait également prévu d'aller courir au Hudson River Park pour profiter de la douceur printanière de ce mois d'avril 2061. Après quoi il irait soulever un peu de fonte à la salle de sport, se doucherait et mangerait un morceau sur place.

Sur le chemin du retour, il achèterait des fleurs puis irait au marché se procurer les olives que Martin aimait tant et peut-être quelques bons fromages. Il ferait ensuite un tour à la boulangerie pour prendre une authentique baguette et quelques appétissantes bricoles.

Quand Martin rentrerait, ils ouvriraient une bouteille de vin et s'assiéraient pour discuter autour du pain et du fromage. Il laisserait à Martin le choix de dîner à la maison ou au restaurant avec, espérait-il, une fin de soirée romantique... si Martin n'était pas trop fatigué.

Ils plaisantaient souvent sur le fait qu'en tant que pédiatre Kent avait affaire à d'adorables bébés et à de charmants bambins, tandis que Martin, directeur d'une école privée allant de la maternelle au lycée, voyait ces mêmes bambins se changer en ados taciturnes taraudés par leurs hormones.

Martin et lui n'en avaient pas moins trouvé leur équilibre, songea Kent en remplissant la colonne 21 de sa grille.

« Toxique ».

Il consacra une heure de plus aux mots croisés puis rangea la cuisine tandis que la musique résonnait à travers leur maison du West Village.

Kent enfila sa tenue de sport puis un sweat à capuche léger. Il récupéra ensuite son sac de sport et décida qu'il le déposerait dans son casier avant d'aller courir.

Au moment où il refermait le sac, on sonna à la porte.

Il retourna en chantonnant jusque dans le séjour, déposa son sac de sport sur le sofa couleur corail que Martin et lui avaient choisi au moment de redécorer les lieux six mois plus tôt.

Par habitude, il lança un coup d'œil au moniteur de l'entrée et reconnut la livreuse qui se présentait sur le seuil avec un petit paquet.

Il tira le verrou et ouvrit la porte.

— Bonjour !

— Bonjour, docteur Abner. J'ai un colis pour vous.

— Je vois ça. Vous avez failli me rater.

Il prit le paquet et lui sourit tandis que l'aria de la Reine de la nuit du deuxième acte résonnait depuis le salon.

— Beau temps, ajouta-t-il.

— Comme vous dites. Bonne journée à vous ! lança-t-elle en redescendant les marches jusqu'au trottoir.

— À vous aussi.

Kent referma la porte et examina le colis tout en dirigeant vers la cuisine. Voyant qu'il lui était adressé, il ouvrit un tiroir pour récupérer le cutter. L'étiquette de l'expéditeur indiquait une adresse dans Midtown et le nom d'une boutique – Tout ce qui brille – qu'il ne reconnut pas.

« Un cadeau ? » se demanda-t-il en découpant le carton.

À l'intérieur, sous les protections d'emballage, se trouvait une autre boîte. Simple et compacte, faite d'une matière lisse imitation bois, elle était fermée par une petite serrure dont la clé pendait au bout d'une chaînette.

Perplexe, il la déposa sur la table et déverrouilla le fermoir.

À l'intérieur, il découvrit – niché dans un épais capitonnage noir – un petit œuf doré d'apparence bon marché maintenu fermé par un minuscule crochet.

— Tout ce qui brille, maugréa-t-il en défaisant le crochet.

La partie supérieure résista un peu quand il voulut la soulever. Il tira plus fort.

L'émanation était invisible et inodore. Mais il en perçut immédiatement les effets. Sa gorge parut se fermer d'un coup, ses poumons se boucher. Ses yeux le brûlèrent et ses muscles bien entretenus se mirent à trembler.

L'œuf lui échappa des mains comme il titubait à l'aveuglette en direction de la fenêtre. De l'air, il avait besoin d'air ! Il trébucha, chuta et tenta de s'écarter à quatre pattes.

Son organisme se révolta, régurgitant le petit-déjeuner léger qu'il avait pris avec son mari. Luttant contre l'horrible douleur, il essaya de ramper jusqu'à la porte.

Puis il s'effondra, secoué par les convulsions, tandis que la Reine de la nuit de Mozart terminait son crescendo.

En ce bel après-midi de printemps, le lieutenant Eve Dallas se tenait face au corps du Dr Kent Abner. Le soleil rasant brillait à travers la fenêtre qu'il n'avait pas pu ouvrir, illuminant les flaques de fluides corporels et les éclats de plastique brisé.

La victime gisait sur le dos, même si des contusions au front et à la tempe indiquaient qu'il était tombé face contre terre. Les yeux rouges et gonflés, désormais voilés par la mort, semblaient rendre son regard à Eve.

Elle distinguait sans mal les traces que ses pieds, ses mains et ses genoux avaient laissées dans les flaques sur le sol. Le carrelage de la cuisine était couvert d'empreintes de pas imprimées dans le sang, la bile et le vomi.

Quelqu'un avait mis le bazar dans sa scène de crime.

— Je vous écoute, agent Ponce, dit-elle au premier policier arrivé sur place.

— La victime s'appelle Kent Abner. C'est un médecin qui habite ici avec son mari. C'était son jour de repos. Son mari, directeur de l'académie Theresa A. Gold, est rentré chez lui vers 16 heures. C'est lui qui a découvert le défunt. Il s'est approché sans regarder où il mettait les pieds et a retourné le corps.

Il a aussi essayé de le ranimer avant d'appeler les secours.

L'agent de police, un vétéran à la forte carrure, secoua la tête en balayant la cuisine du regard.

— Là, l'ambulance a débarqué et ils ont piétiné la scène avant qu'on nous appelle. On a fait ce qu'on pouvait pour sécuriser les lieux une fois sur place. La victime est morte depuis plusieurs heures. Déjà froide et rigide d'après les ambulanciers. Ça fait penser à une sorte d'empoisonnement chimique.

— Où est le conjoint ?

— On l'a conduit à l'étage. Mon équipier est avec lui. Il est en vrac.

— D'accord. Restez dans le coin.

Eve se tourna vers sa propre coéquipière.

— Peabody, je m'occupe du corps. Trouvez les vidéos de surveillance, jetez-y un coup d'œil.

— Compris.

Peabody s'éloigna précautionneusement sur ses santiags roses tandis qu'Eve ouvrait son kit de terrain et s'accroupissait.

Elle avait déjà appliqué le Seal-It pour ne pas laisser d'empreintes et enclenché son enregistreur. Elle sortit sa tablette pour s'assurer de l'identité du mort.

— La victime est identifiée comme étant Kent Abner, âgé de soixante-sept ans et domicilié sur place. Contusions et lacérations visibles sur le front, la tempe gauche ainsi que sur le genou gauche. Possiblement liées à une chute. Brûlures sur les pouces des deux mains. Rigidité cadavérique installée. Les yeux sont rouges et gonflés.

Elle ouvrit la bouche de la victime avec des gestes précautionneux.

— Même chose pour la langue. On peut voir ce qui ressemble à... un mélange de bave, de salive et de vomi. Écoulement de sang et de mucus, désormais séché, au niveau du nez.

Elle sortit ses appareils de mesure.

— Heure du décès, 9 h 43. Peabody ! Remontez la vidéo jusqu'à ce matin. Vérifiez le moment où le mari est parti, voyez si quelqu'un s'est présenté ensuite.

— J'ai un individu avec une veste en tweed d'environ soixante-cinq ans, un mètre quatre-vingt-cinq pour quatre-vingts kilos, porteur de la serviette posée par terre là-bas. Il est arrivé peu après 16 heures. Il est entré à l'aide d'une carte magnétique et d'un code. Il a ensuite fait entrer les secours à 16 h 10. Deux de nos collègues sont arrivés à 16 h 16.

Peabody passa sa tête surmontée d'une courte queue de cheval brune dans l'embrasure de la porte.

— Je refais défiler la vidéo en arrière jusqu'à ce matin.

Eve poursuivit son examen du corps.

— Pas de lésions offensives ou défensives. Les marques à la tête pourraient provenir de coups mais correspondent plutôt à une chute. C'est un homme bien bâti, qui semble fort. Il aurait riposté si cela avait été possible. Est-ce qu'il a mangé ou bu quelque chose… ?

— La vidéo montre le même homme – le conjoint, je suppose – qui quitte la maison à 7 h 20. Rien d'autre avant cela. Et… une femme vêtue d'un uniforme de chez Global Transit. Elle a sonné à 9 h 36. La victime lui a ouvert. Attitude amicale, comme s'ils se connaissaient. Il récupère son colis et rentre ; elle s'en va.

Eve se leva et s'approcha du plan de travail.

— Colis standard ? Vingt-cinq centimètres sur vingt-cinq ?

— C'est ça. Je suis en avance rapide. Rien entre la livraison et le retour du mari.

Peabody rejoignit Eve.

— Le cutter est là. Il est mort sept minutes après avoir récupéré le paquet. Il le pose ici, indiqua Eve. Il l'ouvre. Il en sort cette boîte en faux bois, avec une serrure et une petite clé. Il l'ouvre à son tour. Des morceaux d'un matériau qui semble doré à l'extérieur et blanc à l'intérieur sont éparpillés par terre. Probablement une sorte de plastique dur. Un truc qui était dans la boîte. Il l'ouvre, et là... Merde.

Elle recula d'un pas.

— Appelez l'équipe de décontamination.

— Oh merde !

— Le mari n'est pas mort, ni les ambulanciers, ni les premiers flics sur place. Quoi que ça ait pu être, ça s'est sans doute suffisamment dissipé. Mais appelez-les et dites-leur qu'on a affaire à une substance toxique non identifiée.

Eve contourna le meuble pour lire l'adresse de retour sur le colis.

— Tout ce qui brille.

Elle fit une recherche.

— Faux nom et fausse adresse sur le carton d'expédition.

— Ils sont en route, lui indiqua Peabody. Et ils nous conseillent d'évacuer les lieux.

— Trop tard pour ça. Sept minutes, Peabody. Déduisons-en les deux minutes nécessaires pour revenir jusqu'ici, sortir le cutter et tout ouvrir. En gros, il est mort au moment où il a ouvert la boîte, il y a plus de sept heures.

» Envoyez les agents Carmichael et Shelby chez Global Transit. Qu'ils établissent où ce colis a été déposé pour expédition, qui a signé le dépôt et si le tout a été filmé. Puis contactez l'équipe de la morgue et prévenez-les que nous avons peut-être un cadavre infecté.

— Dallas, vous l'avez touché...

— Après m'être protégée au Seal-It, lui rappela Eve. Son mari et les ambulanciers aussi l'ont touché. Quelle que soit la substance qui l'a tué, son œuvre est terminée. Elle n'est plus active.

Eve se redressa et demeura immobile quelques instants. Elle était grande et dégingandée, avec des cheveux bruns taillés en mèches courtes, des yeux marron au regard inquisiteur, un blouson de cuir couleur de bronze et des boots marron de qualité.

« Précautions de base », se dit-elle.

— Je vais quand même me nettoyer, pour respecter le protocole. Quand ce sera fait, nous irons parler au mari. On veillera à ce que la tenue qu'il portait quand il a touché la victime soit mise de côté pour l'équipe de décontamination.

Elle récupéra son kit de terrain et s'éloigna à la recherche de toilettes ou d'une salle de bains.

— Contactez le transporteur en priorité. Il faut qu'on s'entretienne avec la livreuse.

« Je vais être en retard », estima-t-elle pendant qu'elle se servait du désinfectant de son kit dans des toilettes aux murs bordeaux très chics.

D'après les règles du mariage – qu'elle avait rédigées et faisait respecter –, il fallait qu'elle en informe son propre mari. Connors savait très bien que ses horaires de flic étaient imprévisibles, mais ces règles n'étaient pas là pour rien.

Peabody apparut sur le seuil.

— Carmichael et Shelby sont en route vers les locaux de GT et j'ai le nom de la personne qui livre sur cette zone. Lydia Merchant. Elle a terminé sa tournée à l'heure habituelle mais on a ses coordonnées.

— Lancez déjà une recherche d'antécédents à son sujet. Peu probable qu'elle livre le paquet en personne si elle avait décidé d'empoisonner son client, mais les gens se montrent parfois stupides.

Eve attendit l'arrivée de l'équipe de décontaminateurs. Elle les laissa la scanner pour s'assurer qu'elle n'avait rien contracté de toxique au contact du corps. Elle faillit regimber quand le technicien en chef insista pour faire une prise de sang. Mais elle admit que deux précautions valaient mieux qu'une et que le plus simple était d'en finir rapidement.

Déclarées saines, Peabody et elle montèrent parler au conjoint.

— Lydia Merchant, vingt-sept ans, indiqua Peabody en gravissant les marches. Employée chez GT depuis six ans. Parcours professionnel sans accroc, pas de casier judiciaire.

— On l'interrogera quand même.

Les vêtements de Rufty, le mari, avaient déjà été emballés et placés sous scellés. Vêtu d'un pantalon de jogging gris et d'un sweat-shirt bleu marine orné de l'acronyme TAG en lettres d'or en travers du torse, il était assis – choqué et en deuil – sur la causeuse arrondie du coin détente d'une chambre décorée dans les teintes rouille et or bruni.

Il arborait un bouc brun bien taillé et parsemé de poils blonds, raccord avec une tignasse de cheveux indisciplinés. Grand et maigre, il avait un visage allongé et des yeux marron foncé embués de larmes.

Le majeur de sa main gauche était orné d'une alliance en or blanc identique à celle de la victime. Ses mains s'agrippaient l'une à l'autre comme si elles seules l'empêchaient de se briser en mille morceaux.

Eve fit signe à l'agent en uniforme assis à côté de lui.

— Commencez l'interrogatoire du voisinage avec votre équipier. Si quiconque a vu quelque chose, je veux en être informée. Si vous avez touché le corps ou quoi que ce soit sur la scène de crime, l'équipe de décontamination devra vous examiner.

— Compris, lieutenant.

Il lança un regard en arrière vers Rufty.

— Il voudrait appeler leurs enfants mais je l'ai convaincu d'attendre. Il a touché le corps, c'est certain, lieutenant.

— On y viendra le moment venu. Emportez les vêtements sous scellés et donnez-les aux décontaminateurs. Demandez à l'un d'eux de monter pour l'examiner et confirmer qu'il va bien.

Eve s'approcha de Rufty et s'assit dans le fauteuil d'un rouge profond en face de lui.

— Docteur Rufty, je suis le lieutenant Dallas. Voici l'inspecteur Peabody. Toutes nos condoléances.

— Je... Il faut que je prévienne les enfants. Nos enfants. Il faut...

— Nous vous laisserons les appeler très bientôt. Je sais qu'il s'agit d'un moment difficile pour vous, mais nous avons des questions à vous poser.

— Je... je suis rentré à la maison. Je me suis écrié : « Bon sang, Kent, quelle journée ! Je vais avoir besoin d'un grand, grand verre. »

Il couvrit son visage long et fin de ses mains qui l'étaient tout autant.

— Puis j'ai marché jusqu'à la cuisine et... Kent. Kent. Il était par terre. Il était... J'ai essayé... Je n'ai pas pu. Il était...

Peabody se pencha vers lui et prit sa main dans la sienne.

— Nous sommes vraiment navrées, docteur Rufty. Il n'y avait plus rien à faire.

— Mais...

Il se tourna vers elle et, dans son regard, elle lut quelque chose qui semblait dire : « Aidez-moi. Expliquez-moi. Faites que ça s'arrête. »

— Je ne comprends pas. Il a une santé de fer. Toujours à m'inciter à faire plus de sport et à manger plus sainement. Il est tellement en forme, tellement fort. Je ne comprends pas... Il avait prévu d'aller courir ce matin. Il fait toujours son jogging durant son jour de repos, ou pendant l'heure du déjeuner s'il peut s'organiser quand il est au cabinet. Il allait finir ses mots croisés et partir courir.

— Docteur Rufty...

Eve attendit que ses yeux marron emplis de souffrance se tournent vers elle.

— Vous attendiez un colis aujourd'hui ? Une livraison ?

— Je... Aucune idée. Pas à ma connaissance.

— Avez-vous déjà passé commande dans une boutique du nom de Tout ce qui brille ?

— Je ne crois pas.

— Vous recevez des colis via Global Transit ?

— Oui. Oui, la livreuse s'appelle Lydia. Mais je...

Il porta une main à sa tempe.

— Je ne crois pas qu'on ait commandé quoi que ce soit. Je ne m'en souviens pas.

— Ce n'est pas grave. Regardez-moi, docteur Rufty. Savez-vous si quelqu'un aurait pu vouloir du mal à votre mari ?

Il tressaillit, surpris.

— Quoi ? Faire du mal à Kent ? Non, non. Tout le monde adorait Kent. Tout le monde. Je ne comprends pas.

Face aux trémolos dans la voix de Rufty, Eve opta pour le calme absolu.

— Un collègue, quelqu'un de son cabinet, une personne du voisinage ?

— Non, non. Le cabinet de Kent est un endroit génial. Tous ces bébés, tous ces marmots... C'est un lieu très joyeux. Il travaillait tellement dur pour ses enfants, ses patients. Vous pourrez leur demander, reprit-il avec une nouvelle montée dans les aigus. Demandez à tous ceux qui travaillent là-bas. Ils adorent Kent !

— D'accord. Vous êtes mariés depuis longtemps. Des problèmes entre vous ?

— Non. Non. On s'aime. Nous avons nos enfants. Et des petits-enfants. Il faut que j'appelle nos enfants.

Le voyant éclater en sanglots, Peabody vint s'asseoir auprès de lui.

— Je sais que c'est dur. Est-ce que Kent vous aurait fait part d'une inquiétude à propos de quelqu'un ? Quelque chose, une personne ou un incident qui l'aurait troublé ?

— Non. Pas que je sache. Non. Je ne comprends pas. Qu'est-ce qui s'est passé ? Qu'est-ce qui s'est passé ? Quelqu'un s'en est pris à Kent ?

— Docteur Rufty...

Eve estima qu'elle n'avait pas d'autre choix que d'être directe.

— Nous pensons que le Dr Abner a reçu un colis ce matin, et que ce colis contenait une toxine qui a causé sa mort.

Les larmes coulaient toujours mais Rufty se redressa.

— Quoi ? Quoi ? Vous êtes en train de me dire que quelqu'un a tué Kent ? Que quelqu'un a expédié quelque chose ici, chez nous, qui l'a tué ?

Eve se leva en entendant frapper à la porte. Elle fit entrer le technicien de la police scientifique en combinaison blanche.

— Nous devons prendre des précautions. Comme vous avez touché le Dr Abner, je vais vous demander de vous soumettre à un examen et de nous laisser vous faire une prise de sang. Dans l'hypothèse où le paquet qu'il a ouvert ce matin contenait bien une substance toxique.

— Ce n'est pas possible, répliqua-t-il immédiatement d'une voix empreinte de certitude. Personne ne ferait ça. Personne dans l'entourage de Kent ne ferait une chose pareille.

— Nous devons prendre les précautions nécessaires.

Eve se rassit et plongea directement son regard dans le sien.

— Nous ferons tout ce qui est en notre pouvoir pour déterminer ce qui est arrivé à votre mari.

— Vous l'aimiez, ajouta Peabody d'une voix douce. Vous voudrez faire le nécessaire pour découvrir ce qui s'est passé.

— Oui. Faites ce que vous jugez utile. Mais ensuite, je vous en prie, laissez-moi appeler nos enfants. Je dois leur parler.

Eve patienta pendant que Rufty était scanné et examiné, puis déclaré sain. Ce qui avait tué Kent Abner s'était dissipé avant que qui que ce soit entre en contact avec le corps.

— Vous pouvez prévenir vos enfants, dit Eve à Rufty. Disposez-vous d'un endroit où vous installer pour quelques jours ? Il serait préférable que vous ne restiez pas ici.

— Chez notre fille, sûrement. C'est elle qui habite le plus près. Notre fils vit dans le Connecticut, mais Tori et sa famille ne sont qu'à quelques rues d'ici. Oui, je pourrais aller chez Tori.

— Dès que vous serez prêt, nous vous ferons escorter jusque chez elle.

Rufty ferma les yeux. Lorsqu'il rouvrit les paupières, les larmes s'étaient évaporées, laissant place à un regard d'acier.

— J'ai besoin de savoir ce qui est arrivé à mon mari. Au père de mes enfants. À l'homme que j'ai aimé pendant quarante ans. Si quelqu'un a fait ça, si quelqu'un lui a fait du mal, je dois savoir qui. Et pourquoi.

— C'est notre travail de vous fournir ces réponses, docteur Rufty. Si quelque chose vous revient en mémoire, ajouta Eve, quoi que ce soit, vous pouvez me contacter.

— C'était quelqu'un de bien. Je tiens à ce que vous le sachiez. Un homme si bon. Aimant. Jamais de toute sa vie il n'a fait de tort à quiconque. Les gens adoraient Kent. Ils l'adoraient.

« Pas tous », songea silencieusement Eve.


— Je le crois, déclara Peabody quand elles quittèrent enfin la scène de crime. Ce pauvre homme était complètement pris de court et il n'a honnêtement aucune idée de qui pouvait avoir Abner dans son viseur.

— Je suis d'accord. Mais le conjoint ne sait pas toujours tout. Il va falloir creuser la vie d'Abner, son métier, ses habitudes, ses hobbys. Ses éventuelles relations extraconjugales.

Avec un hochement de tête, Peabody lança un regard en arrière vers la jolie bâtisse de grès brun et son petit jardin de façade où fleurissaient des tulipes.

— Ce serait terrible si, disons, il avait tiré le mauvais numéro. Si le tueur avait frappé au hasard.

— Mille fois plus terrible. Le colis lui était spécifiquement adressé donc on va considérer qu'il était visé. Il faut qu'on interroge la livreuse au plus vite.

Peabody programma l'adresse de la concernée sur la console de bord.

— Vous vous sentez bien, hein ?

— Impeccable. Vous n'avez pas vu les vampires me ponctionner du sang et me déclarer saine ?

— Si, mais je me sentirai plus rassurée quand ils auront identifié la toxine.

Peabody fronça les sourcils en regardant par la fenêtre de sa portière.

— Il est resté étendu là pendant des heures. Le bon côté, c'est que le produit, quel qu'il soit, a eu le temps de se dissiper et qu'on n'est pas tous morts. Le mauvais, c'est qu'Abner est resté comme ça pendant des heures.

— Oui. Et ça mérite réflexion. Faire livrer le colis le matin, en sachant que personne d'autre ne sera sur place jusqu'à la fin d'après-midi. De quoi corroborer l'idée d'une cible précise. Abner, et uniquement lui.

Tout en se frayant un chemin dans la circulation, Eve répondit à un appel de l'agent Shelby sur sa montre.

— Qu'avez-vous trouvé, Shelby ?

— On a remonté la piste du colis jusqu'à un guichet de dépôt dans West Houston, lieutenant. Il a été déposé à 22 heures dans un guichet automatique disponible en dehors des heures d'ouverture. Ça laisse l'usager faire lui-même les démarches.

— Caméra de surveillance sur place ?

— Oui, lieutenant. Qui a été victime d'un défaut de fonctionnement entre 21 h 58 et 22 h 02.

— Il faudrait être idiot pour croire à une coïncidence.

— Effectivement, lieutenant. L'agent Carmichael, qui est loin d'être idiot, a demandé à ce que la DDE examine la caméra et les images qu'elle a enregistrées.

En admettant en revanche que la personne responsable soit, elle, idiote, sachez qu'elle s'est servie de son compte bancaire pour régler le coût de la livraison rapide via son communicateur. Paiement facturé sur le compte d'une certaine Brendina A. Coffman, quatre-vingt-un ans, domiciliée au 38 Bleecker Street, appartement 1A.

— Nous allons voir ça. Bon travail, Shelby.

Eve fit brusquement demi-tour sans laisser à Peabody le temps de se cramponner à son fauteuil.

— Obtenez-nous un mandat ! lui ordonna-t-elle. Examinons les finances de cette Coffman.

— Brendina Coffman, commença Peabody en lisant sur l'écran de son mini-ordinateur pendant qu'Eve bataillait pour rejoindre Bleecker Street. Mariée depuis cinquante-huit ans à Roscoe Coffman. Habite à son adresse actuelle depuis trente et un ans. C'est une ancienne comptable qui a travaillé pour Loames & Gardner pendant – waouh – cinquante-neuf ans. Rien dans son casier durant le demi-siècle écoulé mais deux petits PV quand elle avait la vingtaine. Troubles à l'ordre public et voies de fait. Ils ont trois enfants, deux garçons et une fille, âgés respectivement de cinquante-six, quarante-huit et cinquante-trois ans. Six petits-enfants entre dix et vingt et un ans.

— Lancez une recherche préliminaire sur tout ce petit monde, ordonna Eve. L'individu qui a fait ça n'est pas idiot, maugréa-t-elle. Ce serait trop facile pour nous. Mais lancez la recherche.

— D'accord... Alors, le fils le plus âgé est le rabbin Miles Coffman du temple Shalom, marié depuis vingt et un ans à Rebekka Greene Coffman, laquelle enseigne l'hébreu dans l'école rattachée au temple. Ils ont trois enfants, une fille et deux garçons de vingt, dix-huit et seize ans. Pas de dossier sur les enfants, aucun casier pour les parents.

Comme il n'y avait aucune place disponible en vue, Eve se gara en double file, déclenchant un flot de protestations sur Bleecker Street. Elle n'y prêta aucune attention et se contenta d'allumer son panneau EN SERVICE.

— Continuez, dit-elle en sortant de la voiture.

Elle examina le vieil immeuble, robuste bâtisse de trois étages en briques délavées. Pas de graffitis, des fenêtres aux vitres propres, dont certaines ouvertes pour profiter de la fraîche soirée printanière.

— Marion Coffman Black, mariée à Francis Xavior Black depuis vingt-trois... non, vingt-quatre ans aujourd'hui même – joyeux anniversaire de mariage ! – est employée depuis vingt ans en tant que comptable dans la même entreprise que sa mère. Interpellée deux fois quand elle était jeune pour manifestation illégale, rien depuis. Un fils de vingt et un ans, étudiant à l'université Notre-Dame, une fille de dix-neuf ans, également étudiante là-bas.

— On verra le reste après, lui dit Eve comme elles approchaient de la porte grise de l'appartement 1A.

« Mesures de sécurité correctes mais rien d'exceptionnel », estima-t-elle.

Elle actionna la sonnette.

La femme qui leur ouvrit avait plutôt belle allure pour ses quatre-vingt-un ans. Elle arborait un casque de cheveux noirs qui n'aurait pas bougé même dans un ouragan, des lèvres maquillées d'un rouge digne d'un panneau Stop, du rose aux joues et des yeux lourdement chargés en fard et mascara.

Vêtue d'une robe de cocktail d'un bleu profond à col haut et manches longues, elle détailla Eve et Peabody de bas en haut, sourcils froncés.

— Nous n'achetons pas aux démarcheurs.

— Nous n'avons rien à vendre, répliqua Eve en présentant son insigne.

Le visage de Brendina pâlit sous son fard à joues.

— Joshua !

— Non, madame, s'empressa d'indiquer Peabody. Il ne s'agit pas de votre fils. Le fils de Mme Coffman est policier, précisa-t-elle pour Eve. Ça ne concerne pas le sergent Coffman, madame.

— D'accord... d'accord. Dans ce cas, de quoi s'agit-il ?

— Si nous pouvions entrer quelques instants, dit Eve.

— Nous sommes sur le point de sortir. Enfin, si Roscoe veut bien arrêter de se pomponner.

— Nous essaierons de faire court.

Brendina opina du chef et recula d'un pas pour les laisser accéder directement au séjour propre et bien tenu. Si bien tenu, se dit Eve, que les moutons de poussière devaient s'enfuir en courant au premier ronronnement de l'aspirateur. Le mobilier était ancien, comme s'il datait des débuts de leur mariage, et scrupuleusement astiqué. Un parfum citronné flottait dans l'air.

— C'est vous qui avez brodé ça, madame ? demanda Peabody, qui admirait les coussins avec son éternel enthousiasme pour le travail fait main. C'est magnifique !

— C'est ma belle-fille qui m'a poussée à m'y mettre et maintenant je ne peux plus m'arrêter. Quel est le motif de votre visite ?

— Madame Coffman, avez-vous expédié hier soir un colis destiné à Kent Abner, pour une livraison ce matin ?

— Pourquoi aurais-je fait ça ? Je ne connais pas de Kent Abner.

— L'expédition a été réglée depuis votre compte bancaire.

— Je ne vois pas comment, vu que je n'ai rien envoyé !

— Peut-être voudriez-vous vérifier votre compte pendant que nous sommes là.

— D'accord, d'accord. Roscoe, on va encore être en retard ! Des décennies que j'attends après lui... Jamais capable d'être à l'heure où que ce soit. C'est le vingt-quatrième anniversaire de mariage de notre fille, ajouta-t-elle en se dirigeant vers un petit bureau, parfaitement tenu lui aussi.

Elle s'assit en face du mini-ordinateur qui trônait dessus.

— Elle a épousé un catholique. Je n'aurais jamais cru que ça durerait mais Frank est un homme bien, un bon père, et il lui a donné beaucoup de bonheur. Donc nous... Alors ça, nom d'un chien !

« Et voilà », songea Eve comme Brendina se retournait vers elles.

— J'ai bien été facturée pour cet envoi. Mais il y a erreur ! Ça dit que mon compte a été débité hier à 22 heures. À cette heure-là, j'étais au lit en train de regarder *Carambolage* à la télévision... ou plutôt d'essayer, parce que Roscoe ronfle comme une soufflerie. Je tiens mes comptes et je sais très bien ce que je dépense et comment je le dépense. Vous n'étiez pas nées ni l'une ni l'autre que j'étais déjà comptable !

— Nous n'avons aucun doute à ce sujet, madame Coffman.

Mais la colère de Brendina n'avait pas encore atteint son point critique.

— Ah ça, GT va m'entendre, vous pouvez me croire !

Les poings sur les hanches, elle fusilla Eve du regard comme si c'était elle, la responsable.

— Et ils auront intérêt à réparer leur erreur. J'aimerais bien savoir comment quelqu'un a pu obtenir mes codes confidentiels, si c'est bien ce qui s'est passé, ou si une tête en l'air de chez eux a posé son doigt sur la mauvaise touche.

— Nous penchons pour la première hypothèse, madame.

— Je vais changer mes mots de passe au plus vite, soyez-en sûres ! Et je chargerai mon fils de se pencher sur cette histoire. Il est policier.

— Bien sûr, madame. Vous pourrez l'inviter à prendre contact avec moi. Lieutenant Dallas, au Central. En attendant, pouvez-vous m'indiquer qui a accès à votre compte ?

Brendina leva son index en l'air avant de le pointer vers sa propre poitrine.

— Moi, voilà tout. Et Roscoe, mais il a son propre compte et ne dispose de mes codes qu'en cas d'urgence. Tout comme je dispose des siens. Roscoe !

— Arrête de crier, arrête de crier. Bon sang de bonsoir, Brendi, j'arrive, j'arrive !

Lorsqu'il apparut, « fringant » fut le mot qui vint à l'esprit d'Eve.

Il avait opté pour un costume bleu pâle à fines rayures blanches, une chemise blanche et un nœud papillon rouge vif associé à une pochette coordonnée. Ses cheveux gris peignés en arrière, luisaient tel le clair de lune sur l'onde d'un lac. Sa moustache grise était elle aussi taillée et peignée à la perfection.

Il avait les yeux de la même couleur que son costume.

— Oh, tu aurais dû me dire que nous avions de la compagnie ! lança-t-il avec un grand sourire à l'intention d'Eve et Peabody.

— Pas de la compagnie. Elles sont de la police.

— Des amies de Joshua ?

— Non, monsieur, répondit Eve. Nous sommes ici à propos d'un colis qui a été livré ce matin et dont l'expédition a été facturée sur le compte de votre femme.

— Qu'est-ce que tu as envoyé, Brendi ?

— Rien du tout ! Quelqu'un s'est introduit sur mon compte.

Il la dévisagea avec une expression affectueuse mâtinée d'une légère surprise.

— Comment ont-ils fait ?

— Tu crois que je le sais ?

— Madame Coffman, avez-vous votre communicateur sur vous ?

— Bien sûr que je l'ai. Je venais juste de changer de sac à main quand vous avez sonné.

Elle se dirigea vers ce qu'Eve devina être la chambre à coucher et en ressortit avec un sac d'épaule gargantuesque d'un violet pétant ainsi qu'une pochette de soirée grand format rouge vif. Choisie, supposa Eve, pour s'accorder avec le nœud papillon de Roscoe.

— Je prévoyais de n'emporter que ce dont j'aurai besoin pour ce soir, dit-elle en plongeant la main dans le sac.

Son agacement se changea rapidement en inquiétude. Elle se dirigea vers la table basse et y déversa tout le contenu du sac à main.

Eve découvrit que si Brendina Coffman devait un jour faire face à l'apocalypse avec ce sac sur elle, elle survivrait sans problème.

— Il n'est pas là ! Mon Dieu, mon communicateur a disparu !

— Où est-il passé, Brendi ?

— Enfin, Roscoe !

— Ne t'inquiète pas. Je vais t'aider à le retrouver.

L'expression de Brendina s'adoucit.

— Non, chéri, il n'est plus là. Quelqu'un a dû le prendre dans mon sac.

— Quand vous en êtes-vous servie pour la dernière fois ? demanda Eve.

— Pas plus tard qu'hier. Nous étions tous sortis faire les magasins. Mes filles et moi, c'est-à-dire mes belles-filles et ma fille. Marion voulait de nouvelles chaussures pour cette soirée et elle devait récupérer la montre qu'elle avait fait graver spécialement pour Frank. Et... on est parties dans tous les sens. On a retardé le déjeuner. J'ai sorti mon communicateur pour appeler ma sœur et la prévenir qu'on avait modifié la réservation pour 14 h 30 parce que tout ça prenait un temps fou. Elle devait nous rejoindre et elle devient vite grincheuse quand on la fait attendre.

— D'où avez-vous passé l'appel ?

— Euh...

Elle porta une main à son front.

— Au croisement de Chambers Street et Broadway. J'en suis presque sûre. On venait de sortir de la bijouterie et c'est juste à côté.

— Et pour autant que vous vous en souveniez, vous n'avez plus utilisé votre communicateur depuis ?

— Non. C'est une certitude. Nous avons fait quelques magasins de plus, puis nous avons retrouvé ma sœur pour le déjeuner. Le repas a duré longtemps et Marion a insisté pour que Rachel – ma sœur – et moi prenions un taxi pour rentrer. Elle nous l'a appelé et a payé. Elle a insisté. Je suis rentrée chez moi, j'ai fait une sieste. La journée avait été longue. Roscoe et moi avons dîné et regardé un peu la télévision. Je ne suis pas sortie aujourd'hui. J'avais du ménage à faire avant de me préparer pour ce soir.

» Je n'ai qu'un compte bancaire associé à mon communicateur : celui qui me sert pour les courses et les dépenses du foyer. Mais...

— Ça va aller, Brendi, assura Roscoe en lui passant un bras autour des épaules. Je t'aiderai. De toute manière, le moment était venu de changer ton communicateur.

Elle se laissa aller contre lui avec un soupir.

— Prête-moi le tien, Roscoe, pour prévenir tout le monde. On va vraiment être en retard.

— Peabody, laissez donc nos cartes de visite aux Coffman. Vous pourrez demander à votre fils de nous contacter.

— Oui, très bien, merci. Il faut vraiment que j'appelle. Vous pourrez en parler à Joshua. Il est policier.

# 2

De retour à la voiture, Peabody boucla sa ceinture de sécurité.

— Le tueur cherchait peut-être une cible facile. Une femme âgée, distraite par la présence de plusieurs autres femmes. Il a pu les suivre un moment. Puis, profitant de la foule autour des magasins, la bousculer légèrement pour lui piquer son communicateur.

— Très probablement, confirma Eve. Et du fait de son âge, il a pu estimer qu'en ne retrouvant pas son communicateur elle penserait simplement l'avoir égaré. Et qu'elle ne changerait pas forcément les codes tout de suite. Il n'avait besoin que de quelques heures, le temps de payer puis de se débarrasser de l'appareil.

Elle se fraya de nouveau un chemin à travers la ville.

— Il n'a pas de lien avec cette famille. Pas parce que la présence d'un flic et d'un rabbin les protège de tout soupçon, mais parce que ce serait négligent et stupide de sa part.

— Vous allez appeler le sergent Coffman ?

— Autant le prévenir. S'il y a un lien quelconque, il sera à même de creuser la piste. On va aller interroger la livreuse. Elle non plus n'est pas impliquée, sauf si quelqu'un avait une dent contre elle et y a vu le moyen de lui causer des ennuis.

— Ça aussi, ce serait stupide.

— Exact. Mais on va aller lui parler. Elle livre dans toute la zone. Elle connaît peut-être quelqu'un qui n'était pas fan de Kent Abner dans le quartier.

Lydia Merchant vivait au cinquième étage d'un immeuble construit après les Guerres Urbaines, au-dessus d'une bodega qui exhalait des effluves de tacos faisandés. Dans ce quartier, personne n'avait laissé ses fenêtres ouvertes pour pouvoir profiter de la fraîcheur du soir et la plupart étaient même dotées de solides barreaux.

Malgré les cinq étages, un coup d'œil aux portes vertes des deux ascenseurs – dont une barrée d'un panneau EN PANNE sous lequel quelqu'un avait ajouté à la main le mot ENCORE ! – suffit à Eve pour qu'elle décide de passer par l'escalier.

Lâchant un « faut souffrir pour maigrir », Peabody grimpa derrière elle au milieu de diverses odeurs, entre cuisine chinoise à emporter, eau de Cologne bon marché pulvérisée avec trop de largesse sur des relents de sueur et, étrangement, ce qui ressemblait au parfum de roses fraîchement écloses.

Arrivée au cinquième, Eve examina la porte de l'appartement : sécurité renforcée par l'usage de trois solides verrous plutôt que par des protections électroniques.

« Moins cher mais plutôt efficace. »

Elle sonna.

Quelques instants plus tard, une voix grésilla de l'interphone.

— Qui est-ce ?

— Police.

— Ouais, c'est ça.

— Police, répéta Eve en présentant son insigne face au judas.

— Je n'ouvrirai qu'après les avoir appelés pour vérifier.

— Dallas, lieutenant Eve et Peabody, inspecteur Delia, du Central.

— Ouais, ouais.

Eve attendit, attendit. Elle capta un petit cri de surprise derrière le panneau puis des voix féminines pleines d'excitation suivies du claquement empressé des verrous. Vint ensuite le crissement caractéristique d'une barre métallique transversale que l'on tire. Puis la porte s'ouvrit enfin.

Les deux femmes qui se tenaient bouche bée devant elles avaient à peu près le même âge. La première était une grande blonde à la poitrine plantureuse, l'autre une métisse brune de taille moyenne à la silhouette menue.

Les deux ouvraient de grands yeux bleus.

— Purée ! s'exclamèrent-elles à l'unisson.

— Vous êtes le portrait craché de Marlo Durn dans le film, poursuivit la blonde. Enfin, j'imagine que c'est plutôt Marlo qui vous ressemble. On l'a vu deux fois !

— Super, répondit Eve.

Sans doute aurait-elle dû s'y faire, à force. Mais elle doutait de s'y habituer un jour.

— Quelqu'un s'est introduit dans l'immeuble ? Il y a un mort ? s'enquit Lydia, la brune. Des gens n'arrêtent pas d'entrer ici par effraction, ou en tout cas d'essayer.

— Non. C'est à propos d'un colis que vous avez livré ce matin, madame Merchant.

Ses grands yeux s'écarquillèrent un peu plus encore.

— Vraiment ? Lequel ?

— Pouvons-nous entrer ? demanda Peabody avec un sourire.

— Oh, bien sûr. Vous êtes plus jolie que l'actrice du film, lui confia la blonde. Je sais qu'elle a été tuée et tout, mais ça n'en reste pas moins vrai.

Les roses dont le parfum embaumait encore l'escalier trônaient sur le bar étroit qui séparait le séjour exigu d'une minuscule cuisine. Une bouteille de vin débouchée attendait à côté.

— Asseyez-vous si vous voulez. On s'apprêtait à se servir un verre. Vous en voulez un ? Vous avez le droit ? On fête une occasion spéciale.

— Non, mais merci quand même.

— On a toutes les deux reçu une augmentation, expliqua la blonde, toute joyeuse, en s'installant sur l'accoudoir du fauteuil. J'ai eu la mienne la semaine dernière et celle de Lydia a enfin été confirmée aujourd'hui. On va déménager de ce trou à rats !

— Félicitations. Madame Merchant...

— Appelez-moi Lydia. C'est tellement bizarre que vous soyez ici toutes les deux, dans notre trou à rats. Je livre beaucoup de colis. Je travaille pour GT, mais j'imagine que vous le savez.

— Vous en avez remis un à Kent Abner ce matin.

— Ah oui, le Dr Abner. J'ai souvent des courriers pour lui, ou pour le Dr Rufty. Ils sont très gentils ; ils me laissent toujours un pourboire à Noël. Ce n'est pas le cas de tout le monde. Il y a eu un souci avec le paquet ? Je l'ai remis en main propre au Dr Abner, à sa porte.

— Avez-vous constaté quelque chose d'inhabituel dans la manière dont ce colis vous est parvenu ?

— Non. Ce sont surtout des droïdes et des trieurs automatiques qui travaillent dans mon centre de distribution. Ils chargent ma camionnette et téléchargent le planning : les courriers express de la veille pour le lendemain matin, les livraisons spéciales et ainsi de suite. Le sien était de la veille au soir pour le lendemain matin, vu que je lui ai remis ce matin. Je ne saisis pas où est le problème.

— Nous avons de bonnes raisons de croire que le paquet contenait une substance toxique encore non identifiée.

L'incompréhension qui se lisait dans les yeux bleus de Lydia laissa place à une expression inquiète.

— Vous voulez dire du poison ou quelque chose comme ça ? Le Dr Abner est malade ?

— Le Dr Abner est décédé. Il est mort peu de temps après avoir reçu et ouvert le colis.

— Mort ? Il est mort ?

Les larmes lui montèrent aux yeux.

— Mais... Oh, mon Dieu... Oh, mon Dieu, Teela !

Teela se laissa immédiatement glisser de l'accoudoir pour serrer Lydia dans ses bras.

— Lydia l'a touché. Est-ce qu'elle... ?

— Nous pensons que la substance ne s'est diffusée qu'à l'ouverture.

— Je vais bien, je vais bien. Le Dr Abner... C'est un homme tellement gentil. Le Dr Rufty et lui forment un couple adorable. Ça se voit quand deux personnes s'aiment vraiment. J'avais de l'affection pour eux. Je ne savais pas. Je vous jure que je n'avais aucune idée de ce que contenait le paquet. Jamais je n'aurais...

— Personne ne vous accuse, lui assura Peabody d'une voix apaisante. Connaissez-vous quelqu'un, dans leur quartier, à votre travail ou n'importe où ailleurs, à qui le Dr Abner aurait pu déplaire ?

— Non. Je connais certains de leurs voisins parce que ma tournée passe par là. Mais personne n'a jamais rien dit de méchant, ni grand-chose d'autre. De temps en temps, quand une personne n'est pas chez elle et qu'elle n'a pas de boîte aux lettres adaptée, un voisin prend le paquet à sa place. Ce qui implique une autorisation préalable et archivée. C'est le cas pour certains d'entre eux. Le Dr Abner et le Dr Rufty ont parfois accepté des livraisons pour leurs voisins. Et ça marche aussi dans l'autre sens. C'est une rue tranquille où les gens s'entraident. Mais aujourd'hui, le seul colis du pâté de maisons était pour le Dr Abner...

» Mon Dieu, et le Dr Rufty ? Il va bien ? Il me semble qu'il n'était pas chez lui ce matin. J'ai eu l'impression que le Dr Abner sortait faire son jogging. Ça m'arrive de le voir courir pendant ma tournée. Et d'apercevoir le Dr Rufty qui rentre chez lui quand je fais des livraisons en fin d'après-midi.

— Le Dr Rufty n'était effectivement pas sur place.

— Je ne sais pas quoi faire... Je suis censée faire quelque chose ? Quoi donc ? demanda la jeune femme à Eve.

— Si quoi que ce soit vous revient, contactez-moi, ou contactez l'inspecteur Peabody.

— Il faut que vous découvriez ce qui s'est passé ! C'était un homme vraiment charmant. Et il avait l'air tellement heureux ce matin. Ça, je m'en souviens. Il avait l'air heureux, il m'a dit que la journée s'annonçait belle. Je compte sur vous pour découvrir ce qui s'est passé.

— On y travaille.

De retour dans la rue, Eve réfléchit aux prochaines étapes.

— Le bureau de la victime est fermé à cette heure. Rentrez chez vous, Peabody. Sur le trajet, contactez la personne qui tient le cabinet d'Abner.

— Une certaine Seldine Abbakar, d'après leur site web.

— Bien. Voyez avec elle pour organiser une réunion avec l'ensemble des employés demain matin, aussi tôt que possible. Envoyez-moi simplement l'horaire du rendez-vous, je vous retrouverai sur place. Dites à McNab de se tenir à disposition. On va avoir besoin de passer leur parc informatique au peigne fin.

— Ce sera plein de dossiers médicaux, l'avertit Peabody.

— Raison pour laquelle je vais lancer la demande de mandat sur le chemin du retour. Et puis ils pourront toujours mettre de côté les dossiers médicaux. S'il s'agit d'un patient revanchard, l'équipe du cabinet aura une idée de son identité. Et son mari aussi en aurait entendu parler.

— Techniquement parlant, ses patients sont des bébés et des enfants, seize ans maximum.

— J'ai vu beaucoup de bébés furax, répliqua Eve. Et ne me lancez pas sur la mauvaise humeur des gamins et des ados. Surtout, ils ont tous un ou des parents. Bref, organisez-moi ça. Je vais constituer le tableau et le dossier chez moi et rédiger le premier rapport.

— Vous me confiez la partie la plus simple du boulot.

— Pour cette fois. Si les entretiens ne peuvent pas démarrer avant 8 heures, retrouvons-nous à 7 heures à la morgue. On enchaînera à partir de là.

— Toujours une super manière d'entamer la journée.

— Organisez-nous ces entretiens, répéta Eve.

Puis, toujours sans prêter attention aux injures et aux coups de Klaxon des conducteurs énervés, elle fit le tour de la voiture et se glissa sur le siège conducteur.

Elle éteignit son panneau En service et démarra en trombe devant un type qui brandissait déjà son majeur dans son rétroviseur.

Après s'être programmé un café sur l'autochef intégré au tableau de bord, elle appela la substitut du procureur Reo.

— Je vous en supplie, non ! lança celle-ci en guise de réponse. Je suis prise dans les embouteillages pour rentrer chez moi. Je n'ai besoin que de deux choses : un peu de calme et une boisson alcoolisée.

— Vous pourrez profiter des deux dès que vous m'aurez fourni un mandat. Moi aussi, je rentre à la maison. Nous sommes dans la même galère.

Reo soupira et redressa la tête d'un geste sec qui fit osciller ses boucles blondes.

— Je vais sortir de ce taxi et faire la suite du trajet à pied. Rangez-vous ! ordonna-t-elle au chauffeur.

Un écran bleu d'attente s'afficha sur le communicateur d'Eve le temps, supposa-t-elle, que Reo paie la course.

Lorsqu'elle revint à l'image, celle-ci oscillait au rythme de sa démarche.

— C'est à propos de l'affaire de la substance toxique non identifiée, je présume ?

— Ils ont intérêt à l'identifier rapidement, mais oui. La victime est un médecin – un pédiatre – et je vais interroger les employés de son cabinet à la première heure demain. J'ai besoin de saisir leurs appareils.

— Vous n'obtiendrez pas l'accès à des dossiers médicaux aussi facilement, et encore moins d'ici demain matin.

— Alors donnez-moi accès au reste ; ils pourront garder pour eux les informations personnelles et confidentielles des patients dans l'immédiat. On va surtout chercher des traces écrites d'éventuelles menaces contre lui, ou toute correspondance qui pourrait nous alerter. Voir si quelqu'un parmi ses employés avait un problème avec lui.

— C'est faisable. J'ai entendu dire que vous aviez été exposée. Vous n'avez pas la tête de quelqu'un qui a été exposé à une toxine mortelle.

— Quoi que ça ait pu être, c'était aussi inerte qu'Abner lui-même à notre arrivée.

— Eh bien, c'est une bonne chose. Je vous recontacte pour le mandat.

— Merci.

— Vous me devez toujours un verre pour le précédent.

— Et je tiendrai parole. Un jour.

Eve raccrocha, but une gorgée de café et reprit sa route.

Ce faisant, il lui vint à l'esprit qu'à peine une semaine plus tôt elle se prélassait sur une terrasse en Italie, à boire du vin sous les étoiles après une journée passée à profiter du soleil. À manger des pâtes, à faire la grasse matinée et souvent l'amour.

Et personne n'avait été tué dans les parages, du moins pas à sa connaissance.

La vie depuis Connors, avec Connors, ne méritait jamais le qualificatif d'ordinaire. Routinière, peut-être, pour eux... mais sans doute très loin de ce que la majorité des gens considérait comme la routine.

Pourtant, ça marchait entre eux, ça fonctionnait vraiment. Et l'une des raisons de ce fonctionnement aussi fluide était qu'ils savaient tous deux qu'elle rentrerait à la maison – un concept déjà spécial à lui seul – avec un poids tout neuf sur les épaules et qu'il serait là pour elle.

Il la dévisagerait de cette manière si particulière qui faisait bondir le cœur d'Eve dans sa poitrine, aujourd'hui encore et sans doute pour toujours.

Il lui préparerait quelque chose à manger, même si elle n'en voulait pas, avec cette prévenance à la fois agaçante et merveilleuse.

Et il l'écouterait. Ni complainte sur son arrivée tardive ni culpabilisation. Il l'écouterait, lui proposerait de l'aider et, grâce à tout cela, à tout ce qu'il était, il lui apporterait une tranquillité d'esprit qu'elle n'avait jamais imaginé connaître.

Lorsqu'elle passa – enfin ! – le portail de leur propriété, elle sentit le calme s'installer en elle. Elle était de retour à la maison. Conçue et bâtie par Connors, celle-ci dressait ses tourelles sophistiquées et étalait son architecture grandiose. Des dizaines de fenêtres scintillaient dans l'obscurité, comme autant de lumières venues l'accueillir.

Lorsqu'elle se gara et sortit de la voiture, le poids sur ses épaules parut s'alléger.

Elle avait encore du travail à faire, oui, mais de chez elle.

Parce qu'elle arrivait tard – très tard – elle ne s'attendait pas à croiser Summerset.

Pourtant, il était là, grand et décharné, avec son visage cadavérique aux traits austères et son regard accusateur braqué sur elle.

Eve s'apprêtait à piocher dans son répertoire d'insultes, mais il prit la parole avant qu'elle puisse en décocher une seule.

— Il est inquiet. Il prétend le contraire, mais il est au courant de votre exposition à des éléments toxiques.

— Je lui ai dit que j'allais bien. Je *vais* bien.

Comme Summerset ne la lâchait toujours pas des yeux, elle eut le mauvais pressentiment que celui qui avait été médecin à l'époque des Guerres Urbaines allait vouloir l'examiner lui-même. Pas question !

— Ont-ils identifié la substance ? demanda-t-il.

— Je ne sais pas. Je vais monter vérifier. Je vais bien.

Agacée, elle retira sa veste et l'abandonna sur le poteau sculpté de l'escalier.

— Il a besoin d'être rassuré à ce sujet, dit-il.

Elle faillit rétorquer qu'elle l'avait déjà fait mais cela lui parut vain. Elle marqua un court temps d'arrêt sur les marches.

— Vous pensez que je rentrerais à la maison s'il y avait une chance, la moindre chance, que je sois porteuse de quelque chose susceptible de lui faire du mal ?

— Absolument pas. Raison pour laquelle, à 21 heures passées, il s'inquiète.

Bon sang... Oui, c'était logique.

— J'ai dû... Merde. Où est-il ?

— Dans votre bureau, évidemment. Il sait que vous êtes rentrée. Il avait demandé à l'ordinateur de l'avertir.

Eve reprit son ascension d'un pas rapide. Elle pensait avoir suivi les règles du mariage. Et pourtant, elle avait l'impression d'avoir loupé le coche.

Connors était assis dans le bureau d'Eve, près du feu couvant dans la cheminée, leur gros chat étendu sur les genoux. Il avait un livre dans une main et un verre de vin dans l'autre.

Et, oui, il la dévisagea de son fameux regard... mais elle lut surtout le soulagement dans ses yeux.

— Enfin elle réapparaît, souffla-t-il avec dans la voix ce merveilleux murmure venu d'Irlande.

— Je suis désolée.

Tandis qu'il posait son livre et se levait, elle s'approcha de lui et l'enveloppa de ses bras pour le serrer fort contre elle.

— Désolée, vraiment.

— D'être en retard ?

Toujours serrée contre lui, elle capta la surprise dans son ton.

— Allons, lieutenant, reprit-il, ça fait partie du métier, non ?

— Pour ne pas avoir assez pris le temps de t'assurer que j'allais bien. Pour n'avoir pas vérifié que tu ne t'inquiétais pas pour moi.

— Oh.

Il lui effleura le sommet du crâne du bout des lèvres puis recula d'un pas.

— Ça aussi, ça fait partie du boulot. Mon boulot. Il y aura toujours des moments d'inquiétude, Eve chérie. Mais dans l'immédiat...

Il passa son pouce au creux de la fossette qu'Eve avait au menton puis se pencha pour lui donner un baiser aussi long que brûlant.

— Tu es rentrée. Alors assieds-toi un moment avec le chat, parce que Galahad aussi se faisait du mouron. Je vais te chercher un verre.

Ni reproches ni culpabilisation, mais du vin et un accueil enthousiaste. Et un gros chat dodu. Elle resterait effectivement assise quelques instants, parce qu'il ne se contentait pas d'enrichir sa vie par des voyages en Italie, du vrai café, une sexualité épanouie et toutes sortes de choses.

Il lui offrait avant tout cela, cet équilibre.

Elle distribua quelques caresses au chat, suivies de papouilles sur le ventre lorsqu'il décida de se retourner. Puis elle prit le vin que Connors lui tendait.

— Ils ont confirmé que je n'avais rien directement sur la scène de crime.

— C'est ce que tu m'as écrit, répondit Connors.

Ce qui ne l'empêcha pas de scruter longuement ses traits avant de lui prendre la main pour la porter à ses lèvres.

— Ils ont identifié la toxine ?

— Je dois m'en assurer, mais ce n'était pas encore le cas il y a une heure. Le corps n'a été découvert qu'après 16 heures, quand le conjoint est rentré du travail. Les examens toxicologiques n'ont sans doute commencé qu'il y a… une heure. Ils ont des protocoles à suivre, tout ça.

— Tu n'as probablement pas dîné.

— On a été très occupées.

— J'imagine. Mangeons un bout maintenant, tu pourras me raconter tout ça.

— « Mangeons » ? Tu n'as pas encore dîné ?

— Non, répondit-il en pressant sa main entre ses doigts. Un fond d'inquiétude m'avait coupé l'appétit.

— Attends…

Elle raffermit sa prise sur les mains de Connors.

— Je veux te promettre que si un jour je me retrouve dans le pétrin, si quelque chose cloche sérieusement, je ne mentirai pas ni ne minimiserai la situation. Je te dirai les choses telles qu'elles sont.

— Ça me va parfaitement.

Elle dévisagea à son tour son magnifique visage.

— Et tu t'inquiéteras quand même, dit-elle.

— Oui, évidemment. Mais je t'en suis malgré tout reconnaissant. Bon, ce soir j'ai conclu un pacte avec moi-même – ou avec le destin – à ton avantage. J'ai décidé qu'au moment où tu rentrerais à la maison auprès de moi, une pizza au pepperoni t'y attendrait, bien au chaud.

Le visage d'Eve s'illumina instantanément.

— Vraiment ?

— Et mon amour pour toi est tel que je n'insisterai pas pour que tu avales une portion de légumes en accompagnement.

— Si tu me le demandais, là maintenant, je les mangerais. En témoignage de mon amour pour toi.

— Tu pourrais les étaler sur la pizza.

Elle lui lança un regard sincèrement horrifié.
— Tu oserais gâcher une pizza de cette façon ?
— Je retire mon affreuse suggestion.

Il se leva et se rendit d'un pas tranquille jusqu'à la cuisine. Eve offrit quelques caresses supplémentaires au chat avant d'emporter leurs verres et la bouteille jusqu'à la table.

Elle tourna son attention sur le petit balcon qui surplombait le paysage derrière les portes en verre. Elle sentit son estomac gargouiller en captant les effluves de la pizza.

— Je sais que s'il n'y avait que de la pizza à manger, je finirais par m'en lasser, déclara-t-elle. Mais ça prendrait sans doute une bonne vingtaine d'années.

Elle s'assit face à Connors et s'empara d'une part fumante.

— Il fera bientôt assez chaud pour ouvrir ces portes au moment du repas. Ce sera agréable.

Son communicateur bipa.

— Désolée. Oui, Reo ?
— Le mandat arrive. Il est limité. Pas de dossiers médicaux à ce stade. C'est de la pizza que vous mangez ? Bon sang, maintenant j'ai envie d'une pizza !
— Trouvez-vous-en une toute seule. Merci d'avoir fait si vite.

Eve rangea son communicateur.

— J'ai cru comprendre que ta victime était médecin, commenta Connors.
— Pédiatre. Mariée depuis presque quarante ans. C'est son mari qui l'a trouvé. Directeur d'une école privée. Ils ont des enfants et des petits-enfants.

Elle reprit son verre de vin.

— Le mari a mis le bazar dans ma scène de crime. Il espérait le ranimer. Le défunt était mort depuis le matin, pas de manière très propre, mais le mari a tenté de le ranimer avant d'appeler les secours.

— Tu le lui reprocherais ?
— Non.

Elle releva la tête pour contempler son visage sculpté par les anges lors d'une journée particulièrement bénie et croiser le bleu magique de son regard.

— J'aurais pu, il y a quelques années. Plus maintenant. Ils s'aimaient. Ça se voyait dans toute leur maison comme dans le chagrin du conjoint. J'ai tâché de prendre du recul. Ça peut quand même te fendre le cœur, mais il faut prendre du recul.

— Comment a-t-elle été apportée ? La toxine.

— Par le biais d'un colis de Global Transit posté la veille au soir pour une livraison le lendemain matin.

— Un colis ? C'est... audacieux. Vous avez identifié la personne qui l'a livré ?

— Elle n'est pas impliquée. Rien à se reprocher et on sent qu'elle les appréciait tous les deux. Leurs voisins aussi, d'ailleurs. Le porte-à-porte n'a rien donné, si ce n'est de la stupeur, de la peur et du chagrin. Tout jusqu'à maintenant laisse penser que la victime était un homme sympathique, un bon voisin, quelqu'un qui gardait la forme – il faisait du jogging et de la musculation. Il s'apprêtait à sortir quand le colis est arrivé. Il l'a donc emporté à l'intérieur et l'a ouvert dans la cuisine.

— Il devait y avoir un contenant. Même quelqu'un d'audacieux n'aurait pas pris le risque de verser une toxine directement dans le paquet.

Eve termina sa première tranche de pizza.

— Il semble qu'il y en ait eu deux : un contenant à l'intérieur d'un autre contenant. Une boîte molletonnée en faux bois bon marché était posée sur le plan de travail. Vu comme elle détonnait avec le reste de la déco, elle était probablement dans le colis. Et on a trouvé des fragments d'un autre petit contenant. Apparemment fait de plastique dur de qualité médiocre, doré à l'extérieur, blanc à l'intérieur. Ça devait abriter ce qui a tué le pédiatre. Quand il l'a ouvert, ce qui s'y trouvait s'est répandu dans l'air, ou il l'a ingéré accidentellement, ou c'est passé à travers ses pores quand il y a touché. Il avait des brûlures aux pouces, se remémora-t-elle avant de hausser les épaules. Je ne suis encore sûre de rien.

— Tu comptes voir Morris et tes amis du labo demain.

— Oui.

Puisqu'il suffisait de tendre la main pour se servir, elle reprit une part de pizza.

— On a fait venir l'équipe de décontamination. Aucune trace dans l'air à ce moment-là. Ni dans la maison, ni sur moi, ni sur le mari. Nous avions tous les deux touché le corps. Ce truc a suffi à tuer Abner en quelques minutes mais s'est dissipé avant que quiconque entre dans la maison.

— Le paquet était adressé à la victime, je présume ?

— Oui. Depuis un magasin imaginaire à une fausse adresse. Déposé via un guichet automatisé en dehors des horaires d'ouverture. L'expéditeur a piraté la caméra au moment d'effectuer le dépôt, ce qui signifie qu'il s'est procuré un brouilleur ou qu'il a les compétences nécessaires pour s'en fabriquer un.

Connors laissa échapper un petit rire.

— Brouiller la caméra d'un guichet automatique ? Chérie, un gamin de dix ans en serait capable. Je suis plus curieux de savoir comment le contenu a pu passer les scanners.

— Oui, ils sont en train d'étudier ça. Un contenant dans un contenant dans un contenant.

Elle haussa une nouvelle fois les épaules.

— Et sans doute une petite quantité de la substance en question. Juste assez pour tuer une personne.

Eve tourna la tête en voyant Summerset se présenter sur le seuil. Elle fronça les sourcils au-dessus de sa troisième part de pizza.

— Nous n'avons pas appelé la morgue, si ?

— Vous m'excuserez, répondit Summerset en conservant un air très digne. Le Dr Dimatto et M. Monroe sont en bas. Ils aimeraient beaucoup s'entretenir avec le lieutenant.

— Demande-leur de monter, répondit Connors avant qu'Eve puisse se lever. Le lieutenant est en train de dîner. Je vais sortir deux verres en plus, ajouta-t-il tandis que Summerset s'éclipsait.

« Dr Dimatto, songea Eve. Dr Abner. »

Louise avait-elle connu la victime ? Les probabilités étaient évidemment faibles, étant donné le nombre de médecins présents en ville. D'un autre côté, Charles et Louise n'habitaient qu'à quelques rues de la scène de crime.

— Ils se connaissaient.

— Hmm ? demanda Connors en rapportant deux verres de vin supplémentaires.

— Louise et la victime. C'est pour ça qu'ils sont là. Et comment je gère une telle situation ?

Elle songea qu'elle ne tarderait pas à le découvrir quand Louise, blonde et délicate, et Charles, un grand et beau brun, firent leur entrée.

La médecin dévouée corps et âme à son métier et l'ancien compagnon licencié formaient un couple saisissant, et qui semblait fonctionner remarquablement bien.

— Je suis vraiment désolée, s'excusa Louise. Débarquer ici sans prévenir et interrompre votre dîner. Je...

— C'est de la pizza. Rien n'interrompt la pizza. De quelle manière avez-vous connu Kent Abner ? demanda Eve.

— Comment vous savez... ?

Louise ferma un instant les paupières avant de poursuivre :

— Il s'est présenté dans ma clinique la semaine de son ouverture. Il m'a proposé de travailler bénévolement vingt heures par mois. Comme ça, sans rien demander en retour. Voilà le genre d'homme, le genre de médecin qu'il était.

Les larmes lui étaient montées aux yeux et elle se mit à pleurer.

— Désolée, répéta-t-elle. C'est très dur pour moi. Il fallait que je vienne, il fallait que je vous parle...

— Asseyez-vous, proposa Connors en tirant une chaise pour elle. Asseyez-vous et buvez un peu de vin. Je peux vous offrir quelque chose à manger ?

— Il aime nourrir les visiteurs, lança Eve avec l'espoir d'éviter le flot de larmes qui menaçait.

— Non merci pour ce qui est de manger. Mais un verre, je veux bien.

Connors fit un signe à Charles et les deux hommes rapportèrent d'autres chaises. Ils s'assirent ; Connors servit le vin.

— Je refuse de m'effondrer. Ou alors juste un peu, souffla Louise.

— Bien. Maintenant, dites-moi ce que vous savez sur Kent Abner, que ce soit personnellement, professionnellement ou dans n'importe quel autre domaine.

Louise hocha la tête puis, encore très émue, tourna son regard vers Charles.

— Je vais commencer, proposa celui-ci.

# 3

— On est devenus amis, leur dit Charles. De bons amis. Je les ai rencontrés par le biais de Louise après les débuts de Kent en tant que bénévole à la clinique. Ils nous ont invités à prendre un verre chez eux et on s'est tous très bien entendus.

— Je ne me souviens pas de les avoir croisés à votre mariage, fit remarquer Eve.

— Ils étaient en Afrique. Martin avait pris un congé sabbatique d'un mois parce que Kent voulait se joindre à des médecins sur place pendant une quinzaine de jours. Des vacances studieuses, si l'on peut dire, au même moment que notre mariage. D'ailleurs, ils nous ont organisé une petite fête de voisinage quand on est rentrés de notre lune de miel.

— Ce sont des gens merveilleux, ajouta Louise. Merveilleux l'un avec l'autre. Tous les deux très impliqués dans leur métier, mais pas à l'exclusion du reste. Ils aimaient recevoir, ils aimaient leur famille, ils aimaient le théâtre et les arts. Kent poussait Martin à faire de l'exercice ; il disait qu'il ne suffisait pas d'entretenir son esprit. Et Martin taquinait Kent en répliquant que celui-ci n'y connaissait absolument rien en sport et ne cherchait pas à s'y intéresser. C'est le seul genre de désaccord dont j'ai pu être témoin entre eux. Ils s'aimaient avec beaucoup de tendresse, Dallas, d'une manière qu'on aimerait tous connaître après presque quarante ans ensemble.

Charles lui prit la main.

— On s'est demandé, en tant qu'amis, s'il y avait une raison, une personne, une explication potentielle à ce qui s'est passé. Mais non, rien. Êtes-vous sûre qu'il ne s'agit pas d'une espèce d'accident ou d'erreur ?

— Tout à fait sûre, dit Eve.

Et elle s'en tiendrait là.

— Puisqu'il travaillait régulièrement à la clinique, j'imagine qu'il y a des dossiers.

Louise redevint immédiatement le Dr Dimatto :

— Les dossiers médicaux...

Eve balaya la protestation d'un geste de la main.

— Bla-bla... Et je pourrai y accéder si nécessaire. Mais dans l'immédiat, en tant que propriétaire de la clinique, vous êtes en mesure de les consulter. Et de les feuilleter. Et vous saurez repérer tout élément qui interpelle. En dehors des dossiers médicaux, il y a aussi la correspondance, les mémos, la dynamique relationnelle au sein de l'équipe.

— Sentez-vous libre d'interroger tous les employés ou les bénévoles de la clinique. Je peux vous assurer, sans hésitation, qu'aucun d'eux n'aurait voulu de mal à Kent. Les gens comptaient sur lui, le respectaient et l'appréciaient.

— D'accord. Est-ce que quelqu'un aurait pu l'apprécier un peu trop ?

— Je ne... Oh.

Sourcils froncés, Louise but une gorgée de vin.

— Je ne crois pas. Nous avons eu des parents qui demandaient spécifiquement à le voir et qui, sauf urgence, attendaient qu'il soit présent pour consulter. Mais je n'ai jamais observé ce genre de problématique. Il y a eu quelques blagues, bien sûr. Hella, par exemple... C'est l'une de nos infirmières bénévoles. Elle sort à peine de son deuxième divorce. Je l'ai entendue dire à Kent que c'était bien sa veine qu'il soit gay et marié, qu'elle aurait tellement aimé rencontrer un homme hétéro et célibataire qui lui ressemble.

— Qu'a-t-il répondu ?

— Qu'il guetterait un éventuel sosie pour elle. Vous savez, Dallas, il était du genre à apporter des fleurs de temps en temps en disant qu'elles égayaient le quotidien, pour nous comme pour les patients. Parfois aussi de grandes boîtes pleines de viennoiseries. Il était prévenant et généreux, et ce qui lui est arrivé me rend malade.

— Nous n'avons pas contacté Martin pour éviter d'être intrusifs, intervint Charles. Mais on s'est dit que demain, peut-être, nous pourrions appeler leur fils ou leur fille. Pour voir s'il y a quoi que ce soit... Même si on ne peut jamais vraiment faire grand-chose.

— Pouvez-vous nous dire ce qui est arrivé ? Au moins quelque chose qui ait un peu de sens ?

Eve dévisagea Louise. Ses yeux étaient désormais secs, mais de peu. Elle allait leur révéler ce qu'ils entendraient raconter dans les journaux du lendemain... et peut-être un peu plus.

— Je peux vous dire que le colis contenant la substance était adressé au Dr Kent Abner. Que la personne qui le lui a livré ne faisait que son travail et ne compte pas parmi les suspects. Elle partage votre point de vue sur la victime. Elle l'aimait bien – elle les appréciait tous les deux – et se retrouve elle aussi indirectement victime du tueur. C'est un poids qu'elle portera pendant un moment.

» Nous en saurons plus quand nous aurons identifié la substance en cause et la manière dont elle a pénétré dans son organisme. D'après la chronologie actuellement établie, cela n'a pris que quelques minutes.

— Vous en êtes sûre ? s'enquit Louise.

— Absolument.

— Je ne suis pas experte mais j'ai quelques connaissances en termes de poisons, de toxines et d'exposition. Si j'avais une idée des symptômes...

— Ce sera le travail de Morris.

Mais la facette professionnelle de Louise ne se laisserait pas décourager si facilement.

— Vous ne savez pas si c'est quelque chose qu'il a touché, ingéré, inhalé ?

— Ce sera à Morris et au labo de le dire.

— Action rapide, très rapide, murmura Louise. Pas par ingestion.

— Pourquoi ?

— Un homme méticuleux et très à cheval sur la santé comme Kent ? Je ne l'imagine pas avaler immédiatement un produit arrivé par le courrier. Enfin, peut-être s'il savait qui l'avait envoyé ou qu'il attendait de le recevoir...

— Faux nom et fausse adresse d'expédition.

— Dans ce cas, il ne connaissait pas l'expéditeur et ne s'attendait pas à recevoir de colis. Je ne le vois pas manger ou boire un aliment arrivé par le courrier sans en vérifier d'abord la composition. Or vous disiez que ça s'était joué en quelques minutes.

— Sept, à peu près, entre le moment de la livraison et sa mort.

— Mon Dieu..., laissa échapper Louise avant de reprendre sa posture de médecin. Par le toucher, alors, surtout s'il y a une plaie ou une coupure. Ou par inhalation.

Elle plissa ses yeux gris et secoua lentement la tête.

— Mais Martin va bien, il n'a pas été affecté ? Le rapport indique que c'est lui qui a découvert le corps.

— Il va bien. Nous allons tous bien.

— Donc la toxicité s'est dissipée. Les fenêtres étaient ouvertes ?

— Non, mais effectivement, cela s'est dissipé, dispersé ou estompé. Comment s'en sortaient-ils financièrement ?

— Martin et Kent ? Je dirais qu'ils avaient un train de vie très confortable.

— Et le cabinet de Kent ? Il avait du succès ? C'était lucratif ?

— Mon Dieu. Qu'il est sombre, le monde des policiers, soupira Louise. Vous êtes obligée d'imaginer que quelqu'un ait pu tuer Kent pour son argent. Ce ne serait certainement pas le cas de Martin, qui est je suppose celui qui aurait le plus à y gagner. Ni leurs enfants. Lissa – c'est-à-dire Melissa Rendi – travaillait avec lui car le cabinet nécessitait la présence de deux médecins. J'ai l'impression qu'elle fait du bon travail, et elle n'aurait à ma connaissance rien à y gagner financièrement.

— Nous avons rencontré leurs amis, Dallas, reprit Charles. Je ne dirais pas qu'on les connaît tous intimement, mais personne parmi ceux que nous connaissons n'aurait selon moi voulu s'en prendre à Kent. J'ai bien compris que le colis lui était directement adressé, mais est-ce qu'il n'aurait pas malgré tout pu être pris pour cible au hasard ? Comme... Bon sang, comme une sorte de tirage au sort morbide ?

— C'est possible, admit Eve.

Mais elle en doutait.

— Y a-t-il quoi que ce soit qu'on puisse faire pour vous aider ? Je pourrais travailler avec Morris s'il...

— Ce n'est pas à moi d'en décider. Et ce n'est pas une bonne idée.

— Je suis médecin. Je suis une scientifique. Je peux être objective.

— C'était un ami et il dédiait une partie de son temps libre à votre clinique. Mieux vaut que vous restiez à l'écart de l'enquête. Bien à l'écart. Je vous dirai ce que je serai en mesure de vous dire dès que possible, ajouta Eve. C'est le mieux que je puisse faire.

— Un homme vient de subir une perte, dit Connors d'une voix douce. Une perte terrible et profonde, d'après ce que j'ai compris. Je pense que dans un tel moment il accueillera volontiers le soutien d'amis sincères.

— Il est auprès de sa famille, murmura Louise.

— N'est-ce pas une simple histoire de sang, d'ADN, qui sépare les bons amis, les vrais amis, de la famille ?

Les yeux de Louise s'embuèrent de nouveau.

— Si. C'est vrai. Merci. On l'appellera demain matin. J'ai conscience que vous nous en avez sans doute révélé plus que vous ne le souhaitiez, dit-elle à Eve. Cela ne sortira pas de cette pièce, vous avez ma parole. Je vous suis vraiment reconnaissante. Vous savez à quel point la relation avec ma propre famille est compliquée. Kent... et Martin aussi, en fait... C'étaient un peu des pères de substitution pour moi. Connors a raison. Une histoire d'ADN, c'est tout.

Lorsqu'ils furent sortis, Eve se rassit.

— Elle avait l'air moins ébranlée en repartant. Ce que tu lui as dit l'a aidée.

— Tout cet échange leur a fait du bien. Et, si tragique que cela soit pour nos amis, c'est utile pour toi d'avoir confiance en deux personnes qui semblent avoir bien connu ta victime.

— Ça ne fait pas de mal.

— Maintenant, comment puis-je vous aider, lieutenant ?

Elle lui sourit.

— Figure-toi que j'y ai pensé sur le chemin de la maison. Pas à ce que tu pourrais faire mais à ta question. Je me suis dit que tu me proposerais ton aide, que tu me pousserais à manger un morceau, sans doute accompagné de vin. Que tu m'écouterais.

Elle inclina la tête sur le côté.

— Tu penses qu'il y a de la tendresse entre nous ?

— Ça dépend complètement du genre de tendresse dont on parle, non ?

— Le genre de tendresse qui nous correspond. Je dirais qu'elle se manifeste quand on en a besoin. Il faut que je monte le tableau et que je mette mes notes au propre. Si tu veux, tu peux te pencher un peu sur leurs finances. La victime, le mari, le cabinet. Je doute que le mobile tienne à ça, mais on doit l'écarter de manière certaine.

— Une occasion de farfouiller dans les finances des gens ? Voilà un beau geste de tendresse envers moi.


Eve fit tout ce qu'elle était en mesure de faire en l'absence des rapports du labo, de la police scientifique et du médecin légiste. Et puisque Peabody avait pu organiser l'entrevue avec les employés du cabinet de la victime à 7 h 30, son planning du lendemain matin était déjà en place.

Entrevue, morgue, labo, le tout avant même de se rendre au Central. Avec un peu de chance, certaines des réponses collectées à cette occasion feraient émerger les premières pistes.

Qui pouvait bien viser un homme largement apprécié, un médecin reconnu, un mari et un père aimant et aimé pour lui faire connaître une mort rapide et violente ?

Elle avait bien l'intention de le découvrir.

Mais puisqu'elle avait fait tout son possible pour la soirée, elle estima que Connors et elle méritaient une autre forme de tendresse.

Elle se dirigea vers le bureau adjacent de Connors. Il était assis derrière son centre de contrôle, les yeux braqués sur une page qui aurait aussi bien pu être écrite en chinois (ou son équivalent pour les geeks).

— Tu as fini ? lança-t-il avec un coup d'œil vers elle. Je n'ai rien trouvé d'utile, donc je n'ai pas voulu t'interrompre.

— Qu'as-tu trouvé qui ne me serait pas utile ?

— Ils sont financièrement à l'aise – très – comme le supposaient Charles et Louise. Le cabinet de la victime s'en sortait très bien et son mari gagne un bon salaire accompagné de solides avantages. Ils ont investi intelligemment leur argent et disposent d'un plan immobilier bien pensé. Ça me donne l'impression qu'ils avaient prévu de prendre leur retraite dans une dizaine d'années. Ils aimaient voyager, dans le confort, tout en vivant selon leurs moyens. Ils donnent une partie généreuse de leurs revenus à plusieurs œuvres de bienfaisance choisies… et avec soin, si tu veux mon avis.

» Aucun compte caché ni pour l'un ni pour l'autre, poursuivit-il. Pas d'inquiétantes dettes de jeu ni d'achats louches. Comme je te le disais, ils ont mis en place des fonds en fiducie pour leurs enfants et leurs petits-enfants ainsi que des legs généreux sans être extravagants pour des gens travaillant pour ou avec eux, et ce depuis un moment. Ils avaient prévu de léguer un tableau bien particulier à Charles et Louise. Et quelques objets très précis – une paire de boutons de manchette, un kit de rasage ancien, ce genre de choses – à des gens, que je suppose être des amis proches, qui apprécieront d'avoir ce souvenir d'eux.

Eve appuya sa hanche contre le montant de la porte.

— Je ne t'avais pas demandé de regarder son testament.

— Ah, mais une fois lancé, j'ai tenu à faire un travail complet. Je crois qu'il m'aurait plu, ce Dr Abner.

— Tu n'es pas le seul. Je m'arrête là pour la soirée. Et toi ?

— Comme toujours, lieutenant, je vous suis. Je bossais un peu en dilettante en t'attendant. Aucun rapport avec l'affaire.

— Aucun rapport avec quoi que ce soit d'humain, même, on dirait, commenta Eve tandis qu'il mettait l'ordinateur en veille.

— Oui et non, admit-il en se levant. Ça concerne une colonie martienne.

— Mars ?

Eve secoua la tête en sortant derrière lui.

— Tu essaies vraiment de mettre la main sur l'univers entier.

— Ce serait amusant, non ? On pourrait aller passer un week-end sur Mars.

— Pas dans cette vie ni la suivante. L'Italie me convient parfaitement.

Il lui glissa un bras autour de la taille.

— Parfaitement, c'est le mot.

— Ton hôtel, là-bas. Ça s'annonce vraiment bien. Cette façade antique, comme s'il n'avait pas changé depuis un millier d'années, mais avec tout le confort moderne à l'intérieur.

— C'est l'idée. Il fait encore assez frais pour justifier un petit feu de cheminée, fit-il remarquer quand ils entrèrent dans leur chambre.

Il ordonna à l'ordinateur de l'allumer. Le chat s'étalait déjà en travers du lit comme s'il lui appartenait. Mais Eve savait que ce qui suivrait le ferait déguerpir.

Elle s'assit et retira ses boots.

— Tu te souviens que j'ai tenu parole pour l'Italie ? À propos des galipettes dans la navette ?

— J'ai une excellente mémoire.

— Oui, c'est vrai.

Elle se leva, défit la boucle de son harnais réglementaire et le retira.

— Je crois que le moment est venu de recommencer.

Occupé à retirer sa chemise, Connors suspendit son geste. Un sourire naquit sur ses lèvres.

— Ah oui ?

— Oui. Malgré cette mort affreuse, ou peut-être à cause d'elle, j'ai pris conscience aujourd'hui qu'il fallait apprécier ce qu'on a tant qu'on l'a. Mieux, il faut s'y cramponner.

Elle l'agrippa par la ceinture et l'attira à elle.

— Alors je m'y cramponne.

Elle lui dévora les lèvres, s'enfonça dans sa bouche, couronna le baiser d'une rapide petite morsure. Et sourit.

— Avec mon œil entraîné à repérer le moindre indice, je n'ai pas besoin de te demander si ça te fait de l'effet.

Elle pivota sur elle-même en calant un pied derrière celui de Connors pour lui faire perdre l'équilibre et le faire basculer sur le lit.

Comme prévu, le chat s'éloigna d'un bond.

— Jolie manœuvre.

À califourchon sur lui, elle se pencha jusqu'à se plaquer contre son torse.

— J'en ai plein d'autres en réserve, dit-elle.

Joignant le geste à la parole, elle s'empara de nouveau de sa bouche.

Elle avait envie d'un moment vif et brûlant, d'un abandon rapide et total pour tous les deux. L'homme qui avait attendu, inquiet ; la femme flic qui portait le poids d'une nouvelle mort sur ses épaules.

C'était pour elle un moyen de lui montrer ce qu'elle n'était pas toujours capable d'exprimer par les mots. Que son amour était sans limites, féroce, une flamme qui brûlait en elle avec une telle force qu'elle lutterait toujours, à jamais, pour le garder. Pour le garder, *lui*.

Avec son corps, Eve pouvait leur offrir à tous les deux un répit face à ce qui les attendait le lendemain.

Elle se jeta dans leur étreinte sans retenue, sans précaution, sans prendre son temps, comme un arc décoche sa flèche. Quand elle sentit les doigts habiles de Connors remonter le long de son corps, elle lui saisit les mains et les serra entre les siennes. Puis elle entreprit de le conquérir avec sa seule bouche.

D'abord ses lèvres, puis sa gorge, son torse. Ce cœur qui battait et martelait tandis qu'Eve se repaissait de la chaleur de sa peau, du frémissement de ses muscles puissants.

— Attends, parvint-elle à articuler entre deux frissons de plaisir. Attends...

Elle lâcha ses mains et défit les boutons de sa braguette pour le libérer.

Puis, agrippant de nouveau ses mains, elle fit usage de sa bouche.

Elle mit Connors à bas. Implacable et agile, elle fit tomber une par une toutes ses barrières.

« Et pas par petites touches », songea-t-il, déjà à moitié fou de désir pour elle.

Non, elle les dévorait comme un feu de forêt consumerait des buissons. Le feu de ses lèvres était insupportable. Et merveilleux.

Luttant pour tenir bon, il aurait pu jurer sentir la chambre, le monde tout entier, se retourner sens dessus dessous. Elle l'emmena jusqu'à la lisière de l'orgasme et l'y laissa, tremblant, tandis qu'elle remontait de nouveau le long de son corps.

Arrivé au bout de ses forces, à la limite, il prononça son nom. Une prière, une supplique et une revendication condensées en un seul mot.

Il vit ses yeux, rien que ses yeux, brillant d'un éclat fauve.

— Attends, répéta-t-elle.
— Non, répliqua-t-il sèchement.

Il roula sur lui-même et la plaqua sur le lit. Et ses mains, désormais libérées, se mirent à l'œuvre.

Il la conquit tout entière, comme elle l'avait fait avec lui. Fit céder ses défenses, comme elle les siennes. À son tour de se repaître de ce corps souple et mince, de le caresser, le goûter, le posséder.

Elle jouit dans un cri, un son qui le ravit et le poussa à recommencer, à propulser le corps vaincu d'Eve vers un nouveau sommet d'excitation frémissante.

Le monde se remit à tournoyer. Le souffle court, leur champ de vision brouillé par le désir, ils se cramponnèrent l'un à l'autre, bouleversés et prêts pour le bouquet final.

Quand leurs regards se croisèrent, il plongea en elle. Avec des gestes vifs, brusques et empreints de cette violence dont ils avaient tous les deux envie à cet instant précis, ils se poussèrent mutuellement jusqu'au bord du précipice brûlant auquel ils s'agrippèrent pour retenir, quelques secondes encore, l'avalanche du plaisir.

Puis ils se laissèrent emporter.

Hors d'haleine, ils s'étalèrent de tout leur long, tels les survivants d'un naufrage, en attendant de retrouver un semblant de pensée cohérente.

— Tu as dit...

Elle dut marquer une pause et inspirer un peu d'air supplémentaire dans ses poumons en feu avant de formuler tant bien que mal un mot qui ressemblait à de l'irlandais.

— Ça veut dire quoi ? demanda-t-elle.

Sa prononciation était atroce aux oreilles de Connors, mais il fit le lien.

— J'ai dit ça ?

— Oui, juste avant qu'on s'assassine mutuellement.

— Alors c'était approprié. J'ai dit : *Is mise mo chiall*. Tu es ma folie.

Elle réfléchit quelques instants.

— Je dirais que, dans ce contexte précis, c'est quelque chose de positif.

Il tourna la tête et lui embrassa doucement les cheveux.

— Tu me révèles à moi-même, Eve, de mille manières différentes.

— J'avais besoin de, je ne sais pas, faire sauter toutes les tensions accumulées dans la journée.

— Je dirais que, sur ce plan, on a assuré.

Il se décala et l'attira contre lui pour qu'elle se blottisse entre ses bras.

— Tu vas bien dormir, ajouta-t-il.

— Je crois...

Elle ferma les yeux, inspira une bouffée de son odeur et commença à laisser son esprit dériver.

— Tu allumes des lumières à travers toute la maison quand je rentre le soir, quand je rentre tard.

— Pour t'aider à trouver le chemin.

— C'est chouette, murmura-t-elle avant de s'abandonner au sommeil.

Le chat, jugeant qu'il pouvait remonter sur le lit sans crainte, vint se lover dans le creux du dos d'Eve.

« Oui, songea Connors, c'est très chouette. »

Eve se réveilla seule, et très tôt. Elle envisagea de grappiller dix minutes de plus mais laissa rapidement tomber.

« Trop à faire », se rappela-t-elle.

Titubante, elle traversa la pièce pour aller se programmer un café.

La première gorgée régénérante remit son organisme en marche. Elle en but plusieurs autres sur le chemin de la douche.

Grâce au café, aux jets d'eau chaude à la puissance maximale et à un rapide passage dans la cabine de séchage, elle se sentit non seulement redevenir humaine mais capable de faire face à la journée qui l'attendait. Le peignoir suspendu derrière la porte – taillé dans un coton léger couleur abricot – avait l'air d'être un nouveau modèle. Lorsqu'elle l'enfila, elle eut l'impression de se blottir dans un nuage.

Connors ne ratait jamais son coup.

Il était là, de retour d'une quelconque réunion de travail programmée avant l'aube, assis sur le sofa dans son costume parfaitement taillé, noir comme la nuit, par-dessus une chemise d'un bleu presque aussi magique que celui de ses yeux. Sa cravate était du même bleu, striée de fines rayures plus claires.

Le chat était assis auprès de lui, ravi de se faire gratter la tête par ces doigts si habiles pendant que Connors sirotait son café, l'œil rivé sur le défilé des cotations boursières à l'écran.

— Je pensais te réveiller mais tu t'es levée tôt, dit-il.

— Planning chargé, répondit Eve.

Connors avait déjà programmé la cafetière posée sur la table ; elle n'eut qu'à remplir sa tasse.

— Et je vais peut-être devoir brusquer Dickhead pour obtenir des résultats.

Dick Berenski, le technicien en chef du labo, avait d'indéniables compétences... et un appétit prononcé pour les pots-de-vin.

— Qu'est-ce que ce sera cette fois ? se demanda Connors comme Eve passait devant lui pour ouvrir la porte de son dressing. Une bouteille de single malt ? Des billets pour un match majeur ?

— Le brusquer, répéta-t-elle depuis le dressing. Pas de bakchich. S'il y fait ne serait-ce qu'une allusion, je serai peut-être contrainte de m'arrêter moi-même pour coups et blessures contre lui.

— Je paierai ta caution.

Debout face à sa penderie, elle songea aux entretiens à mener, à sa visite à la morgue et au labo et à tout ce qui pourrait en découler. Trop de vêtements, trop de possibilités.

Pourquoi ne pouvait-on pas se contenter de porter tous les jours du noir et du marron ?

— Si je devais interroger des employés et des familles sans doute endeuillés, lança Connors sur le ton de la conversation depuis la chambre, j'opterais pour une tenue de couleur sombre. Mais pas entièrement noire, ajouta-t-il à l'instant même où Eve tendit la main vers un pantalon noir. Je laisserais ça aux personnes en deuil.

Marron, décida Eve. Le marron était une couleur sombre.

Elle fit mine de prendre un pantalon marron puis se ravisa.

« Merde... », songea-t-elle.

Du gris. Le gris était presque noir, mais pas tout à fait.

Et puis elle n'avait pas envie de se triturer plus longtemps les méninges.

La sélection avait pris plus de temps que nécessaire. Elle s'habilla directement dans le dressing pour éviter que Connors n'échange un ou plusieurs de ses choix contre autre chose.

Quelque chose de mieux, sans aucun doute. Mais pas le temps.

Lorsqu'elle sortit du dressing avec un pantalon gris, des boots d'un gris plus foncé, un pull bleu marine et à la main une veste grise (choisie pour ses boutons et ses finitions bleu marine), Connors avait déjà disposé leur petit-déjeuner sous deux cloches chauffantes.

— Un choix de tenue sobre et digne, commenta-t-il. Tout en restant à la mode et empreint d'autorité. Bien joué.

— Va te faire voir.

Elle posa la veste sur un dossier de chaise et enfila son harnais réglementaire.

— Ça m'a pris deux fois plus longtemps que si j'avais opté pour du noir. D'ailleurs, toi aussi, tu es en noir, fit-elle remarquer.

— Indigo, en fait, mais c'est assez proche. Cela correspond à... mes activités du jour, dirons-nous.

— Tu prévois d'acheter quelle planète ?

— Bien que je n'achète pas Mars, du moins pas encore, répondit-il avec un sourire, j'ai des affaires à régler à propos de la colonie. Mais avant cela, j'assisterai à la première réunion d'équipe à An Didean, qui aura lieu plus tard dans la matinée. Après quoi nous tiendrons une seconde réunion avec une partie des employés de Dochas, car nous voulons qu'ils travaillent main dans la main quand ce sera nécessaire.

Elle lui décocha un coup d'œil.

— Tu pourrais, potentiellement, voir des mineurs ayant trouvé refuge à Dochas transférés dans ton école.

— Espérons-le.

Elle s'assit à côté de lui.

— C'est une bonne chose, à tous les niveaux. Pendant notre séjour en Italie, tu disais que tout avançait conformément au planning.

— Et c'est le cas, assura-t-il en soulevant les cloches.

« Pas de porridge », constata joyeusement Eve. Même si elle se doutait que la crème blanche dans le ramequin, sous les fruits et les céréales croustillantes, n'était pas de la glace mais du yaourt. Quoi qu'il en soit, l'omelette et le bacon compenseraient largement.

— Et Rochelle ? Elle est à la hauteur de tes attentes ?

— Elle est brillante. Elle est loin d'avoir terminé de pleurer son frère, ajouta-t-il en touchant la main d'Eve. Mais ton action lui a permis d'entamer son deuil, de même qu'à sa famille. Durant la brève conversation qu'on a eue hier, elle m'a confié qu'elle pensait à lui quand elle était à l'école, à l'énorme différence qu'un endroit comme celui-là aurait pu faire dans sa vie et à quel point il serait fier qu'elle y travaille.

— Elle a emménagé avec Crack.

— Effectivement.

Amusé par le ton qu'elle avait employé – moins dans la désapprobation que dans la stupeur –, il haussa un sourcil sarcastique.

— Un problème, lieutenant ?

— Non. Faut juste que je m'habitue à l'idée.

Elle plongea sa cuillère dans le yaourt, histoire d'en finir.

Ce n'était pas si infect que ça.

— Et tant que nous sommes plus ou moins sur le sujet d'An Didean, tu te souviens que Jake et ses musiciens se sont portés volontaires pour donner des cours de temps à autre ? Musique et écriture de chansons.

— Le rockeur de Nadine est un type bien.

— Tout à fait. Et notre chère Nadine, en plus d'avoir pris l'une de nos élèves – l'inestimable Quilla – comme stagiaire, passera également à l'occasion pour parler journalisme, conception de scénarios et écriture en général.

Le rôle lui allait parfaitement, songea Eve. Nadine avait énormément d'expérience, elle savait de quoi elle parlait.

— Tu t'es constitué une équipe cinq étoiles.

Si le yaourt n'était pas infect, l'omelette était, elle, un vrai délice.

— C'est ce que je me plais à penser. Nos intervenants compteront des grands chefs, des artistes, des scientifiques, des hommes et femmes d'affaires...

— Tu feras des apparitions ?

— De temps en temps. Chanteurs, stylistes.

— Mavis et Leonardo.

— Entre autres. Ingénieurs, architectes, programmeurs, médecins. Avocats.

Eve laissa échapper un grognement.

Il sourit et but une gorgée de café.

— Nous tenons à ce que le programme soit complet, en plus de garantir des soins, un accueil, une nutrition et une sécurité de haut niveau. Une partie de ce programme se doit d'être consacrée à la loi. Dans toutes ses dimensions. Qui de mieux que le lieutenant Dallas pour venir faire une intervention sur le travail de la police ?

— Ouh là, non. Ce serait de la folie.

Elle mordit d'un air décidé dans une tranche de bacon.

— Je ne sais pas enseigner, dit-elle d'un ton définitif.

Connors pencha la tête sur le côté puis pointa un doigt en signe d'avertissement vers Galahad, qui rampait jusqu'à la table, les yeux rivés sur le bacon.

— Je n'ai qu'une chose à dire : Peabody, inspecteur Delia.

— Ce n'était pas de l'enseignement, c'était une formation de terrain. Elle était déjà flic. Et ce n'était pas une gamine.

Sans se laisser démonter, Connors déroula un argumentaire fluide :

— Certains d'entre eux seront en difficulté, issus de foyers difficiles, comme le frère de Rochelle avant qu'il opère un vrai tournant dans sa trop courte vie. Ce qui, au passage, ressemble beaucoup à ce que nous avons fait, toi et moi. Qui serait mieux placé pour leur montrer ce qu'est réellement un flic, ce qu'il devrait être, ce qu'il peut être, que quelqu'un qui adhère profondément à l'idée de protéger et servir la communauté ? Le tout avec panache et efficacité ?

Il aurait été capable, se dit Eve, de négocier avec Dieu le Père et d'en sortir gagnant.

— Tu dis ça en espérant me convaincre par la flatterie.

— Je te laisse y réfléchir, répondit-il avec une tape affectueuse sur sa cuisse.

Parce qu'elle n'avait pas envie d'y réfléchir, elle termina rapidement son petit-déjeuner.

— Il faut que je me mette en route.

Elle se leva pour récupérer insigne, menottes, couteau de poche, communicateur, radio et un peu d'argent liquide avant d'enfiler sa veste.

Connors se leva à son tour et, après un regard de mise en garde à Galahad, s'avança vers Eve et la prit dans ses bras.

Troublée, elle lui rendit son embrassade.

— Ça me donne l'impression que tu t'inquiètes. Ne commence pas ta journée en te faisant du souci pour moi.

— Je ne suis pas inquiet. Tu prendras soin de mon flic préféré. C'est plutôt une façon de... se cramponner à ce qui compte vraiment, et au moment présent.

Il lui inclina la tête en arrière et l'embrassa. Deux fois.

— À ce soir.

Puis il lui tapota les fesses et Eve sentit refluer en elle le début de préoccupation qui l'avait saisie.

— Et ne sois pas trop dure avec Dickhead, ajouta-t-il.

— Ça dépendra entièrement de lui.

Elle s'apprêta à sortir, s'arrêta sur le pas de la porte.

— Si c'est moi qui rentre à la maison la première – ça arrive –, je laisserai les lumières allumées.

Il lui décocha un grand sourire qu'elle emporta avec elle dans l'escalier et jusqu'à la voiture.


Quelques instants plus tard, elle passa le portail et se mêla à la circulation du petit matin. Il était encore trop tôt, d'une bonne demi-heure, estima-t-elle, pour que les dirigeables commerciaux crachent déjà leurs publicités. Il était déjà trop tard, en revanche, pour éviter les maxibus, le premier vendeur ambulant prêt à servir du café chaud et des bagels à peine passables ou les trams aériens de banlieue vrombissants qui traversaient le ciel, chargés de passagers encore ensommeillés.

Mais pas trop tard, semblait-il, pour ces deux CL de rue venues s'acheter un café et un bagel passable après une longue nuit de travail.

Un peu plus loin, elle repéra une femme en robe de soirée dorée agrémentée d'une courte cape argentée qui roulait des hanches sur le trottoir, perchée sur d'immenses talons.

Une autre CL, peut-être, mais clairement pas du genre à travailler dans la rue. La fin d'une longue nuit pour elle aussi, dans tous les cas.

Eve vit un promeneur de chiens tirant derrière lui une bande de minuscules cabots à la fourrure décorée de nœuds roses, un jogger en survêtement rouge fluo sprintant vers une ligne d'arrivée invisible, un clochard encore assoupi dans l'embrasure d'une porte, une vendeuse du marché déjà occupée à remplir son stand de fleurs et, à la fenêtre du deuxième étage d'un immeuble, une femme en justaucorps léopard enchaînant les pirouettes.

« Si tu n'aimes pas New York, tu n'as rien à faire là », se dit-elle.

Et parce qu'elle aimait cette ville, parce qu'elle y était à sa place, parce qu'elle était flic et convaincue de l'importance de protéger et servir, elle tourna ses pensées vers le meurtre qu'elle avait à résoudre.

# 4

Parce qu'elle voulait se faire une idée du trajet qu'Abner faisait régulièrement à pied entre son domicile et son cabinet, Eve se mit en quête d'une place de stationnement près de chez lui. Cela lui prit du temps, même dans cette rue tranquille, mais elle en avait suffisamment. Une fois garée, elle remonta un pâté de maisons et demi jusqu'au domicile d'Abner. La porte était désormais barrée par des scellés. Eve nota l'heure puis se mit en route.

Ni Abner ni Rufty ne possédaient de véhicule. Elle supposait qu'en cas de très mauvais temps ils commandaient un taxi ou un service de chauffeurs pour couvrir les quelques centaines de mètres jusqu'à leurs lieux de travail respectifs.

Mais les informations dont elle disposait indiquaient qu'Abner avait l'habitude de marcher, qu'il partait parfois suffisamment tôt pour s'offrir un petit jogging ou une séance d'entraînement à la salle de sport.

Sauf en cas de météo vraiment peu clémente, il aimait courir au Hudson River Park. Elles enquêteraient aussi là-bas, à la recherche d'autres joggers qui auraient pu le connaître ou être en contact avec lui.

Mais la plupart des jours ouvrés, il empruntait cet itinéraire au milieu des jolies maisons en briques et de quelques restaurants, cafés et boutiques huppées. Elle passa devant une boulangerie et marqua un temps d'arrêt. Les clients faisaient déjà la queue à l'intérieur.

L'endroit mériterait qu'elle s'y intéresse au retour. C'était sans doute là que la victime achetait les viennoiseries que, d'après Louise, il apportait de temps en temps à la clinique.

Il avait sans doute aussi un fleuriste attitré, supposa-t-elle. Des fleurs fraîchement coupées décoraient la maison, il en offrait également à la clinique.

Un lieu parmi tant d'autres où le tueur avait pu le voir ou même interagir avec lui.

Il devait connaître ses habitudes, estima-t-elle en tournant le coin de la rue. Être certain ou presque qu'Abner serait chez lui pour recevoir le colis, sans qu'il y ait personne d'autre à la maison. Sinon, pourquoi avoir payé pour une livraison express dans la matinée ?

Non pas que cela ait coûté plus cher au tueur, mais pourquoi se donner cette peine si l'heure d'ouverture du paquet n'avait pas d'importance ?

Elle s'arrêta devant le bâtiment, une autre maison en grès brun, qui accueillait le cabinet médical. L'une des plaques dorées serties dans la pierre brune indiquait :

D<small>R</small> K<small>ENT</small> A<small>BNER</small>
P<small>ÉDIATRE</small>

Une rampe couleur de bronze foncé surplombait les quelques marches menant à la porte blanche encadrée par deux pots de la même couleur garnis de petites jonquilles ensoleillées, de fleurs violettes qu'elle n'aurait pas su identifier et de feuilles vertes qui retombaient sur le pourtour.

Les carreaux des fenêtres étaient impeccables.

Le tout, aux yeux d'Eve, donnait l'impression d'un endroit classieux, sûr et accueillant.

Sentiment de sécurité renforcé par la présence d'excellentes mesures de protection, y compris une caméra au-dessus de la porte.

Elle se retourna pour se faire une idée plus complète des lieux et des interactions routinières qui devaient s'y dérouler, ne serait-ce que les livraisons. Et elle repéra Peabody qui arrivait depuis le côté opposé.

Son équipière portait son manteau rose – probablement débarrassé de sa doublure d'hiver – ainsi que ses santiags roses adorées, un pantalon bleu marine et une écharpe, en soie plutôt qu'en laine, dont les motifs rappelaient les fleurs dans leurs pots blancs.

En voyant les reflets du soleil jouer sur ses lunettes noires, Eve regretta de ne pas avoir emporté les siennes.

Peabody accéléra le pas pour la rejoindre.

— Quelle belle matinée ! Ça devrait toujours être le printemps.

— Vous êtes couverte de fleurs.

— C'est le printemps. J'ai fignolé ça hier, dit Peabody en tapotant son écharpe.

— Fignolé ?

— Sur ma machine à coudre. La voiture n'est pas là ?

— Je l'ai garée devant la scène de crime pour parcourir à pied le trajet habituel de Kent.

— Oh. Si j'avais su, j'aurais mangé ce chausson aux pommes. Je parie que McNab s'en prendra un sur le chemin du Central, vu que ses fesses à lui ne prennent jamais un gramme. Il sera dispo dès que vous aurez besoin de lui pour examiner des appareils. Oh, regardez-moi ces jolis iris avec les jonquilles et les feuilles de patate douce.

Eve baissa les yeux vers les pots, perplexe.

— Ils font pousser des patates devant leurs locaux ?

— Non, c'est seulement décoratif.

— Comment vous savez tout ça ? s'interrogea Eve en montant les marches. Non, ne dites rien. C'est votre côté free age, bien sûr.

Elle sonna.

La femme qui vint leur ouvrir avait la peau d'un brun doré et une abondante chevelure noire rassemblée en un large nœud sur sa nuque. Ses grands yeux couleur chocolat aux cils épais laissaient deviner des larmes récentes et une fatigue considérable.

Elle portait un tailleur noir très sobre et des chaussures noires toutes simples.

— Vous êtes de la police, dit-elle avec un très léger accent.

— Lieutenant Dallas, précisa Eve en présentant son insigne. Et voici l'inspecteur Peabody.

— Oui, l'inspecteur et moi nous sommes parlé. Je suis Seldine Abbakar, responsable administrative du cabinet du Dr Abner. Entrez, je vous en prie.

Les murs de la réception et de la salle d'attente étaient d'un vert enjoué décoré de tableaux plus enjoués encore. Des photos de bébés, de bambins et d'enfants plus âgés recouvraient une paroi entière. L'endroit était meublé de sièges rembourrés bleu vif avec, dans une salle attenante, de grands bacs de jouets couleur de crayon gras rouge.

Une alcôve était garnie de portants – certains à hauteur normale, d'autres à mi-hauteur, sans doute, devina Eve, à l'usage d'humains de petite taille – auxquels suspendre les manteaux.

Personne n'avait encore pris son poste sur la longue table en L équipée de plusieurs ordinateurs et écrans située derrière la réception.

— J'ai demandé à tout le monde d'arriver à 7 h 15, pour être sûre, expliqua Seldine. Nous sommes tous là et j'ai pensé que le mieux serait de nous rassembler dans la salle de réunion pour vous écouter. Vous nous pardonnerez…

Elle s'interrompit, pinça ses lèvres soigneusement maquillées.

— Nous sommes tous choqués et tristes. Le Dr Abner… était très apprécié.

— Toutes nos condoléances.

— Merci. C'est une terrible perte.

— Nous vous remercions d'avoir organisé cette entrevue.

— C'est ce qu'il aurait voulu. Votre mission consiste à découvrir qui a commis cet acte atroce. Je ne saurais exprimer à quel point je souhaite vous voir réussir. Si vous voulez bien me suivre.

— Avant cela, depuis combien de temps travailliez-vous pour le Dr Abner ?

Eve connaissait la réponse ; elle avait fait quelques recherches. Mais elle voulait l'entendre de la bouche de la première concernée.

— J'ai commencé à travailler ici à vingt-deux ans, en sortant de l'université. J'étais venue d'Iran pour mes études et j'ai fait une demande afin de rester vivre sur place. Cela fera vingt ans tout pile dans un mois. Le Dr Kent… Pardon, il me demandait de l'appeler simplement par son prénom mais je n'ai jamais pu m'y résoudre. Pour moi, il était le Dr Kent.

— Compris.

— Le Dr Kent m'a permis de poursuivre ma formation et m'a encouragée à prendre du galon. Mon père est décédé en Iran il y a bien longtemps. Quand je me suis mariée, c'est au Dr Kent que j'ai demandé de m'escorter jusqu'à l'autel. Il m'a fait bénéficier de congés maternité très généreux quand j'ai eu mes enfants et comme je voulais travailler et avoir des enfants, il... Nous avons une crèche intégrée au cabinet. Cela vous montre à quel point il aime... il aimait les enfants.

Elle chassa du bout des doigts la larme qui coulait sur sa joue.

— Excusez-moi, je suis encore très affectée. C'était un vrai père pour moi. Le Dr Martin, son mari, faisait quasiment partie de ma famille. Et, même en l'absence de liens du sang, mes enfants les considèrent comme des grands-pères.

— Je vais vous poser la question pour ne plus avoir à y revenir. Pouvez-vous me dire où vous étiez avant-hier soir à 22 heures ?

— Ça fait partie de votre travail. Oui, je peux vous le dire. Ma belle-sœur, la sœur de mon mari, a accouché ce soir-là, à 22 h 16. Un garçon de trois kilos six qui portera le nom de Jamar. J'étais auprès d'elle, comme elle me l'avait demandé, depuis le début du travail jusqu'à l'accouchement. Puis mon mari et moi sommes restés avec elle et la famille jusqu'à près de minuit.

Elle laissa échapper un soupir.

— Le Dr Kent était censé être le pédiatre de Jamar, comme il l'a été pour mes enfants. Je vous donnerai les noms et l'adresse de la clinique pour que vous puissiez vérifier.

Eve savait reconnaître la vérité nue quand elle l'entendait mais elle hocha la tête.

— Merci. Nous aimerions à présent parler aux autres employés.

Seldine ouvrit une porte latérale et les précéda dans le couloir en passant devant plusieurs salles d'examen et deux bureaux. Le nom d'Abner était inscrit sur la première porte, celui de son associée sur la seconde.

Elles grimpèrent un escalier situé derrière une autre porte et débouchèrent dans une sorte de salle de pause et de détente – déserte – qui était de toute évidence la crèche mentionnée un peu plus tôt. Seldine les guida jusqu'à une pièce meublée d'une grande table et de nombreuses chaises, avec deux consoles équipées d'un autochef et de quoi servir thé et café.

Les personnes rassemblées autour de la table redressèrent la tête en les voyant arriver. Eve aperçut beaucoup d'yeux rougis et embués de larmes. Et plus d'un employé agrippé à sa voisine ou son voisin.

Leur chagrin était palpable.

— Voici le lieutenant Dallas et l'inspecteur Peabody. Elles ont des questions à nous poser et nous honorerons le Dr Kent en y répondant de manière aussi honnête et détaillée que possible. Je vous en prie, lieutenant, inspecteur, asseyez-vous. Voulez-vous un café ?

— Café noir, merci.

— Lait et deux sucres, indiqua Peabody.

Et, sur un geste d'Eve, elle lança le début de l'entrevue.

— Nous sommes conscientes que vous venez de recevoir une terrible nouvelle et vous présentons nos condoléances. La question n'est jamais agréable mais établir où était chacun d'entre vous à des horaires précis nous permettra de vous écarter de la liste des suspects potentiels pour passer à d'autres questions.

— Je vais commencer. Je suis Melissa Rendi. Le Dr Rendi, l'associée du Dr Abner.

La trentaine, métisse, elle était restée assise, la main serrée sur un mouchoir.

— Je suis arrivée au cabinet il y a trois ans. Tous les autres sont là depuis plus longtemps donc je veux bien commencer, si ça vous convient.

— Très bien. Pouvez-vous nous dire où vous étiez avant-hier soir à 22 heures ?

— Je... Mais je croyais que Kent avait été tué hier matin ?

— C'est exact, dit Eve. Nous avons aussi besoin de cette information.

— J'étais chez moi, avec ma fiancée. Il vous faut aussi son nom ?

— S'il vous plaît.

— Alicia Gorden. Nous avons dîné à la maison – la journée avait été longue pour nous deux – et comme nous nous marions le mois prochain, nous avons passé du temps à gérer les cartons des invités et d'autres questions d'organisation. Nous sommes restées chez nous toute la soirée.

— Et hier matin vers 9 h 30 ?

— J'étais ici. C'était le jour de repos de Kent. J'avais des rendez-vous à partir de 8 heures.

— Je peux le confirmer, intervint Seldine. Le Dr Lissa a passé toute la matinée au cabinet. Elle a pris sa pause déjeuner à 13 heures dans notre salle de repos, puis les rendez-vous ont repris à partir de 14 h 15. Ces détails sont utiles pour vous ?

— Très, répondit Peabody avec un sourire discret.

Elles passèrent en revue les personnes réunies autour de la table. Réceptionnistes, infirmières, assistante médicale, deux employées de la crèche, équipe de ménage.

Rendi avait dit vrai ; tous travaillaient pour Abner depuis longtemps.

L'un après l'autre, ils enchaînèrent allées et venues, alibis et chaudes larmes.

Eve avait bien l'intention de vérifier les alibis mais elle ne s'attendait pas à ce qu'il en ressorte grand-chose.

Elle avait en face d'elle un cabinet dont les employés s'entendaient bien et se serraient les coudes, le tout organisé autour de Kent Abner, sa personnalité et son professionnalisme.

— Le Dr Abner avait-il des problèmes ou des difficultés avec qui que ce soit ? Un patient, ou ses parents, ses tuteurs légaux ? Un ancien employé, un autre associé ?

— Je trouve dingue d'imaginer que quelqu'un ait pu lui faire volontairement du mal !

L'objection venait d'Olivia Tressle, vingt-six ans, la cadette de l'équipe.

— Il s'agit forcément d'une terrible erreur, ou alors de l'acte d'un fou. D'un désaxé.

— Olivia, dit Seldine d'une voix douce, ce n'est pas la question du lieutenant Dallas.

— Je sais, mais... C'était quelqu'un de tellement exceptionnel. Un si bon médecin. Et ce cabinet est un endroit tellement super. Tout ça me paraît... injuste et fou.

— Elle a raison, renchérit un infirmier d'une quarantaine d'années. C'est injuste. C'était un homme bon et il avait un don pour ce métier. Les enfants l'adoraient. Croyez-moi, il avait un don. Si un gamin ou un bébé arrivait malade ou agité, il trouvait la clé pour l'apaiser. Donc les parents aussi l'adoraient. Il travaillait même bénévolement dans une clinique, plusieurs heures par mois. Et pendant les fêtes ? Tous les enfants qui passaient ici recevaient un petit cadeau. Rien d'extravagant mais il le payait de sa poche, pas sur les comptes du cabinet. Tous les gamins avaient droit à une carte pour leur anniversaire. Ils comptaient vraiment pour lui. Ce n'était pas qu'une profession à ses yeux, ni une simple histoire de pathologies à soigner. Il prenait soin d'eux. Quand vous trouverez celui qui a fait ça... La prison sera un châtiment trop doux...

Ses mots résonnèrent dans les esprits jusqu'à ce que Rendi reprenne la parole.

— Je ne sais pas s'il en avait parlé à d'autres personnes, mais il avait eu des mots avec un médecin aux urgences de l'hôpital Unger Memorial. Un dénommé Ponti, je crois, ou Ponto.

— À quel sujet ?

— Kent s'y est rendu après la chute de l'un de ses patients. Une simple fracture en bois vert du poignet, mais les parents avaient contacté Kent parce que l'enfant était un peu hystérique et réclamait son Dr Kent. Fidèle à lui-même, Kent y est allé. Une fois là-bas, un autre médecin sur place s'est mis à tancer et humilier une femme sous prétexte que son fils était sale. C'est en tout cas ce qu'il prétendait. Il lui faisait la leçon pour ne pas avoir douché le gamin avant de le lui amener. Aux urgences ! s'agaça Rendi. D'après Kent, la femme était visiblement sans domicile fixe, ou pas loin, et faisait de son mieux. Et puis on ne traite pas les gens de cette façon.

— Que s'est-il passé ?

— Kent m'a dit qu'il avait fait jouer son rang – il est souvent appelé là-bas en consultation – et demandé à cet idiot d'urgentiste d'aller faire un tour. Il s'est occupé de l'enfant et de sa mère, leur a parlé de la clinique de Louise Dimatto. C'est là qu'il travaillait en tant que bénévole. Puis il est allé dire ses quatre vérités au type, qui s'est énervé en répliquant que ce n'étaient pas ses affaires. Qu'il devrait enchaîner deux rotations de huit heures aux urgences plutôt que de se la couler douce dans son cabinet privé chicos avant de faire la morale à qui que ce soit.

— À quand est-ce que ça remonte ? lui demanda Eve.

— À plusieurs mois, je dirais. En octobre... non, novembre. En novembre, un peu avant Thanksgiving, je m'en souviens maintenant. Une petite semaine avant, parce qu'on avait sorti les décorations avec les dindes et rangé celles d'Halloween. Je tiens à préciser que c'est éprouvant, ces rotations aux urgences. J'ai fait une partie de mon internat là-bas. Je ne veux pas causer d'ennuis à ce médecin, mais c'est l'une des très rares occasions où j'ai vu Kent vraiment en colère.

— Toutes les informations nous sont utiles. Autre chose du même ordre ? Des occasions où le Dr Abner aurait eu une dispute avec quelqu'un ou se serait mis en colère ?

— Il y a quelques années, il a dénoncé un parent pour maltraitance, dit Sarah Eisner, une infirmière, en tournant son regard vers Seldine. Il était furieux... Qui ne le serait pas ? La mère avait amené le petit garçon pour une visite de routine et il était couvert de bleus. Elle a d'abord prétendu qu'il était simplement maladroit avant d'éclater en sanglots. Elle a expliqué à Kent – j'étais dans la salle d'examen à ce moment-là – que son mari s'était emporté et avait frappé le garçon.

— Oui, Thomas Thane. Je m'en souviens. Il avait... trois ans ?

— C'est ça, confirma Sarah. Et quand Kent a réussi à lui faire oublier sa peur, il a raconté que son papa s'était mis très en colère parce qu'il avait cassé quelque chose. Et que ce n'était pas la première fois.

— Il y a eu un rapport de police ?

— Oui, dit Seldine. Le Dr Kent a parlé à la police. Je sais qu'il a évoqué avec la mère la possibilité d'envoyer le garçon dans un foyer, ou qu'ils soient aidés par une assistante sociale. Mais ils ne sont pas revenus. J'ignore ce qui s'est passé.

— Nous le découvrirons. Est-ce la seule fois où le Dr Abner a signalé des maltraitances sur un patient ?

— Il n'y en a eu que deux autres depuis que je travaille pour lui. Donc trois dont j'ai eu connaissance en vingt ans.

— Nous allons avoir besoin des noms, dates et de toutes les informations disponibles. Nous allons récupérer l'équipement informatique du Dr Abner et...

— Oh, mais les dossiers médicaux...

Seldine planta son regard dans celui de Rendi.

— C'est le Dr Kent. C'est pour lui, tout ça.

— Je comprends, mais il y a des lois et des questions de vie privée. Nous...

— Nous avons un mandat, l'interrompit Eve. Vous pourrez mettre de côté tous les dossiers médicaux privés et confidentiels mais nous prendrons le reste.

— Je peux m'en charger, lui assura Seldine. Ce sera prêt pour midi si vous voulez bien me laisser ce délai.

— C'est d'accord. Nous aimerions à présent examiner son bureau. Si des dossiers confidentiels s'y trouvent, je vous demanderai de les mettre à l'écart immédiatement.

— Je m'en charge. Si tu veux bien m'aider ? demanda Seldine à Rendi.

Celle-ci se leva.

— Bien sûr, dit-elle. Je... je tiens à ce que vous sachiez que j'espère de tout mon cœur que vous trouverez la personne responsable. Mais j'ai des devoirs envers nos patients. Kent faisait toujours des patients sa priorité.

— Compris. Peabody, contactez la DDE, dites-leur qu'ils sont attendus ici à, disons, 13 heures.

Elle balaya du regard le reste des personnes présentes.

— Je resterai joignable à tout moment au Central si quoi que ce soit d'autre vous revient. Quelqu'un avec qui le Dr Abner aurait eu une dispute ou des ennuis ou tout autre événement sortant de l'ordinaire.

— Chopez cet enfoiré, lança l'infirmier. On compte sur vous. Je vous jure que quand il sera traduit en justice, je serai là-bas tous les jours jusqu'à ce qu'il soit mis en taule. Kent et Martin comptent parmi les personnes les plus géniales que je connaisse. Des choses de ce genre ne devraient pas leur arriver. Ni à personne d'autre, d'ailleurs.

Eve les laissa dans la salle de réunion et repartit en direction du bureau d'Abner.

Elle y trouva Seldine en larmes et Rendi qui tentait de la réconforter. Seldine s'essuya le visage avec ses doigts.

— Pardon... Nous... Je suis tombée sur son agenda... Il avait prévu d'organiser une fête pour moi, le mois prochain. Pour mes vingt ans au sein du cabinet. Il avait... il avait déjà commandé un gâteau. Je l'adorais. C'était un vrai père pour moi.

— Est-ce que je peux l'emmener à l'écart ? demanda Rendi. J'ai isolé les dossiers médicaux des patients. Je peux la conduire à l'étage ?

— Allez-y.

Seldine fit de son mieux pour retrouver une attitude professionnelle.

— S'il vous plaît, renifla-t-elle. Si je peux faire quoi que ce soit d'autre d'utile, dites-le-moi. Et si vous vouliez bien, s'il vous plaît, dire à Martin que nous serons tous là pour lui dès qu'il le voudra ? Que nous lui envoyons de l'amour et du réconfort. Vous voulez bien ?

— Oui.

— Vous avez été très prévenantes avec nous. Merci pour toute l'attention que vous accorderez à cette enquête.

Une fois les deux femmes parties, Eve se tourna vers Peabody.

— Les chances de trouver une piste ici sont des plus minces. Mais accordons à cette enquête toute l'attention dont elle a besoin.


Lorsqu'elles ressortirent, Eve inspira une grande bouffée d'air au milieu du bruit, de l'agitation et des contrastes colorés de New York. Elle se réjouit de s'être garée à plusieurs rues de là.

— Prochaine étape, la morgue. Puis le labo. Entretemps, identifions ce Dr Ponti ou Ponto de l'hôpital Unger, et récupérons les dépôts de plainte concernant les maltraitances.

— Je m'en occupe, dit Peabody en dégainant son mini-ordinateur. Vous vous souvenez, il y a deux semaines, quand on cherchait qui avait tué un salopard de violeur ?

— Je n'ai pas oublié.

— Je pense qu'on a trouvé ce qu'on pourrait appeler son exact opposé chez Kent Abner. Et si l'enquête sur le meurtre de ce salopard de violeur était rude, je trouve que là, c'est encore plus violent.

— C'est toujours dur. C'est censé l'être. On va s'arrêter à la boulangerie là-bas.

— Là, c'est vous qui êtes dure avec moi ! J'ai déjà des chaussons aux pommes plein la tête.

— Louise m'a dit qu'Abner apportait parfois des viennoiseries ou des fleurs à la clinique. Allons voir s'il y a une piste quelconque à remonter. Il faudra aussi se rendre à la clinique, parler aux employés, examiner les dossiers d'Abner.

— Compris. Ah, Dr Milo Ponti, interne aux urgences de l'hôpital Unger. La petite quarantaine, marié depuis deux ans, pas d'enfants. Sa femme est infirmière en chirurgie, à Unger aussi. Il a étudié au Columbia Medical, vit dans le Lower West Side. Pas de casier.

— On lui rendra une petite visite. D'abord la boulangerie.

— On pourrait se partager un chausson aux pommes. Ça ne compte plus vraiment quand on le partage. Parce que ce n'est qu'une moitié. Diviser de moitié les calories, c'est positif. À vrai dire, c'est plus que positif, c'est admirable ! s'enthousiasma Peabody.

— Et si je n'ai pas envie d'un chausson ?

— On parle d'une moitié, donc ce n'est pas vraiment un chausson, plutôt une petite socquette. Et puis qui pourrait dire non à un tel délice ? Ou à la moitié d'un délice ?

— Pourquoi on appelle ça un chausson, en fait ? Pourquoi pas simplement un beignet à la pomme ?

— Parce qu'on enveloppe délicatement la pâte autour de la pomme placée au centre, comme un chausson doux et chaud, répondit Peabody en ouvrant la porte. Oh, sentez-moi cette odeur !

Eve huma l'air et estima qu'une demi-viennoiserie ne lui ferait pas de mal.

La première chose qu'elle remarqua en dehors de ces merveilleux effluves fut le brassard noir que la jeune femme à la caisse portait par-dessus sa tunique blanche.

La nouvelle avait circulé.

Elles interrogèrent des gens dans la boulangerie, la salle de sport, le marché du quartier. Peabody, qui faisait preuve d'une grande maîtrise d'elle-même, attendit d'être de retour à la voiture pour sortir sa moitié de chausson aux pommes.

— Je vais vous dire, commença-t-elle en prenant une minuscule bouchée pour faire durer le plaisir, j'espère que le jour où je mourrai – d'ici, disons, une centaine d'années, dans mon sommeil et après une folle nuit d'amour avec McNab – les gens qui auront bossé avec moi, ou qui m'auront connue, penseront ne serait-ce que la moitié du bien que les collègues ou les connaissances d'Abner pensent de lui.

— Une personne au moins était d'un avis très différent.

Sur le chemin de la morgue, Eve engloutit sa part de viennoiserie en trois grandes bouchées.

— Ni les personnes à qui nous avons parlé sur son trajet habituel, ni les voisins interrogés par nos agents n'ont remarqué de présence inhabituelle autour de son domicile. En tout cas, personne qui n'ait pas eu l'air à sa place ou soit passé de façon répétée.

— Et personne n'a reconnu les photos d'identité que vous leur avez montrées de Ponti ou des parents signalés par Abner.

— Ils n'en restent pas moins notre meilleure piste pour l'instant.

— Le premier est médecin et c'est plutôt vers lui que je penche parce qu'il me semble qu'un médecin peut s'y connaître en poison et être en mesure de se procurer ce genre de substance.

— Laquelle n'est toujours pas identifiée, rappela Eve. Mais je vois ce que vous voulez dire.

— Nous avons aussi cet agent d'entretien municipal qui estimait pouvoir cogner sur sa femme et son enfant quand ça lui chantait, reprit Peabody après une autre bouchée ridiculement petite. Dès que quelqu'un porte un uniforme, les gens ont tendance à ne pas se poser de questions sur sa présence.

— Très juste. Il y a aussi ce jeune cadre qui, d'après sa photo d'identité, se fondrait sans mal dans le décor du quartier. Celui-ci n'a pas fait de prison – il avait de bons avocats – mais il a quand même dû se soumettre à six mois de suivi psychologique obligatoire. La mère de l'enfant l'a assigné en justice pour obtenir la garde et un droit de visite limité et sous supervision pour lui. Ce qu'elle a obtenu. De quoi le mettre en rogne.

Peabody croqua une autre miette de chausson aux pommes.

— C'était il y a cinq ans, ça fait un long moment passé à ruminer sa vengeance. Et pour le dernier suspect, ça remonte encore plus loin. Quinze ans.

— Dont deux ans passés derrière les barreaux. On ira parler à chacun d'eux.

Dans l'immédiat, cependant, elle voulait savoir ce que Morris pouvait lui apprendre, et ce que le défunt avait révélé à Morris.

Peabody s'arrangea pour terminer son chausson avant qu'elles s'engagent dans le tunnel blanc de la morgue. Eve capta les effluves de quelque chose de plus fort, plus marqué, que l'habituel mélange de produit nettoyant, de désinfectant et de mort.

Et elle découvrit que les portes de la salle de travail de Morris étaient fermées à clé, avec un panneau qui indiquait ACCÈS INTERDIT.

Après avoir sonné, elle ressentit un énorme soulagement en apercevant Morris à travers le hublot et en entendant coulisser les verrous.

— Vous arrivez à point nommé, leur dit-il. Je viens juste de confirmer que la salle et le corps n'étaient plus contaminants.

Il s'exprimait d'une voix rendue métallique par l'appareil respiratoire de sa combinaison de protection intégrale mais leur fit signe d'entrer.

— Donnez-moi une minute pour retirer tout ça.

— Vous êtes dessus depuis combien de temps ?

— Nous devions isoler le corps – question de protocole – avant de pouvoir l'ouvrir. Et le conserver dans un espace contrôlé durant l'autopsie. J'ai pu commencer à travailler dessus hier soir.

Morris retira son casque et son masque pour les placer dans un tube fermé.

— Toujours conformément au protocole, il a été nécessaire de mener plusieurs examens avant que je puisse inspecter l'intérieur du corps.

Comme il se déshabillait, Eve remarqua que, loin de ses habituels costumes élégants, il portait un simple tee-shirt et un pantalon de jogging. Il avait rassemblé ses longs cheveux bruns en queue de cheval.

— Vous avez passé la nuit ici ?

— Un espace contrôlé, répéta-t-il. Je garde des vêtements sur place pour ce genre de situations. Le protocole dicte également de faire une pause de deux heures pour dormir. Les tables d'autopsie font l'affaire en y ajoutant un petit matelas à mémoire de forme...

Il leur sourit mais la fatigue se lisait dans son regard.

— Cela dit, une douche, un café correct et un petit-déjeuner me feront du bien.

— Peabody.

— Tout de suite.

— Oh, ne vous embêtez pas pour ça..., commença à dire Morris.

Mais Peabody avait déjà passé la porte.

— Bon, eh bien merci, conclut-il.

— J'ai eu mon compte de nuits blanches mais je n'ai jamais dormi sur une table d'autopsie.

— Cet endroit est mon second chez-moi, après tout.

Eve s'approcha de la dépouille, que Morris avait refermée à l'aide de points de suture longs et précis.

— Quelles sont vos conclusions ? demanda-t-elle.

— Le labo vous en dira plus, mais le bon Dr Abner a connu une mort douloureuse – rapide et douloureuse – sous l'effet d'une toxine que je ne suis pas en mesure d'identifier avec certitude. Rien n'indique qu'il l'ait ingérée ou qu'elle soit passée dans son sang via une injection ou un contact physique. Il l'a inhalée ; elle était aéroportée. Ce qui, évidemment, a rallongé d'autant le protocole de contrôle.

Morris désigna du geste un plan de travail sur lequel étaient disposés plusieurs bocaux scellés contenant divers organes internes de Kent Abner.

— Je pense que nous avons affaire à un agent neurotoxique. Le système nerveux d'Abner a été anéanti, de même que ses poumons, ses reins, son foie, ses intestins. Il a souffert d'une attaque massive et de brûlures internes en plus de celles sur ses deux pouces. Son œsophage a été roussi de l'intérieur.

» Il a pu disposer d'une poignée de secondes – dix, quinze – pour deviner ce qui se passait. En tant que médecin, il a dû comprendre qu'il avait été exposé à une toxine. Mais il n'a rien pu faire avant de mourir. Quelques minutes d'agonie, trois ou quatre selon moi, étant donné sa taille et son poids. Peut-être cinq, parce que sa musculature indiquait un corps très bien entretenu, mais ses organes internes ont été tellement attaqués que je ne serais pas capable de vous dire s'ils étaient sains avant leur exposition.

— Je pense que c'était le cas, d'après les éléments dont nous disposons. Il faisait régulièrement du sport en salle et du jogging. Vous m'avez dit ne pas pouvoir identifier le poison avec certitude. Mais vous avez une idée, une opinion.

— Il vous faudra faire appel à un expert en toxines et agents biologiques, Dallas.

— Et nous le ferons. J'aimerais malgré tout avoir votre avis.

Il soupira.

— J'aurais parié sur le gaz sarin, une idée extrêmement inquiétante. Mais mon matériel et mes observations ne peuvent le confirmer à cent pour cent. Il a été exposé à son domicile, portes et fenêtres fermées.

— Plusieurs heures se sont écoulées avant qu'on le retrouve.

— Même ainsi, il aurait dû rester des résidus, suffisamment pour faire réagir les détecteurs de l'équipe de décontamination. Et sur le corps lui-même. Vous-même, isolée au Seal-It ou non, avez manipulé le corps, de même que son conjoint, sans aucune protection. Mais ni lui ni vous n'avez présenté de signe de contamination.

» Un dérivé du sarin, peut-être. Il y a aussi la possibilité du trioxyde de soufre. Ses yeux, sa peau, les brûlures...

Morris secoua la tête.

— La meilleure conclusion à laquelle j'arrive est celle d'une combinaison d'agents et de poisons, diffusés sous forme gazeuse pour causer la mort en quelques minutes puis se dissiper en quelques heures... ou moins.

— Cela nécessite quelqu'un qui sait ce qu'il fait, qui sait manipuler des toxines mortelles, dit Eve en faisant le tour du corps. Qui sait comment contenir le produit puis le libérer au moment voulu et de la manière voulue. Quelqu'un qui travaille avec des matériaux dangereux. Soignant au fait de leur fonctionnement, chercheur, chimiste, technicien de labo, militaire...

— Je doute qu'une personne ordinaire sache comment avoir accès ou fabriquer quelque chose de ce genre, sans parler de le manipuler sans s'exposer elle-même, ou d'autres personnes autour. L'idée que le colis ait transité par un service de livraison classique... Si le produit avait fui... Je suppose qu'il n'y en avait qu'une faible quantité, mais malgré cela, je dirais qu'il aurait tué tout être vivant entre cinq et dix mètres à la ronde. Et sans savoir en combien de temps il se dissipe dans l'air... Des centaines de personnes auraient pu se retrouver exposées.

— Il ne voulait pas tuer des centaines de personnes, murmura Eve. Seulement Kent Abner.

Peabody revint avec un plateau chirurgical entre les mains. Elle y avait disposé une tasse de café fumante et une assiette garnie de bacon, œufs brouillés et galettes de pommes de terre.

— Vous m'avez pris à manger ?

— Vous aviez parlé de petit-déjeuner.

— C'est... c'est du véritable bacon. Et de vrais œufs. Un repas digne des dieux !

— Du dieu des morts, répondit Peabody avec un grand sourire, ravie de l'aider. Je vous le mets où ?

— Oh, sur la table là-bas.

Voyant Peabody blêmir à la vue des bocaux, Morris laissa échapper un petit rire.

— Je m'en occupe, dit-il, et je vous remercie infiniment toutes les deux. Je vais rester en contact avec le labo. Je tiens vraiment à savoir à quoi nous avons affaire.

— Nous allons y aller. Je m'assurerai qu'ils vous envoient un rapport.

Avec un hochement de tête, Morris poussa un tabouret vers le plan de travail et posa le plateau.

— Trouvez rapidement qui se cache derrière ce meurtre, mes chères amies. Il n'en a peut-être pas fini.

Tandis qu'elles sortaient, Eve le vit déplier sur ses cuisses la serviette apportée par Peabody et s'apprêter à manger en compagnie du mort.

« Son second chez-lui », se rappela-t-elle.

# 5

Eve résuma les propos de Morris à son équipière. Peabody demeura silencieuse pendant de longues secondes.

— Je m'en sortais pas mal en chimie, dit-elle enfin. Je n'étais pas non plus un petit génie, mais je sais quand même ce qu'est le gaz sarin. Et c'est du très sérieux, Dallas...

— Il doutait que ce soit du sarin dans sa forme habituelle, ce qui ne semble pas très logique. Si le tueur disposait de gaz sarin, pourquoi ne pas l'utiliser tel quel ? Renseignez-vous sur l'autre produit qu'il a mentionné. Le trioxyde de soufre.

— La production de sarin est interdite ; ça aussi, je le sais. Ça ne peut pas être si facile de... D'accord, le trioxyde de soufre est très moche aussi, dans son genre. Il peut se présenter sous forme transparente, liquide ou solide. Des cristaux. Les émanations en sont toxiques. Il a parlé d'émanations pour Abner.

— Émanation, gaz. Aéroporté.

— C'est également un sale truc. Désolée, je ne comprends pas tout le jargon technique, les trucs chimiques, mais sans intervention médicale immédiate – et même avec, en cas d'exposition directe –, on meurt rapidement. Peut-être un peu moins vite qu'avec le sarin, mais bon.

— Ce n'est pas du terrorisme, avança Eve alors qu'elles entraient dans le labo. Pas au sens habituel. En tout cas pas encore. Sauf si Abner servait de test... Mais ça n'aurait pas de sens. En admettant vouloir tester le produit, pourquoi s'en prendre à un unique individu, seul dans une maison ? Pourquoi pas un bureau, un magasin, un lieu public ? Pour avoir un impact. Non, Abner était visé.

Elle repéra le crâne chauve de Berenski qui, derrière son plan de travail, s'apprêtait à croquer dans le donut qu'il tenait entre ses longs doigts crochus.

« Mais c'est pas vrai ! »

Elle fonça droit sur lui, résista de justesse à l'envie de le jeter au bas de son tabouret.

— Navrée de vous interrompre, je vois que ça bosse dur !

Il pivota vivement sur lui-même.

— Allez vous faire voir ! J'ai passé toute la nuit ici, avec seulement deux heures de sommeil dans mon bureau. Et je ne suis pas le seul à avoir trimé cette nuit.

Une fois face à lui, c'était effectivement bien visible. Les yeux injectés de sang, les cernes foncés, l'air épuisé.

Il n'avait pas usurpé son surnom de « Dickhead[1] », mais à ce moment précis, il avait de toute évidence fait passer son travail avant le reste.

— Peabody, si vous alliez chercher à Berenski un café pour accompagner son donut ?

Il redressa immédiatement la tête.

---

1. Terme argotique qui peut être traduit par « tête de nœud ». *(N.d.T.)*

— Le vôtre ? Le vrai café ? Prenez-m'en deux grands gobelets. Nous pensons avoir trouvé, ajouta-t-il. Je vais appeler Siler. Il est en train de pioncer, mais autant que ce soit lui qui vous explique tout ça. C'est notre expert dans ce domaine.

Eve leva deux doigts à l'intention de Peabody puis reporta son attention sur Berenski.

— Racontez-moi déjà le début.
— On va commencer par l'œuf.
— Quel œuf ?

Il fit de nouveau pivoter son siège pour afficher une image sur la moitié de l'écran.

— Ce que vous voyez là est le contenant de la toxine. L'œuf. On l'a reconstitué à partir des morceaux retrouvés sur le sol de la scène de crime. Cette image-ci vous montre à quoi il ressemblait avant de se casser. Un œuf doré. On dirait du plastique bon marché, non ? Un machin de mauvaise qualité.

— Je vois.

— Et c'est bien le cas, à cela près que l'intérieur du machin a été verni à l'aide d'un enduit à base de plomb.

— Pour échapper aux scanners standards.

— Exact. Et il y avait une couche de colle, fine et hermétique, sur tout le pourtour. C'est ce qui empêchait l'agent toxique de filtrer.

— Hermétiquement scellé à l'intérieur.

— Ça nous a pris un moment, même avec les ordinateurs, pour comprendre comment c'était agencé. Puis il a fallu identifier la colle et le vernis. Et vous voyez le petit système d'agrafe pour le fermer. Très simple, sans doute là dès le départ. Mais la colle a été rajoutée ensuite. Une fois l'agrafe défaite, il fallait tirer pour l'ouvrir. Pas besoin d'une force herculéenne, mais assez pour briser le sceau formé par la colle. Et après ça... rideau.

— Morris a parlé de toxine aéroportée.

— Oui, une fois le sceau hermétique brisé, elle est entrée en contact avec l'air. Et là, l'oxygène a déclenché l'agent. Tant que c'était dans l'œuf, ça restait inerte, vous voyez le truc ?

— Dans ce cas, pourquoi l'individu qui l'a versé dans ce contenant avant de le sceller hermétiquement ne s'est pas retrouvé chez Morris à la morgue ?

— Siler va vous dire ça. Qui est la victime ?

— Un pédiatre.

— Merde. C'est pas logique... et je vais perdre vingt dollars. J'étais sûr que ce serait un militaire. Siler penchait pour la CIA. Hé, j'ai pas perdu mes vingt dollars, en fait ! Personne n'avait misé sur un médecin pour mioches. Siler !

Du doigt, il fit signe à un petit homme – un mètre soixante-cinq à tout casser – qui se frayait un chemin à travers le labo labyrinthique.

Sa blouse blanche flottait au-dessus d'un pantalon à damiers et d'un tee-shirt qui proclamait LA SCIENCE EST TOUT. Il avait une chevelure hirsute d'un roux flamboyant, presque surnaturel, un nez crochu et des yeux noirs ensommeillés.

— Dallas. Abdul Siler, dit Berenski en guise de présentations.

— Salut. Assassinat par la CIA, non ?

— Non, répondit Eve.

— Dommage. J'aurais pas craché sur vingt dollars.

— Le café auquel tu vas avoir droit vaut plus que ça, lui assura Berenski. Ah, voilà Peabody avec l'or noir ! Lui, c'est Siler, ajouta-t-il en prenant les cafés des mains de Peabody.

Siler huma le sien, cligna plusieurs fois de ses paupières ensommeillées, puis but une gorgée. Il ferma les yeux et laissa échapper un long :

— Booooon.

— J'ai commencé à leur expliquer pour l'œuf. Prends le relais mais ne sois pas trop technique. Elles sont flics. La science est comme une langue étrangère pour elles.

— D'accord. Donc. On a reconstitué l'œuf. Fabriqué au Mexique, d'après le tampon. Vous trouverez sans doute une vingtaine de magasins à New York qui ont le même en stock pour moins de vingt balles. Du genre kitsch et pas cher. On peut les garnir de bonbons ou autres. Plus gros qu'un œuf de poule mais ça peut servir pour une chasse aux œufs de Pâques, par exemple.

— Ça, c'est leur boulot, Siler.

— Ouais. L'intérieur était recouvert d'un enduit isolant. Assez proche de ce que vous avez dans votre kit de terrain, mais à base de plomb. Une protection supplémentaire, adhésive celle-ci, a été rajoutée sur le pourtour des deux parties de l'œuf pour faire en sorte qu'il soit parfaitement hermétique. La boîte en bois, dont nous pensons qu'elle contenait l'œuf, avait également été scellée de la même manière. Le rembourrage ajouté à l'intérieur de la boîte aura protégé l'œuf des chocs.

— Le tueur a donc agi avec précaution.

— C'est sûr. Mmmm, ajouta-t-il en reprenant du café. Rembourrage à l'intérieur du colis et à l'intérieur de la boîte pour que l'œuf ne se casse pas en cas de chute du colis. Certainement efficace, à moins que le paquet ne se fasse écraser ou broyer. Ce qui n'a pas été le cas.

— Que contenait ce fichu œuf ? demanda Eve.

— C'est là que ça devient vraiment cool.

— Fais simple, Siler, l'avertit Berenski.

— D'accord, mais je tiens à dire que ce qu'il a mis en œuvre n'a rien de simple. C'était même franchement brillant et a réclamé de vraies compétences.

Le truc qui se trouvait à l'intérieur – sans doute sous forme cristalline avant d'entrer en contact avec l'air et de se vaporiser – s'appelle du trioxyde de soufre.

— En quoi est-ce que c'est brillant ?

— Parce qu'il a été mélangé avec du sarin. Avec… Quel est le bon mot ? Un *soupçon* de sarin. Et le tout mixé avec un agent qui les neutralise tous les deux… mais il ne les neutralise qu'environ quinze minutes après que le mélange s'est répandu dans l'air.

— Donc, déduisit Eve, cet agent avait… une sorte de date de péremption une fois relâché dans l'air.

Siler lui lança un regard ravi accompagné d'une tape amicale sur le bras qu'elle décida de laisser passer.

— Exactement ! Car voyez-vous, c'est l'oxygène qui déclenche tout le bazar. Il relâche les toxines qui, combinées, vous tuent violemment dans les cinq minutes et l'agent neutralisant qui va tuer les toxines un quart d'heure après. Du point de vue de la guerre biologique, c'est un coup de génie total. Vous pouvez viser une cible en particulier et toute personne à plus de, disons, cinq mètres ne sentira rien. Même chose pour toute personne qui arriverait quelques minutes plus tard.

— L'origine est militaire ? s'enquit Eve.

— Même si c'est le cas, ils nieront parce que ça enfreint toutes sortes de conventions, de traités et de lois interplanétaires. C'est pour ça que j'avais parié sur la CIA. Parce que, ben, c'est leur truc, ce genre d'opération clandestine. Vous êtes sûre que c'est pas la CIA ?

— Très improbable. Comment peut-on se procurer ce genre de toxines ?

— On peut imaginer que les autorités ont des armes biologiques stockées dans des endroits secrets et bien gardés. Aucune idée de la manière d'en faire sortir une, en revanche. D'autant plus qu'elles sont très instables. Faut en avoir une sacrée paire et en même temps être un peu timbré pour faire ça.

— Et comment peut-on en produire soi-même, alors ?

— Ça nécessite un labo super bien équipé et isolé, des récipients spéciaux, des ustensiles en verre, une hotte de chimie pour les émanations... Et, ouais, de sacrées compétences et une cervelle qui ne tourne franchement pas rond. Je dis ça parce qu'à la moindre erreur, même minuscule, c'est fini pour vous. Fini. Je peux vous donner la liste complète des substances et des précurseurs qui forment cet agent. J'allais les mettre par écrit après avoir dormi un peu mais le café m'a redonné la pêche, donc je vous fournirai ça d'ici deux heures. Il faudra quelqu'un qui comprenne la science. La personne que vous recherchez est très calée en la matière, ou bien elle peut payer quelqu'un qui l'est.

— D'accord. Envoyez une copie du rapport au légiste.

— Le corps n'était plus contaminant, n'est-ce pas ? Les organes en vrac, les yeux tout brûlés, ce genre de trucs, mais l'agent était neutralisé ?

— C'est exact.

— Brillant, répéta Siler après une nouvelle gorgée de café.


Une fois qu'elles furent ressorties, Peabody s'arrêta sur le trottoir, visage levé vers le ciel.

— Qu'est-ce que vous faites ?

— Le ciel est bleu, c'est une belle journée. Je tâche de me rappeler que le monde ne marche pas entièrement sur la tête. Comme je vous le disais, même sans être super forte en chimie, j'en sais assez pour piger que quelqu'un a passé beaucoup de temps et pris beaucoup de risques afin de créer de quoi tuer un homme bon. L'effort déployé paraît même excessif.

— Je suis de votre avis.

Eve désigna la voiture d'un geste du pouce.

— Et on en revient à l'idée d'une cible bien précise. Seul Abner était visé. L'ajout de l'agent neutralisant le prouve. Il ne voulait pas que Rufty soit exposé si, par exemple, il revenait précipitamment chez lui après avoir oublié quelque chose. Il ne souhaitait la mort que d'une personne : Kent Abner.

— Direction l'hôpital Unger Memorial ?

— C'est ça. Allons voir si le Dr Ponti est quelqu'un de brillant.

En ce milieu de matinée, le rythme aux urgences de l'hôpital Unger était soutenu mais pas frénétique. Eve soupçonnait qu'une bonne partie des gens présents avaient attendu que leur problème devienne désespéré avant de se résoudre à venir voir un médecin.

Logique qui ne lui était pas étrangère.

Pour le reste, il s'agissait d'un mélange de chutes, collisions, bagarres et accidents domestiques.

Elle s'approcha de la réception et détourna l'attention de la réceptionniste de son moniteur.

— Nous devons parler au Dr Ponti.

— Le Dr Ponti est avec un patient. Je vais vous demander de signer ici puis de…

— Nous devons parler au Dr Ponti, répéta Eve en présentant son insigne. Nous sommes de la police.

— Il est toujours avec un patient.

— Où ça ?

L'infirmière regarda son écran.

— En salle d'examen numéro trois. Et si vous tentez d'y aller pendant qu'il examine un patient, j'appellerai la sécurité, insigne ou non.

— Nous allons l'attendre. À l'extérieur de la salle d'examen numéro trois.

Peabody et elle se mirent en quête de la salle en question et se postèrent devant la porte.

— Concernant les trois autres personnes sur la liste, dit Peabody, les yeux rivés sur son mini-ordinateur, rien n'indique qu'elles aient les connaissances ou les compétences nécessaires pour créer la toxine. Ou qu'elles aient accès au type de substances impliquées ici. Ni, d'ailleurs, qu'elles aient les moyens financiers pour payer quelqu'un qui y aurait accès.

— Chantage, coercition, complicité, énuméra Eve.

— Bien sûr. Mais ça a quand même un coût. Je vais commencer à creuser un peu du côté de leurs finances.

— Faites. Vérifiez aussi les éventuels antécédents militaires ou paramilitaires, chez eux et chez leurs proches. Conjoints, membres de la famille. Même chose du côté scientifique et médical.

La porte s'était ouverte pendant qu'elle parlait.

— Changez le pansement demain. Et prévoyez une visite chez votre médecin traitant dans la semaine.

— D'accord.

Le patient au bras bandé et à l'expression revêche s'éloigna sans un mot de plus.

— Oh, mais je vous en prie, marmonna Ponti pour lui-même.

— Docteur Ponti ?

— Oui ?

— Lieutenant Dallas et inspecteur Peabody du NYPSD. Nous devons vous parler.

S'il semblait plutôt frais et dispos – Eve supposait que sa barbe de trois jours était un choix –, il les gratifia d'un regard las.

— C'est encore pour la personne poignardée avant-hier soir ? J'ai déjà donné toutes les infos dont je disposais à vos collègues.

— C'est autre chose. Vous préférez qu'on en parle ici ou dans un endroit moins passant ?

Ponti soupira. Il devait approcher des quarante ans, avec une chevelure blonde au diapason de sa barbe de trois jours, de bonnes baskets montantes, un jean repassé, une chemise bleu pâle et une blouse blanche de médecin.

D'un geste du pouce, il leur fit signe de remonter le couloir avec lui.

— Je peux faire une petite pause mais j'ai besoin d'un café. De quoi s'agit-il ?

— Du Dr Kent Abner.

— Qui ? Oh, ouais, ouais.

Les yeux levés au ciel, il poussa la porte d'une petite salle de pause. Il se dirigea droit vers la cafetière.

— Qu'est-ce qu'il veut ?

— Il est mort.

La main qui versait le café se figea et les yeux de Ponti, qui jusqu'ici n'exprimaient aucun intérêt, s'étrécirent brusquement.

— Mort d'une manière qui concerne la police ? Qu'est-ce qui s'est passé ?

— Étrange que vous n'en ayez pas entendu parler alors que le Dr Abner consulte régulièrement ici. J'imaginais que des membres du personnel en auraient fait mention.

— Je viens d'arriver, j'ai commencé à 8 heures. Et j'avais beaucoup à faire. C'est ma première pause de la journée.

— Votre femme est infirmière en chirurgie ici même ?

— C'est exact.

L'intérêt de Ponti se changea en circonspection.

— Pourquoi vous me demandez ça ? Qu'est-il arrivé à Abner ?

— Empoisonnement.

Il finit de remplir sa tasse et s'assit.

— Pas du genre accidentel, je présume.

— Non. Le Dr Abner et vous avez eu un désaccord.

— On peut dire ça comme ça. Ou on peut dire qu'il a joué de son influence et fourré son nez là où il n'avait pas à le faire. Résultat, il m'a discrédité aux yeux d'une patiente et du médecin en chef.

— Ça vous a mis en rogne.

— Et pas qu'un peu. Mais si j'empoisonnais tous ceux qui me mettent en rogne, les urgences déborderaient. Écoutez, j'étais à la fin de deux gardes d'affilée. J'étais fatigué et sans doute un peu irascible. Cette femme m'amène son gamin pour une bronchite et le gosse est crasseux. Avec quelques écorchures qui se sont infectées parce qu'elles n'ont été ni nettoyées ni traitées correctement. Je lui ai dit ce qu'il fallait faire. Et j'admets que je ne me suis pas montré particulièrement poli. Après quoi Abner m'a taillé un short et a repris le patient en main. On a eu des mots et mon superviseur s'en est ensuite mêlé. J'ai eu droit à des remontrances et à un jour sans solde. C'était il y a des mois.

— Avez-vous revu le Dr Abner depuis cet incident ?

— De loin. Je tâche plutôt de l'éviter. Il se rend ici depuis son cabinet privé. Moi, je suis dans les tranchées. Je n'ai apprécié ni ce qu'il a dit ni ce qu'il a fait et je ne m'en suis pas caché. C'est ça qui me vaut la visite de la police sur mon lieu de travail ?

— C'est ça. Où étiez-vous avant-hier soir, vers 22 heures ?

— Ici, à m'occuper d'un adolescent ayant reçu trois coups de couteau. J'étais censé finir à 22 heures mais ils ont amené le gamin à 21 h 45. Je l'ai examiné pour l'envoyer en chirurgie, les flics ont pris ma déposition. Je ne suis pas sorti avant 22 h 30.

— Et ensuite ?

— Je suis rentré chez moi, où ma femme m'attendait. Nous avons pris la voiture pour les Hamptons. Des amis possèdent une maison en bord de mer et nous l'ont laissée pour deux nuits. Comme on avait tous les deux notre journée et notre soirée de libre le lendemain, on les a passées là-bas. On a dormi, fait l'amour, mangé, bu et encore dormi. On est rentrés tôt ce matin. J'espère que ce n'est pas un crime, au moins ?

— Vous avez vu ou parlé à quelqu'un sur place ?

La colère s'empara de lui. Eve capta la lueur brûlante dans son regard et la crispation de ses mâchoires.

— Non. Le but était d'avoir un moment de calme et de solitude pour qu'on puisse se détendre. On s'est promenés deux ou trois fois sur la plage mais sans chercher à engager la conversation. Écoutez, faut que j'y retourne, là. Tout ça n'a rien à voir avec moi.

— À qui appartient la maison ?

Il laissa échapper un soupir agacé.

— Charmaine et Oliver Inghram. Ollie et moi avons fait médecine ensemble. Lui aussi travaille dans le privé. Chirurgie esthétique, donc il a les moyens de se payer une maison en bord de mer. Nous n'avons pas de voiture, on a emprunté celle de mon beau-frère. Il est avocat, et si vous revenez me questionner, je prendrai contact avec lui, lança-t-il avant de sortir, furieux.

Eve inclina la tête sur le côté.

— Mauvais caractère, colérique, aigri de ne pas avoir de plus gros moyens. Il reste sur la liste... de même que sa femme.

— Elle aurait pu déposer le colis, acquiesça Peabody. Après quoi ils n'avaient plus qu'à partir pour les Hamptons en guise d'alibi. Pas mal.

— Oui. On continuera à enquêter sur eux. Maintenant, allons parler à ces hommes qui aiment cogner des enfants.

— Les réjouissances sont sans fin à la Criminelle.

Elles retrouvèrent le dénommé Ben Ringwold dans son food-truck situé sur un super emplacement à deux pas de la Cinquième Avenue. Bien que le camion ne fût pas encore ouvert pour les clients du déjeuner, Ringwold leur ouvrit la porte après qu'elles eurent frappé.

D'incroyables odeurs se répandirent alentour.

Ringwold portait un tablier taché. Il avait les cheveux tondus à ras et le visage aussi constellé de taches de rousseur que son tablier l'était de sauce.

— Désolé, mesdames. Nous serons prêts dans un petit quart d'heure.

Ce « nous » incluait un deuxième homme, aussi noir que Ringwold était blanc, qui s'affairait sur la cuisinière d'où provenaient tous ces effluves épicés. Ancien détenu lui aussi, d'après les recherches de Peabody, il portait une toque de cuisinier par-dessus ses longues dreadlocks.

Eve se contenta de présenter son insigne. Elle vit les traits de Ringwold se crisper sous l'effet du stress.

— Nos licences et permis sont en règle, assura-t-il en désignant les documents affichés au fond du camion.

— Nous ne sommes pas ici pour une histoire de permis, monsieur Ringwold. Nous voulons vous parler du Dr Kent Abner.

Il ne prétendit pas que le nom lui était inconnu.

— Kent Abner ? Qu'est-ce que vous voulez savoir ?

— Il est mort. Il a été empoisonné dans la matinée d'hier.

— Empoisonné ? Bon Dieu... Écoutez, le mieux, c'est que vous entriez. On serra un peu serrés mais si on garde la porte ouverte les gens vont commencer à faire la queue.

— À quelle heure dans la matinée ?

L'associé de Ringwold, un dénommé Jacques Lamont, s'exprimait avec un accent de Louisiane qui expliquait le nom sur le camion : Bon Temps Cajun.

— Vers 9 h 30, indiqua Eve en se faufilant à l'intérieur avec Peabody.

Si les tabliers faisaient penser à des toiles abstraites tellement ils étaient recouverts de taches et d'éclaboussures, les surfaces de cuisson et de préparation étaient impeccables.

— À 9 heures, on était déjà en train de se préparer, assura Lamont. De récupérer nos provisions pour la journée. Vous pourrez vérifier.

— Et vers 22 heures, la veille au soir ?

— J'étais à une réunion, répondit Ringwold. Les Toxicomanes Anonymes, à l'église du Rédempteur Béni. On se réunit au sous-sol. Ça démarre vers 20 heures et ça se termine à 21 heures ou 21 h 30. Puis j'ai pris un café et une part de tarte avec le petit jeune que je chapeaute là-bas. On s'est séparés vers 23 heures, je dirais, et je suis rentré à la maison.

— Vous êtes sobre depuis combien de temps ? lui demanda Peabody.

— Neuf ans, huit mois, deux semaines et quatre jours. Je ne vous donnerai pas le nom du gamin mais je peux vous indiquer le restau où on a pris café et desserts. Le nom de la serveuse aussi. Je suis un habitué, Susan me connaît. On est restés jusqu'à environ 23 heures. C'est à deux rues de chez moi, donc je suis rentré à pied et je me suis couché. Ça s'appelle La Tasse sans fond, sur Franklin Avenue. Susan Franco, c'est le nom de la serveuse.

— Et vous, monsieur Lamont ?

— Personne m'appelle monsieur, répondit-il en levant les yeux au ciel sans cesser de mélanger le contenu d'une énorme marmite. Moi ? Avant-hier soir, j'étais avec ma copine, Consuela. À 22 heures, on était tout nus et très occupés.

Il sourit mais l'inquiétude se lisait également dans ses grands yeux noirs.

— Je suis cuisinier. Qui viendra manger ce que je prépare si j'empoisonne quelqu'un ?

— C'est pour moi qu'elles sont là, Jacques. Kent est le type qui m'a dénoncé pour avoir fait du mal à Barry.

— Ça remonte à loin, *cher*. De l'eau a coulé sous les ponts depuis.

— Pas au point de tout oublier. Je n'ai pas vu Kent depuis deux ou trois ans. La dernière fois, c'était ici, au camion. Mais ça fait presque neuf ans que j'ai fait la paix avec lui. Ce n'était pas mon sentiment quand j'ai été incarcéré, ni quand je suis sorti, mais ça a fini par me passer. Je me droguais beaucoup à l'époque où j'ai fait du mal au gamin et à sa mère. J'ai fait de mon mieux pour faire la paix avec eux également, me racheter.

— Et t'as fait du bon boulot, lui assura Jacques.

— Il m'en reste encore beaucoup à faire. Barry est toujours un peu méfiant. Et je ne peux pas lui en vouloir. Mais on se voit une fois toutes les deux ou trois semaines. Carly, sa mère, m'a pardonné et je lui en suis reconnaissant. J'ai aussi fini par avoir de la gratitude envers Kent. Ça m'a pris plus longtemps.

— Il se rend à toutes les réunions des Toxicos Anonymes, ajouta Lamont. Il m'a même convaincu d'y aller. Sans la sobriété, j'aurais pas Consuela dans ma vie.

— Ça fait combien de temps pour vous ? s'enquit Eve.

— Sept ans. Je me suis fait coffrer à cause de cette saloperie, et parce que j'avais volé pour m'en acheter. Mon pote ici présent est sorti le premier et il a insisté pour que j'aille aux réunions. Le camion, c'était mon idée, histoire de gagner de l'argent. Je suis bon cuisinier, je l'ai toujours été. C'est ma *grand-mère*[1] qui m'a appris. Je lui ai fait honte avec mes conneries. Mais maintenant, elle n'a plus honte.

— Notre affaire marche bien et on bosse dur pour ça, ajouta Ringwold. On n'aurait pas pu la monter si on ne s'était pas désintoxiqués. Et je n'aurais peut-être jamais arrêté la drogue si Kent ne m'avait pas dénoncé. Peut-être, et l'idée m'empêche encore souvent de dormir, que j'aurais fait subir bien pire à Barry et Carly. Je suis désolé d'apprendre ce qui est arrivé à Kent. Je sais que c'était un mec bien... et il m'avait pardonné.

Eve les croyait. Leurs alibis étaient bien trop faciles à vérifier et ils avaient beaucoup à perdre à tuer un homme pour se venger de lui avec quinze ans de retard.

Elle n'en prit pas moins les coordonnées de tous leurs contacts.

— Goûtez-moi ça.

Lamont prit une petite portion de riz et la recouvrit de haricots rouges et de sauce.

---

[1]. En français dans le texte. *(N.d.T.)*

— Vous verrez bien qu'on ne va tuer personne alors qu'on peut servir la meilleure cuisine cajun de tout New York.

— Je ne...

Mais Lamont mit de force l'assiette entre les mains d'Eve et deux fourchettes dans celles de Peabody.

— Vous feriez mieux de goûter, lança Ringwold dans un sourire. Il est très fier de son riz aux haricots rouges. C'est la recette de sa grand-mère.

Peabody fut la première à piocher dedans avec sa fourchette.

— OK. D'accord. C'est vraiment très, très bon.

Par respect pour le duo d'anciens détenus et anciens toxicomanes qui s'efforçaient de rester sur le droit chemin, Eve goûta à son tour. Peabody n'avait pas menti.

— Vous tenez quelque chose de bien, dit-elle. N'allez pas le gâcher.

— Aucun risque ! Je prépare ma propre sauce épicée. Elle déménage, non ? Si nos affaires marchent assez fort, je la mettrai en bouteilles pour qu'on la commercialise et qu'on devienne millionnaires. *N'est-ce pas, cher ?*

— Tu l'as dit.

Dans la mesure où une file d'attente s'était formée alors qu'ils n'avaient pas encore ouvert, Eve estima qu'ils avaient de vraies chances d'y arriver.

— C'est vrai qu'ils tiennent un truc, commenta Peabody sur le trajet vers la voiture. Je les imagine mal être mêlés à cette affaire.

— On ira parler à l'ex-femme et au fils pour se faire une idée plus précise mais non, en effet, ils ne sont pas impliqués. Allons voir si le publicitaire a des choses à nous dire.

# 6

Thomas T. Thane disposait d'un modeste bureau dans une agence de publicité du nom d'Encart Encore. À quarante-deux ans – mais pourtant désigné comme créatif junior –, il affichait sept bons kilos en trop et une expression peu amène.

D'après son CV en ligne, Encart Encore était son cinquième employeur depuis la fin de ses études. Sa branche était chargée des dirigeables publicitaires : une info qu'Eve dut chasser de son esprit pour maintenir un semblant d'objectivité.

Mais il desservit sa propre cause en agissant comme un butor dès les premières secondes.

— Ouais, j'ai appris la nouvelle pour Abner. En quoi ça me concerne ? Je n'aime pas que des flics viennent à mon boulot. Et contrairement à vous, semble-t-il, je suis occupé.

— Dans ce cas, nous nous efforcerons de ne pas empiéter plus que strictement nécessaire sur le temps précieux que vous consacrez à imaginer des slogans imbéciles crachés depuis des dirigeables.

D'accord, elle n'avait peut-être pas tout à fait chassé l'info de son esprit.

Il montra les dents.

— Vous pouvez aller vous faire voir... et parler directement à mon avocat. Dégagez de mon bureau !

— Très bien. Je vous attendrai donc, en compagnie de votre représentant juridique, dans l'une des salles d'interrogatoire du Central à...

Elle consulta sa montre.

— 13 heures cet après-midi, termina-t-elle. Réservez la salle, Peabody.

— N'importe quoi !

— Vous pouvez nous parler ici ou le faire au Central, répondit Eve avec un haussement d'épaules. Nous n'avons rien de mieux à faire.

— Je n'irai nulle part.

Cette fois, Eve se contenta de hausser les sourcils.

— Vous préféreriez peut-être qu'on obtienne un mandat et qu'on vous embarque devant vos employeurs et vos collègues ? Pour nous, ça ne fait pas de différence.

— Mais qu'est-ce que vous voulez, à la fin ?

— Des réponses à des questions très simples, comme savoir où vous étiez vers 22 heures avant-hier soir.

— Des conneries, grommela-t-il en sortant difficilement son calendrier de sa poche. Foutues femmes flics qui viennent me faire chier pour des conneries...

Eve entendit Peabody siffler entre ses dents. Elle planta simplement son regard dans celui de Thane.

— Le suspect fait preuve d'irrespect et d'animosité envers les femmes, particulièrement celles représentant l'autorité.

— Allez vous faire voir, répéta-t-il. Avant-hier, à 22 heures, je buvais un verre avec des amis.

— Spécifiez l'endroit et le nom des amis, insista Eve, car vous imaginer en compagnie amicale réclame un gros effort.

— Va te faire, connasse !

— C'est lieutenant Connasse, gronda Peabody avant qu'Eve puisse le faire. Le nom de l'enseigne et des amis.

— *After Hours*, c'est juste de l'autre côté de la rue.

Il leur donna trois noms, tous masculins.

— Même question, mais pour hier cette fois, à 9 h 30 du matin.

— Ici même, à mon bureau. J'avais une réunion à 9 h 15.

— Quand avez-vous vu ou parlé au Dr Kent Abner pour la dernière fois ?

— Je n'ai rien à dire à cet enfoiré. Il a essayé de foutre ma vie en l'air. J'ai perdu mon job parce qu'il n'a pas pu s'empêcher de fourrer son gros nez dans mes affaires.

— Les affaires consistant à agresser physiquement votre fils de trois ans et sa mère ?

Il se radossa sur son siège et appuya même l'une de ses élégantes chaussures sur le bureau dans un geste volontairement irrespectueux.

— Encore des conneries ! J'ai dû discipliner un peu le gamin parce que sa mère ne faisait rien, elle le laissait courir dans tous les sens. Et puis il était très maladroit, il passait son temps à tomber.

— La maladresse, c'était chez la mère ou chez l'enfant ? demanda Peabody. Parce qu'ils étaient tous les deux blessés.

— Je n'ai pas à reparler de ça avec vous. J'ai fait mes heures de travaux d'intérêt général, je me suis tapé cette période de liberté conditionnelle ridicule et j'ai suivi vos cours de gestion de la colère à la con.

— Qui semblent avoir porté leurs fruits, commenta Eve.

Il leva les deux mains, doigts écartés.

— Je ne sais même pas où sont passés cette pouffe et son mioche, et je m'en fous. Ils m'ont causé assez d'emmerdes comme ça. Maintenant, j'ai du boulot.

— On dirait que vous en vouliez au Dr Abner.

— J'ai l'impression qu'il a eu ce qu'il méritait, et alors ? D'un autre côté, c'est aussi largement grâce à lui si la pouffe et le mioche ne sont plus là à pleurnicher et à se fourrer dans mes pattes.

Il exposa de nouveau sa dentition dans un grand sourire exagéré.

— Je devrais peut-être envoyer des fleurs, ajouta-t-il.

Eve s'avança d'un pas et le vit serrer les poings tandis qu'il reposait son pied au sol et se redressait dans son fauteuil. L'espace d'une fraction de seconde, cependant, elle décela aussi une lueur de couardise dans son regard.

— Combien de pouffes et de mioches estimez-vous avoir giflés, cognés et poussés au cours de votre misérable existence, au juste ?

— Vous feriez mieux de dégager d'ici avant que je porte plainte pour harcèlement.

— Vous pensez que ça, c'est du harcèlement ?

Elle s'était rapprochée encore un peu, juste assez pour voir perler des gouttes de sueur sur sa lèvre supérieure et ses poings se crisper plus encore.

— On en est très loin, assura-t-elle. Mais ça pourrait arriver. Très vite. Tenez-vous à carreau, Thane, et réfléchissez-y à deux fois avant de vous servir de ces poings contre une femme ou un autre mineur. Parce que la prochaine fois, on ne parlera plus de travaux d'intérêt général, de liberté conditionnelle et de gestion de la colère. Je veillerai personnellement à ce que vous vous retrouviez derrière les barreaux. J'en ferai ma mission.

— Notre mission, corrigea Peabody. Et nous sommes connues pour toujours aller au bout de nos missions.

— J'appelle mon avocat !

— Faites donc, répondit Eve.

Elle le gratifia à son tour d'un grand sourire exagéré avant de ressortir avec Peabody.

— Je m'attendais presque à ce que vous lui fassiez sa fête, souffla celle-ci comme elles repartaient vers l'ascenseur. J'espérais même que vous le feriez.

— Cette façon de faire est préférable, et elle implique moins de paperasserie. Maintenant il est secoué, en colère et inquiet.

Peabody inspira à fond avant de vider ses poumons dans un soupir durant la descente vers le rez-de-chaussée.

— Quand on a des mecs bien dans sa vie, dans son boulot, on a tendance à oublier que ce genre d'hommes est toujours là... Mince, je viens de penser à un truc. Quand il nous a dit d'aller nous faire voir, j'aurais dû lui répondre de ne pas prendre ses désirs pour des réalités.

Eve, qui voyait pratiquement la fumée sortir des oreilles de son équipière, lui donna une tape amicale sur l'épaule.

— Ça vous servira pour une prochaine fois.

Elles traversèrent le petit hall d'entrée désert et ressortirent sur le trottoir. Peabody lança un regard en arrière.

— Ça pourrait être lui, dit-elle. Il est du genre à vouloir sérieusement se venger. Il ne sait peut-être pas où sont son ex et son fils, mais je vous parie que s'il les voyait, il essaierait de leur faire du tort. Et il savait où trouver Abner.

— Je suis d'accord. On peut analyser son attitude de deux manières différentes. Pourquoi se mettre les flics à dos et attirer l'attention sur soi si l'on est coupable ? Ou, au contraire, vous pouvez chercher à passer pour stupide pour qu'on n'envisage pas sérieusement que vous puissiez être le coupable. Vérifiez les noms et le lieu indiqués à l'heure du dépôt du colis.

À peine assise dans la voiture, Peabody dégaina son mini-ordinateur.

— Thane et trois autres types. Sans doute leur réunion hebdomadaire des Misogynes Associés. On va voir le mec de l'entretien ?

— Oui. Puis je voudrais retourner parler à Rufty, ainsi qu'à ses enfants, s'ils sont avec lui.

Curtis Feingold habitait un appartement miteux dans un immeuble tout aussi miteux de l'Avenue C. Constatant que la façade extérieure était entièrement recouverte de tags – mélange de dessins anatomiquement improbables, d'insultes mal orthographiées et/ou de suggestions d'ordre sexuel – et que plus d'une fenêtre était constituée de panneaux de bois plutôt que de vitrages, Eve supposa que l'agent d'entretien n'entretenait pas grand-chose.

L'intérieur vint renforcer cette opinion, avec son hall cradingue de la taille d'un placard, son ascenseur hors service (et amplement tagué lui aussi) et sa porte d'accès à l'escalier cassée.

Par chance, le trou à rats de Feingold se trouvait au rez-de-chaussée. Eve actionna la sonnette, qui parut n'émettre aucun son. Comme Eve percevait clairement des éclats de voix échauffées à l'intérieur et les notes dissonantes d'un saxophone en provenance de l'appartement d'en face, elle jugea que la sonnette était cassée.

Elle cogna plusieurs fois du poing sur la porte.

— Vous voulez quoi ? répondit une voix de l'autre côté du panneau.
— NYPSD. Ouvrez la porte, monsieur Feingold.
— Dégagez de là !
— Nous sommes tout à fait prêtes à revenir avec un mandat... et un agent des services sanitaires, étant donné le nombre impressionnant de normes que cet immeuble semble bafouer.

La porte s'entrouvrit de quelques centimètres, bloquée par sa chaîne de sécurité. Un œil vaseux les dévisagea et de forts relents alcoolisés flottèrent jusqu'à elles.

— Dégagez, répéta-t-il. Rien m'oblige à parler à des flics.
— Vous préférez une petite conversation ici ou quelques heures en cellule pendant que l'inspection sanitaire examine ce bâtiment à la loupe ?
— Il est pas à moi, cet immeuble, maugréa-t-il en détachant néanmoins la chaîne.

Vêtu d'un tee-shirt dont le dernier lavage remontait à un passé lointain et d'un pantalon marron qui contenait difficilement sa bedaine, il avait l'apparence ramollie d'un homme autrefois grand et musclé mais qui s'était complètement laissé aller. Ses cheveux, épars, sales et sans éclat, couvraient à peine son crâne. Le regard courroucé de ses yeux injectés de sang alternait entre Eve et Peabody.

Il avait une haleine phénoménale.

— Qu'est-ce que vous me voulez ?
— Vous parler du Dr Kent Abner.
— Les médecins, c'est rien que des arnaqueurs. Croyez pas ce qu'ils vous racontent.

L'appartement aurait sans doute été classé comme un studio, mais il évoquait plus le placard à balais. L'écran – à l'origine des éclats de voix entre participants d'un talk-show – occupait l'une des étroites parois. Les autres étaient nues et sales, tout comme les deux fenêtres qui donnaient sur la rue.

Le lit s'étalait au milieu de la pièce, les draps froissés rassemblés en tas, avec des emballages de nourriture à emporter et des bouteilles vides en guise de déco.

— Le Dr Abner a été assassiné hier.

— Qu'est-ce que ça peut me foutre ?

— Le Dr Abner était le pédiatre de votre fille, c'est lui qui a porté plainte et témoigné contre vous, ce qui vous a valu deux ans de prison pour maltraitance.

— Il a clamsé, ce salopard ? Ça mérite un petit canon.

Il se dirigea vers la bouteille et le verre disposés sur une table à côté du lit et se versa une rasade d'un liquide trouble et ambré.

— Où étiez-vous avant-hier soir, à 22 heures ?

— Ici. J'ai aucune envie de sortir et je veux voir personne.

— Donc vous n'avez vu personne ni parlé à qui que ce soit ?

— Et alors quoi ? Vous pensez que j'ai tué cet enfoiré ? Qu'est-ce que j'y gagnerais, hein ? Le système est contre les mecs comme moi qu'ont pas de quoi graisser la patte des bonnes personnes. Ma meuf s'est tirée avec la gamine, moi je dis : « Bon débarras ! » J'ai pas besoin d'elles, sûrement pas !

— Hier matin, vers 9 h 30 ? Où étiez-vous ?

— Ici, je vous dis. L'appartement 3B s'est plaint des cafards et la fille du 2A gueulait qu'elle avait vu une souris. Pendant ce temps, le 2C s'est barré sans payer le loyer. Y a toujours quelqu'un pour cogner à ma porte et venir râler.

— Vous êtes chargé de l'entretien de l'immeuble, lui rappela Peabody.

Il lâcha un reniflement de mépris avant de vider son verre.

— C'est un foutu trou à rats. Et ça le restera. Et alors quoi ? Si ça leur plaît pas, ils peuvent aller dormir sur le trottoir.

— Quand avez-vous vu ou parlé au Dr Abner pour la dernière fois ?

— Au tribunal, quand ce salopard a essayé de me faire passer pour une espèce de maniaque parce que j'avais foutu deux ou trois tartes à la gamine. Toujours à chialer, celle-là. La chair de ma chair, comme on dit. J'ai le droit de faire ce que je veux de la chair de ma chair. Mais le système est truqué, donc ils m'ont foutu en taule. Là, vous venez me dire que quelqu'un lui a filé une bonne raclée, qu'on lui a fait ravaler ses leçons de morale à la con ? Moi je dis : bravo.

Il se versa une nouvelle rasade puis se laissa tomber sur le lit défait, face à l'écran.

— C'est bon, on a fini ?

— Pour le moment.

— Vous savez où est la porte. Foutus flics, maugréa-t-il en buvant une gorgée.

— Mince alors, lança Peabody en ressortant. Quel homme charmant !

Eve ne put se retenir de rire.

— Un authentique pilier de sa communauté. Contactez l'inspection sanitaire.

— Vraiment ?

— Vraiment. Il est capable de tuer, assura Eve d'une voix ferme. Sa fille de cinq ans a eu une commotion cérébrale, trois doigts cassés et une épaule déboîtée parce qu'il s'est estimé en droit de faire ce qui lui plaît de la chair de sa chair.

Une colère brûlante s'était réveillée en elle, attisée par les similitudes entre Feingold et Richard Troy, qui lui aussi estimait avoir le droit de vie ou de mort sur la chair de sa chair.

— En état d'ivresse, poursuivit-elle, il serait capable de tabasser quelqu'un à mort, d'attraper un couteau et de taillader sa victime. Mais il est bien trop stupide pour imaginer quelque chose d'aussi élaboré que l'envoi d'un agent toxique sous forme de colis. Ce qui ne signifie pas qu'il mérite de squatter gratuitement dans cet appartement crasseux parce que le proprio se fiche éperdument des conditions de vie des autres locataires.

— Là, vous me donnez l'impression de faire quelque chose d'utile, exulta Peabody en dégainant son communicateur.

L'immeuble de SoHo aurait pu être situé dans un univers parallèle tant il était éloigné de celui de l'Avenue C. Bien entretenu, il accueillait au rez-de-chaussée un restaurant dont les serveurs en chemise blanche et gilet cintré allaient et venaient pour distribuer plats et boissons aux clients assis en terrasse. La porte d'entrée, peinte dans un beige discret, bénéficiait de solides mesures de sécurité. Plutôt que d'utiliser son passe-partout, Eve sonna à l'interphone du loft de Victoria Abner-Rufty et Gregory Brickman.

Une voix masculine – et pas synthétique – leur répondit.

— Lieutenant Dallas et inspecteur Peabody.
— Oui, montez.

La porte s'ouvrit.

Même si le hall paraissait bien entretenu, Eve opta pour l'escalier.

Un homme se tenait devant la porte ouverte de l'appartement du deuxième étage. Il semblait épuisé.

Métis athlétique à la trentaine bien entamée, il les gratifia d'un sourire poli qui ne remontait cependant pas jusqu'à ses yeux marron.

— Greg Brickman, annonça-t-il en leur serrant la main. Je suis le mari de Tori, le beau-fils de Kent. Entrez, je vous en prie. Merci d'avoir appelé avant de venir, ajouta-t-il. Ça a donné à Marty un peu de temps pour se reprendre. Il est au fond, dans la cuisine, avec Tori. Marcus et Landa – le frère de Tori et sa femme – sont à l'étage. Ils s'occupent des... formalités. On a... euh... on a envoyé tous les enfants jouer au parc avec la nounou. J'espère que ça ne vous dérange pas. Il nous a semblé préférable que... qu'ils ne soient pas là pendant votre entretien avec Marty.

— Aucun problème, monsieur Brickman.

— Appelez-moi Greg. C'est un moment horrible. Nous ne... Aucun de nous ne gère ça très bien. Si vous voulez bien patienter, je vais chercher Marty.

La fenêtre du séjour, confortable et gai, surplombait la rue et l'animation artistique du quartier. Tout comme ses deux pères, la fille avait décoré les lieux de nombreuses photos de famille et de belles toiles, avec un certain sens du style et de l'harmonie des couleurs, sans toutefois trop en faire.

Greg revint en compagnie de son beau-père et d'une femme qui affichait la silhouette athlétique de son défunt père, une chevelure brune rassemblée à la hâte en queue de cheval et un visage endeuillé dénué de tout maquillage.

— Je vous présente ma fille, Victoria, dit Rufty en serrant sa main dans la sienne. Je ne... Marcus ?

— À l'étage avec Landa. Vous voulez que j'aille les chercher ? demanda Greg.

— Je ne sais pas... Je n'arrive pas à réfléchir.

— J'y vais.

— Viens, papa, asseyons-nous.

Tori le guida jusqu'au sofa puis s'assit juste à côté de lui.

— Vous avez de nouvelles informations ? Pardon, se reprit-elle, asseyez-vous, je vous en prie. Je devrais vous proposer à boire. Papa, ça te va si je refais un peu de thé ?

— Ce ne sera pas nécessaire pour nous, dit Eve. Nous sommes navrées de vous déranger durant ce moment très difficile.

— Vous vous êtes montrée très compréhensive hier. Je m'en souviens nettement. Tout le monde était très compréhensif. Seldine nous a raconté que vous lui aviez dit qu'elle pouvait nous appeler, qu'elle pouvait passer. Elle fait partie de la famille. Merci à vous.

— Docteur Rufty, dit Peabody, je suis certaine que vous le savez déjà mais je tiens à souligner que toutes les personnes à qui nous avons parlé au cabinet du Dr Abner nous ont dit beaucoup de bien de lui, avec beaucoup d'émotion.

— Merci.

Greg revint avec le couple. Le fils avait la silhouette de son autre père. Grand et dégingandé, avec les mêmes yeux que Rufty, empreints d'une grande fatigue. Il s'installa à côté de Rufty tandis que sa femme optait pour un fauteuil.

— Voici mon fils Marcus et sa femme Landa.

— Vous savez qui a fait ça à mon père ? demanda Marcus.

— Nous explorons plusieurs pistes et l'enquête en cours est notre priorité.

— Une formule toute fait de flic, ça.

— C'est vrai, admit Eve. Mais c'est aussi la réalité.

— Ce n'est pas contre elle qu'il faut te mettre en colère, Marcus, lui murmura sa femme.

Il ouvrit la bouche puis la referma et s'efforça d'inspirer profondément.

— Tu as raison. Je vous présente mes excuses.

— Ce n'est pas nécessaire. Nous avons quelques questions supplémentaires à vous poser, docteur Rufty. Est-ce que votre mari vous avait parlé d'un certain Ben Ringwold ?

— Je... je ne sais pas trop.

— Il y a quinze ans, le Dr Abner avait dénoncé Ben Ringwold pour maltraitance sur un enfant.

— Attendez... Oui, oui, bien sûr.

— C'est lui qui a tué notre père ? demanda Tori.

— Non, non, non, s'empressa de répondre Rufty en frottant la main de sa fille. Je me souviens très bien de Ben à présent. Il est venu voir Kent, il y a de ça plusieurs années maintenant. Il suivait le programme en douze étapes. Il est venu lui faire ses excuses et il a même remercié Kent d'avoir participé à mettre fin à sa déchéance.

Rufty hochait la tête au fur et à mesure que les souvenirs lui revenaient.

— Il avait fait la paix avec son ex-femme, avait renoué avec son fils. La neuvième étape : il faisait tout son possible pour se racheter et il est venu voir Kent. Je me rappelle que nous avons longuement discuté tous les trois.

Il esquissa un petit sourire.

— Ben nous a dit qu'il avait lancé son entreprise. Un food-truck. Nous y sommes allés une fois. Kent était enchanté. Ça ravivait sa foi en l'humanité de voir quelqu'un opérer un tel virage. Vous ne le suspectez pas d'avoir attaqué Kent, j'espère ?

— Pas à ce stade, non. Il dispose d'un alibi solide et semble avoir fait exactement ce que votre mari saluait : un virage à cent quatre-vingts degrés. Il pourrait vous contacter, docteur Rufty, pour vous présenter ses condoléances. Votre mari avait-il mentionné un dénommé Thomas Thane ?

— Ça ne me dit rien.

— Je connais ce nom, intervint Marcus. Je l'ai déjà entendu. Papa avait déposé une plainte contre lui. Il avait frappé sa femme et son enfant. On en avait parlé parce que ce type s'en était tiré à bon compte. Simples travaux d'intérêt général, ou une connerie dans ce genre.

— Votre père avait-il indiqué avoir été menacé par M. Thane ?

— Non.

— Et Curtis Feingold ?

— Oui, oui, celui-là, je le connais, acquiesça Rufty. Je m'en souviens parce que sa femme était professeure et que je l'avais aidée à obtenir un poste dans une école de Yonkers. J'ai des collègues là-bas. Ce Feingold était un ivrogne et un homme violent. Je sais qu'il est allé en prison.

— Le Dr Milo Ponti ?

— Oui, oui. Nous connaissons tous ce nom. On avait prévu un repas en famille et Kent est arrivé en retard parce qu'il était passé voir un patient aux urgences à Unger. Il avait remonté les bretelles de Ponti pour s'être montré désagréable envers une femme venue consulter pour son petit garçon. Kent ne supportait pas de voir une personne souffrante, physiquement ou moralement, traitée sans compassion. Mais on ne tue pas quelqu'un parce qu'il vous a remonté les bretelles.

— Nous explorons toutes les possibilités.

Sur un signe de tête d'Eve, Peabody sortit son mini-ordinateur et afficha à l'écran la reproduction de l'œuf.

— Avez-vous déjà vu un objet de ce genre ?

Rufty examina l'image, sourcils froncés.

— Un œuf doré... comme celui de la poule aux œufs d'or ? Oui, j'ai dû en voir dans des magasins de bibelots, sur des dessins, ce genre de choses. Quel rapport avec nous ?

— Nous avons pu reconstituer celui-ci à partir des morceaux retrouvés sur le sol de votre cuisine, expliqua Eve. Ce qui a permis à nos spécialistes de la police scientifique d'établir que l'intérieur de ce... bibelot avait été recouvert d'une couche de vernis étanche et qu'une protection supplémentaire avait été ajoutée sur le pourtour des deux parties de l'œuf. Quand le Dr Abner a ouvert ce contenant, la toxine à l'intérieur s'est répandue dans l'air. C'est ce qui a causé sa mort.

— Mais... mais... c'est absolument diabolique, non ?

Voyant son père devenir livide, sa fille lui passa un bras autour des épaules.

— Nous ne connaissons personne qui ferait une chose pareille. Ils devaient viser quelqu'un d'autre.

— Monsieur Rufty, le colis était adressé nommément à votre mari. Je dois donc vous demander si le Dr Abner n'avait pas, durant ces dernières semaines, mentionné quelqu'un qui lui causait de l'inquiétude, ou avec qui il aurait échangé des mots, eu une altercation.

— Non, personne. Je vous le jure. Je vous le dirais. Pourquoi est-ce que je garderais ça pour moi ?

Sa voix, qui était montée dans les aigus, se fit tremblante. Il avait les yeux embués de larmes. Sa fille le serra plus fort contre elle.

— Ne te laisse pas démonter, papa. On veut tous savoir qui a fait ça à papa. Il faut qu'on sache.

— Mais elle a bien dit que tout le monde l'aimait, répondit-il en désignant Peabody. Elle l'a bien vu. Et là, quelqu'un aurait...

Il ferma les yeux, paupières plissées, tandis que Landa se levait et s'éclipsait.

— D'accord, d'accord. Quelqu'un... Ça a demandé de la planification, des ressources, des connaissances pointues et... une cruauté terrible. Nous ne connaissons personne capable d'une telle chose.

Il s'inclina vers Eve avec dans le regard un mélange de chagrin et de supplique.

— Je veux que vous compreniez que Kent et moi menions une vie honnête. On tentait de faire du bon travail, d'être des gens bien. Nous avons élevé nos enfants en essayant de les pousser à être des gens bien à leur tour, à œuvrer pour l'intérêt général. À se soucier des autres. Je veux que vous le compreniez.

— Je le comprends, docteur Rufty. Vraiment. Votre mari n'est pas responsable de ce qui s'est passé.

Landa revint, un verre à la main.

— Buvez, dit-elle, c'est un cocktail relaxant. Ne discutez pas. Moi aussi, je suis médecin. Buvez le cocktail, Martin, ou je serai obligée d'aller chercher ma mallette.

— Il était tellement fier de toi. Il t'aimait comme sa fille.

Landa pressa le verre au creux de la paume de Rufty puis l'embrassa sur la joue.

— Je sais, dit-elle. Buvez ça, puis on retournera à l'étage pour que vous vous allongiez un peu. Je resterai auprès de vous.

— Mais elles ont des questions à me poser...

— Non, ce sera tout pour le moment, assura Eve en se levant. De nouveau, toutes nos condoléances. Ça aussi, c'est une formule toute faite employée par la police, mais c'est sincère.

« Il ne s'agit jamais uniquement des morts », songea-t-elle sur le trajet jusqu'à la voiture.

La mort – et un meurtre plus encore – mettait tant de vies en pièces. Et peu importait la manière dont on pouvait ensuite recoller les morceaux, ces vies étaient altérées à jamais.

Pour certains tueurs, se dit-elle, cette terrible vérité était une sorte de bonus.


Elles s'arrêtèrent à la clinique de Louise et trouvèrent la salle d'attente bondée. Une femme enceinte au ventre énorme était assise à côté d'une autre tenant dans ses bras un bébé hurlant. Elle semblait s'extasier devant le genre de petit être dont elle allait très bientôt avoir la charge jour et nuit.

Trois enfants à peine plus vieux s'affairaient ou se disputaient autour d'un coffre à jouets dans un coin de la pièce. Les adultes installés sur les autres sièges oscillaient entre yeux rougis de larmes, toux violentes, membres bandés ou simplement l'expression lointaine de ceux qui attendent leur tour en sachant qu'il n'est pas près d'arriver.

Eve s'approcha de la réception et fit mine de sortir son insigne.

— Lieutenant, inspecteur, le Dr Dimatto vous attend. Passez directement par la porte latérale. Sharleen vous guidera jusqu'au bureau du docteur. Elle est avec une patiente, précisa la réceptionniste, mais elle vous recevra au plus vite.

— Très bien. Merci.

La porte franchie, une petite rousse toute guillerette en tunique à fleurs les fit passer devant plusieurs salles d'examen et un petit labo pour rejoindre le bureau impeccablement tenu de Louise.

— Elle ne devrait pas tarder, leur indiqua Sharleen.

— Nous pouvons commencer par vous, répondit Eve.

La jeune femme cligna les yeux sans comprendre.
— Oh. D'accord. Euh... Le Dr Dimatto nous a demandé de vous apporter notre entière coopération.
— Ça facilitera les choses pour tout le monde. Vous connaissiez le Dr Abner ?
— Bien sûr. Ça fait à peu près huit mois que je travaille ici. Le Dr Abner était l'un de nos médecins bénévoles réguliers. Il était franchement génial avec les enfants. Je suis une formation d'infirmière en pédiatrie, donc il me laissait l'assister chaque fois que c'était possible.

Elle marqua un temps d'arrêt, soudain bien moins guillerette.

— Je l'appréciais énormément. J'ai du mal à me faire à l'idée que... Je crois que je n'ai pas encore pris la mesure de ce qui s'est passé.
— Savez-vous s'il avait des problèmes avec quelqu'un ?
— Honnêtement, non. Comme je vous le disais, il s'y prenait super bien avec les enfants, qui l'aimaient beaucoup. Quand un enfant aime son docteur, en général, les parents l'aiment aussi. Et il n'a jamais joué les cadors ou les grands bienfaiteurs auprès de l'équipe, si vous voyez ce que je veux dire. C'était simplement... l'un d'entre nous.
— Vous est-il arrivé de le voir ou d'interagir avec lui en dehors du travail ?
— Non. Attendez, ce n'est pas tout à fait vrai, ajouta-t-elle en levant un index à l'ongle verni dans un violet pétant. Il y a deux mois, il était du soir et moi je travaillais tard. Il m'a raccompagnée chez moi, après avoir gentiment insisté. Je n'habite qu'à deux rues d'ici mais il ne voulait pas que je rentre seule à pied. Il était tard et il faisait très froid. Il m'a raccompagnée, donc j'imagine que c'était en dehors du travail.

Elle soupira, et le désarroi eut raison de sa gaieté.
— Il était toujours très prévenant.
— D'accord. Sharleen, vous voulez bien aller voir si quelqu'un d'autre est disponible pour nous parler ? Et nous l'envoyer ?
— Bien sûr. J'y vais.

Elles eurent droit à l'entière coopération, mâtinée d'anecdotes et de regrets, de deux autres membres de l'équipe avant que Louise les rejoigne.

— Navrée que vous ayez dû attendre.

Avec son habituelle blouse blanche passée par-dessus un chemisier et un pantalon noirs, elle se dirigea droit vers l'autochef miniaturisé encastré dans le mur derrière son bureau.

— Ça ne vaut pas vos grands crus, mais ce café est largement au-dessus du jus de chaussette habituel qu'on sert dans les bureaux et les salles d'attente. Vous en voulez ?

— Ça ira.

— Désolée pour la perte de votre ami, Louise, ajouta Peabody.

— Merci. Moi aussi, ça me désole.

Elle vida sa tasse de café et laissa échapper un long soupir.

— Je tiens à vous dire tout de suite à quel point je suis heureuse que vous soyez toutes les deux chargées de cette enquête. On est un peu débordés aujourd'hui, mais vous pourrez utiliser mon bureau pour vos entretiens et je ferai venir les membres de l'équipe un par un.

— Nous avons déjà commencé, lui apprit Eve, ce qui lui valut un sourcil levé.

— Ah oui ?

— Oui. Nous avons également un mandat pour tout élément touchant à la victime qui ne soit pas protégé par le secret médical.

— Je n'en attendais pas moins de vous.

Louise ouvrit l'un des tiroirs de son bureau et en sortit un disque.

— Nous sommes passés ici hier soir, Charles et moi, après notre discussion. Tout est là. Ce n'est pas énorme, Dallas. Il constituait un atout précieux pour la clinique, mais ça ne représentait malgré tout qu'une poignée d'heures par semaine.

Eve prit le disque et le fit passer à Peabody.

— Je dois aussi vous dire que j'ai parlé à toute l'équipe dès l'ouverture, et pris contact avec ceux qui sont en congés ou du soir. Je sais que vous devez tous les interroger. Et je tiens à ce que vous le fassiez. Mais vous ne trouverez rien de probant.

— Tant que nous sommes là, nous devrions peut-être examiner un ou deux de vos patients. Histoire d'établir un diagnostic à votre place.

— Ha, ha.

Visiblement fatiguée, Louise s'assit sur un coin de son bureau.

— Vous ne serez sans doute pas plus ravies d'apprendre que j'ai parlé à quelques personnes de mon entourage qui connaissent ou ont travaillé avec Ponti.

— Bon sang, Louise !

— Avant de vous emporter, gardez à l'esprit que les soignants ont généralement une parole beaucoup plus franche entre eux.

— Et s'il s'avère que Ponti est notre tueur et qu'il apprend que vous vous renseignez à son sujet ? Les tueurs s'en prennent plus facilement aux civils trop curieux qu'aux flics.

Louise se contenta de hausser les épaules.

— Peut-être, si j'avais récolté autre chose que des avis qui le décrivent comme un type arrogant doté d'indéniables compétences, particulièrement en médecine d'urgence. Il n'est pas très apprécié et n'a pas l'air de s'en soucier. Il n'a pas aimé les remarques virulentes de Kent, et encore moins que celui-ci ait fait remonter l'incident. Il racontait que Kent était un élitiste friqué qui se croyait tout permis mais ne tiendrait pas le coup sur une rotation complète aux urgences. Il s'en est plaint pendant quelques jours auprès de qui voulait bien l'entendre, jusqu'à ce que cet incident cède sa place au suivant.

— Il est souvent impliqué dans des incidents ?

— À ce qu'on m'a dit, il se trouve régulièrement mêlé à des esclandres, altercations, disputes. Donc, oui, des incidents de ce genre ou d'un autre. Une ou deux fois par quinzaine. Ce qui, je dois dire, n'est pas si inhabituel dans les urgences d'une grande ville.

Eve resta silencieuse un bref instant.

— Et sa femme ? demanda-t-elle.

— Cilla Roe, infirmière en chirurgie. Elle est plus appréciée que lui, apparemment extrêmement fiable, que ce soit en salle d'opération ou en dehors. Elle sait arrondir les angles là où Ponti se montre rugueux.

— D'accord. Restez en dehors de tout ça. Je suis sérieuse, Louise.

— Elle est sérieuse, renchérit Peabody. Et je vous dirais exactement la même chose.

— Vous seriez capables de rester sur la touche si l'un de vos amis était assassiné ?

— Vous ne restez pas sur la touche, protesta Peabody avant qu'Eve puisse reprendre la parole. Vous vous fiez à nous pour défendre la mémoire de votre ami et obtenir justice en son nom. Vous devez nous faire confiance.

— Je vous fais confiance. Totalement. Le disque contient la liste des personnes avec qui j'ai parlé de Ponti, ce qu'elles ont dit et comment les contacter si vous avez besoin ou envie de les interroger plus longuement.

— Très bien. Maintenant, restez en dehors de la suite de l'enquête. Nettement en dehors. Et c'est aussi valable pour Charles. Aucun contact avec Ponti.

Louise se redressa.

— Vous pensez que c'est lui qui a tué Kent ?

— J'ignore qui a tué Kent à ce stade de l'enquête, mais je sais que Ponti, en plus d'être désagréable et arrogant, est aussi du genre colérique. Donc ne l'approchez pas.

— D'accord, d'accord. Des patients m'attendent. Je vais dire aux employés de venir vous voir un par un. Ah, les autres – y compris les volontaires – sont aussi sur le disque, avec leurs coordonnées.

— Trouvez-vous un endroit tranquille où vous installer, Peabody, dit Eve une fois Louise sortie. Commencez par les équipes et les volontaires listés sur le disque. Je m'occuperai de ceux qui sont ici. Tâchons d'en faire rapidement le tour.

— Je connais un endroit. Et les soignants à qui elle a parlé de Ponti ?

— Ils attendront.

Eve lança un coup d'œil vers l'autochef mais décida qu'elle pourrait attendre de boire un vrai café. Elle se cala dans le fauteuil derrière le bureau de Louise pour mener rapidement le reste des entretiens.

Parce que Louise avait raison. Elles n'obtiendraient ni informations majeures ni nouvelles pistes au sein de la clinique. Ce qui ne les empêcherait pas de bien faire leur travail.

# 7

Enfin de retour dans les locaux de la Criminelle, Eve se dirigea directement vers son bureau... et une tasse de vrai café.

Peabody pourrait se charger du reste des entretiens par communicateur et elle la préviendrait si certains individus nécessitaient d'être interrogés en personne. La priorité pour Eve consistait à installer son tableau de meurtre, ouvrir le dossier et écrire son rapport.

Comme toujours, les gestes routiniers – la disposition à plat des portraits, photos et données – lui étaient utiles.

La constitution du dossier et la rédaction du rapport l'obligeaient à agencer l'ensemble d'une manière claire et cohérente.

Faits, déclarations, indices. Et suspects.

Qui n'étaient pas nombreux à ce stade, il fallait bien l'admettre. Au sommet de la courte liste, Ponti et Thane.

Une nouvelle tasse de café à la main, elle tendit les jambes, boots posées sur le bureau, et scruta le tableau. Visages et photos, frise chronologique, alibis.

Ponti, en tant que médecin, possédait forcément des connaissances supérieures à la moyenne en matière de chimie, et il avait sans doute accès à un labo. Ce qui lui donnait un peu d'avance sur Thane.

Mais Thane pouvait tout à fait avoir des liens avec quelqu'un disposant des compétences et du matériel adéquats, non ?

Les deux avaient des griefs contre la victime. Et les griefs pouvaient couver pendant très, très longtemps.

Les deux avaient aussi le sang chaud. Ce qui constituait plutôt un contre-argument. Ce meurtre avait quelque chose de très froid. Rien à voir avec une exécution faite sous le coup de la colère, c'était un assassinat mené à distance. Pas d'altercation directe, pas de plaisir à porter les coups. Impossible de planter son regard dans celui de sa victime pendant son agonie.

Eve fit pivoter son siège pour se replonger dans le rapport du laboratoire.

On ne parlait pas de compétences rudimentaires ni même ordinaires. Il avait fallu un vrai talent, en plus de beaucoup de patience et de précision. Chaque étape avait été soigneusement pensée. Rien d'impulsif ni d'improvisé.

Elle entendit un bruit de pas. La démarche n'était pas celle de Peabody mais d'un individu massif et sûr de son autorité.

Elle retira ses pieds du bureau et se leva au moment où le commandant Whitney apparut sur le seuil.

— Commandant.
— Lieutenant.

Son pas était en accord avec l'autorité qu'il portait sur ses larges épaules. Son imposante stature parut emplir la pièce comme il s'avançait pour étudier le tableau d'Eve. Il passait peut-être ses journées derrière un bureau, mais ses yeux reflétaient son expérience de policier de terrain. Les touches de gris saupoudrées sur sa chevelure rase lui conféraient une forme de dignité grave tandis que les rides de son large visage à la peau brune trahissaient le poids de sa fonction.

— Je me mets en route pour une réunion avec le chef Tibble et le maire, à présent que j'ai votre rapport.

— Toutes mes excuses pour l'attente, commandant. L'inspecteur Peabody et moi étions sur le terrain.

D'un geste du doigt, il lui fit comprendre que ses excuses n'étaient pas nécessaires, sans détourner son regard du tableau.

— Si la procédure exige que nous signalions ce décès et ses circonstances à la Sécurité intérieure, les résultats du labo indiquent qu'il ne s'agissait pas d'un acte de terrorisme.

— Effectivement, commandant. Non seulement le tueur visait une cible bien précise, mais il a fait en sorte que le poison ne se diffuse que dans une zone très restreinte et qu'il se dissipe rapidement.

— Néanmoins, il reste des inquiétudes autour du mode opératoire. Cette unique victime aurait pu être une forme de galop d'essai en vue d'une tuerie de masse.

— Si tel était le cas, commandant, pourquoi se donner tant de mal pour que la substance se dissipe et ne tue que cette cible précise ? D'après le spécialiste du labo, limiter ainsi la dispersion dans l'espace et le temps a demandé du talent, des efforts et des ressources particulières.

— Nous sommes d'accord. Raison pour laquelle la Sécurité intérieure n'a pas souhaité reprendre l'enquête en main. Pour le moment, ajouta-t-il comme un avertissement. Veillez à ce que leur agent reçoive une copie de toutes les données, de tous les rapports.

Il se tourna pour lui faire face.

— Vous penchez pour la piste de l'autre médecin. Ponti.

— Il coche certaines cases. Il dispose d'un alibi pour le dépôt du colis, mais...

— Sa femme fait partie de l'alibi en question.

— C'est ça, commandant. Et même si elle a la réputation d'être moins emportée que Ponti, elle est également soignante et susceptible de s'y connaître en produits chimiques et d'avoir accès à un laboratoire. Elle pourrait en avoir voulu à Abner, au nom de son mari.

— La victime avait aussi contribué à l'incarcération de deux anciens détenus.

— Exact, commandant. L'alibi de Ringwold est solide. Il semble s'être réinséré, il a fait de son mieux pour se racheter auprès de son ex-femme et de son fils, il a monté une entreprise qui marche. Selon lui, c'est grâce à Abner s'il s'est confronté à la réalité de ses addictions. Il me paraît très crédible. Quant au second... il est tout simplement trop stupide pour ça, commandant. C'est un ivrogne et un fainéant. Assez méchant pour tuer, sans aucun doute, mais pas assez intelligent pour avoir agi de cette façon.

— Et le publicitaire ? Lui aussi coche certaines de vos cases.

— Rancunier et doté d'un fond violent. Et quelqu'un qui n'oserait pas s'en prendre directement à un individu comme Abner. Pas d'attaque directe face à un homme solide et athlétique comme Abner. Mais s'il pouvait trouver le moyen de se venger à distance ? Là, oui. Ce serait bien son style.

Elle reporta son attention sur le tableau.

— Le tueur est un lâche. Il est intelligent, précis, méthodique, mais lâche. Le poison est l'arme des faibles, ajouta-t-elle en réfléchissant à haute voix. Généralement employé par les femmes parce qu'elles sont, le plus souvent, physiquement plus faibles que les hommes. Et dans le cas qui nous occupe, l'usage du poison s'est fait à distance. Le tueur n'a donc pas besoin de voir le résultat ni de regarder mourir sa victime. Il a agi sans passion.

— Un terme intéressant, Dallas. La passion.

— C'est... comme s'il avait appuyé sur un bouton pour ôter la vie. Tout le travail, toute la réflexion sont allés dans la création de l'arme. Mais il y a une distance émotionnelle suffisante pour que le tueur ne ressente pas le besoin de voir l'arme en action. Pas d'explosion, de cris, de sang, de panique, de supplications. Il – ou elle – a envoyé le colis puis est rentré chez lui pour attendre que la nouvelle passe dans les médias.

— Un assassinat.

Eve hocha la tête. C'était toujours agréable d'avoir un supérieur capable de suivre votre raisonnement.

— Le manque d'implication émotionnelle y correspond effectivement, commandant. Mais la victime n'était ni un politicien influent ni un individu riche ou puissant. Si l'on en croit tous les témoignages, c'était un bon médecin mais aussi un bon mari, père et ami.

Elle fronça légèrement les sourcils.

— Pour en revenir à l'hypothèse du galop d'essai, commandant, autrement dit l'idée qu'Abner ait pu être choisi au hasard comme victime de substitution avant l'assassinat réellement voulu, pourquoi le tueur a-t-il pris le risque que la Sécurité intérieure soit alertée ? Il y a un cerveau derrière cette opération, un cerveau qui sait que l'usage d'un agent toxique remontera forcément jusqu'à eux. Pourquoi ne pas l'avoir testé sur un clochard qui n'aurait manqué à personne avant de se débarrasser du corps ? Le cas d'Abner est largement évoqué dans les médias parce que c'était un médecin respecté.

— Très juste. Je le mentionnerai en réunion. Cela pourrait rassurer le maire. Tenez-moi informé de la suite, lieutenant.

— Comptez sur moi, commandant.

Whitney parti, Eve se rassit et remit les pieds sur le bureau pour examiner le tableau, sourcils froncés.

Assassinat. Pour elle, cela correspondait au crime. Un véritable assassin tuait sans émotion, sans emportement, sans regret. Mais quel était le mobile ? Si l'on écartait la politique, le pouvoir, l'argent, la religion, que restait-il ?

Jalousie et vengeance.

« L'une, l'autre ou les deux », songea-t-elle. Qui plus est froide, calculatrice et cruelle dans les deux cas. Quelque chose issu d'un lointain passé avait peut-être fini par remonter jusqu'à Abner.

Elle afficha le dossier du médecin et se lança dans une recherche méthodique de tous ses antécédents, en commençant par ses parents.

Que disait l'adage, déjà ? « Les péchés des pères retomberont sur leurs descendants », ou quelque chose dans ce genre. En tout cas, certains y croyaient.

Père, mère, belle-mère, frère, demi-sœur. Tous encore en vie, mais aucun à New York ou aux alentours. La demi-sœur avait connu quelques ennuis par le passé. Vol à l'étalage à l'adolescence, absentéisme, consommation d'alcool alors qu'elle était encore mineure, possession de stupéfiants. Elle s'était mariée à dix-huit ans… Bon sang, mais qui faisait ça ? Et divorcée à dix-neuf (surprise). Mais aucun crime violent ni délit sérieux. Seulement ce qui ressemblait à une longue période difficile dont elle s'était progressivement sortie autour de ses vingt-cinq ans.

Elle était désormais auteure de livres pour enfants, avec un succès respectable. Mariée, deux enfants et installée à Saint-Louis.

Eve passa le reste de la famille au peigne fin avant de s'attaquer à la scolarité d'Abner puis à ses années de médecine.

Elle releva la tête en entendant Peabody dans le couloir. Son équipière entra, un soda dans une main et un tube de Pepsi dans l'autre.

— Je me suis dit que vous auriez peut-être envie de carburer à autre chose qu'au café à cette heure-ci.

— Oui, c'est sans doute préférable. Merci.

Peabody s'installa tant bien que mal sur le siège volontairement inconfortable qu'Eve réservait aux visiteurs.

— Mes entretiens avec le reste de l'équipe de Louise et des bénévoles ont donné les résultats attendus. Les gens appréciaient beaucoup Abner. L'un des ambulanciers a même admis en avoir un peu pincé pour lui. Un petit coup de cœur inoffensif, précisa Peabody comme Eve étrécissait les yeux. Il est dans une relation stable et fêtait justement l'anniversaire de son compagnon à l'heure où le colis a été posté. Ça ressemblait plutôt à moi quand je dis que j'en pince un peu pour Connors. Vous voyez ce que je veux dire.

— Ah oui ?

Peabody se contenta de hausser les épaules en souriant avant de boire une gorgée de soda puis de reprendre :

— Abner essayait de se libérer une fois par mois pour tourner avec l'équipe mobile et aucun d'entre eux ne se souvient de quelconques problèmes ou difficultés.

— Quelqu'un avait pourtant un problème avec lui, assura Eve en ouvrant son tube. C'est un assassinat.

Peabody plissa les yeux à son tour.

— Vous voulez dire un tueur professionnel ?

— Non. Un pro l'aurait tué d'une manière qui n'attire pas l'attention. En le plantant durant l'une de ses tournées ou en lui tranchant la gorge tard le soir sur le chemin de son domicile. Mais je parle d'assassinat au sens où il s'agit d'une cible précise, dans un but précis et sans risque de débordement au-delà. Un meurtre effectué avec sang-froid et précision.

— Mais dans quel but, alors ? On ne sait rien du tout du mobile.

— Il y a toujours un mobile, même quand il est ridicule, mesquin, stupide ou franchement dingue. Je suis en train de me renseigner sur le passé d'Abner. Sa famille, ses études, ses anciennes relations, les affaires qu'il a pu faire. Il y a forcément des indices quelque part.

— Ou alors, lança Peabody, un index dressé vers le ciel, on est dans la cible précise *et* prise au hasard.

— Qu'est-ce que vous me racontez ?

— Dans l'hypothèse d'un mobile dingue, de l'acte d'un fou, on a quelqu'un de talentueux et d'expérimenté qui développe, par accident ou volontairement, un agent toxique et qui décide de le tester. Il invente donc un système afin de diffuser le poison, système pour lequel il doit sélectionner une cible en vue de la suite de sa petite expérience. Peut-être qu'il connaissait Abner, ou peut-être qu'il l'a seulement croisé dans la rue et a décidé qu'il ferait l'affaire. Peut-être qu'ils ont discuté un jour dans un bar, ou qu'Abner est un ami d'ami. En tout cas, il a choisi Abner.

— Une sélection à froid, sans affect, ajouta Eve.

— Ouais. Comme le ferait un savant fou qui verrait Abner comme un simple rat de laboratoire.

Il doit poursuivre ses recherches, donc il prend note des habitudes du sujet, de son emploi du temps, il prend la peine d'étudier le rythme de la vie du quartier. Tout cela fait partie de l'expérience. Après quoi il envoie le colis et attend les résultats.

— Vous n'auriez pas envie, dans ce cas, de voir les résultats ? De noter le temps qu'a mis le sujet pour mourir ? La façon dont son organisme a réagi ?

— Oui, là-dessus, mon hypothèse ne tient pas, admit Peabody. Mais même un savant fou doit avoir un minimum d'instinct de survie. Et puis... comment sait-on qu'il ne l'a pas fait ? Il s'est passé des heures avant que le corps soit découvert. Il y a beaucoup de fenêtres dans cette maison. Il lui aura suffi de se poster discrètement quelque part, puis de passer devant la maison, l'air de rien, après la livraison. Avec une paire de mini-jumelles. Ou, vu que c'est un scientifique, il a pu utiliser un capteur thermique. Même sans voir le sujet, ça lui aurait permis de visualiser sur écran la chaleur émise par son corps et de chronométrer l'agonie. C'est possible.

Eve se carra dans son siège et le fit rouler plus près du tableau.

— Ça se tient. Une solide théorie, Peabody.

— Je me dis que si le mobile est en fait le résultat, on entre dans le domaine de la cible précise prise au hasard. Et ça pose un problème.

— Lequel ?

— Bon, vous vous souvenez des expériences qu'on faisait en cours de sciences au lycée ?

— J'essaie d'oublier.

Peabody lâcha un petit rire et reprit une gorgée de soda.

— Je trouvais ça pas mal, ces travaux pratiques. La cuisine et la pâtisserie, c'est un peu la science appliquée aux repas. Avec aussi une touche de magie, parfois. Bref, certaines expériences en laboratoire nécessitent d'être répétées dans un cadre strictement identique pour prouver l'hypothèse de base.

— Si l'on part sur votre théorie du savant fou, Peabody, il a de toute façon prévu de recommencer. Ça a marché. On ne s'arrête pas sur une victoire.

— On est censé savoir s'arrêter sur une victoire, justement.

— Pourquoi ? demanda Eve. En s'arrêtant, on se priverait de la possibilité d'enchaîner les succès. Trop tentant.

Elle se leva et but longuement de son Pepsi, les yeux braqués sur le tableau. Puis elle commença à faire les cent pas devant l'étroite fenêtre donnant sur la ville.

— Partons sur l'idée du savant fou et posons le cadre à reproduire. Un homme de la même origine ethnique, même âge, même taille, poids, santé... L'important tiendra aux facteurs physiques.

Elle regarda en contrebas les passants qui allaient et venaient d'un pas pressé.

— Il pourrait passer du temps dans les salles de sport, imagina-t-elle, ou les sentiers et parcours sportifs. Cela demanderait du temps mais rien ne presse, n'est-ce pas ?

Elle se retourna vers Peabody.

— Combinons les deux. L'expérimentation du savant fou et l'assassinat d'une cible précise mais prise au hasard. Abner est la cible – le sujet – parce qu'il colle aux critères de l'expérience, quelle qu'en soit la raison. Et parce que le tueur le connaît. Il n'a rien contre lui, en tout cas pas spécialement. Mais il est capable de surveiller Abner, d'étudier ses habitudes. Il a peut-être dû faire quelques efforts pour ça, ou peut-être pas. Il a besoin de quelqu'un et Abner correspond à ses attentes. Si le choix a réellement été fait au hasard, pourquoi n'a-t-il pas choisi quelqu'un qui n'aurait manqué à personne, quelqu'un qu'il aurait pu ramener dans son labo – un espace soigneusement contrôlé – pour enregistrer le résultat ?

— Peut-être qu'il ne dispose pas d'un endroit suffisamment isolé, suffisamment sous contrôle.

— Oui, pas d'endroit à lui où commettre ses meurtres.

C'était possible, estima Eve. Possible.

— Mais à moins qu'on ne trouve d'autres décès qui correspondent – et on va vérifier ça au plus vite –, Abner était la première cible. Un acte commis de sang-froid, de façon scientifique. Pourquoi ne pas sélectionner quelqu'un que l'on connaît ? Bel homme, une vie réussie, respecté – révéré même – en tant que médecin. Un mariage qui dure, des enfants, une jolie maison. Et tout le monde apprécie Kent. Il y a de quoi s'agacer, non ? Pourquoi dans ce cas ne pas le viser, lui ?

— Ajoutez qu'il était en très bonne santé, avec un physique entretenu. Notre homme voulait sûrement un sujet sain, non ? Oui, oui, car dans le cas de quelqu'un qu'on ne connaît pas vraiment, comment savoir s'il n'a pas secrètement un problème avec la boisson, des addictions, une pathologie congénitale, etc. ?

Eve rebondit en embrassant un peu plus le point de vue du tueur potentiel.

— Il lui faudrait un spécimen en pleine forme. Mais vérifions d'éventuels cas d'empoisonnement, de morts inexpliquées, de décès par imprudence. Clochards, CL de rue, fugueurs, victimes non identifiées. On va remonter un an en arrière.

— Ça va faire beaucoup de cas.

— C'est sûr. Rassemblez-les et envoyez-m'en la moitié. C'est une piste valable, affirma Eve. On va l'explorer.

— Ici ou chez nous ?

— Pourquoi on… ?

La question de Peabody poussa Eve à consulter sa montre.

— Mince, comment c'est possible ? Faites-le tri ici puis vous travaillerez sur votre moitié chez vous. J'ai de la paperasse à gérer qui attend deux jours. Rentrez dès que la recherche sera terminée.

— Je m'en occupe.

Juste avant de sortir, Peabody lança un regard en arrière.

— J'ai l'impression que ce n'est peut-être pas une simple piste. Que c'est peut-être *la* piste.

« Peut-être », se dit Eve.

Et peut-être que si elles travaillaient assez vite et bien, personne d'autre ne mourrait.


Lorsque enfin elle retrouva sa maison, l'esprit anesthésié par quarante minutes de paperasserie infernale et deux rapides entretiens avec ses inspecteurs au sujet de leurs enquêtes suivis d'un pénible trajet sous les ondées qu'avril avait décidé de leur infliger, Eve décida qu'elle avait besoin de dix bonnes minutes de tranquillité.

Dans une eau bienfaisante qui n'avait rien à voir avec la pluie.

Quelques longueurs dans la piscine feraient l'affaire avant de s'attaquer à sa partie de la liste des décès.

Arrivée dans l'entrée, elle fut accueillie par Summerset, éternel squelette tout de noir vêtu, et Galahad, qui s'approcha pour la saluer.

— À peine en retard, commenta Summerset. Ni taches de sang ni contusions visibles. La mort aurait-elle pris des vacances ?

— Je ne parierais pas là-dessus, répliqua Eve en retirant sa veste. Attention, c'est l'orage dehors. Et avec le balai métallique que vous avez dans le fondement, vous feriez une cible idéale pour la foudre.

Satisfaite de sa repartie, elle abandonna sa veste sur le poteau sculpté de l'escalier et se rendit à l'étage. Le chat trotta derrière elle, puis s'installa sur le lit pour la regarder défaire son harnais et vider ses poches.

Elle interrogea ensuite l'ordinateur pour savoir si Connors était rentré avant elle.

— *Connors est dans le dojo.*

Elle décida de s'offrir une séance d'arts martiaux plutôt que d'aller nager et se changea pour enfiler un pantalon de yoga et une brassière de sport.

Elle descendit par l'ascenseur et se glissa discrètement dans le dojo pour observer Connors, vêtu d'un kimono noir classique, s'entraîner avec l'hologramme du maître. Il exécutait un kata complexe dans une série de mouvements qui parvenaient à être à la fois fluides et puissants.

« Une danse guerrière, songea Eve. Précise, disciplinée. »

Elle entendait les froissements secs du kimono à chaque coup de coude ou coup de pied latéral. Et distinguait, dans l'éclairage tamisé qu'il avait choisi, l'éclat discret de la transpiration sur son visage.

Le maître avait beau rester impavide, les mains jointes, l'expression indéchiffrable, il vous poussait à travailler dur, à vous dépasser.

Eve estimait toujours que ce dojo et les cours associés dispensés en personne ou via hologramme constituaient le meilleur cadeau de Noël de tous les temps.

— Votre posture et votre concentration sont en progrès. Mais il y a encore de la marge pour vous améliorer. Il vous faudra plus de temps et d'entraînement pour atteindre votre plein potentiel.

— Vous n'avez pas tort sur ce point, répondit Connors.

Il s'approcha de l'hologramme et saisit une serviette pour s'essuyer le visage.

— Mais je vous suis reconnaissant, maître, pour le temps passé à profiter de votre instruction. Fin du programme.

Il tendit la main vers sa bouteille d'eau mais se figea en découvrant la présence d'Eve.

— Pas mal, dit-elle en s'avançant dans la lumière. Tu y as passé combien de temps ?

— J'avais programmé une séance d'une demi-heure, vu que mon flic préféré n'était pas encore rentré.

— Mais me voilà et tu dois être suffisamment échauffé.

Elle planta ses pieds au sol, serra les poings et salua.

— Tu es sérieuse ?

Eve se contenta de répéter le salut, un petit sourire aux lèvres.

— Bon sang...

Il but une longue rasade d'eau, reposa la bouteille, puis vint se positionner en face d'elle et lui rendit son salut.

Ils adoptèrent tous deux une posture de combat.

Eve passa directement à l'attaque, pivotant sur elle-même pour lui décocher un coup de pied à hauteur de poitrine, suivi d'un revers du poing. Il bloqua les coups et aurait balayé ses jambes si elle n'avait pas été vive et agile.

Leurs avant-bras se cognèrent lors de la parade suivante, mais elle parvint à placer un coup de poing qui s'arrêta à un cheveu du visage de Connors.

— Point pour moi, dit-elle comme ils reculaient tous les deux.

Ils commencèrent à se tourner autour.

Connors feinta ; elle bloqua le coup et évita de justesse le suivant. Il se courba pour esquiver son poing, pivota, chassa de la main le coup de pied qu'elle amorçait et fit basculer son poids d'une jambe sur l'autre pour un coup de pied latéral qui se figea à deux centimètres de l'abdomen d'Eve.

— Là, le point est pour moi, dit-il.

Eve décrivit des cercles autour de lui et enchaîna plusieurs frappes avant d'adopter la posture du serpent et de l'inciter à s'approcher. Elle effectua une pirouette vers l'arrière et, bras appuyés au sol, projeta ses deux jambes vers lui.

— Pourquoi toujours le visage ?

Elle sourit.

— Il est tellement joli. Je ne peux pas résister. Encore un point pour moi.

Après cinq minutes de transpiration supplémentaires – où elle faillit bien le contrer et le jeter à terre –, il parvint à placer un autre coup de poing.

Malgré le murmure apaisant de la cascade, Eve l'entendait haleter sous l'effort, tout comme elle.

Lorsqu'il se fendit, elle le vit baisser légèrement sa garde et en profita pour lancer un coup de pied sauté. Un point pour elle.

Mais Connors aussi était vif et agile. Il bondit de nouveau. Elle para, pivota... et se retrouva avec le poing de Connors à un cheveu de son visage.

— Point pour moi.

Il l'agrippa avant qu'elle puisse reculer.

— Et je déclare le match nul, ajouta-t-il.

— Et si je n'en ai pas terminé ?

— Je n'ai pas dit que c'était terminé, si ?

Elle connaissait ce regard et y répondit avec une œillade de son cru.

— Sérieux ?

Avec un petit sourire, il plaqua ses lèvres sur les siennes.

« Pourquoi pas, après tout ? » se dit Eve en l'attirant à elle par le nœud de sa ceinture noire.

Elle n'eut pas le temps de la dénouer. Connors la souleva pour la hisser sur son épaule.

— Quoi ?

Il la porta jusqu'à un coin de la pièce et la laissa retomber sur un tapis de sol.

— Autant ménager un atterrissage en douceur, dit-il en se laissant tomber sur elle pour la plaquer au sol.

— Je ne cherche pas vraiment la douceur.

Connors lâcha un rire encore un peu essoufflé avant de lui retirer sa brassière d'un coup sec.

— Moi si. Cette douceur-là, dit-il.

Il s'empara de ses seins avec ses mains, sa bouche, pour savourer le goût et le contact de sa peau rendue moite par le combat.

« Faits l'un pour l'autre », songea-t-il comme Eve défaisait la lanière de cuir avec laquelle il s'était attaché les cheveux.

Cheveux qu'elle saisit à pleines mains en se cambrant. Leur affrontement avait fait office de préliminaires ; ils le savaient tous les deux. Toujours aussi vifs et agiles, ils se déshabillèrent mutuellement en un temps record.

Puis Connors se glissa en elle, tout en moiteur et en chaleur.

Ils bougèrent à l'unisson, les yeux dans les yeux, tandis que leurs sueurs se mélangeaient, que le dur et le doux se rencontraient. Le combat terminé, leurs gestes étaient désormais amples et lents. Tout n'était plus que plaisir, rien que du plaisir, accompagné du son de l'eau, de leurs souffles mêlés, de leurs cœurs battant à l'unisson.

Il sentit un frisson enfler en elle, l'entendit soupirer profondément au moment où elle s'abandonna à la jouissance. Lèvres pressées sur sa gorge nue pour sentir ce cœur qui battait pour lui, il se laissa aller avec elle.

Détendue, chaude et douce, tellement douce, elle demeura allongée sous lui en lui caressant le dos.

— Ça a marché, murmura-t-elle.

— J'espère bien.

— Oui, on sait que *ça*, ça marche à tous les coups. Je parlais de l'ensemble. Une bonne bagarre bien transpirante suivie d'intenses galipettes. J'avais des tracas de paperasse plein la tête, mais là, tout s'est envolé.

— Je cherchais le même effet lors de ma séance d'entraînement initiale, répondit Connors.

Il lui mordilla gentiment le menton.

— Mais j'ai largement préféré les épisodes deux et trois.

— Que dirais-tu de quelques longueurs de bassin pour l'épisode quatre ?

— Je ne serais pas contre aller nager un peu.

Il se redressa pour pouvoir la dévisager.

— Tu n'as pas bouclé ton enquête.

— Non, mais on a trouvé une piste. Plutôt solide, j'ai l'impression.

— Bon, après être allés nager un peu, on montera prendre un verre et manger un morceau. Et tu me raconteras tout ça.

« Oui, se dit-elle, c'est ce que je comptais faire. Car ça aussi, ça marche à tous les coups. »

Une fois installée face à lui devant le repas promis, elle lui fit un résumé de sa journée.

— Ça doit être dur de débarquer chez des gens récemment endeuillés pour les interroger sur l'être cher qu'ils viennent de perdre, commenta-t-il.

— Ça fait partie du boulot.

Il la dévisagea sans répondre.

— Une partie particulièrement dure, concéda-t-elle. Le point positif, dans ce cas précis, c'est que – à moins que je n'aie raté une info majeure – le conjoint et la famille sont innocents.

— Tu ne rates pas grand-chose, en général.

— Même conclusion du côté de ses employés ou de l'équipe et des bénévoles de la clinique de Louise. Aucune piste valable de ce côté-là.

— Ce qui vous conduit à cette idée d'assassinat par un savant fou.

— Oui, répondit Eve en plantant sa fourchette dans un morceau de viande de porc. Ça paraît super bizarre quand c'est toi qui le dis, mais l'angle d'attaque me semble intéressant.

— Ta manière d'en parler est convaincante, précisa-t-il. D'après tout ce que tu m'as dit, il semble plus logique que le tueur ait connu Abner, même de loin. Ta théorie du savant fou...

— C'est Peabody qui l'a lancée.

— Eh bien, ça correspond, non ? On ne peut pas entrer dans la première pharmacie venue pour acheter un agent neurotoxique. Il est forcément passé par le marché noir, ou par quelqu'un de suffisamment intégré au monde militaire pour accéder à ce genre de produits. Mais tu m'as parlé d'additifs, d'isolants, et tout ça. Ça ressemble à du fait maison.

— C'est ça. Et l'opération ne colle ni avec la méthode militaire ni avec celle d'un tueur professionnel. Trop de complications et de variables pour l'un comme pour l'autre. Il a tué sans passion mais… il y a quand même un aspect personnel. Les gens élaborent sans cesse des méthodes horribles pour s'entre-tuer, mais s'il s'agissait seulement d'éliminer Abner, il aurait suffi de le poignarder ou de lui fendre le crâne avec une brique. La méthode a son importance.

— Qu'est-ce qu'il y a gagné ?

Là-dessus, elle séchait. Complètement.

— C'est ça, le problème. Le conjoint va hériter du plus gros, et rien n'indique qu'ils aient eu des soucis conjugaux. Pas d'amant d'un côté ni de l'autre, pas de vagues, pas de difficultés financières. Les autres legs ne justifient pas un meurtre. Rien n'indique qu'Abner ait su quelque chose qu'il n'aurait pas dû savoir. Je ne vois rien à gagner à sa disparition. Ajoutons que le mort laisse derrière lui une famille, des amis et des employés qui l'adoraient unanimement. Tous les éléments, absolument tous, décrivent un homme qui a mené une existence dont il peut être fier.

— Tu gardes quand même sur ta liste cet autre médecin qu'il a réprimandé et l'homme qu'il avait dénoncé pour maltraitance sur sa fille.

— Oui, et ils y resteront tant que je ne serai pas absolument convaincue qu'ils n'ont plus rien à y faire.

Connors se resservit du vin mais Eve secoua la tête avant qu'il puisse faire de même pour elle.

— Non, j'ai un paquet de cadavres à examiner.

— Ce qui inciterait la plupart des gens à reprendre un verre. Qu'est-ce que je peux faire pour t'aider ?

— Je dois me pencher sur tous ces décès. Je ne saurai sans doute pas ce que je cherche avant de l'avoir trouvé.

— Que dirais-tu que je fouille un peu dans les finances du médecin énervé et de la brute qui cognait son enfant ? Embaucher un savant fou ou se procurer les composants chimiques nécessaires aurait forcément un coût, non ? Je peux aussi chercher des signes d'une formation en chimie qui n'apparaîtrait pas lors d'une recherche d'antécédents standard.

Eve s'appuya contre le dossier de sa chaise, sourcils froncés.

— Tu n'as pas un ou deux pays à acheter ce soir ?

— Oh, je peux faire les deux. D'ailleurs, pendant que j'y pense, je me suis payé le Nulle part.

— C'est quoi ? Une galaxie au cœur d'un trou noir ? Attends…, reprit-elle en comprenant à quoi il faisait référence. Tu parles du boui-boui impliqué dans l'affaire Pettigrew ?

— Oui, même si maintenant, j'ai aussi envie d'une galaxie coincée à l'intérieur d'un trou noir.

— C'est un trou à rats. Le bar, je veux dire, c'est un trou à rats.

— Un peu craignos, oui, ce qui m'a permis de faire une bonne affaire. Il y a un vrai potentiel, en développant une vision et en y mettant un peu d'argent, pour le transformer en un chouette petit pub de quartier.

— Le quartier est assez – c'est quoi le mot que tu as employé ? – craignos lui aussi.

— Un peu, c'est vrai. Et un quartier craignos a besoin d'un bon pub.

Eve songea au Penny Pig à Dublin et au jeune voleur de rue qui aimait aller y boire une pinte.

— Si tu le dis.

— Oui, je le dis. Je vais donc me renseigner un peu sur les deux types de ta liste, ce qui constitue en soi une distraction de choix, tout en imaginant différents genres de liftings pour le Nulle part.

— Tu comptes garder le nom ?

— Absolument. Quel meilleur endroit que Nulle part pour savourer une bonne bière ?

Eve ne put que secouer la tête. Malgré elle, elle voyait bien qu'il avait raison. Et que le pub ferait sans doute un carton.

— Tu as fini par revendre la baraque paumée je ne sais plus où dans le Nebraska que tu avais transformée en carte postale ?

Connors sourit et but une gorgée de vin.

— Elle est à ton nom, tu te souviens ? Comme le chantier est terminé, on accueille les offres. Je laisse un peu monter les enchères, après quoi j'aurai des papiers à te faire signer.

— C'était un pari et je l'ai perdu. Pourquoi est-ce que je recevrais l'argent ?

— C'est ta punition.

Elle leva les yeux au ciel puis se chargea de débarrasser la table, puisque Connors avait préparé le repas.

— J'ai du travail, dit-elle.

— Et moi de quoi m'amuser.

Son verre à la main, il partit s'installer dans le bureau adjacent.

# 8

Eve consacra les trois heures suivantes à faire le tri parmi tous les décès d'individus perdus ou en marge, allant de dix-sept à quatre-vingt-quatorze ans. CL de rue, travailleurs du sexe sans permis, toxicomanes, fugueurs, sans domicile voire sans identité connue.

Et aucun dont la mort offre des similitudes avec celle d'Abner.

Elle tendit la main pour se programmer un café puis se ravisa, consciente d'en avoir déjà bu plus que de raison. Elle se leva et s'avança jusqu'aux portes en verre de la petite terrasse.

La pluie avait cessé depuis longtemps et elle distingua quelques étoiles et un fin croissant de lune au-dessus des lumières de la ville qui ne dormait jamais.

Kent Abner avait été le premier. Elle avait pris le temps de vérifier et le résultat collait avec son intuition.

Elle n'entendit pas entrer Connors qui se déplaçait aussi silencieusement qu'un chat (Galahad étant hors concours). Mais elle perçut sa présence juste avant qu'il pose les mains sur ses épaules pour masser ses muscles crispés.

— On n'aura rien de ce côté-là, lui dit-elle. Peabody n'a pas tout à fait terminé de son côté mais je doute qu'elle trouve quoi que ce soit. On a une infinité de meurtres au couteau, de matraquages violents, d'étranglements. Plus les overdoses, suicides, morts accidentelles. Mais rien qui ressemble même de loin à Abner.

— Dans ce cas, tu es allée au bout de cette piste.

— Oui, répondit Eve.

Ce qui ne lui remontait en rien le moral.

— Et toi ? demanda-t-elle.

— Ponti a des dettes. Les études de médecine coûtent cher. Sa femme et lui parviennent à joindre les deux bouts. Je dirais qu'ils sont raisonnablement prudents sur leurs dépenses. Pas d'argent dissimulé sur un compte secret. Ni grosses entrées ni grosses sorties d'argent. En ce qui concerne les connaissances et compétences propres à ton affaire, c'était un étudiant moyen. Pas exceptionnel mais suffisamment doué pour avoir son diplôme. Elle, en revanche, a excellé. Tous ses travaux d'études en chimie organique, inorganique, pharmaceutique et en biologie, ainsi que ses réalisations en laboratoire, étaient exceptionnels. L'article qu'elle a écrit en dernière année de lycée sur l'intoxication chimique a été très bien reçu.

Intriguée, Eve se tourna pour le regarder.

— Vraiment ?

— D'après ce que j'ai pu comprendre, devenir infirmière était son objectif à long terme et elle s'est concentrée sur le travail en salle d'opération à partir de l'université. Là aussi, elle a visiblement excellé.

— On a donc quelqu'un d'intelligent, capable de penser à long terme et doté du sang-froid nécessaire pour travailler en salle d'opération. Elle dispose des connaissances adéquates. Et Abner avait fait un rapport défavorable à propos de son jeune mari.

— Je devine que tu vas avoir une petite conversation avec Cilla Roe.

— Oh que oui. Une petite conversation, comme tu dis. D'après Ponti, elle était chez eux à l'attendre au moment du dépôt du colis. Et le poison est généralement une arme de femmes.

— C'est sexiste.

— C'est statistique, rétorqua Eve. Oui, il y a matière à conversation.

— Demain. Tu as fait tout ce que tu pouvais pour ce soir, et moi aussi. Il est temps de coucher le chat.

Eve lança un coup d'œil à Galahad, étalé de tout son long sur son siège de repos. Comme s'il avait reçu le message, il ouvrit ses yeux vairons, se laissa aller à un énorme bâillement et étira chaque centimètre de sa silhouette replète. Puis il sauta du fauteuil et quitta la pièce d'un pas tranquille.

— Il sera sur le lit avant nous. Quelle vie il a.

— Suivons son exemple, proposa Connors en lui passant un bras autour de la taille.

Lorsque Eve s'éveilla, le chat avait déserté le lit pour s'installer sur les genoux de Connors dans le coin détente. Assis face à l'écran où défilaient en silence les habituels chiffres incompréhensibles de la Bourse, Connors jouait avec l'une de ses tablettes.

Elle le gratifia d'un grognement puis suivit son rituel matinal habituel. Café, toujours un café. Douche. Cerveau opérationnel.

Choix de la tenue. Parfois, elle regrettait sincèrement l'époque où elle pouvait se contenter d'enfiler son fichu uniforme. Bon, légers, les regrets.

De peur que le noir soit toujours proscrit, elle opta pour un pantalon marron et un chemisier bleu marine puis récupéra rapidement veste et boots.

Lorsqu'elle ressortit, Galahad s'était exilé de l'autre côté de la pièce. Après avoir posé sur la table leurs deux assiettes sous cloche, Connors était retourné à sa tablette. Elle eut un aperçu de l'écran et distingua le décor d'un bar devant un mur de briques garni de nombreuses étagères. Tabourets sans dossier disposés devant le comptoir, banquettes en face à face, quelques tables hautes, un écran de bonne taille, des lampes à abat-jour vert foncé.

Le décor apparaissait simple, épuré et étonnamment chaleureux.

— C'est le Nulle part ?
— Ça pourrait l'être.

Elle s'assit à côté de lui pour y regarder de plus près. Elle le vit tapoter pour ajouter des éclairages le long des plinthes et accorder la couleur du sol avec celle des abat-jour.

— Comment tu as fait ça ?
— De quel « ça » tu parles ?
— Tout ça.
— Il existe des programmes spécialisés, ma chérie. J'en ai moi-même conçu quelques-uns... Qu'est-ce que tu en penses ? demanda-t-il après s'être penché pour l'embrasser.
— Ça ressemble à un bar, un bar très correct.

Eve souleva la cloche de son assiette.

— Victoire ! s'exclama-t-elle en découvrant des gaufres qu'elle s'empressa de noyer sous le beurre et le sirop d'érable.

Connors ne put retenir une grimace.

— Eh bien, t'auras de quoi tenir un moment avec ça.

— Tant mieux, répondit Eve une fois sa première bouchée avalée. Parce que j'ai prévu d'avoir une discussion avec Cilla Roe. Ils ont pu planifier tout ça ensemble. La vengeance est toujours un mobile de choix. Et puis je veux retourner sur la scène de crime pour me rendre compte de ce qu'on peut apercevoir par les fenêtres. Peut-être que l'un d'entre eux, s'il s'agit bien d'eux, a gardé un œil sur le domicile d'Abner pour s'assurer que le plan fonctionnerait.

Elle engouffra joyeusement un gros morceau de gaufre puis planta sa fourchette dans une fraise juteuse.

— Si ce n'est pas eux, peut-être que notre savant fou anonyme voulait documenter les résultats de son expérience. Ça mérite d'aller vérifier. J'irai aussi à l'hommage pour Abner. Une telle expérience prendrait sûrement en compte les dommages collatéraux, non ? Le tueur voudra potentiellement y aller. S'il connaissait Abner, sa présence ne choquera personne.

Fasciné, Connors lui tapota la tempe du bout du doigt.

— Ton cerveau n'a pas chômé pendant que tu dormais.

— On peut dire ça.

Elle coula une œillade vers la tablette qu'il avait mise de côté.

— Le tien non plus, dit-elle.

— Mais l'affaire qui me concerne est bien plus distrayante.

— Les flics de la Criminelle ont leurs propres distractions, lui assura Eve avant de s'attaquer à la gaufre suivante.

Son repas terminé, elle se leva pour enfiler son harnais réglementaire puis récupéra le reste de ses affaires dans le vide-poche.

Connors haussa les sourcils en la voyant ramasser une poignée de crédits et de billets.

— C'est tout l'argent que tu as ?

Eve haussa les épaules.

— C'est suffisant.

— Il y a à peine de quoi t'acheter un hot-dog et un sachet de chips.

Il se leva pour sortir une pince à billets de sa poche et en tirer quelques coupures.

— Je ne veux pas de ton argent, dit-elle.

Il la dévisagea, capta la lueur de colère dans son regard mais ne s'y arrêta pas.

— Et tu ne manques pas de me le rappeler à la moindre occasion. Quoi qu'il en soit, je ne vais pas te laisser sortir avec moins d'argent en poche qu'une adolescente tête en l'air.

— C'est ma poche.

Désormais aussi agacé qu'elle, il fourra simplement les billets dans la poche en question.

— Et elle contient désormais de quoi permettre à une professionnelle de faire face aux dépenses de la journée. Alors arrête un peu de faire des histoires.

Elle aurait pu saisir les billets et les lui lancer au visage. Mais elle n'avait pas envie d'être celle qui « faisait des histoires ».

Elle se dirigea donc vers le tiroir du bureau et y piocha un mémo-cube.

— Le lieutenant Eve Dallas doit à Connors Mégafriqué... Combien ça fait ?

Connors pencha la tête sur le côté, incapable de déterminer s'il était amusé ou irrité.

— Cinq cents. Dollars américains, pour être exact.

— Cinq cents dollars. Américains.

Elle abandonna le cube sur une table puis enfila sa veste par-dessus son harnais.

— Faut que j'y aille.

— Prends bien soin de mon flic irritable préféré.
— C'est ça, répliqua-t-elle en sortant. Oh, et le chat a du sirop plein les moustaches...

Elle ne s'arrêta pas mais s'autorisa un petit sourire satisfait en entendant Connors jurer. Elle récupéra le blouson en cuir qui l'attendait sur le poteau de l'escalier et sortit.

Une fois dehors, elle eut la surprise de voir que les fleurs en trompettes s'étaient ouvertes et s'agitaient sous la brise, aussi jaunes que le beurre dont elle avait tartiné ses gaufres.

Comment s'y prenaient-elles pour s'ouvrir pile quand vous aviez le dos tourné ?

En montant dans la voiture, elle constata que d'autres bidules avaient fleuri. Des bidules blancs, roses, violets. Comment les fleurs savaient-elles que c'était le bon moment ? Que les températures n'allaient pas redescendre et toutes les tuer ?

Peut-être qu'elles s'en moquaient.

Puisque son agacement l'avait poussée à partir tôt, elle décida de se rendre d'abord sur la scène de crime. Et passa tout le trajet à pianoter du bout des doigts sur le volant.

Elle avait prévu de passer au distributeur pour prendre du liquide. Elle avait oublié, voilà tout. Cela ne faisait pas d'elle une insouciante mais une femme occupée.

Et puis, cette manière de lui fourrer l'argent dans la poche était tellement... tellement Connors. Elle se retrouvait avec trop d'argent en poche, et elle allait devoir s'arrêter pour en tirer plus au cas où elle en dépenserait, pour pouvoir le rembourser. Et donc en avoir *encore plus* sur elle.

Rien que l'idée la fatiguait.

Elle la chassa donc de son esprit et contacta l'hôpital pour connaître le planning de travail de Cilla Roe.

Quand on lui indiqua que l'infirmière ne travaillait pas de la matinée, elle envoya l'adresse à Peabody par texto en lui demandant de la retrouver sur place.

Elle se gara ensuite près de la maison d'Abner et Rufty.

Elle n'avait pas encore demandé à ce que le bouclage de la scène de crime soit levé ; la porte était toujours barrée par des rubans de la police. Elle nota de s'en occuper dans la journée, à présent que les techniciens de la police scientifique avaient envoyé leur rapport.

Dans l'immédiat, cependant, elle étudia la maison sous différents angles. Elle s'éloigna de plusieurs mètres le long du trottoir, puis revint vers la demeure.

« Ça ne va pas le faire. »

Elle revint jusqu'à la porte, coupa le ruban et entra à l'aide de son passe-partout.

L'odeur de mort et celle des poudres qu'employait la police scientifique ne s'étaient pas dissipées. Sans y prêter attention, elle vérifia les fenêtres, réfléchit, repartit vers la cuisine à l'arrière de la maison.

Elle contempla le sang séché, le vomi et les divers fluides corporels qui souillaient le sol de la cuisine et imagina Rufty rentrant chez lui pour découvrir cette scène.

S'assurant d'éviter les taches les plus importantes, elle examina les fenêtres, vérifia les angles et la vue sur l'extérieur.

Ça ne collait pas. Tout simplement.

Elle ne remit pas les scellés sur la porte en ressortant mais décida d'attendre un peu avant de rouvrir officiellement l'accès à la maison. La famille d'Abner devrait embaucher une agence de nettoyage spécialisée avant de pouvoir réinvestir les lieux.

Elle se fraya un chemin au milieu de la circulation jusqu'à l'immeuble où habitait Roe. À quinze bonnes minutes de marche de l'hôpital, calcula-t-elle en cherchant un emplacement où se garer.

Elle-même eut droit à cinq minutes de marche rapide après avoir enfin trouvé une place. Sur le chemin, elle avisa Peabody qui émergeait d'une station de métro.

Eve étrécit les yeux. Peabody avait dénoué ses cheveux. Ils paraissaient légèrement bouclés et des mèches et pointes d'un roux lumineux se mêlaient désormais à son brun habituel.

— Qu'est-ce que vous avez fait à vos cheveux ?
— Je me suis fait Trina-iser.

Le visage ravi de Peabody brillait du même éclat que ses nouvelles mèches.

— Elle est passée chez Mavis hier soir et je me suis laissé convaincre. C'est cool, assura-t-elle.
— Vous êtes une flic. De la Criminelle.
— J'adore, ajouta Peabody sans se laisser décontenancer. Et ça a carrément fait fondre McNab, au point qu'il...
— Pas un mot de plus ! s'exclama Eve, une main plaquée sur son œil saisi d'un clignement nerveux. Doux Jésus sur un airboard, je n'ai aucune envie d'entendre ça. Adoptez votre attitude la plus professionnelle. On va interroger une meurtrière potentielle.
— Oh, je suis toujours prête à interroger une meurtrière potentielle, avec ou sans coiffure top classe.

Pendant qu'Eve ouvrait la porte de l'immeuble à l'aide de son passe-partout, Peabody repoussa d'une pichenette quelques mèches de sa coiffure top classe.

— Ne faites pas ça. Ne jouez pas avec vos cheveux.
— Mais ils sont tellement doux !

Même quand Eve se détourna de l'ascenseur pour emprunter l'escalier, le sourire ravi de Peabody ne vacilla pas.

— Trina m'a appliqué un produit génial. Et elle m'en a donné un échantillon pour chez moi. J'ai le cheveu épais mais un peu rêche, et maintenant…

Eve s'arrêta et fusilla son équipière du regard.

— Un mot de plus sur ce sujet et je jure devant le saint patron de tous les flics que je vous assomme et vous rase le crâne avec mon canif.

— Plutôt radical.

— Ne me cherchez pas.

Peabody se racla la gorge et monta vaillamment les marches. Quelqu'un, se dit-elle, s'était levé du pied gauche.

— Donc la jeune épouse de Ponti…

— … a écrit un article de recherche sur les poisons et a toujours eu des notes brillantes en chimie.

— Voilà qui est intéressant.

— J'ajouterai tout ça au dossier une fois que nous lui aurons parlé. L'alibi de Ponti est solide. Il était bien à l'hôpital. Elle non. D'après eux, elle était ici à l'attendre.

Au moment de s'attaquer au deuxième étage, Peabody se répéta intérieurement à quel point c'était bon pour la ligne.

— Ça ne colle sans doute pas avec la théorie du savant fou, ou seulement en partie. Mais oui, elle aurait pu en vouloir à Abner d'avoir dit du mal de son mari. Ils auraient pu planifier ça ensemble.

— Je suis passée sur la scène de crime. Impossible pour le tueur ou un complice de rester dans les parages pour voir Abner mourir. Il aurait déjà fallu qu'ils sachent où Abner allait ouvrir l'œuf à l'intérieur de la maison afin de se positionner en conséquence. Comment auraient-ils pu le deviner ? Et même dans ce cas, il n'y a pas de bon angle pour regarder dans la cuisine, à moins qu'Abner ne se soit posté pile devant la fenêtre.

— Ouais, j'avoue que je n'y croyais pas trop non plus.

— Je vais fermer officiellement la scène de crime pour que la famille puisse y retourner. Avant cela, vous pourriez contacter le fils – je pense que c'est le mieux – et lui fournir les coordonnées d'agences de nettoyage spécialisées.

— Bien sûr. Je m'en occupe.

Lorsqu'elles parvinrent au troisième étage, accompagnées par le bruit des portes qui s'ouvraient et se fermaient en contrebas et du bourdonnement des ascenseurs qui marquaient le début de la journée des habitants, Eve traversa le hall jusqu'à l'appartement du couple Ponti-Roe.

« Mesures de sécurité très correctes, estima-t-elle, tout comme l'immeuble lui-même est très correct. »

Elle se souvint du commentaire de Ponti à propos d'Abner – riche, exerçant dans son propre cabinet – alors que lui devait se contenter d'emprunter une maison de bord de mer à des amis.

La jalousie constituait souvent un bon tremplin vers la violence.

Elle actionna la sonnette. Au bout de trente secondes sans réaction, elle appuya de nouveau sur le bouton, plus longuement.

— C'est bon, c'est bon ! s'écria une voix à l'intérieur. Qui est-ce ?

— NYPSD.

— Quoi ? Montrez-moi votre insigne... Levez-le devant le judas.

Eve s'exécuta. Elle entendit le claquement de verrous que l'on tirait.

Cilla Roe avait des cheveux brun roux coupés court et, en l'occurrence, complètement en désordre. Elle avait une marque de draps sur la joue droite et des cernes sous ses yeux marron ensommeillés.

Elle portait un pantalon de pyjama rayé et un tee-shirt délavé. Les ongles de ses orteils nus étaient recouverts d'un vernis bleu pâle.

— Qu'est-ce qui vous amène ?
— Le Dr Kent Abner.
— Mon mari est déjà parti travailler. Il commençait tôt. Vous ne l'avez pas déjà questionné, d'ailleurs ?
— C'est à vous que nous voulons parler.
— À moi ?

Elle se frotta les paupières.

— Je ne connaissais même pas le Dr Abner.
— Mais vous aviez connaissance de son conflit avec votre mari.

Cilla Roe roula des yeux.

— Ça ? Peut-on vraiment parler de conflit ?
— Vous souhaitez poursuivre cette conversation sur le palier, madame Roe ?

Avec un petit sifflement agacé, Roe recula et leur fit signe d'entrer.

— Si je dois vraiment avoir cette conversation en n'ayant dormi que quatre heures, il va me falloir un café. Vous en voulez ?
— Ça ira.

Roe traversa le petit séjour jusqu'à une minuscule cuisine étroite comme un couloir. Elle appuya sur un bouton de son autochef puis patienta quelques instants avant de ressortir avec un grand mug de café.

— Bon, asseyons-nous et faisons vite. J'aimerais vraiment retourner me coucher.

Elle prit l'unique fauteuil, laissant le petit sofa à Eve et Peabody.

— D'accord, oui, je suis au courant de l'incident entre Milo et le Dr Abner. Je dirais que Milo a à peu près autant de tact et de diplomatie que moi de sommeil sur les dernières vingt-quatre heures. C'est-à-dire pas beaucoup. C'est un bon médecin urgentiste, il a la tête sur les épaules et se démènera comme un dingue pour soigner ses patients. Mais il ne sait pas filtrer ses paroles et dit tout ce qui lui vient à l'esprit. Pour ma part, j'aime savoir qu'il dit ce qu'il pense... mais je ne suis pas sa patiente.

Elle but une longue gorgée de café, suivie d'un soupir qu'Eve comprenait bien.

— Il m'a dit que vous aviez vérifié où il se trouvait le soir précédant le meurtre du Dr Abner. Une histoire d'envoi de colis à un horaire précis. Je ne doute pas que vous avez eu confirmation qu'il était toujours au travail. Il est sorti en retard. Je l'attendais parce que nous avions prévu d'aller passer du temps à la plage pour deux jours de repos vraiment bienvenus.

— Il y avait quelqu'un avec vous pendant que vous l'attendiez ?

— Avec moi ? Non, on avait prévu de partir dès qu'il rentrerait.

— Avez-vous vu ou parlé à quelqu'un entre 21 heures et 23 heures ?

— Pourquoi est-ce que... ?

Roe abaissa très lentement son mug.

— Mon Dieu, est-ce que vous pensez que je... ? Pourquoi est-ce que je tuerais un homme que je n'ai jamais rencontré ? Ou qui que ce soit d'ailleurs ? Milo a manqué de tact, je le lui ai moi-même dit quand il m'a raconté ce qui s'était passé. Il a eu droit à un retour de bâton pour ça. Ce n'est pas une raison suffisante pour tuer quelqu'un.

— Vous en connaissez un rayon en matière de poison, poursuivit Eve.

— Je suis infirmière.

— Vous montriez déjà de l'intérêt pour le sujet avant de le devenir. Vous avez écrit un article sur les poisons et les neurotoxiques dès le lycée.

Roe se radossa à son siège.

— Comment vous savez ça ? Vous... vous avez enquêté sur moi en remontant... jusqu'au lycée ? C'était un bon sujet d'article et je trouvais ça intéressant. La chimie m'a toujours plu, en fait, et je pensais devenir chercheuse en biochimie avant de tomber amoureuse du métier d'infirmière et de la chirurgie. Je... je contribue à sauver la vie des gens. Jamais je ne la leur ôterais.

— Vous n'avez donc vu personne entre 21 heures et 23 heures le soir en question ?

— Non, je... Quand Milo m'a prévenue par texto qu'il serait en retard, je me suis allongée juste ici, sur le canapé, et j'ai fait une sieste. Je dois prendre un avocat ?

— C'est à vous d'en décider. Vous travaillez dans un hôpital où le Dr Abner était régulièrement appelé à consulter. Vous ne l'avez jamais rencontré ?

— Non. Beaucoup de médecins consultent à l'hôpital. Aucune raison pour que je les croise tous. Je travaille en chirurgie et lui n'était pas chirurgien. Je ne dis pas que je ne l'ai jamais vu, je n'en sais rien. Il a très bien pu rendre visite à un patient en chirurgie. Ou j'ai peut-être assisté un chirurgien pédiatrique qui aurait travaillé avec lui. Mais je ne le connaissais pas.

— Il a valu une sanction à votre mari, fit remarquer Peabody.

— Ce n'est pas la première fois que Milo se fait réprimander et, croyez-moi, ce ne sera pas la dernière.

Écoutez, je bosse avec des médecins au quotidien. Un sacré paquet d'entre eux sont arrogants et dénués de tact. La plupart d'entre eux apprennent à se restreindre face aux patients. Pas tous, mais la plupart. Ce sera peut-être le cas de Milo un jour, ou peut-être pas. Je m'en moque. Qu'est-ce que vous imaginez ? Que nous avons comploté tous les deux pour tuer le Dr Abner à cause d'un avertissement professionnel ? C'est complètement fou. Nous sommes des soignants !

— Les soignants aussi peuvent tuer, madame Roe, répondit Eve en se levant. Merci pour le temps que vous nous avez accordé.

— Ça s'arrête là ? Vous arrivez, vous me retournez comme un gant puis vous repartez ?

— À moins que vous n'ayez autre chose à nous dire, c'est tout pour le moment.

Elle demeura assise, presque prostrée, et les regarda partir.

— Elle m'a paru crédible, commenta Peabody.

— Oui. Elle est également restée d'une stabilité à toute épreuve. On l'a un peu bousculée mais vous avez vu ses mains ? Pas un tremblement. C'est peut-être parce que c'est une excellente infirmière qui ne perd pas son sang-froid. Ou une meurtrière glaciale et calculatrice.

— Je pencherais plutôt pour la première solution.

— Effectivement, admit Eve. Prochaine étape ? Je doute qu'elle ait pu fabriquer la toxine dans cet appartement. Trop petit, murs peu épais, pas assez bien ventilé. Ce qui signifie que si elle est impliquée, ils ont dû utiliser un labo. Il faut s'identifier pour accéder aux laboratoires de l'hôpital. Alors vérifions si l'un ou l'autre y a passé du temps. Profitez du trajet jusqu'à l'hôpital pour appeler le fils de la victime. Voyez s'ils ont déjà défini la date et l'horaire de la cérémonie commémorative.

Elles passèrent une bonne heure à l'hôpital, le temps d'obtenir toutes les autorisations administratives puis de vérifier l'identité des personnes ayant accédé aux multiples laboratoires au sein de l'hôpital ou sous sa tutelle.

Sans résultat ni pour Ponti ni pour Roe.

— Ils auraient pu demander à un complice de les faire entrer, suggéra Peabody.

Mais Eve secoua la tête.

— Un complice supplémentaire ? Non. C'est une impasse. Il est temps de l'admettre et de tourner la page.


Pendant qu'Eve et Peabody roulaient vers le Central, Elise Duran accepta un colis livré par Transports-Unis. Elle avait une matinée chargée et faillit le mettre de côté pour plus tard, d'autant qu'elle n'attendait pas de livraison.

Mais la curiosité la poussa à porter le paquet jusqu'au petit bureau qu'elle avait soigneusement aménagé à son domicile.

Plutôt que d'allumer la télévision, qu'elle regardait rarement, elle avait mis de la musique pour lui tenir compagnie et chantonnait et se trémoussait sur un rythme lancinant tout en révisant mentalement la liste des tâches à accomplir.

Monomaniaque de l'ordre et des emplois du temps, elle avait également une liste sur sa tablette, dont la plupart des cases étaient déjà cochées. Ce matin-là, cela incluait la vaisselle – elle ne laissait jamais ses hommes partir sans un bon petit-déjeuner –, le nettoyage en profondeur de sa cuisine, la préparation de la table de la salle à manger avec le bouquet de fleurs printanières composé la veille au soir et la pile de jolies assiettes et de serviettes de table.

Il lui restait à préparer les rafraîchissements pour son club de lecture. Elle adorait recevoir le club, s'asseoir et discuter littérature avec les autres membres du groupe. Dont sa mère. Dans l'esprit d'Elise, personne ne s'y connaissait autant que Catherine Fitzwalter lorsqu'il s'agissait de parler de livres.

Après tout, elle avait été propriétaire et gérante de la librairie Première Page pendant cinquante-trois ans. Elise avait grandi entourée de livres, ce qu'elle considérait comme une énorme chance. Elle travaillait là-bas trois jours par semaine et participait évidemment à l'organisation du club de lecture de la librairie.

Mais elle appréciait particulièrement ces réunions mensuelles à son domicile. Il y avait quelque chose de spécial à recevoir le groupe chez elle, à s'asseoir tous ensemble pour échanger autour d'un ouvrage.

Oh, les désaccords étaient fréquents au sujet du livre sélectionné mais cela rajoutait du piquant et de l'intérêt à la chose. Et puis c'était une délicieuse excuse pour boire un peu de vin avec le déjeuner léger et les en-cas qu'elle servirait.

La maison était évidemment impeccable, malgré le désordre que son mari et ses deux ados de fils laissaient derrière eux. Elle s'en était déjà assurée. Il lui restait à se préparer elle-même, mais elle avait largement le temps.

Elise était toujours à l'heure.

Elle déposa le paquet, en provenance d'une boutique appelée La poule aux œufs d'or, sur son petit bureau bien rangé. Elle coupa le ruban adhésif et en sortit la... eh bien, la petite boîte plutôt laide qui se trouvait à l'intérieur. Qui pouvait bien lui avoir envoyé quelque chose d'aussi mauvais goût ?

La boîte ouverte, elle se trouva plus déconcertée encore. Un œuf doré on ne peut plus kitsch ? Tellement à l'opposé de son style. C'était peut-être un gag ?

Bon, très bien, elle n'avait rien contre une bonne blague.

Elle souleva le loquet de l'œuf et tira pour l'ouvrir.

Elle n'eut pas le temps de comprendre que c'était tout l'inverse d'une bonne blague.

À peine franchi le seuil de la salle commune au Central, Eve avisa la nouvelle cravate de Jenkinson. De quoi vous griller les cornées même depuis l'espace. C'était comme si un arc-en-ciel maléfique gonflé à l'acide avait explosé. Chaque centimètre carré était couvert de tourbillons et de coulures colorées et agressives.

Eve aurait pu jurer les avoir vus bouger, comme doués de vie.

Elle se demanda si, au cas où Jenkinson laisserait tomber dessus des miettes du beignet qu'il était en train de dévorer, les tourbillons ne risquaient pas de les absorber. Et de grossir.

Quitte à être temporairement frappée de cécité, elle s'approcha du poste de Jenkinson.

— Vous m'avez dit que vous trouviez ces cravates dans la rue. Où ça ?

Jenkinson chassa des miettes sur le tissu. Eve imagina les tourbillons qui se refermaient sur sa main et l'aspiraient, centimètre par centimètre, dans une autre dimension.

— Le mec a un stand sur Canal Street. Et il participe à la foire sur la Sixième Avenue dimanche prochain. Vous voulez en acheter une à Connors ?

— Le cadeau idéal pour qu'il finisse à l'asile. Un de ces jours, un jour à marquer d'une pierre blanche, je ferai une virée à ce stand et j'achèterai toutes les cravates puis je les ferai détruire. Ça exigera sans doute une cuve pleine d'acide, mais ce sera pour le bien de tous.

— Allez, lieutenant, admettez qu'elles ont du panache.

— Je ne crois pas que vous connaissiez le sens de ce mot. Et ne vous avisez pas de me montrer vos chaussettes ! lança-t-elle comme un avertissement à Reineke, le partenaire de Jenkinson. N'y songez même pas !

Sur quoi elle repartit vers le sanctuaire de son bureau.

Priorité au café, après quoi elle s'assit pour mettre son dossier à jour et ses notes au propre puis rédigea un rapport. Elle ajouta la photo d'identité de Roe sur son tableau puis la dévisagea, soupesa l'idée qu'une femme puisse tuer quelqu'un, ou en tout cas prendre part à un meurtre complexe et vicieux, parce que son mari avait été réprimandé à son travail.

Rien, absolument rien dans ses antécédents ne le suggérait.

Quelqu'un d'emporté comme Ponti aurait pu chercher à riposter, mais Eve se serait alors attendue à une réaction impulsive, potentiellement violente.

Elle n'arrivait pas à les imaginer planifier les détails du meurtre d'Abner.

— Elle aussi te connaît bien, murmura Eve. Elle sait que tu te comportes parfois comme un butor, mais ça n'a pas l'air de la déranger.

Elle repensa à Thomas T. Thane. Plus qu'un butor. Il était plus facile de le visualiser en train de trouver le moyen de se venger de l'homme qui avait foutu sa vie en l'air, puisque c'était ainsi qu'il le voyait.

Elle en revint au savant fou. Thane aurait-il pu entrer en lien avec un individu de ce genre ? Pas impossible. Et peut-être, à ce stade, la piste la plus prometteuse à creuser.

Pour ce faire, elle se rassit afin d'enquêter plus en profondeur sur Thane. Un copain de fac, un client, une amante... Quelqu'un doté des compétences adéquates et prêt à l'assister pour commettre un meurtre. Ou l'inverse. Quelqu'un de décidé à tuer à qui Thane aurait fourni une cible.

Tandis qu'elle fouillait dans le passé de Thane, sa radio émit un bip d'alerte.

— Ici Dallas.

— *Dallas, lieutenant Eve, veuillez vous rendre au 255 Wooster Street. Équipe de décontamination également sur place. Possibles émanations toxiques. Victime décédée. Ambulanciers, premiers agents sur place et appelant de police-secours placés en quarantaine en attendant d'être déclarés sains. Protocole de protection totale requis jusqu'à nouvel ordre.*

— Bien reçu, dit Eve, qui s'était déjà levée pour s'emparer de veste. Dallas, terminé.

Elle traversa la salle commune au pas de charge.

— Peabody, avec moi ! Tout de suite. On a une nouvelle victime.

# 9

Le temps qu'Eve et Peabody arrivent sur place, l'équipe de décontamination avait déclaré le site sans danger et laissé repartir les ambulanciers.

La chef d'équipe de la police scientifique, Michaela Junta, accueillit Eve à l'entrée. De la musique, du rock plutôt entraînant, émanait des enceintes à l'intérieur de la maison.

— Aucune toxicité détectée dans l'air ou sur le corps. Vous établirez vous-même l'heure du décès, mais je peux déjà vous dire que la personne qui a prévenu les secours – la mère de la victime – a déclaré que le mari et les deux fils de celle-ci étaient partis au travail ou en cours vers 8 heures. Nous avons confirmé qu'elle n'était pas infectée. Elle se trouve dans la cuisine, avec les deux agents envoyés sur place. Eux non plus n'ont rien.

Junta laissa échapper un soupir.

— La mère fait de son mieux pour ne pas s'effondrer. Le crime semble avoir suivi le même mode opératoire que le meurtre d'Abner, sauf qu'ils ont utilisé un autre service de livraison. Transports-Unis, cette fois-ci. L'œuf est tombé sur la moquette, donc il ne s'est pas cassé. L'agent répandu a dû se dissiper avant que la mère débarque.

— Vous connaissez l'heure de son arrivée ?

— Elle a déclaré être entrée vers 11 heures. Police-secours a enregistré son appel à 11 h 16. Vous avez dû remarquer qu'il y avait une caméra au-dessus de la porte, donc vous pourrez consulter la vidéo. On va vous laisser travailler. Faites-nous signe dès qu'on peut réinvestir les lieux.

— Merci. Peabody, trouvez le poste de contrôle et vérifiez la vidéo. Je m'occupe du corps. Oh, et, Peabody, coupez-moi cette musique.

— Par ici.

Junta lui fit traverser un séjour décoré avec goût et équipé de grandes bibliothèques garnies de livres – authentiques, en vrai papier –, de photos et de bibelots divers. Elles entrèrent dans une sorte de salon ou bureau décoré de la même manière. Eve passa en revue le fauteuil en tissu molletonné à petites fleurs violettes sur fond couleur crème, le repose-pieds coordonné, puis le bureau où trônait un mini-ordinateur. Ainsi que le carton du colis. Un coupe-papier au manche lisse et blanc était posé à côté. La boîte en faux bois, identique à celle livrée chez Abner, reposait entre les deux.

Le corps gisait sur la moquette, couleur crème elle aussi, souillée de divers fluides corporels.

L'œuf doré était tombé à moins d'un mètre de là. Il avait probablement roulé ou rebondit par terre quand la victime l'avait lâché.

— On se blinde, vous savez, commenta Junta. On est obligé de se constituer une carapace, sinon on ne pourrait pas assurer, faire ce qu'on a à faire tous les jours. Mais je suis maman, moi aussi, et je n'imagine pas arriver chez ma fille et la trouver dans cet état.

Elle poussa un nouveau soupir.

— Bref. On attend votre feu vert.

Eve protégea soigneusement ses pieds et ses mains au Seal-It puis demeura immobile quelques instants pour balayer la scène du regard. Un store avait été levé à la fenêtre mais celle-ci était fermée.

Elle se représenta la scène. La victime avait réceptionné le colis à la porte d'entrée puis marché jusqu'à ce qui semblait être son bureau. Elle avait posé le paquet sur la table et récupéré le coupe-papier. Avait plongé les mains dans le carton pour en sortir la boîte. Boîte qu'elle avait posée à son tour et ouverte pour en sortir l'œuf.

En l'ouvrant, elle avait libéré la toxine et s'était effondrée. D'après l'emplacement et la posture du corps, elle n'avait pas tenté de rejoindre la fenêtre comme l'avait fait Abner. Mais Abner était médecin et il avait sans doute eu quelques secondes pour comprendre ce qui se passait.

Cette victime-là n'avait rien vu venir.

Eve s'approcha d'elle en évitant de son mieux les flaques au sol, et confirma officiellement son identité. Elle nota la présence des mêmes brûlures aux pouces que chez Abner.

— La victime est identifiée comme étant Elise Duran, domiciliée à cette adresse. Quarante-quatre ans, d'origine européenne. Mariée à Jay Duran, quarante-six ans. Deux fils, Eli, seize ans, et Simon, quatorze ans.

Elle sortit ses jauges de mesure.

— L'heure de la mort est établie à 10 h 02. La mère de la victime est entrée aux alentours de 11 heures – horaire à vérifier sur les vidéos de surveillance –, ce qui signifie que l'agent toxique s'était dissipé entre-temps, car l'équipe de décontamination a examiné la mère et l'a déclarée saine.

» Aucun signe visible de traumatisme physique, aucun signe de lutte. Elle a ouvert l'œuf, que nous avons récupéré intact, et ce faisant libéré la toxine dans l'air. Puis elle a succombé. À confirmer par le médecin légiste.

« Est-ce qu'elle connaissait Kent Abner ? » se demanda Eve.

Elle avait deux enfants. C'était peut-être leur pédiatre.

« Quel est le lien ? »

Elle appela la morgue et demanda que le corps soit envoyé à Morris, avec ajout d'une note concernant la cause du décès.

— Dallas, lança Peabody depuis le seuil. J'ai accédé à la vidéo. Le colis est arrivé à 9 h 53. Le livreur était un homme en uniforme des Transports-Unis. Puis plus aucune entrée ni sortie jusqu'à ce qu'une femme entre soixante-cinq et soixante-quinze ans sonne à la porte à 11 h 03. Elle a attendu un moment avant de sortir une clé magnétique de son sac à main et de s'en servir pour entrer. Elle portait deux sacs de courses, le premier d'une boulangerie du West Village et le second de la librairie Première Page. Elle est entrée avec. Visite suivante : les ambulanciers. Elle les a fait entrer à 11 h 18.

— D'accord. C'est le même tueur, c'est forcément le même. Encore un faux nom et une fausse adresse d'expéditeur sur le colis, la même boîte en bois bon marché et le même œuf doré en plastique rangé à l'intérieur.

» Avec le même résultat. Contactez les Transports-Unis et récupérez le nom du livreur chargé de ce quartier. Voyons où le colis a été déposé au départ. Sûrement une autre borne de dépôt automatisée. Pourquoi changer de méthode ?

— Elle avait deux enfants ados. Abner était peut-être leur médecin.

— Oui, j'ai eu la même idée. On va vérifier. Allons parler à la mère. Elle s'appelle Catherine Fitzwalter. On fera une recherche d'antécédents sur elle, sa fille et le mari, mais allons déjà lui parler.

Elle ressortit, le temps de donner le feu vert à Junta.

— La morgue a été prévenue, ajouta-t-elle. Vous pouvez les laisser entrer si nous sommes toujours avec le témoin.

— C'est vraiment une jolie baraque, glissa Peabody à voix basse. Super propre et hyper bien entretenue, mais sans côté strict ni maniaque. Elle devait attendre de la visite parce qu'elle avait sorti des assiettes et des serviettes décorées sur la table de la salle à manger.

Eve put le constater par elle-même en traversant la cuisine ouverte. Impeccable et soigneusement rangée également. Il y avait deux boîtes provenant d'une boulangerie sur l'îlot de la cuisine, à côté d'une tasse de café à moitié pleine.

Eve fit signe aux deux agents en uniforme d'approcher.

— Au rapport.

— Nous avons été dépêchés ici à la suite de l'appel de l'un des ambulanciers déjà sur place. Nous sommes arrivés à 11 h 21. Mme Fitzwalter nous a fait entrer. Les ambulanciers étaient déjà auprès du corps. Ils ont reçu en même temps que nous une alerte à propos de l'œuf, potentiellement toxique. On a donc déplacé le témoin et les soignants jusqu'ici puis appelé le Central pour demander l'équipe de décontamination.

— Mme Fitzwalter est plutôt secouée, lieutenant, indiqua le deuxième agent. Je la connais, vu que j'ai grandi pas loin de sa librairie. C'est une vraie institution dans le West Village. Je connaissais aussi la victime, lieutenant. Elle travaillait à la librairie.

— Vous étiez un ami de la victime ?

— Une connaissance, plutôt. On n'a pas grandi ensemble, elle doit avoir dix ou douze ans de plus que moi, mais je la croisais de temps en temps, on échangeait quelques mots. C'est un magasin sérieux, il existe depuis au moins cinquante ans, toujours géré par la même famille. Comme je vous le disais, c'est une institution.

— D'accord. Commencez à interroger les voisins. Et une fois qu'on en aura terminé ici, vous pourrez faire de même autour de la librairie, puisque vous connaissez le coin.

— Oui, lieutenant. Est-ce que je peux... Vu que je la connais, est-ce que je pourrais présenter de nouveau mes condoléances à Mme Fitzwalter avant de partir ?

— Allez-y.

Eve vit la femme, blanche comme un linge et les yeux embués de larmes, desserrer ses doigts crispés pour prendre la main de l'un des agents. Il se pencha vers elle et lui murmura quelques mots tandis qu'elle s'accrochait à sa main en hochant la tête.

Eve attendit que les agents soient sortis avant de se rapprocher.

— Madame Fitzwalter, je suis le lieutenant Dallas. Voici l'inspecteur Peabody. Nous vous présentons toutes nos condoléances.

— Merci. Je ne peux... C'est mon bébé. C'est ma fille chérie.

— Je peux vous apporter quelque chose, madame Fitzwalter ? Un verre d'eau ?

Elle leva ses yeux rougis vers Peabody.

— Non, non, je ne me sens pas capable d'avaler quoi que ce soit.

Eve se glissa sur le banc rembourré du coin repas pour lui faire face, en laissant une place à Peabody.

— Madame Fitzwalter, j'ai conscience de la difficulté de la situation mais je dois vous poser quelques questions.

— Je sais. Je sais comment ça se passe. Dans le temps, j'ai lu un nombre invraisemblable de romans policiers. Mais jamais je n'aurais pensé... Qui a pu faire une chose pareille ? Elise n'a jamais fait de mal à qui que ce soit de toute sa vie. Son père va être complètement effondré. Et Jay, les garçons... Je ne sais pas comment leur annoncer.

— Nous vous aiderons, lui assura Peabody.

— Je sais qui vous êtes. J'ai lu le livre de Nadine Furst. Et je l'ai recommandé je ne sais combien de fois.

Elle se pencha en avant, jolie femme à l'élégante chevelure auburn.

— C'est vrai, ce qu'elle a écrit à votre sujet ? Que vous vous souciez profondément des victimes, que vous ne vous arrêtez jamais avant d'obtenir les réponses ? Que vous ferez tout, tout ce qui est possible, pour retrouver ceux qui ont fait ça ?

Eve décida que la simplicité était la meilleure option.

— Oui.

Catherine soupira longuement, tête baissée.

— J'ai besoin de savoir. Nous aurons tous besoin de savoir. Rien ne pourra me ramener ma fille chérie mais j'ai besoin de savoir. Vous allez me demander si je connais quelqu'un qui lui voudrait du mal.

Elle releva la tête.

— Je vous jure que non. Personne ne l'a menacée. Elle me l'aurait dit. Nous parlions de tout, sans tabou. Jay et elle ont fait un beau mariage, plein de rires et d'amour. Et ils élèvent bien leurs garçons. Ont-ils parfois eu des conflits ? Bien sûr. Mais ils sont mariés depuis vingt ans.

» J'aimerais vous parler d'elle.

— Je vous écoute.

— C'était un bonheur de l'avoir pour fille, même si son père et moi nous sommes parfois arraché les cheveux dans sa jeunesse. Elle a rencontré Jay à l'université, mais ni l'un ni l'autre n'ont eu de regret depuis... ni l'envie d'aller voir ailleurs. Ils partageaient un authentique amour des livres. Nous l'avons éduquée parmi les livres. Quand Rob et moi partirions à la retraite – si ça arrive un jour, elle aurait repris la librairie. Elle aimait sa famille, elle aimait son foyer. Elle aimait s'en occuper, en faire un endroit joyeux, un endroit où il faisait bon vivre. Elle était très organisée, comme son père, à un point presque effrayant.

Un léger sourire passa sur les lèvres de Catherine.

— Elle faisait des listes et des plannings pour tout, reprit-elle. Vous pouviez toujours compter sur elle pour être à l'endroit indiqué à l'horaire indiqué. Elle adorait recevoir des amis et les bichonner pour qu'ils...

Elle s'arrêta sur un hoquet.

— Oh, mon Dieu... Mon Dieu. Le club de lecture. Ils vont arriver à 13 heures. On organise une réunion ici tous les mois, c'est pour cela que je suis venue. Je... je... J'avais apporté les desserts.

— Peabody.

— Tout va bien, je m'en occupe, dit celle-ci en se glissant hors de la pièce.

Une fois Peabody sortie, Eve capta de nouveau l'attention de Catherine.

— Vous êtes arrivée tôt.

— Oui, oui. J'avais les desserts et je voulais l'aider avec les préparatifs et simplement passer un peu de temps avec elle. Elle n'a pas répondu quand j'ai sonné. Je me suis dit qu'elle était peut-être sous la douche. Elle aurait voulu se faire belle avant que tout le monde arrive. Je connais ma fille et je savais qu'elle avait dû faire le ménage en premier. Donc je suis entrée en utilisant ma carte.

— Pouvez-vous me détailler ce qui s'est passé ensuite ?

— J'ai appelé puis je me suis avancée dans le séjour. J'ai sorti les boîtes de gâteaux. Comme j'avais apporté de jolis marque-pages, je me suis fait un café et j'ai pris l'un des vases d'Elise pour les disposer à l'intérieur. J'ai installé tout ça sur la table. J'ai ensuite décidé d'aller à l'étage pour voir si elle était prête. Mais elle n'y était pas. Je n'étais pas inquiète, seulement intriguée. Je me suis demandé si elle était sortie en vitesse pour acheter quelque chose. Donc j'ai... j'ai sorti mon communicateur pour l'appeler. En l'entendant sonner dans son bureau, j'y suis allée. Et là, je l'ai vue. J'ai vu mon bébé...

— Prenez votre temps.

— Je crois qu'un verre d'eau me ferait du bien, après tout.

Eve se leva, trouva un verre et le remplit.

— Je ne sais pas si je me suis évanouie ou si je suis tombée, ou... Quand j'ai repris mes esprits, j'étais assise par terre sur le seuil de son bureau. J'entendais ce bruit affreux, comme le couinement d'un animal qui souffre. C'était moi. C'était moi.

Catherine se couvrit le visage de ses mains et oscilla d'avant en arrière.

— J'ai eu envie d'aller la toucher, mon pauvre bébé, mais je savais que je ne devais pas. Pour préserver la scène de crime. C'est bien comme ça qu'on dit, n'est-ce pas ?

— Tout à fait. Vous avez bien agi.

— Ils sont arrivés très vite. Ça m'a paru prendre des années mais je sais qu'ils sont arrivés vite, l'ambulance et la police. Je connais l'agent Krasinsky – Mike – depuis tout gamin. Il venait très souvent au magasin. Ça m'a aidée de voir un visage familier.

— Est-ce que vous ou votre fille connaissiez le Dr Kent Abner ?

— Je ne crois pas.

Catherine but de nouveau avant de se passer les mains dans les cheveux puis de se masser les paupières.

— J'en ai entendu parler. Ils parlaient de sa mort au journal de la chaîne 75. C'est... la même chose ?

— C'est une possibilité. Avez-vous rencontré des difficultés à la librairie ? Des employés que vous ou votre fille auriez dû réprimander voire carrément renvoyer ?

— Nous sommes une vraie famille.

— Des clients qui auraient causé des problèmes ?

— Nous gérons généralement bien les doléances. Nous avons des clients qui achètent chez nous depuis cinquante ans, sur plusieurs générations. Notre affaire n'a rien d'énorme, vous le comprenez bien, mais elle est stable et c'est une sorte de référence dans le quartier. Elise venait travailler trois jours par semaine, plus si nécessaire. Elle donnait la priorité à ses fils, à la bonne tenue de son foyer, mais elle avait aussi besoin de passer du temps dans sa deuxième maison. C'était ce que Première Page représentait pour elle. Pour nous.

» Parmi les gens qui la connaissaient, personne n'aurait pu lui vouloir de mal. Personne. Dans le cas contraire, je vous jure que je vous le dirais, sans la moindre hésitation. Même si j'avais ne serait-ce que l'ombre d'un doute sur quelqu'un. C'est ma fille unique.

Elle s'efforça de boire une gorgée supplémentaire.

— Le monde continue à tourner au-delà des murs de cette maison, souffla-t-elle. Mais pour moi, tout s'est arrêté. Vous voyez ce que je veux dire ?

— Je vois très bien.

— Il me faut Rob. Mon mari. Il faut que je lui dise.

— Où est-il à cette heure ?

— À la librairie.

— Que diriez-vous d'envoyer l'agent Krasinsky et son équipier là-bas pour ramener votre mari chez vous ? Nous vous y emmènerons également. Nous allons not...

Elle ravala le mot « notifier » et opta pour une expression plus informelle.

— Nous irons parler à votre beau-fils et ferons en sorte que vos petits-fils et lui vous rejoignent.

— Oui, oui, comme ça nous serons tous ensemble. Il va falloir qu'on s'épaule les uns les autres.

Elle ravala les larmes qui menaçaient de couler puis tendit sa main encore humide pour agripper celle d'Eve.

— Ce que Nadine Furst a écrit était vrai. Vous vous souciez des victimes. Ça se voit. Et ça compte.

En repartant vers l'entrée, Eve croisa Peabody qui revenait.

— J'ai demandé à Krasinsky et à son équipier de s'occuper du père et de la librairie. Et j'ai appelé deux autres agents en uniforme pour terminer le porte-à-porte.

— Bien, répondit Eve en massant les muscles crispés de sa nuque. On va ramener Mme Fitzwalter chez elle. Faisons-la sortir par-derrière. Pas la peine qu'elle voie ce qui se passe ici.

— J'appelle une voiture. Je pourrais la faire sortir par-derrière quand ils arriveront, qu'est-ce que vous en dites ? Histoire qu'elle ne soit pas escortée par un visage inconnu de plus mais par quelqu'un qu'elle a déjà vu.

— Oui, faites ça. En attendant, vous n'avez qu'à... rester auprès d'elle. Je vais commencer par l'étage.

— Je fais venir la DDE pour examiner les appareils informatiques ?

— Oui. Transports-Unis ?

— Ils ont remonté la trace du colis. Vous aviez raison : encore un dépôt tardif via un automate, à 23 heures hier soir. Payé sur le compte d'une femme de quatre-vingt-treize ans qui a signalé le vol de son communicateur il y a moins d'une heure.

— On ira lui parler pour voir si l'on peut déterminer quand il a pu lui être volé. Retournez auprès de la mère.

À l'étage, celui dédié aux chambres, Eve trouva un autre bureau aménagé. Pour le mari, sans aucun doute, devina-t-elle en y entrant. Il était plus grand que celui du rez-de-chaussée et loin d'être aussi bien tenu. Propre, constata-t-elle, mais avec un plan de travail dont le désordre était typique de quelqu'un qui gère plusieurs tâches à la fois. Il y avait également des livres – des vrais, là aussi – mais ils n'étaient pas parfaitement classés. Les voyant empilés au hasard, Eve en conclut que la victime n'était pas venue ranger les lieux.

Une guitare était posée sur son support dans un coin de la pièce. L'unique coussin du canapé avait l'air douillet et ne devait pas être là pour décorer mais bien pour piquer un somme.

Elle s'approcha du bureau pour passer en revue livres, disques et deux carnets sur lesquels il avait pris d'authentiques notes manuscrites.

Elle en prit un et fronça les sourcils devant son écriture en pattes de mouche – pire que la sienne – avant de déduire qu'il s'agissait de tentatives d'écriture de poèmes ou de paroles de chansons.

Elle trouva d'autres notes manuscrites et comprit qu'elles étaient liées à des projets scolaires :

*Étudiez la façon dont Shakespeare employait la musique pour souligner l'aspect dramatique ou léger de ses œuvres. Êtes-vous en mesure de sélectionner des morceaux actuels pour donner une dimension contemporaine à une scène ou à une pièce particulières ? Donnez des exemples.*
*Futur projet de printemps pour le club Shakespeare ?*

Elle mit rapidement la main sur d'autres notes du même genre concernant divers livres et auteurs ; certains qu'elles connaissaient, d'autres non, mais le thème général était clair.

Elle s'installa dans le fauteuil de bureau et tenta sa chance avec l'ordinateur. La fortune lui sourit : pas de protection par mot de passe.

Elle afficha un calendrier qui détaillait le planning de son épouse, de ses fils et des événements familiaux. Le plus âgé des fils jouait au basket, le plus jeune faisait partie du club de théâtre du lycée. Par conséquent : matchs, entraînements, répétitions et représentations.

Occupée à creuser un peu plus, elle releva à peine les yeux à l'arrivée de Peabody.

— On la ramène chez elle et l'agent Krasinsky a prévenu le père, ils sont également en route vers le domicile. Comment voulez-vous informer l'époux de la victime ?

— On s'en chargera. Il est professeur de littérature à l'université de Columbia.

Eve se redressa sur son siège.

— L'université. C'est peut-être tiré par les cheveux de faire un rapprochement avec le directeur d'un établissement privé, mais c'est le seul lien qu'on ait. Nous reviendrons examiner le reste plus tard, décida-t-elle en se levant. Il donne actuellement un cours, d'après son planning. Allons le voir sur place.

— Tiré par les cheveux, c'est sûr, acquiesça Peabody en accélérant le pas pour suivre Eve qui descendait vivement l'escalier. Et les professeurs n'étaient pas visés. Il y a peut-être un lien avec Thane. La victime connaissait peut-être sa femme ; elle aurait pu l'aider à lui échapper.

— Ça mérite qu'on vérifie. Attendez-moi une minute.

Eve alla retrouver Junta pour l'informer qu'elle devait s'entretenir avec la famille et qu'il lui reviendrait de boucler la scène de crime en partant.

— On explorera votre piste, reprit-elle en ressortant avec Peabody.

Dehors, de nombreux passants contemplaient les voitures de patrouille et le camion de la police scientifique, l'air intrigués.

— En attendant, lancez une recherche sur le professeur Jay Duran avant qu'on aille à sa rencontre. Et voyez dans quel bâtiment de l'université on peut le trouver.

— Je vous parie que c'est aussi celui où enseigne M. Mira.

— Oh. Je n'y avais pas pensé.

Eve se servit du communicateur intégré au tableau de bord pour contacter le bureau de Mira. Et tomba sur son cerbère.

— Pas besoin de me faire votre numéro, lui lança-t-elle. J'ai une seule question à lui poser, passez-la-moi.

— Elle se prépare pour une consultation, répondit l'assistante d'un ton sec.

— Mes boots ont trempé dans les fluides corporels d'une femme assassinée et je vous jure sur tous les dieux de l'univers que ces mêmes boots vous botteront les fesses si vous ne me la passez pas tout de suite. Une seule fichue question.

— Merci de patienter…

L'assistante la fit ensuite poireauter devant l'écran d'attente plus longtemps que nécessaire, Eve l'aurait parié.

— Dallas…, commença à dire Peabody.

— Attendez ! ordonna Eve en voyant Mira apparaître à l'image.

— Eve. Que puis-je faire pour vous ?

— Connaissez-vous Jay Duran ? Il est professeur à Columbia.

Mira fronça les sourcils et recoiffa du bout des doigts quelques mèches de sa chevelure couleur vison.

— Le nom me dit quelque chose. Pourquoi ?

— Quelqu'un vient d'envoyer un œuf doré empoisonné à sa femme. Elle est morte.

Mira se redressa, une lueur d'intelligence acérée dans ses yeux bleus paisibles.

— Un deuxième meurtre. Nous devrions en discuter. Mais dans l'immédiat, je peux seulement vous dire que le nom m'est familier. Je pourrais poser la question à Dennis.

— Ça nous serait utile. Nous sommes en route pour Columbia. Duran enseigne la littérature.

— Dans ce cas, Dennis le connaît très certainement. Je vous recontacte dès que possible.

— Dallas…, répéta Peabody avec cette fois assez d'urgence dans la voix pour qu'Eve tourne la tête vers elle.

— Quoi ?

— Duran enseigne à Columbia depuis sept ans, huit au printemps prochain. Mais pas loin de dix ans plus tôt, il donnait des cours de linguistique, de littérature et d'écriture créative à l'académie Theresa A. Gold.

— Merde ! s'exclama Eve en tapant du poing sur le volant. Aucune chance pour que l'univers sorte ça de son chapeau. Ce n'est pas une coïncidence. Contactez Rufty. S'il ne peut pas venir à nous, nous irons à lui. Il faut qu'on sache qui pourrait avoir une dent contre lui, contre Duran ou contre l'établissement en général.

— Ni l'une ni l'autre des victimes ne travaillaient à l'académie. Il s'attaque aux conjoints. Waouh.

— Quand vous tuez quelqu'un, il meurt. Mais quand vous tuez ceux qu'il aime, il doit vivre avec cette douleur au quotidien.

— Ça correspond bien, non ? demanda Peabody, qui s'efforçait de ne pas s'alarmer de la conduite nerveuse d'Eve qui zigzaguait au milieu de la circulation. Des meurtres cruels, commis de sang-froid et sans passion. Et s'il y a un lien avec l'établissement, Duran n'y est plus associé depuis presque huit ans.

— Quelqu'un n'a pas dit que la revanche a meilleur goût quand on la mange froide ?

— Il me semble que l'expression parle d'un plat qui se mange froid.

— Mais personne ne mange le plat. On mange ce qu'il y a dedans.

« Évitons d'argumenter », parut se dire Peabody.

Elle profita quand même de la sonnerie du communicateur d'Eve pour vérifier discrètement la citation exacte.

— Ici Dallas.

— J'ai parlé à Dennis. Effectivement, il connaît bien Jay Duran. Je l'ai déjà rencontré, ainsi que sa femme. Mais j'ai rencontré tellement de collègues de Dennis au fil des années que je ne me souvenais pas de lui avec exactitude.

— Merci d'avoir vérifié. Nous serons bientôt sur place.

— Eve, je vais vous ouvrir mon planning pour que nous puissions en discuter dès que vous serez disponible. Informez-en simplement mon assistante et nous vous trouverons un créneau en priorité.

— Comptez sur moi. Merci.

Eve naviga au sein du très digne campus de Columbia et se gara sur un emplacement destiné aux visiteurs.

— Quelle belle journée, se réjouit Peabody, visage levé vers le ciel. On oublie facilement à quel point ce campus est top. Et en plein milieu de la ville, en plus. Regardez-moi ces jonquilles, ces tulipes !

Peabody s'élança d'un pas enjoué sur College Walk, son écharpe voletant derrière elle tel un joyeux drapeau et ses mèches rousses scintillant au soleil. Eve se retint de mentionner que ce joyeux drapeau pourrait servir à l'étrangler en cas de corps à corps.

Étudiantes et étudiants allaient et venaient ou se tenaient assis en groupes, par terre ou sur les bancs, de toute évidence aussi optimistes que Peabody sur la journée qui s'annonçait.

Eve songea à l'homme à l'intérieur de ce bâtiment digne et magnifiquement préservé dont elle s'apprêtait à ruiner la journée. Dont la vie allait être bouleversée à jamais par un drame indélébile.

Elle pénétra dans la faculté. Allées et venues, toujours, accompagnées du bourdonnement de conversations à voix basse suivies de bruits de pas rapides. Elle présenta son insigne, signa le registre puis, par habitude, emprunta l'escalier.

— Il est au premier étage, indiqua Eve. Tâchez de virer toutes ces étoiles printanières que vous avez dans les yeux avant qu'on...

Elle le vit à l'instant où elles atteignirent le palier.
— Monsieur Mira.

Et son cœur, comme chaque fois qu'elle le voyait, se liquéfia de tendresse.

Il portait une veste en tweed et une cravate qui s'était retrouvée d'une manière ou d'une autre de guingois au cours de la matinée. La tristesse se lisait dans ses yeux verts et pleins de bonté.
— Eve...

Il lui prit la main et la tapota gentiment, puis serra celle de Peabody.
— Quelle terrible nouvelle. Affreuse. Je n'arrive pas...

Il lança un coup d'œil vers une porte fermée.
— C'était une femme charmante. Je l'avais rencontrée à plusieurs reprises à l'occasion d'événements organisés par la faculté. J'ai souvent pris plaisir à aller faire mes emplettes dans la librairie familiale. Et Jay... Je me demandais si vous me laisseriez aller le chercher pour vous. Je me suis dit que cela l'aiderait peut-être d'avoir un ami, un collègue à ses côtés quand vous lui annoncerez la terrible nouvelle. Je peux vous escorter jusqu'à son bureau puis l'emmener jusqu'à vous pour qu'il ne... Ce serait plus à l'abri des regards.
— D'accord. Vous le connaissez bien ?
— Je dirais que nous sommes amis dans le cadre professionnel, mais bons amis en l'occurrence. Nous avons eu bon nombre de discussions à propos de littérature depuis son embauche.

Il les précéda dans un long couloir.
— Serait-il possible pour moi de rester quand vous lui annoncerez ? J'ai le sentiment qu'il était très dévoué à sa femme, à sa famille. Ils ont deux fils.

— C'est gentil à vous, monsieur Mira, dit Peabody.
Il secoua la tête.
— C'est simplement humain.
Il leur ouvrit la porte de ce qui tenait plus du placard que du bureau. Celui d'Eve au Central semblait presque spacieux et luxueux en comparaison.
Les murs de gauche et de droite étaient constitués d'étagères chargées de livres, de dossiers et de boîtes translucides remplies de disques et de cubes.
Le bureau était plus lourdement chargé encore.
Une autre guitare avait élu domicile dans un coin.
— Jay jouait dans un groupe à l'époque du lycée. Et à l'université également, expliqua Dennis. Il aime raconter que c'est grâce à ça qu'il a su capter l'attention de sa femme. Le pauvre...
Il balaya des yeux la pièce.
— J'ai bien peur qu'il n'y ait pas suffisamment de sièges. Je peux en faire apporter un, mais je ne sais pas trop où nous pourrions le mettre...
— Ce n'est pas un problème.
— J'imagine qu'on se débrouillera. Je vais aller le chercher. Inutile de retarder l'inévitable. Je vais... simplement lui dire qu'il est attendu dans son bureau. Son assistant pourra terminer le cours à sa place.
Avec un dernier coup d'œil distrait autour de lui, Dennis ressortit en fermant silencieusement la porte.
— L'homme le plus adorable du monde, soupira Peabody.
Elle franchit en deux enjambées la distance qui la séparait du bureau de Jay.
— Beaucoup de dossiers de travail, beaucoup de bazar... mais il a quand même réservé un emplacement de son bureau à une photo de famille.
Elle se retourna.
— Et pour leurs enfants, Dallas ?

Eve se passa une main dans les cheveux.

— Voyez qui est disponible à la Criminelle. Qu'ils cherchent un professeur qui sache comment s'y prendre avec les deux garçons. Ou deux professeurs, si besoin. Qu'ils les emmènent dans un endroit discret pour leur annoncer la nouvelle. Le pire serait qu'ils voient des flics débarquer pour les extirper de leurs cours et les emmener chez leurs grands-parents. Évitons.

— Je suis d'accord. J'irai dehors pour les appeler. J'attends qu'on ait informé Duran ?

— Non, allez-y. Quelqu'un pourrait avoir une parole malheureuse, l'info pourrait fuiter.

Une fois seule, Eve se demanda comment qui que ce soit parvenait à travailler dans une pièce sans fenêtre. Puis elle songea qu'avec tous ces livres... Peut-être constituaient-ils la fenêtre de Jay Duran ?

Elle entendit la porte s'ouvrir et adopta l'expression la plus neutre possible.

Duran était bel homme, avec des cheveux couleur d'or pâle, des yeux bleu clair. Plus grand et plus jeune que M. Mira, il s'habillait de manière plus décontractée : chemise hors du pantalon et sans cravate, baskets usées.

Mais Eve capta immédiatement chez lui – comme chez Dennis – cette impression de grande gentillesse et d'un esprit intellectuel prompt à s'égarer dans les hautes sphères.

— Bonjour, dit-il avec un sourire d'excuse. J'ai bien peur d'avoir complètement oublié notre rendez-vous.

— Nous n'avions pas rendez-vous, monsieur Duran. Je suis le lieutenant Dallas du NYPSD.

— Je... *Eve* Dallas ? Comme vous l'imaginez, j'ai vu le film avec ma famille. Et j'ai lu le livre. Excellent, d'ailleurs. C'est un bonheur de...

Le lien se fit dans son esprit et son sourire ravi s'évanouit.

— Qu'est-ce qui s'est passé ?

— J'ai le regret de vous informer que votre épouse a été tuée. Je vous présente toutes mes condoléances.

— Quoi ?

Incrédulité, mais surtout colère. Eve la reconnut d'autant plus facilement qu'elle se manifestait souvent la première lors de ce genre d'annonce.

— C'est ridicule ! s'exclama-t-il. Si c'est une blague, ça n'a vraiment rien de drôle. Elise est à la maison. À une réunion de son club de lecture. Vous vous êtes trompée !

— Je suis navrée, monsieur Duran. Il ne s'agit ni d'une mauvaise plaisanterie ni d'une erreur. J'arrive de votre domicile.

— Ce n'est pas possible. Je n'ai… Dennis…

Quand les jambes de Jay se dérobèrent sous lui, Eve s'avança pour le retenir mais Dennis, habituellement si maladroit, soutint immédiatement son jeune collègue et l'aida à s'asseoir sur l'une des deux chaises pliantes.

— Elise…

— Tenez-vous à moi, lui dit Dennis comme Jay se mettait à trembler. Accrochez-vous à moi.

Et quand Jay éclata en sanglots, il le prit dans ses bras et le serra contre lui.

# 10

Eve laissa à Dennis le temps de réconforter son collègue. Elle le vit tirer de sa poche un mouchoir en tissu. Évidemment. C'était tout lui.

Peabody revint à ce moment-là avec une tasse de thé prise au distributeur.

« Évidemment, se dit Eve. C'est tout elle. »

Et quand Duran chassa les larmes sur ses joues et accueillit, au creux de ses mains tremblantes, le thé que Peabody lui tendait, elle patienta.

— Vous... vous en êtes absolument sûre ? Il ne peut pas s'agir d'une erreur ?

— Nous en sommes sûres, monsieur Duran.

— Mais comment ? Comment ? Il y a eu une intrusion ? C'est un quartier tranquille. Elise est prudente.

— Non, monsieur, pas d'intrusion. Vous connaissiez le Dr Kent Abner ?

— Je... je ne sais pas. Je ne crois pas.

Il porta une main à sa tempe et se massa longuement le front.

— Qui est-ce ? C'est lui qui a fait du mal à Elise ?

— Non. Le Dr Abner a été tué il y a deux jours. Votre femme et lui ont tous les deux reçu un colis contenant une substance toxique.

— Un quoi ? Un colis ? Je ne comprends pas. Qui enverrait un colis avec une substance... ? Je ne comprends pas.

Il se releva brusquement, renversant un peu de thé au passage.

— Nos garçons ! Il faut que j'aille chercher nos garçons.

— Ils sont en sécurité, lui assura Eve. Nous avons envoyé quelqu'un les chercher pour les escorter jusque chez vos beaux-parents.

— Les inspecteurs Baxter et Trueheart sont déjà en chemin vers le lycée, précisa Peabody.

Avec des gestes doux, Dennis se servit de son mouchoir pour essuyer le thé renversé sur la main de Duran.

— Je les connais, Jay, dit-il. Ce sont de grands professionnels et ils s'occuperont bien de vos fils.

— Je ne... Qu'est-ce que je vais leur dire ? Ils ont perdu leur mère. Ils ont perdu leur mère, Dennis.

— Ils pourront compter sur vous pour les soutenir.

Dennis incita Duran à se rasseoir.

— Je suis navrée de devoir vous poser des questions dans un moment aussi difficile, reprit Eve. Vous avez bien travaillé pour l'académie Theresa A. Gold ?

— Quoi ? TAG ? Oui, il y a plusieurs années. J'ai enseigné là-bas avant d'obtenir mon doctorat.

— Vous connaissez le Dr Rufty, le directeur.

— Je... Oui. Il est arrivé au moment où je partais, plus ou moins. Nous avons dû avoir un semestre ensemble. Je ne saisis pas...

— Kent Abner était son mari.

— J'ai... Ah, oui. Je pense l'avoir croisé. Ça remonte à plusieurs années. Mais Elise n'enseignait pas là-bas, et elle ne les connaissait pas. Elle a peut-être eu l'occasion de rencontrer le Dr Rufty mais je...

Je ne sais pas. Quel rapport ? Vous n'imaginez pas que le Dr Rufty ait pu faire ça ? Ça n'a aucun sens.

— Non, monsieur. Le Dr Rufty n'est pas suspect. Comme vous, il a perdu son conjoint. Et comme vous, il a un lien avec l'académie, ce qui nous incite à nous pencher dessus. Connaissez-vous une autre personne liée à l'école, à l'époque où vous y étiez, qui aurait pu avoir un problème avec vous ?

— Non, non. Franchement, ça fait sept ans – non, huit –, huit ans que j'ai quitté TAG. Quand le Dr Rufty... Martin, je crois qu'il s'appelle Martin. Quand il a repris les rênes en tant que directeur, nous avions effectivement des problèmes, c'est vrai, mais...

— Quel genre de problèmes ?

— Je... Mon Dieu, j'ai l'esprit qui s'embrouille. Des luttes que je qualifierais d'intestines au sein de l'équipe et des soucis de harcèlement parmi les étudiants qui devenaient sérieux. De même que de la triche. De la triche organisée. Nous avions perdu le sentiment de camaraderie et la bonne atmosphère propres à l'établissement. Selon moi, en tout cas. Mais je ne vois pas ce que ça...

— Répondez-moi quand même, si vous le voulez bien, le coupa Eve en cherchant l'équilibre entre compréhension et fermeté. Parlez-moi de ces problèmes. La triche, le harcèlement ? Il a dû y avoir des mesures disciplinaires en retour.

— Pas vraiment, non. La précédente directrice... Elle avait encouragé une forme de compétition, de hiérarchie. Elle prenait inévitablement fait et cause pour les parents qui se plaignaient ou émettaient des objections quand leur enfant était menacé de sanctions pour des infractions ou un comportement déplacé. Cela n'encourageait pas... Nombre d'entre nous avaient le sentiment qu'elle nous privait de notre autorité et favorisait les étudiants les plus riches, dont les parents étaient prêts à faire des donations.

— Avez-vous eu une quelconque altercation avec elle ?

— Je ne sais pas si je parlerais d'altercations, mais je me suis plaint, j'ai défendu mes convictions. Beaucoup d'entre nous l'ont fait. De même que de nombreux parents qui avaient le sentiment que leurs enfants étaient traités injustement ou victimes de harcèlement. Nous nous sommes regroupés à plusieurs pour nous plaindre directement aux administrateurs de l'école parce que... Le cercle des tricheurs exerçait une influence de plus en plus grande, même si nous n'avions pas de preuves irréfutables. Certains étudiants étaient victimes de pressions ou de menaces pour les pousser à tricher. Plusieurs avaient même été agressés physiquement. Et la directrice... Disons qu'elle fermait les yeux.

Peabody avait lancé une recherche sur son mini-ordinateur.

— Il s'agissait bien du Dr Lotte Grange ?

— C'est ça. Mais elle a quitté l'académie, pris un autre poste chez... Je ne me rappelle plus.

Il se frotta le visage des deux mains ; il avait l'air d'un homme piégé dans un affreux cauchemar.

— Quelque part ailleurs, dit-il simplement.

— L'école préparatoire Lester Hensen, East Washington.

— Je crois bien, oui. J'ai eu des frictions avec elle, c'est vrai, mais c'était il y a des années. Elle n'aurait eu aucune raison de faire du mal à Elise. Et Martin est arrivé après elle. Elle avait déjà posé sa démission. Il... il a su changer l'ambiance de l'établissement et redresser la barre. Il... Même s'il savait que je partais à la fin du semestre, il a pris rendez-vous avec moi pour que nous parlions des élèves, pour qu'il m'expose les changements qu'il avait l'intention d'effectuer. J'ai... J'aurais été heureux de rester là-bas avec lui aux commandes mais j'avais toujours voulu enseigner à l'université.

— Vous souvenez-vous de quelqu'un qui n'aurait pas apprécié qu'il soit aux commandes, qui n'aurait pas voulu de ces changements ?

— Il devait y en avoir, mais...

— Entre professeurs, vous discutez, insista Eve. Dans le foyer, la salle des professeurs.

— Oui, bien sûr, mais je crois que la plupart étaient satisfaits de ce changement, voire se réjouissaient de voir Grange partir. C'est sûr, nous avons perdu certains étudiants quand Martin a instauré des sanctions disciplinaires pour ceux qui harcelaient les autres ou copiaient sur eux. Mais nous avons aussi gagné de nouveaux étudiants. Et, plus important encore, c'est devenu un meilleur endroit pour travailler et apprendre.

» Il faut vraiment que j'aille rejoindre mes enfants. Que je m'occupe d'Elise.

— Peabody, vous voulez bien organiser le transport de M. Duran jusqu'au domicile de ses beaux-parents ?

— Tout de suite.

— Je reprendrai contact avec vous, promit-elle. Ou le médecin légiste le fera, dès que vous pourrez aller voir votre femme.

— Elise est avec le Dr Morris ? s'enquit Dennis.

— Oui.

— Lui aussi, je le connais, Jay, et je vous promets que personne ne traitera Elise avec plus de soin et de respect que lui. Je peux aussi vous assurer que personne ne travaillera avec plus de vaillance et de talent que le lieutenant Dallas et l'inspecteur

Peabody pour retrouver la personne qui a fait ça. D'ici là, allez retrouver vos garçons. Je m'occuperai de tout ici.

— Mon Dieu, mes étudiants. J'ai laissé...

— Ne vous inquiétez pas. Je me charge de tout. Prenez le temps dont vous aurez besoin et contactez-moi si je peux faire quoi que ce soit pour vous aider.

— Dennis...

Jay ferma les yeux, paupières plissées.

— Elle était le ciment de la famille. Nos fils...

Il rouvrit les yeux et se tourna vers Eve.

— Ce sont de bons garçons qui deviendront des hommes très bien. On s'était constitué un bon foyer, une belle vie tous ensemble. Mais c'était elle, notre ciment. Et je... Est-ce que je l'ai embrassée ce matin pour lui dire au revoir ? Je crois que oui. Il me semble... Mais je doute de lui avoir dit que je l'aimais. Je ne pense pas. Pourquoi ne l'ai-je pas fait ?

— Monsieur Duran, d'après tout ce que vous m'avez raconté, je ne doute pas un instant qu'elle savait que vous l'aimiez. Je vous en prie, si un quelconque souvenir vous revient, si banal qu'il puisse paraître, contactez-moi.

Peabody était de retour.

— Votre voiture est en chemin, monsieur Duran. Je vous accompagne ?

— Oui, merci. Oui.

Il se leva, prit quelques instants pour retrouver un semblant de calme.

Dennis se leva à son tour et l'étreignit. Pas une simple tape virile dans le dos, une authentique étreinte.

— Si vous avez besoin de quoi que ce soit, Jay. À n'importe quel moment.

Duran hocha la tête, puis suivit Peabody.

Dennis se rassit sur sa chaise.

— J'ai conscience que vous devez souvent faire ça, annoncer à quelqu'un que l'existence qu'il menait cinq minutes plus tôt a disparu. Vous êtes vraiment une femme forte et courageuse, Eve.

— Ça fait partie du métier, monsieur Mira.

Il secoua la tête.

— Une femme forte et courageuse. J'espère ne pas avoir outrepassé mon rôle.

— Non. Vous avez agi avec beaucoup de justesse.

— Vous parlerez de tout cela avec Charlie ?

Eve avait toujours besoin de quelques secondes pour associer l'élégante Mira à ce surnom de « Charlie ».

— Oui, dit-elle, une fois de retour au Central.

— À vous deux, vous résoudrez cette affaire. C'est une femme forte et courageuse, elle aussi.

Il se leva et l'étreignit à son tour, comme il l'avait fait avec Duran. Dans ses bras réconfortants, Eve sentit toute la tension qui l'habitait la quitter.

— Bon, je vais aller gérer ce qui doit l'être ici à la place de ce pauvre Jay.

— Merci pour votre aide.

Il lui tapota gentiment la joue et elle se sentit fondre.

— Chacun de nous fait ce qu'il sait faire, dit-il.

Et pour certains, songea Eve, cela signifiait ôter des vies et en détruire d'autres.


Peabody la retrouva à la voiture.

— L'aide de M. Mira a vraiment été précieuse, dit-elle. Duran m'a raconté qu'à son arrivée à Columbia, M. Mira était le premier à l'avoir invité à prendre un café.

— C'est dans sa nature. L'affaire est liée à cette école, Peabody, assura-t-elle au moment de monter en voiture. C'est le point de départ de tout le reste. Il faut retrouver cette Lotte Grange.

— Je vais remonter sa piste. Lors de ma discussion avec Rufty, il m'a dit qu'il pouvait venir si vous aviez besoin de lui. Il est en train de finaliser l'organisation d'une cérémonie commémorative. Elle se déroulera demain matin, dans le parc où Abner aimait aller courir.

— Arrangez-nous un rendez-vous, dit Eve.

Pendant que Peabody s'exécutait, Eve contacta le bureau de Mira. Pour une fois, l'assistante ne lui opposa aucune résistance et lui déclara simplement que le Dr Mira serait disponible à son retour au Central.

— Il lui faut encore une heure, annonça Peabody à Eve.

— Ça ira. Le tueur vise les conjoints, poursuivit Eve. Ou les proches, car tous ceux dont il veut se venger ne sont pas forcément mariés. Un prof de chimie dans une école privée pourrait-il disposer des compétences nécessaires ?

— Ça semble d'un niveau bien supérieur mais qui sait ? Et on dirait que notre tueur a profité de presque huit années de recherche et développement. Cela dit, Duran n'a pas l'air d'avoir causé plus de vagues que ça durant son passage là-bas.

— Les gens, surtout ceux qui sont prêts au meurtre, ont des perspectives différentes, souligna Eve. Il a fait, dit ou incarné quelque chose qui lui a valu de se retrouver sur la liste noire du tueur. Ça ne va pas lui revenir immédiatement, encore moins dans l'état de choc où il se trouve. Mais il s'en souviendra peut-être plus tard.

— Rufty, qu'on a fait venir pour remettre de l'ordre dans l'académie – en tout cas, c'est comme ça que Duran l'a perçu –, aura une meilleure vue d'ensemble, avança Peabody. S'il a pris le temps de discuter avec un professeur sur le départ, ça veut dire qu'il a fait de même avec tout le monde. Il a peut-être poussé quelqu'un à partir. Ou quelqu'un a perçu son arrivée comme une manière de chasser Grange. Même si...

— Oui, elle a obtenu un nouveau poste dans un autre établissement pour gamins friqués et leurs parents influents, termina Eve. Qu'est-ce qui a mis notre tueur en rogne ? Nous allons le découvrir.

Alors qu'elle s'apprêtait à tourner pour entrer dans le garage du Central, Eve dut piler pour éviter d'écraser un homme nu. Il courait à en perdre haleine, cheveux au vent, son sexe bringuebalant joyeusement au rythme de ses foulées, une poignée d'agents en uniforme lancés à sa poursuite.

Les piétons s'écartaient précipitamment devant l'individu qui détalait telle une gazelle.

— Bon..., dit Eve en observant la scène quelques secondes de plus. Voilà quelque chose qu'on ne voit pas tous les jours, même à New York.

— Il court super vite, fit remarquer Peabody. On pourrait probablement lui couper la route avec la voiture.

— Probablement.

Au lieu de quoi Eve s'engagea simplement dans le garage.

— Au tour des agents en uniforme de se bouger un peu les fesses. Pourquoi on dit ça, d'ailleurs ? se demanda-t-elle. Ce sont les jambes qui s'activent quand on court, les fesses ne font que suivre le mouvement. Qui se concentre sur les fesses quand il s'agit de courir ? Il y a vraiment de ces expressions ridicules...

— J'ai toujours pensé que ça faisait référence à ceux qui passent leur temps assis sur leurs grosses fesses, répondit Peabody en portant inconsciemment une main à sa hanche.

— Quel genre de fesses est-on censé avoir quand on est rapide ? lui demanda Eve sur le trajet jusqu'à l'ascenseur. Un derrière aérodynamique, façon ailerons de voiture ? « Hé, il te fait de super ailerons, ce pantalon ! » Personne ne dit ça.

Elles entrèrent ensemble dans l'ascenseur.

— Mais un de ces jours, ça pourrait arriver, poursuivit Eve. Parce que les gens inventent des expressions débiles et que d'autres les répètent, puis ça entre dans le langage courant. Je vais directement voir Mira, annonça-t-elle à une Peabody encore aux prises avec ces considérations fessières. Commencez à vous renseigner sur Grange, histoire qu'on dispose déjà de données solides quand on verra Rufty.

Après quelques étages, elle s'apprêta à sortir de l'ascenseur pour emprunter l'escalier roulant.

— Galbées ! lança Peabody. Pas d'ailerons mais les meilleurs coureurs ont des fesses bien galbées, non ?

— Je crois qu'on peut dire que ce n'était pas le cas de nos collègues de tout à l'heure. Pas vu la manière dont ils couraient.

Eve s'éloigna et – à l'inverse de son équipière qui continuerait à y réfléchir un long moment – oublia instantanément toute la conversation.

L'assistante de Mira la gratifia d'un regard soupçonneux mais ne lui barra pas le passage.

Mira était assise à son bureau dans un tailleur lavande pastel décoré de petits froufrous à la ceinture.

Elle fit signe à Eve de patienter pendant qu'elle terminait un appel sur son communicateur.

— Non, bien sûr. Ne t'inquiète pas pour ça. Je sais, chéri, je sais. Nous dînerons à ton retour et on en discutera. Tu me l'as dit, oui, mais ça fait plaisir de l'entendre de nouveau. Moi aussi, je t'aime. On se voit à la maison. À tout à l'heure.

Elle raccrocha et soupira.

— Dennis.

— J'avais deviné.

— Il va s'occuper du club Shakespeare de Jay Duran à 17 heures, expliqua Mira en se levant sur ses escarpins violets pour aller pianoter sur l'autochef de l'autre côté de la pièce.

Le bout ouvert des chaussures laissait voir ses orteils aux ongles vernis dans la même nuance lavande que son tailleur.

« Qui a le temps de réfléchir à ce genre de détails ? » s'interrogea Eve.

— Cette histoire l'a beaucoup affecté, ajouta Mira.

— Il a été formidable avec Duran, lui assura Eve. D'une grande aide, vraiment.

— Je me souviens à peine d'Elise, admit la psychologue.

Des effluves fleuris embaumèrent le bureau à l'instant où elle sortit deux tasses de thé de l'autochef.

— Je ne l'ai remise qu'au moment où j'ai affiché sa photo d'identité.

— Vous n'aviez pas tissé de liens avec elle.

— Non.

Mira tendit une tasse à Eve avant de s'installer dans l'un de ses deux fauteuils bleus tout en arrondis.

— Je suis rarement présente aux événements organisés par la faculté de Dennis. Mon travail interfère. Mais je l'ai rencontrée à quelques reprises. Ils ont deux fils adolescents.

— Oui. J'ai envoyé Baxter et Trueheart les chercher à leur lycée pour les emmener chez leurs grands-parents. C'est la mère de la victime qui l'a retrouvée morte.

— Quelle terrible journée pour eux. J'ai consulté les données concernant les meurtres, le rapport de la police scientifique, la chronologie. Dites-moi ce que vous avez appris.

— L'école – l'académie Gold – constitue certainement le lien. Duran avait déjà accepté un poste à Columbia quand Rufty est arrivé en tant que directeur, mais ils ont travaillé ensemble sur place durant un semestre. D'après Duran, la directrice précédente fermait les yeux sur beaucoup de choses. Plus encline à courtiser les parents aux comptes en banque bien fournis qu'à gérer les difficultés côté professeurs ou les soucis de harcèlement, de triche et autres problèmes disciplinaires. Un groupe de professeurs – dont Duran – avait déposé une plainte auprès des administrateurs.

— Elle a été suivie d'actions ? s'enquit Mira après avoir bu une gorgée de thé.

— Je ne peux pas le confirmer à ce stade, mais l'ancienne directrice – Lotte Grange – a rejoint une école préparatoire prisée d'East Washington et Rufty a été nommé à Gold. Selon Duran, Rufty a transformé l'ambiance, pris les choses en main et opéré des changements. Pour le mieux, d'après lui. Je présume que quelqu'un, quelque part, ne partage pas cette opinion.

— Votre théorie serait que quelqu'un tue les conjoints des individus contre qui il avait une dent à Gold ?

— C'est le plus logique. Duran estime qu'il n'a jamais rencontré de sérieux problèmes et ne s'est pas fait d'ennemis, mais...

— L'agacement momentané de l'un est l'insulte irréparable et exigeant vengeance de l'autre, termina Mira. Et Rufty ?

— J'ai un nouvel entretien avec lui sous peu. Je vais revisiter ce premier semestre avec lui. Puisque Duran est impliqué, le problème doit dater de cette période. Avant cela, pas de Rufty. Après, pas de Duran. On pourrait avoir affaire à quelqu'un qui aurait nourri du ressentiment envers Duran avant l'arrivée de Rufty puis aurait pris Rufty en grippe après le départ de Duran. Mais je vais d'abord me concentrer sur la période commune aux deux.

— Oui, je suis d'accord. Que savez-vous de Grange ?

— Peabody fait des recherches à son sujet.

Mira hocha la tête en sirotant son thé.

— Quelqu'un tue des innocents dans le but de frapper ceux qu'il estime coupables. Il veut qu'ils souffrent, qu'ils pleurent leurs morts et traversent un deuil. Il les oblige à vivre avec cette immense perte. Il estime peut-être qu'ils lui ont causé beaucoup de souffrances, qu'ils ont été à l'origine d'un deuil ou d'une perte difficile à surmonter. Il pourrait y avoir un lien personnel en même temps que professionnel avec Grange, ou quelqu'un d'autre qui aurait été évincé – parmi les étudiants ou l'équipe académique – durant cette période.

— Et si la chronologie est correcte, il a eu environ huit ans pour laisser bouillir sa colère, pour planifier les meurtres et créer ou se procurer l'agent toxique.

— Ce n'est pas un acte impulsif mais très calculé, acquiesça Mira. C'est quelqu'un de très organisé, intelligent et en même temps calme, détaché. Plus précisément, la mise à mort est détachée, se corrigea Mira. Une mort douloureuse, certes, mais rapide... et calculée de manière à ce que personne d'autre ne soit atteint. Un élément qui a dû demander plus de temps et de travail. Notre tueur tient à ce que seule la personne visée succombe.

— Il sait quand envoyer le colis afin qu'il soit livré lorsque la cible est seule, ajouta Eve. Ou quand il est prévu qu'elle le soit.

— Encore un risque soigneusement calculé.

Mira réfléchit tout en tapotant du doigt le bord de sa jolie tasse.

— Des incidents peuvent se produire durant le transport, des erreurs sont commises, les plans peuvent changer. Mais c'est un risque soigneusement calculé. Et que perdrait-il s'il se passait quelque chose, si quelqu'un d'autre ouvrait le colis ou si celui-ci était endommagé ? Rien, en fait.

» Il a les connaissances et les compétences requises, poursuivit-elle. Il a déjà manié des produits toxiques, c'est une certitude.

— Ou il s'est associé avec quelqu'un qui l'a fait.

Mira pencha la tête sur le côté.

— C'est très possible, oui. Seul ou non, il doit disposer d'un laboratoire où il peut fabriquer la toxine. Il est aimé, ajouta Mira. Ou se croit aimé. Qu'il l'ait ou non vécu en personne, il comprend la nature du chagrin associé à la perte. Et il l'exploite.

— Il pourrait avoir perdu un conjoint ?

— Potentiellement, ou un enfant, un parent, quelqu'un qu'il aimait ou croyait aimer. Il peut même s'agir du départ de la personne qu'il aimait ; une rupture, un déménagement. Mais je le vois plutôt comme un observateur. Quelqu'un qui prend des notes de loin – avec une rigueur scientifique – plus qu'il ne participe. Là encore, si votre chronologie est correcte, il est patient. Il sait qu'un travail sérieux et des résultats concluants demandent du temps. Je dis « il » mais il pourrait s'agir d'une femme. Le poison a souvent été employé par des femmes. La plupart d'entre nous – et je vous compte tout à fait à part sur ce point – n'ont ni la force physique ni l'entraînement nécessaires pour affronter un adversaire face à face.

— Il – ou elle – est également lâche.

Le début d'un sourire apparut sur les lèvres de Mira.

— Oui. Pas seulement parce que c'est ainsi qu'il apparaît à vos yeux, mais parce qu'aucune des déclarations ne fait état d'une quelconque dispute ou confrontation physique. Ni menaces, ni rivaux, ni ennemis. La fureur qui l'habite, si intense soit-elle, est restée refoulée, contenue, dissimulée avec soin. Quand vous le trouverez, les gens qui le connaissent tomberont des nues.

— Oui. Les commentaires habituels : « Il avait l'air d'un type sympa et ordinaire. »

— Et méticuleux. Ce sera un facteur pour l'identifier. Le soin avec lequel il a empaqueté les colis. Le ruban adhésif posé selon des angles parfaitement droits. Son domicile, son lieu de travail seront impeccablement tenus.

Mira se radossa à son siège et croisa les jambes.

— Je m'interrogeais au sujet de cet œuf... jusqu'à ce que vous ayez trouvé le lien.

— Les œufs d'or, l'académie Gold[1]. Ce n'est pas une coïncidence, c'est un message.

— Oui, une référence à l'étincelle qui a allumé cette très longue mèche. Référence aussi au fait de tuer la poule aux œufs d'or, à l'idée qu'on ne fait pas d'omelette sans casser des œufs, que tout ce qui brille n'est pas or et ainsi de suite. C'est un gadget bon marché, comme la boîte, mais il en a

---

1. « Or » en anglais. *(N.d.T.)*

soigneusement repeint l'intérieur et ajouté la colle protectrice.

— La boîte comme l'œuf s'achètent pour presque rien dans un million de boutiques en ligne. Nous ne pourrons jamais établir leur provenance, mais nous pourrons retrouver sa commande lorsqu'on l'aura appréhendé.

— L'aspect bon marché me paraît important. Il n'a pas voulu gaspiller son argent dans cet achat. Les produits chimiques ont dû coûter très cher, de même que l'équipement nécessaire, à moins qu'il n'y ait accès sur son lieu de travail.

— Nous n'avons rien trouvé jusqu'à maintenant, mais il y a des milliers de labos à visée médicale, de recherche ou d'enseignement à New York et dans le New Jersey.

Mira reprit un peu de thé tout en réfléchissant.

— Ce choix d'économiser me donne à penser qu'il accorde de la valeur à l'argent, qu'il le respecte. Il l'a dépensé là où c'était nécessaire.

— Mais il envoie des babioles pas chères à ses victimes pour ne pas le gâcher bêtement.

— C'est exactement ça, répondit Mira avec un hochement de tête approbateur. Il vit seul. S'il fabrique ce neurotoxique sur son lieu de travail, il dispose d'une certaine autonomie. S'il travaille chez lui, il a dû chercher à protéger son intimité. Il est habité par sa mission, Eve. Pas de place dans sa vie pour d'authentiques relations. Il n'est pas du genre à s'opposer ou à débattre frontalement, mais plutôt à battre en retraite jusqu'à l'endroit où il pourra préparer sa vengeance. Il l'a peut-être déjà fait à de nombreuses reprises auparavant, de façon moins meurtrière. En sapant les chances d'un collègue ou d'un rival tout en se tenant prudemment hors de la mêlée, par exemple.

— Mais toujours à observer, prendre des notes. Conserver un historique des événements.

— Oui. Il aura tout documenté. C'est un scientifique. Et si ce n'est pas son métier, il agit en tout cas en scientifique. Tout ce qu'il a fait et va faire, toutes les données qu'il a accumulées sur ses cibles et ses victimes – car celles-ci sont séparées dans cette affaire – sera soigneusement documenté.

— Jusqu'ici, ses cibles et victimes ont une famille. Des enfants adultes ayant eux-mêmes des enfants dans le cas du premier meurtre, des enfants plus jeunes dans le second.

— Il trouve peut-être de la satisfaction à causer l'explosion d'une famille. S'il en avait une, ce n'est plus le cas aujourd'hui. Pourquoi ces gens-là auraient-ils le droit d'avoir une famille intacte et heureuse ? Quelque part, à un moment donné, d'une manière qui reste à établir, ils lui ont causé de la peine. Et il leur rend maintenant la pareille.

— Revenons à l'académie. Rufty d'abord. Il était responsable et c'est lui qui a initié les changements.

Eve consulta sa montre.

— C'est bientôt l'heure de mon entretien avec lui.

Elle se leva mais marqua un temps d'arrêt.

— Le tueur pourrait-il être plutôt jeune ? Disons, quelqu'un qui était encore étudiant quand Rufty a repris les rênes ? Il aurait pu être expulsé, ou réprimandé, ou avoir reçu des notes éliminatoires après l'arrivée de Rufty ?

— J'ai failli vous répondre que c'était peu probable, car la planification sur un temps très long est indicatrice de maturité, de patience. Mais pensons à l'œuf et au nom utilisé dans l'adresse d'expédition. C'est une sorte de plaisanterie très noire, non ? Je dirais que la haute intelligence et l'absence d'émotion authentique ou d'empathie constituent des facteurs plus solides que l'âge.

— Je repense à Rayleen Straffo. C'était une petite tueuse très rusée et elle n'était même pas encore ado. J'interrogerai aussi Rufty sur les étudiants. Merci de m'avoir accordé de votre temps.

— Quand vous le trouverez, il aura mis en place une bonne couverture. Et il fera peut-être même mine de coopérer. Mais il réfléchira déjà à la meilleure manière de riposter.

— Je garderai ça à l'esprit.

Elle reprit l'escalier roulant pour se donner le temps de réfléchir et s'amusa d'entendre des flics derrière elle évoquer le fuyard nu.

— Cet enfoiré a couru sur vingt pâtés de maisons, tranquille, l'engin à l'air ! D'après Patrinki, il était à peine essoufflé quand ils l'ont enfin rattrapé. Il a prétendu exercer ses droits constitutionnels. Liberté de religion, puisqu'il ne faisait qu'honorer le dieu du printemps. Et que les vêtements n'étaient... Comment il a dit ça ? Rien qu'une construction sociale ou une connerie du même genre.

— Il faut de tout pour faire un monde, répondit son compagnon.

Eve descendit à l'étage de la Criminelle et s'avança dans la salle commune. Elle fit de son mieux pour ne pas regarder la cravate de Jenkinson, aperçut Carmichael et Santiago lancés dans un débat animé à propos d'un détail d'une enquête et, non loin, Peabody plongée dans ses recherches, un soda à la main.

« Effectivement, il faut de tout pour faire un monde », se dit-elle en se dirigeant vers son bureau pour préparer l'entrevue avec Rufty.

Elle réserva une salle de réunion. Elle se refusait à installer Rufty en salle d'interrogatoire mais voulait un lieu plus tranquille que la salle de détente.

Elle mit à jour son tableau et son dossier, puis demeura quelques instants à les regarder avant de faire venir Peabody.

— Racontez-moi ce que vous avez trouvé sur Grange.

— Soixante-douze ans, métisse, deux mariages, deux divorces, pas d'enfants. Actuellement directrice de la prépa Lester Hensen, East Washington.

Peabody lança un regard plein d'espoir en direction de l'autochef. Eve hocha le menton.

— Merci. Un pour vous aussi ? demanda Peabody.

— Oui, pourquoi pas. Continuez.

— Bon. D'après son dossier, elle s'en est tenue aux écoles privées depuis le début de sa carrière – il y a quarante-neuf ans – à Baltimore, dans le Maryland. Elle a gravi les échelons jusqu'à devenir doyenne adjointe de la faculté, est partie pour une école de Columbus, a divorcé, atteint le rang de directrice adjointe sur place avant d'arriver ici, toujours au même grade. Elle s'est remariée, est devenue directrice, a divorcé puis a fait le transfert vers East Washington, toujours au poste de directrice. Elle a passé en moyenne une dizaine d'années dans chaque établissement.

Peabody donna son café à Eve.

— Rien qui indique un intérêt ou des compétences particulières pour la science. Mon impression est qu'elle s'est servie de l'enseignement comme d'un tremplin vers l'administration et le sommet de l'échelle hiérarchique.

— Le second divorce. Quand a-t-il eu lieu et qui l'a demandé ?

— Euh...

Peabody ressortit son mini-ordinateur.

— Son époux, Reginald P. Greenwald, en était aussi à son second mariage. Il a demandé le divorce en... janvier 2053.

— L'année de son transfert à East Washington. Reginald P. Greenwald, ça sonne plutôt bourgeois.

— Exact. Deuxième fils de Horace W. Greenwald, P-DG de l'entreprise Tout Propre, lancée au siècle dernier par Philip A. Greenwald, le grand-père. Ils fabriquent des produits et ustensiles de nettoyage pour les particuliers ou les professionnels.

— Des produits d'entretien, reprit Eve en sentant son intuition se réveiller. Ça nécessite d'embaucher des chimistes.

— Oui. C'est sûr. Et des labos pour faire de la recherche et développement, et tester les nouveaux produits. Pas difficile d'acheter les services d'un savant fou avec les parts d'une entreprise qui pèse plusieurs milliards. Mais pourquoi tuer le conjoint d'un directeur arrivé après le transfert de son ex, puis l'épouse d'un professeur sur le point de quitter l'établissement à l'époque ?

— C'est une question que nous allons poser à Greenwald.

— Je le contacte pour voir s'il peut venir ?

— Non. Il arriverait avec une armée d'avocats en tenue de combat, démarche habituelle pour ce genre de type. Faisons-lui plutôt une petite visite surprise après notre entretien avec Rufty.

Elle jeta un coup d'œil à sa montre.

— Qui va démarrer sous peu. J'ai réservé une salle de réunion.

— Oui, ce sera plus agréable pour lui qu'une salle d'interrogatoire. Je vais vérifier si l'autochef est garni ? Il buvait du thé, c'est ça ?

— Oui. Allez-y. Appelez-moi quand il arrivera.

Elle commença à creuser le sujet Tout Propre et eut rapidement confirmation que l'entreprise disposait de labos de recherche à New York dont le personnel se classait parmi « les meilleurs scientifiques, chimistes, herboristes et innovateurs du monde ».

L'épouse est dénoncée par des professeurs – dont Duran – et remplacée par Rufty. Puis se fait larguer. De quoi se mettre en colère, non ?

Alors qu'elle commençait à développer une nouvelle théorie, Peabody l'appela.

Rufty était assis à côté de son beau-fils dans la salle de conférences. Au moment où Eve arriva, Peabody était en train de leur servir une tasse de thé.

— Merci d'être venus, dit Eve en préambule.

— Nous espérions que vous auriez des nouvelles pour nous.

— De notre côté, nous espérons que vous pourrez nous éclairer à propos de votre établissement, de l'équipe, depuis l'époque où vous avez pris vos fonctions de directeur.

— Je... Oui, bien sûr, si cela peut vous être utile. Mais je ne vois pas en quoi.

— Docteur Rufty, vous souvenez-vous de Jay Duran ? Il enseignait à l'académie quand vous êtes arrivé.

— Euh... Nous n'avons pas de Duran dans l'équipe académique.

Eve lui présenta une photo d'identité du professeur.

— Vous vous souvenez de lui ?

— Oui, oui, bien sûr. Excusez-moi, le nom ne me disait rien au premier abord. C'était il y a plusieurs années, et il n'est resté que jusqu'à la fin du semestre. Je ne comprends pas...

Son teint devint brusquement cendreux.

— C'est... Il a tué Kent ?

— Non.

« Il n'écoute pas les infos », se dit Eve.

— Elise Duran, l'épouse du professeur, a reçu un colis ce matin. Elle a été tuée.

— Oh, mon Dieu !

Rufty se tourna vers son beau-fils et lui agrippa la main. Greg décala sa chaise pour se rapprocher de Rufty et lui passer un bras autour des épaules.

— C'était la même chose ? La même chose que pour Kent ?

— Oui. Le professeur Duran nous a indiqué l'existence d'un certain nombre de problèmes dans l'établissement avec la précédente directrice, avant que vous preniez les rênes.

— Je ne suis pas certain de comprendre. Quel rapport cela pourrait-il avoir avec Kent et avec la femme de... Jay ? Oui, c'est ça, je me souviens de lui à présent. Attendez...

Il leva une main tremblante, soudain pâle comme un linge.

— Ce n'est pas eux. C'est moi. À cause de moi ? Je suis responsable de ce qui s'est passé ?

— Docteur Rufty, la personne responsable est celle qui a envoyé les colis et tout individu qui l'y aurait potentiellement aidée. Pas vous. Ni Jay Duran.

— Mais si je...

— Vous blâmeriez le professeur Duran pour la mort de sa femme ?

— Je... Non.

Il essuya les larmes qui s'étaient mises à couler et fit un effort visible pour se reprendre.

— Non, bien sûr. Je ne vois pas comment ça pourrait remonter à si loin. Et Jay est parti quelques mois seulement après mon arrivée. Il avait déjà accepté un nouveau poste à... Je ne me souviens plus.

— L'université de Columbia.

— Oui. Oui, Columbia. C'était un bon professeur, ça, je m'en souviens. Très investi. Est-ce qu'il avait des enfants ? Il me semble qu'il avait des enfants.
— Il a deux fils adolescents.
— Oh, pauvre famille. Ils traversent la même chose que nous, dit-il à Greg. Ils ressentent la même chose.
— Alors nous devons les aider, répondit Greg en lui massant le bras avec douceur.

# 11

Rufty retrouva ses moyens.

— Je ferai de mon mieux pour vous aider.

— Vous avez pris vos fonctions de directeur durant les vacances d'hiver de 2053. Quand avez-vous accepté le poste ?

— Aux alentours de Thanksgiving, l'année précédente. Le Dr Grange avait accepté un autre poste et j'ai eu l'impression qu'elle avait pris sa décision rapidement avant de donner sa démission effective à la fin de l'année.

— Une idée de pourquoi elle a démissionné de manière aussi abrupte ?

— J'ai supposé qu'on lui avait proposé le poste chez Lester Hensen. C'est une institution très prestigieuse.

— Docteur Rufty...

Il ferma les yeux devant le ton d'Eve.

— Excusez-moi, soupira-t-il. On prend très vite l'habitude de ne pas dire de mal ou colporter des rumeurs à propos des collègues. Il y avait eu un certain nombre de plaintes de la part de parents et de membres de l'équipe. Et son mariage semblait sur le point de capoter.

Il coula un regard douloureux en direction de Greg.

— Dis ce qu'il y a à dire, Marty.

— Des gens l'accusaient d'avoir eu une liaison avec un autre membre de la faculté et peut-être même des relations inappropriées avec certains pères d'élèves. D'autres prétendaient qu'elle avait fermé les yeux sur des accusations de harcèlement scolaire, d'intimidation, de triche, d'usage de drogue et d'alcool.

— C'était le cas ?

— Je pense, oui. Durant mes entretiens avec l'équipe académique, beaucoup m'ont fait des récits identiques ou très similaires. Quoi qu'il en soit, il s'agissait principalement de rumeurs renforcées par la rancune et je n'ai pu me forger qu'une impression, pas une certitude. J'ai évidemment rencontré le Dr Grange durant la transition. Nous avions des approches différentes, elle et moi, et, pour être honnête, elle semblait avoir tiré un trait sur l'établissement. Elle était plus que prête à tourner la page. Elle m'a cité les noms de plusieurs professeurs et membres du personnel administratif qu'elle trouvait problématiques.

— Duran en faisait partie ?

— Oui. Cependant, quand j'ai consulté son dossier et que je l'ai rencontré, j'ai constaté que c'était, comme je l'ai dit, un professeur très investi. Et durant les mois où nous avons collaboré, je n'ai pas vu autre chose. Il travaillait dur pour transmettre son savoir aux élèves. Parmi les individus dont elle m'avait donné les noms, plusieurs figuraient parmi ceux ayant déposé une plainte contre elle.

— Y a-t-il eu qui que ce soit durant cette période de transition, au début, avec qui vous auriez eu un problème ou qui aurait eu un problème avec vous ?

— Bien sûr. Un tel passage de témoin impliquait de multiples changements dans le règlement et l'ambiance de l'école. Elle avait largement mis l'accent sur l'obtention de donations substantielles, en échange de parrainages notamment, et sur le renforcement du prestige de l'établissement. J'ai l'air critique en disant cela, ajouta Rufty avec un geste vif de la main. Mais ce sont des aspects importants pour qui dirige une école privée. Je n'en ai pas moins constaté de sérieux manquements à la discipline et un biais malvenu à l'avantage des élèves dont les parents avaient fait de telles donations.

— Soit l'objet de la plainte officielle déposée par Duran et les autres, dit Eve.

— C'est ça. Il existait une règle implicite voulant que si un élève subissait un harcèlement, il ne pourrait compter que sur lui-même et non sur l'école pour régler le problème. Si un élève échouait à une session de contrôle, il avait automatiquement droit à une session de rattrapage, ou bien voyait sa note augmentée si les parents se plaignaient. La triche était malheureusement devenue endémique. Plusieurs élèves en avaient fait une sorte de commerce. Des professeurs avaient reçu des menaces répétées. Drogue et alcool circulaient non seulement au-dehors mais dans l'enceinte même de l'académie.

— Comment avez-vous géré la situation ?

— J'ai rencontré l'intégralité des employés. Certains hésitaient beaucoup à parler car ils avaient été désignés comme des trouble-fêtes ou ils étaient, comme je vous le disais, victimes de menaces. D'autres, comme Jay, étaient déjà sur le départ ou l'envisageaient. C'était plus facile pour eux.

— Puis-je ajouter quelque chose ? demanda Greg. En tant qu'observateur extérieur.

— Bien sûr, répondit Eve. Je vous écoute.

— Il nous semblait clair – la famille, je veux dire – que Marty avait obtenu le poste chez TAG non seulement grâce à sa réputation et à ses compétences, mais aussi pour sa... disons, philosophie. Les administrateurs avaient besoin de quelqu'un pour remettre de l'ordre dans l'école.

Il se tourna vers Marty.

— Tu as eu fort à faire durant les premières semaines, Marty. Je me souviens d'un repas de famille où tu avais l'air terriblement fatigué et stressé. Tu avais déclaré qu'au moment de renflouer un navire après une tempête on ne pouvait pas lâcher le gouvernail.

— Comment fais-tu pour te rappeler ce genre de détails ? s'étonna Rufty.

— Vous n'avez pas lâché le gouvernail, docteur Rufty ? demanda Eve.

— Greg n'a pas tort quant aux raisons qui m'ont valu le poste et, honnêtement, celles qui m'ont poussé à accepter. Je savais que ce serait un défi mais c'était ce que je voulais. Il était clair dès le départ que ce que j'avais l'intention de faire, que ce que je ferais, ne plairait pas à certains.

— Et qu'avez-vous fait ?

— J'ai instauré un règlement strict avec des actions disciplinaires précises concernant la triche, le harcèlement, la consommation d'alcool et ainsi de suite.

Il marqua une pause, croisa les mains et les posa sur la table.

— Certains étudiants ont été suspendus pour des faits de ce genre dès les premiers jours. En conséquence de quoi j'ai eu plusieurs réunions très désagréables avec des parents scandalisés. Certains ont retiré leurs enfants de l'académie.

— C'était donc, comme l'a dit Greg, une transition difficile.

— Oui. Absolument. Je ne sais pas comment j'aurais fait sans Kent durant ces premières semaines. Honnêtement, je m'attendais à moitié à me faire renvoyer du jour au lendemain après le retrait de donations promises et le départ de plusieurs étudiants. Et quelques professeurs habitués à un environnement plus… laxiste ont fait savoir leur mécontentement.

Greg lança un regard surpris à son beau-père.

— Tu ne nous avais pas parlé de ça. De ta crainte d'être viré.

Avec un petit sourire, Rufty lui tapota gentiment le bras.

— Les enfants n'ont pas besoin de tout savoir. D'autres personnes, parmi les employés, les élèves et, oui, les administrateurs, étaient au contraire soulagées, voire ravies de ces nouvelles règles, de ce tour de vis. De quoi faire pencher la balance de mon côté. À l'arrivée du printemps, les choses s'étaient largement apaisées.

— Vous avez relevé le défi, commenta Peabody. Redonné un cap au navire.

Il sourit de nouveau.

— C'est ce que j'aime à penser, oui.

— Y a-t-il eu des menaces à votre encontre ? demanda Eve.

— Oh, certains parents ont fait valoir qu'ils avaient le bras long. Une poignée d'élèves a aussi tenté de m'impressionner.

— Avez-vous expulsé qui que ce soit ?

— Nous n'en sommes pas arrivés là, même si j'ai suggéré à certains des parents les plus virulents que leur enfant et l'académie n'étaient peut-être pas faits l'un pour l'autre.

— Des licenciements ?

— Là encore, j'ai suggéré à certains que si ma vision et mes méthodes leur déplaisaient, ils trouveraient peut-être un poste plus à leur goût ailleurs. J'avais la conviction qu'il fallait donner à chacun le temps de s'adapter, donc plutôt que de déclencher expulsions ou renvois durant ces premières semaines, j'ai distribué des avertissements via des échanges en face à face.

» C'était il y a huit ans, souffla-t-il dans un murmure qui chassa le sourire sur ses lèvres. Je ne vois pas qui aurait pu me détester et m'en vouloir pendant si longtemps et au point de faire une chose pareille. Ni à moi ni à Jay. Il n'était pas responsable de l'école, seulement de ses propres élèves.

— Pourquoi ne pas faire un recoupement ? Examiner la liste de ses étudiants, voir lesquels posaient problème, lesquels ont pu être retirés de l'établissement par des parents mécontents ?

Lorsqu'il releva les yeux vers Eve, elle lut du soulagement dans son regard. Quelque chose à faire, devina-t-elle, quelque chose de concret au-delà du chagrin.

— Je pourrais consulter mes archives. C'est faisable. Je serais ravi de le faire si cela peut vous aider.

— Ça nous serait utile. L'établissement dispose de labos et de professeurs de chimie.

— Bien sûr. Nous avons un labo pour les lycéens, un autre pour les collégiens. Et un autre encore pour les élèves les plus avancés. Mon Dieu, vous ne pensez tout de même pas… ?

— Nous devons tout vérifier, répondit Eve. Si vous voulez bien me fournir les noms des étudiants avancés et des professeurs concernés. Et, à partir de vos archives, les mêmes informations au moment de votre arrivée.

— Oui. D'accord. Il nous reste à régler les derniers détails de la cérémonie pour Kent. Ensuite, j'irai à l'école chercher les dossiers de l'époque.

— Nous pouvons le faire nous-mêmes si vous nous en donnez la permission. Nous aurons un mandat pour couvrir l'aspect légal et je pourrai charger la DDE d'accéder aux archives concernées. Idéalement, nous aimerions revenir vous parler après les avoir examinées.

— Laisse-la faire, Marty.

— D'accord. Faisons au mieux. Mes souvenirs ne sont pas aussi précis qu'ils le devraient.

— Vous avez beaucoup d'autres choses à l'esprit, fit remarquer Peabody d'une voix conciliante. Si d'autres souvenirs vous reviennent, n'hésitez pas à contacter l'une ou l'autre d'entre nous. Vous aurez peut-être pris des notes personnelles qui ne seront pas dans les dossiers officiels.

— J'ai fait ça à l'époque, bien sûr. Mais je...

Rufty se frotta la tempe comme pour chasser un blocage.

— C'est sur mon ancienne tablette. J'ai effacé tout le contenu quand je l'ai remplacée. Je pensais en faire don à quelqu'un. Mais n'est-ce pas toi qui disais, Greg, que rien n'est jamais tout à fait perdu si on sait comment chercher ?

— Tu l'as donnée à Ava. Ma fille, précisa-t-il pour Peabody.

— Elle l'a toujours ?

— Oui, certainement. Quelque part dans sa chambre.

— Si vous pouviez la retrouver, la DDE essaiera de récupérer les données effacées. Qui nous seront potentiellement utiles.

— Je vais veiller à ce qu'elle la retrouve. Je vous l'apporte ensuite ?

— Prévenez-nous simplement quand vous aurez remis la main dessus, proposa Eve. Nous enverrons quelqu'un la chercher.

— Si vous êtes en mesure de récupérer les données et avez besoin d'aide pour interpréter mes notes, je serai heureux de vous aider, déclara Rufty.

— Merci pour votre aide.

— Vous œuvrez au nom de l'amour de ma vie. Je ferai tout ce qui sera en mon pouvoir. Je tiens aussi à témoigner que votre Dr Morris s'est montré très délicat.

Les larmes lui montèrent de nouveau aux yeux.

— Tout le monde a été très prévenant, reprit-il. Je me demande s'il serait approprié de contacter Jay pour lui exprimer toutes mes condoléances... Peut-être que nous pourrions aussi nous rafraîchir mutuellement la mémoire à propos de ce semestre. Demain, éventuellement, après...

— Il nous a dit beaucoup de bien de vous. Je pense qu'il apprécierait.

— Dans ce cas, c'est ce que je ferai. Demain, après nos adieux à Kent.


Pendant que Peabody les raccompagnait, Eve passa un appel pour obtenir le mandat puis sortit son carnet.

Elle voulait les noms des étudiants de la promotion 2053 de l'académie Gold. Les noms des élèves – et de leurs parents – qui avaient été retirés de l'établissement durant le premier semestre de Rufty. La liste des enseignants et du personnel administratif employés à l'époque ; savoir qui était resté, qui était parti. Et celle de tous les élèves ayant été suspendus ou sanctionnés d'une quelconque manière durant cette même période.

L'élément déclencheur avait eu lieu à ce moment-là, estima-t-elle. Pourquoi, sinon, s'en prendre à Duran ? Tout découlait de cette passation de pouvoir.

Elle s'interrogea sur les administrateurs de l'école. Avaient-ils fait pression sur Grange pour qu'elle parte ?

Elle poursuivit sa prise de notes jusqu'à ce que Peabody revienne.

— Il faut identifier les professeurs de chimie. Et concentrons-nous d'abord sur les étudiants les plus âgés.

— Ce qui donnerait aujourd'hui quelqu'un de jeune, sorti de l'université depuis quelques années seulement, ou peut-être en troisième cycle. Genre, quoi, vingt-cinq ans ?

— Soit à peu près votre âge. Vous êtes trop jeune pour être flic, Peabody ?

— Certainement pas.

— Même chose pour le tueur.

Eve s'appuya contre le dossier de sa chaise, pensive.

— Quand j'étais encore simple patrouilleuse, j'ai dû courser un pickpocket. Au moment où je l'ai rattrapé, il a sorti un couteau et tenté de me taillader. Il avait dix ans. Par ailleurs, nous avons aussi un individu plus âgé dans notre viseur. Greenwald, l'ex de Grange.

— Il devrait être chez lui d'ici une heure, indiqua Peabody. Son appartement est situé sur Riverside Drive. Tout le dernier étage lui appartient.

— C'est que ça rapporte, les produits d'entretien. Voyez si Feeney peut nous envoyer McNab, si possible avec Callendar. Il est temps pour nous de retourner à l'école.

Eve repartit vers son bureau. Parce qu'elle prévoyait de passer à l'académie Gold avant de rendre une visite surprise à Greenwald puis d'aller éventuellement chercher la tablette, elle se munit d'un attaché-case dans lequel elle fourra tout le nécessaire pour terminer sa journée de travail chez elle.

— Ils nous retrouvent à la voiture, lui annonça Peabody quand Eve réapparut dans la salle commune. Callendar connaît un ancien étudiant sorti de Gold. Il a eu son diplôme après l'arrivée de Rufty ; ça pourrait nous faire une source d'infos en plus.

— Pratique.

— Oh, et on a eu des nouvelles du coureur nudiste.

— Ouf, je craignais de ne pas pouvoir en dormir de la nuit.

Sans se laisser démonter, Peabody reprit ses explications tout en entrant dans l'ascenseur.

— Il s'avère que c'est un vrai coureur. Un marathonien. Il a fait une réaction délirante à des médicaments prescrits pour une blessure, en conjonction avec un remède homéopathique qu'il avait pris. Résultat : il s'est entièrement désapé avant de détaler à toute vitesse.

— Vous voulez parier qu'il recevra une proposition de sponsor pour des vêtements sportifs ou des chaussures de running – voire les deux – d'ici ce soir ?

Peabody afficha une moue songeuse.

— Ce serait plutôt malin. Vous devriez en toucher un mot à Connors.

— Si j'y ai pensé, il a dû avoir l'idée avant même que ça se produise. Je vois déjà le slogan : « Le jogging Machin-Chose, la même sensation de liberté que si vous couriez nu. »

Peabody, surprise, éclata de rire.

— Hé, c'est bien vu !

— C'était servi sur un plateau d'argent.

Une fois dans le garage, elle se dirigea vers sa place de parking, où McNab et Callendar les attendaient déjà.

Pas de survêtement pour Callendar mais une tenue de geek avec chemise violette (pour s'accorder avec les mèches dans ses cheveux ?), pantalon baggy à pois, bretelles arc-en-ciel et baskets montantes violettes.

McNab, lui, avait combiné une chemise vert plutonium avec un baggy orange aux fines rayures du même vert, des aéroboots orange et une veste verte et souple presque luminescente qui descendait jusqu'à ses genoux.

Elle supposa que dans le monde des geeks, on pouvait parler de tenues coordonnées.

Ils portaient tous les deux un sac en bandoulière, sans doute garni d'appareils high-tech qui n'auraient pas tenu dans les nombreuses poches de leurs pantalons.

— Yo ! lança Callendar. Hé, Peabody, super les mèches rousses !

Peabody, ravie, secoua légèrement la tête.

— N'est-ce pas ?

Eve leva les yeux au ciel, McNab et Peabody échangèrent l'un de leurs petits frétillements de doigts entremêlés, puis tous les quatre s'entassèrent dans la voiture.

— On pourrait avoir un petit soda ? s'enquit Callendar depuis la banquette arrière.

— Servez-vous, répondit Eve.

Elle démarra et se dirigea vers la sortie.

— Le temps qu'on arrive, le mandat devrait être validé. Il nous faut les archives de 2053 et 2054, élèves, enseignants, personnel administratif. Il y a une forte probabilité pour que notre suspect numéro un soit une personne ayant travaillé ou étudié sur place à cette période. Il peut s'agir d'un parent ou d'un élève, d'un proche de l'équipe académique.

Tandis que les arômes chimiques des sodas sucrés envahissaient l'habitacle, Eve leur fit un résumé de la situation.

— D'après les éléments dont nous disposons à ce stade, l'ancienne directrice n'était pas très à cheval sur la discipline et laissait passer beaucoup de choses, trop occupée à faire rentrer de l'argent dans les caisses.

— Je confirme, lança Callendar entre deux bruyantes gorgées. Je suis pote avec un mec qui a étudié là-bas. On se connaît depuis un bail et je sais qu'il devait courir vite et raser les murs pour ne pas se faire cogner. Un jour, il ne les a pas rasés d'assez près et il s'est fait salement amocher. Il a dû avoir son diplôme en 2053 ou 2054. Ses parents ont pris rendez-vous, plus d'une fois, et voulaient même le transférer ailleurs, mais lui voulait terminer son année là-bas. Il bosse pour Connors maintenant.

Eve lui décocha un coup d'œil dans le rétroviseur.

— Vraiment ?

— Ouais. Il développe des jeux et il bosse pour Connors World depuis deux ans. Je pourrais lui demander de passer si vous voulez lui causer.

— J'aimerais lui causer, oui.

— Top. Je m'en occupe. On passait un max de temps ensemble à l'époque vu que, ben, on jouait aux mêmes jeux. Il est super futé et c'est un méga geek. Autant porter un écriteau disant « Tapez-moi dessus » aux yeux des brutes de l'académie. Ces petits cons voulaient qu'il pirate le serveur de l'école pour récupérer l'énoncé des contrôles ou qu'il fasse leurs devoirs pour eux, ce genre de choses. Vu que je faisais des arts martiaux, je lui ai montré deux ou trois techniques utiles. Ça l'a un peu aidé.

— Et l'école – l'administration – n'a rien fait ?
— D'après ce que j'en sais, non. Il y était entré en tant que boursier et il a été accepté ensuite au MIT, donc, comme je vous disais, il en a dans le crâne.
— Deux possibilités concernant Grange, l'ancienne directrice. Soit elle a décidé de trouver un nouveau poste en milieu d'année scolaire, soit elle a été poussée vers la sortie. Rufty, l'époux de la première victime, a débarqué et serré la vis. Ce qui n'a pas plu à certains. La deuxième victime est l'épouse d'un professeur qui s'est plaint de Grange et qui est ensuite parti enseigner à Columbia. Mais Rufty et lui se sont bien entendus durant le seul semestre où ils ont travaillé ensemble. D'après Rufty, des rumeurs couraient sur une liaison qu'aurait entretenue Grange, soit avec un membre de la faculté, soit avec le père d'un élève. Son mari a demandé le divorce à peu près au même moment. À lui aussi, on a prévu d'aller causer.

McNab avala une rasade de son soda.

— Vous la comptez parmi les suspects potentiels ? Grange ?
— Elle a déménagé pour East Washington. On vérifiera si elle a réservé des navettes pour se rendre ici ces derniers temps, même si le trajet est aussi faisable en voiture. Mais rien dans son pedigree n'évoque une quelconque affinité pour la chimie. En revanche, son ex-mari – son deuxième ex-mari pour être précise – est le P-DG de Tout Propre. Et la chimie, c'est leur rayon.

L'académie Theresa A. Gold se dressait sur quatre étages de briques patinées. Des caméras de sécurité surmontaient la double porte d'entrée.

Eve se gara sur une zone de livraison et alluma son panneau En service.

— Les cours sont terminés pour aujourd'hui, déclara McNab en scrutant la façade, debout sur le trottoir. Ça va faciliter les choses.

— Tu t'es déjà baladé dans un lycée après la fermeture ? demanda Callendar.

— Une ou deux fois, ouais.

— Ça fout un peu les jetons. Mais y a aussi un petit côté excitant, ajouta Callendar avec un sourire.

— Ils font aussi pensionnat, indiqua Eve. Les dortoirs occupent le dernier étage. Une partie de l'équipe administrative est présente vingt-quatre heures sur vingt-quatre.

Elle s'approcha de la porte, tenta de l'ouvrir et la trouva close. Elle envisagea de dégainer son passe-partout, juste pour le plaisir, mais se contenta de sonner.

— *Bienvenue à l'académie Theresa A. Gold. Nous sommes ouverts entre 8 heures et 15 heures, du lundi au vendredi, avec des classes spécialisées le samedi entre 9 heures et 14 heures. Les conférences et représentations sont annoncées sur notre site web. Si vous êtes venus pour un rendez-vous ou une visite programmés en dehors de ces horaires, veuillez indiquer votre nom et la personne que vous souhaitez rencontrer.*

« Bla-bla-bla », songea Eve.

— Lieutenant Dallas du NYPSD, annonça-t-elle à voix haute. Nous sommes ici dans le cadre d'une enquête de police. Vous pouvez informer la personne actuellement responsable des lieux.

Elle baissa les yeux vers son mini-ordinateur pour avoir confirmation que le mandat avait été validé.

— Nous disposons d'un mandat dûment émis pour entrer et perquisitionner les lieux.

— *Merci de patienter quelques instants. La directrice adjointe Myata a été informée.*

Il ne fallut pas longtemps pour que les portes se déverrouillent et s'ouvrent.

Une petite Asiatique toute menue aux cheveux d'un noir de jais coupés au carré leur tendit une main aussi délicate qu'une aile d'oiseau.

— Lieutenant Dallas. Je suis Kim Myata, directrice adjointe. Notre directeur, M. Rufty, m'a prévenue de votre venue. Entrez, je vous en prie.

L'impressionnant hall était décoré d'un grand sceau doré serti dans le sol de marbre blanc. Deux postes de sécurité étaient disposés sur les côtés. Le plafond s'élevait sur quatre étages, couronné d'un dôme en vitrail.

L'un des murs accueillait une immense vitrine garnie d'une multitude de prix et de récompenses. En face veillait le portrait grandeur nature de la bienfaitrice et fondatrice des lieux.

Aux yeux d'Eve, Theresa A. Gold – même décédée depuis un demi-siècle – avait l'air d'une femme particulièrement intimidante.

Malgré le décorum grandiose, le marbre blanc, les dorures et les récompenses dorées dans la vitrine, l'endroit avait une odeur d'école.

Sueur, peur, hormones et bonbons introduits en douce.

Eve n'en avait jamais été très fan.

— Nous partageons tous le chagrin du directeur, reprit Myata. Nous sommes prêts à vous apporter notre entière coopération dans votre enquête sur cette tragédie. J'espère n'avoir pas outrepassé mes responsabilités en accédant aux archives dont vous avez besoin, d'après ce que m'a dit le Dr Rufty.

— Nous allons prendre le relais. Elles sont dans son bureau ?

— Oui. Je l'avais gardé fermé à clé jusqu'à ce qu'il me contacte à ce sujet. J'ai ses mots de passe et lui les miens. Le Dr Rufty m'a également informée que sa fille a retrouvé une tablette dont vous aimeriez disposer. Elle va vous l'apporter ici.

— Nous pouvons envoyer quelqu'un la chercher.

— Je crois comprendre qu'elle est déjà en route.

— D'accord. Qu'elle la remette à la DDE lorsqu'elle arrivera.

— Je m'en assurerai. Est-ce possible d'avoir une copie du mandat au cas où des questions d'ordre légal se poseraient par la suite ?

— Peabody ?

— Je vous l'imprime.

— Merci. Suivez-moi, je vous prie. La plupart des élèves sont déjà rentrés chez eux, poursuivit-elle en tournant à gauche, vers les locaux administratifs aux parois de verre. Quelques étudiants sont encore à l'œuvre sur leurs projets, sous supervision. Les pensionnaires sont confinés aux troisième et quatrième étages, à moins d'avoir une permission pour sortir ou pour travailler sur un projet.

Elle les fit entrer à l'aide de sa carte magnétique.

Il y avait un long comptoir d'accueil, déserté à cette heure, un coin rassemblant plusieurs chaises en guise de salle d'attente et deux postes de travail.

— Le bureau du directeur est par ici.

Elles s'engagèrent dans un couloir silencieux et passèrent devant plusieurs portes, jusqu'au cœur administratif de l'école. Un trajet que les étudiants appelaient sans doute « la marche de la honte », « l'ultime épreuve » ou une autre expression haute en couleur.

Myata se servit de nouveau de sa carte pour ouvrir une porte dont la plaque indiquait : DIRECTEUR MARTIN B. RUFTY.

Il disposait d'un espace généreux comprenant une fenêtre aux stores baissés, un bureau face à la porte équipé d'une console de communication multiligne, deux ou trois photos encadrées de sa famille, des presse-papiers qui n'étaient pas de simples ornements et remplissaient leur rôle sur des piles de documents. Plusieurs étagères garnies de livres, un énorme panneau en liège décoré d'annonces et d'affiches diverses : pièces de théâtre, concerts, conférences, forum des sciences, journée des métiers et ainsi de suite.

Rufty avait installé des plantes en pot qui semblaient en pleine santé, un petit bar et un minuscule coin détente pour recevoir les visiteurs, plus douillet qu'intimidant.

— Si je peux faire autre chose...

Myata s'interrompit, les yeux embués de larmes.

— Pardonnez-moi. J'aimais beaucoup le Dr Abner.

— Vous étiez en poste quand le Dr Rufty est arrivé en tant que directeur ?

— Non. J'ai eu l'honneur de rejoindre son équipe deux ans plus tard. Le Dr Rufty est un excellent directeur, un excellent éducateur. Nous avons suspendu les cours de demain en l'honneur du Dr Abner et nous emmènerons les élèves qui le souhaitent à la cérémonie commémorative.

— Je suis certaine que le Dr Rufty appréciera cette attention, lui assura Peabody.

— Je l'espère. J'ai mis les archives que vous avez demandées sur son terminal. Je crois comprendre que vous pourriez avoir besoin d'en examiner d'autres. Ou de prendre son ordinateur. Il a donné sa permission. Puis-je faire autre chose pour vous, lieutenant ?

— À vrai dire, oui. La DDE va s'occuper de tout cela. Vous pourriez me faire visiter les lieux en attendant ?

— Bien sûr. Je serais heureuse de vous présenter notre établissement. Nous en sommes très fiers.

— Très bien.

Eve fit un signe discret à Peabody.

— Mon équipière ira visiter certaines salles de classe. Pour ma part, j'aimerais voir les labos.

— D'accord. Lequel voudriez-vous visiter en premier ?

— Commençons par le laboratoire de chimie.

— Il se trouve au deuxième étage. Les ascenseurs sont...

— Nous prendrons l'escalier, décréta Eve. Ça me donnera une meilleure vision des lieux.

— Outre nos bureaux administratifs, expliqua Myata en ouvrant la marche, le rez-de-chaussée accueille aussi notre gymnase et notre auditorium. Vous y trouverez également les salles de classe pour les élèves allant de la maternelle à la sixième, ainsi que la cafétéria.

Elles gravirent des marches lustrées par des décennies de passages incessants.

— Au premier étage, les classes allant de la cinquième à la terminale, nos labos d'informatique, une deuxième cafétéria, une salle des professeurs, une salle de travail, notre bibliothèque – à la fois numérique et traditionnelle – et notre salle de musique.

Le tout baignant dans le sentiment de vide et l'écho propres aux bâtiments publics en dehors des horaires d'ouverture. Les murs étaient décorés d'œuvres d'élèves, d'annonces publiées par l'administration, de posters pour le spectacle musical du printemps, le bal du printemps, le concert du printemps.

Élancés et alternativement peints en bleu marine et en doré – les couleurs officielles de l'école, supposa Eve –, les casiers métalliques étaient équipés de verrous à carte magnétique.

— J'ai entendu parler de l'école que votre mari et vous allez ouvrir. C'est pour bientôt, si j'ai bien compris ?

— Le mois prochain, *a priori*. Mais c'est surtout son projet à lui.

Myata sourit.

— C'est un geste bon et généreux d'offrir ainsi un endroit sûr pour apprendre, fréquenter d'autres jeunes, mûrir. J'enseigne les bases des mathématiques au rez-de-chaussée, aux élèves de CE1 et CE2. C'est très gratifiant.

— Je pensais que vous faisiez partie du personnel administratif.

— Oui, répondit Myata alors qu'elles entamaient la montée vers le deuxième étage. Mais cela fait partie des règles instaurées par notre directeur. Nous attendons des membres de l'administration qu'ils enseignent également au moins un cours par semestre. Le Dr Rufty lui-même enseigne l'histoire des États-Unis et coanime notre groupe de débats. Comment pourrions-nous administrer l'école si nous ne savons pas également enseigner ?

« Redonner un cap au navire, songea Eve. Les deux mains sur le gouvernail. »

— Vous l'admirez.

— Énormément. À cet étage se trouvent d'autres salles de classe, les laboratoires de sciences et d'informatique, notre espace dédié aux arts visuels et une petite bibliothèque et salle de lecture réservée aux étudiants en fin de cycle.

Elle marqua une pause.

— Nous offrons même une introduction à la chimie aux classes plus jeunes. Des savoirs de base, expérimentations et réactions chimiques élémentaires. Comme... mélanger du bicarbonate de soude et du jus de citron. Des choses très sûres, très simples, qui peuvent être réalisées par de petites mains.

— Je m'intéresse plus aux labos, aux programmes avancés.

Myata opina du chef, visiblement affectée.

— À cause de la manière dont le Dr Abner a été tué..., comprit-elle. C'est votre mission de chercher des réponses. Je peux seulement vous dire que personne dans cette école ne voudrait faire de tort au Dr Rufty. Et s'en prendre à son mari, c'est s'en prendre à lui.

— Jamais de difficultés, de problèmes, de désaccords ?

Myata s'autorisa un faible sourire.

— C'est le milieu académique, lieutenant. Il y aura toujours des scènes et des prises de bec. Nous travaillons avec des enfants, donc encore plus de scènes et de prises de bec. Mais c'est la tête au sommet qui donne le ton, n'est-ce pas ? Ici, le directeur. Nous sommes encouragés à nous écouter mutuellement, à trouver des solutions à nos différends et à toujours donner la priorité aux élèves. Gold est un endroit bienveillant.

» Mais vous vouliez voir les labos de chimie et je constate que les portes de M. Rosalind sont ouvertes.

Elles remontèrent le couloir pour s'arrêter devant une double porte ouverte. Eve découvrit un Noir de grande taille en chemise et cravate, avec des gants et des lunettes de protection. Il se tenait debout près d'une paillasse en compagnie d'un jeune d'environ seize ans avec plein de taches de rousseur sur le visage et une chevelure rousse en bataille.

Comme Myata, Rosalind arborait un brassard noir.

— Quelle est l'étape suivante, Mac ?
— Euh...

— Suis le protocole.

Le professeur acquiesça en voyant l'adolescent saisir une bouteille.

— Et de quoi s'agit-il ?

— C'est, euh, du peroxyde d'hydrogène. Euh. Eau oxygénée à trente pour cent ?

— C'est ça. Et que vas-tu faire avec ?

— Je vais, euh, ben, le verser dans l'autre bouteille.

— Quelle quantité ?

Le jeune homme se mordilla la lèvre inférieure et porta son regard vers l'écran.

— Cinquante millilitres.

Avec autant de précautions que s'il fabriquait une bombe, Mac versa la solution dans une bouteille opaque, accompagnant les dernières gouttes d'un soupir de soulagement.

— Maintenant ?

— Ça dit de la refermer. Avec ça ?

— Exactement.

— Il est tellement patient, murmura Myata.

Rosalind dirigea le garçon vers ce qui, aux yeux d'Eve, ressemblait à un sachet de thé.

— Décris-nous ce que tu fais, Mac.

— D'accord. Euh... J'ouvre le sachet de thé, je prends le truc...

— Quel truc ?

— Le... Les machins de thé.

— Les feuilles.

— Je sors les feuilles de thé. Après, il faut que je mette le, euh, l'i... l'io...

— Lis-le à l'écran.

— Ouais, euh, l'iodure de potassium dans le sachet vide.

— Quelle quantité ?

— Euh... Un quart de cuillère à café.

— Mesure-le.

Eve estima qu'à ce stade elle se serait déjà infligé une décharge de son propre pistolet paralysant, mais Rosalind demeurait là, tranquille, pendant que le garçon prélevait laborieusement la quantité voulue et l'ajoutait.

— Maintenant, je dois, euh, le refermer avec la ficelle mais elle doit rester assez longue pour la suspendre au goulot de la bouteille. J'ai bon ?

— Parfaitement. Vas-y.

Mac donna l'impression d'essayer d'attacher ensemble deux serpents venimeux mais finit par y parvenir.

— Là, je peux y aller et ouvrir la bouteille ?

— Tout à fait. Prends soin de pointer la bouteille vers l'extérieur. La sécurité avant tout, hein, Mac ?

Les dents toujours plantées dans sa lèvre inférieure, l'adolescent inclina la bouteille et retira le bouchon. Avisant la présence des deux femmes sur le seuil, Rosalind leur fit un clin d'œil.

— Dernière étape, Mac.

— Il faut que je mette le sachet de thé plein d'iodure dans la bouteille avec le peroxyde.

— Tout doucement.

Aux yeux d'Eve, même les glaciers devaient bouger plus vite que le gamin.

Quand enfin le sachet entra en contact avec le peroxyde, un grand nuage jaillit de la bouteille. Mac se fendit d'un immense sourire, comme s'il venait de réaliser une fission nucléaire ou quelque chose du même ordre. Et son professeur sourit avec lui.

— Ça le fait trop, monsieur Rosalind !

— Oui, c'est vrai que c'est cool. Maintenant, je voudrais que tu décrives par écrit l'expérience, ce que tu as utilisé, par quelles étapes tu es passé. Puis que tu expliques quelle réaction s'est produite. Vas-y, emmène ta tablette dans la salle d'étude et mets-toi au travail. Gants et lunettes, Mac, ajouta-t-il comme l'élève récupérait sa tablette.

— Ah, ouais...

Il retira ses protections pour les placer dans deux corbeilles étiquetées.

— Merci, monsieur Rosalind. Bonjour, madame Myata.

Myata entra alors que Mac ressortait prestement.

— Mac a des difficultés avec ses travaux pratiques ?

— Il est vite perdu et il se débrouille mieux en tête à tête. Je doute qu'il mène une carrière scientifique mais il s'en sortira bien avec ce cours. Bonjour, dit-il en s'approchant d'Eve pour lui serrer la main. Ty Rosalind.

— Lieutenant Dallas.

Son sourire s'estompa.

— Oh. Kent. Nous sommes encore tous sous le choc.

— Vous aviez un lien amical avec le Dr Abner ?

— Oui. Je l'avais convaincu de venir partager son expérience avec certains de mes élèves les plus âgés qui prévoient de faire médecine. Il trouvait toujours le temps de venir.

— Depuis combien de temps enseignez-vous ici, monsieur Rosalind ?

— Ça fait trente-sept ans. Voire trente-huit si on compte l'année où j'étais assistant pédagogique.

— Vous faisiez donc partie de l'équipe à l'époque où Lotte Grange était directrice.

— Oui. Martin est le quatrième directeur avec qui je travaille.

« Martin », plutôt que le titre formel de « directeur Rufty », nota Eve.

— Le Dr Rufty a mis de nombreux changements en place à son arrivée, embraya-t-elle sans attendre.

— Oui, c'est vrai. Pardon, voulez-vous vous asseoir ? Kim, il me reste quelques sachets qui contiennent encore du thé.

— Oh, merci, mais je devrais sans doute vous laisser discuter. Je peux vous attendre dans la salle des professeurs jusqu'à ce que vous soyez prête à redescendre, lieutenant.

— Je saurai retrouver mon chemin toute seule, merci. Vous m'avez été d'une grande aide.

— Si vous avez besoin de moi pour quoi que ce soit d'autre, je suis disponible. À demain matin, dit-elle à Rosalind.

— Et vous ? Vous voudriez goûter un peu de ce thé ? demanda-t-il à Eve.

— Pas le moins du monde, répondit-elle.

Mais elle entra et parcourut attentivement les lieux du regard.

# 12

C'était un espace vaste et bien organisé avec, à l'entrée, un bureau installé devant un tableau noir à l'ancienne face à un grand nombre de paillasses et plans de travail équipés d'écrans, d'ordinateurs et de tabourets plutôt que des chaises.

Béchers, éprouvettes, bouteilles et becs Bunsen étaient prêts à servir.

— Votre labo est bien équipé, monsieur Rosalind.
— On peut le dire. C'est l'un de nos trois laboratoires de chimie. Nous en avons un plus petit à ce même étage pour les expérimentations plus avancées. Les étudiants doivent faire leurs preuves avant de suivre ce cours.
— C'est aussi vous qui l'enseignez ?
— Oui.
— Qui commande les produits chimiques, l'équipement ?
— En tant que professeur principal de cette section, c'est moi qui transmets les demandes à l'administration. Vous pensez que quelqu'un de l'école aurait fait ça à Kent ? Les infos dans les médias n'étaient pas très précises mais indiquaient clairement l'usage d'un agent toxique... Si ça ne vous

dérange pas, je vais m'asseoir. J'ai passé la journée debout.

Il se posa sur un tabouret, soupira.

— Sans savoir quelle substance a été utilisée, je ne pourrais pas vous dire si elle a pu être fabriquée ici.

— Vous avez des produits toxiques en stock ?

— Nous aurions en tout cas la possibilité d'en créer. Comme vous l'avez vu, même avec quelque chose d'essentiellement amusant comme l'effet de nuage – la libération d'oxygène – que j'ai fait faire à Mac, nous prenons nos précautions. Et tous les produits, même aussi basiques que cette eau oxygénée, sont mis sous clé quand je pars. Le labo est également fermé à clé quand personne ne l'utilise.

— Et si vous me disiez où vous étiez le soir précédant la mort du Dr Abner ? Afin que la question soit réglée.

— La veille au soir ? Facile, ma femme et moi sommes allés dîner chez mon fils pour fêter l'anniversaire de la plus âgée de nos petits-enfants. Elle a quinze ans. D'ailleurs, Meris est scolarisée ici. Et elle a à peine eu la moyenne au module de chimie de base, ajouta-t-il avec un sourire. Elle s'intéresse plus au théâtre. Elle joue dans la comédie musicale du printemps. Ce soir-là, elle avait une répétition après les cours, comme ce soir, donc je l'ai attendue pour la ramener chez elle. J'ai retrouvé ma femme sur place. Nous ne sommes repartis que vers 22 h 30.

— Et ensuite ?

— Nous sommes rentrés à pied, Lilliana et moi. C'était une belle nuit et nous ne sommes qu'à quelques rues. Et puis... il y avait eu le gâteau d'anniversaire, ajouta-t-il en se tapotant le ventre. J'ai corrigé quelques copies au lit pendant que Lilliana lisait. Extinction des feux vers 23 h 30.

— D'accord.

— Je considère Kent et Martin comme des amis. Je considérais Kent comme un ami.

Il tourna la tête vers les fenêtres, vers le ciel d'un beau bleu printanier.

— Nous allions souvent courir ensemble le week-end, lui et moi, quand nos plannings s'accordaient.

Eve s'assit à son tour.

— Parlez-moi de Lotte Grange.

Il soupira de nouveau.

— Trente-sept ans sur place, quatre directeurs. J'ai vu tellement d'élèves arriver hauts comme trois pommes et ressortir en tant que jeunes hommes et jeunes femmes. Je trouve toujours satisfaction à aider quelqu'un comme Mac – si aisément distrait, si peu sûr de lui – à connaître un moment de triomphe et de fascination grâce à la science.

— J'ai pu le constater, en effet. Mais ça n'a rien à voir avec Grange.

— D'une certaine façon, si. Chaque directeur instaure une ambiance, impose sa marque, offre une vision. Grange était ambitieuse – avec de vraies raisons de l'être – et au départ j'ai pensé que sa capacité à courtiser de grandes fortunes ne pourrait qu'être bénéfique pour l'école. Elle n'était pas enseignante – en tout cas le métier ne l'intéressait plus – et en soi, ça donne déjà le ton, n'est-ce pas ?

— À vous de me le dire, rétorqua Eve.

— Oui. Elle était fiable en tant que directrice adjointe. Pas aussi compétente que notre Kim, qui est un véritable trésor, mais fiable. Et quand elle a repris les commandes, elle paraissait à la hauteur de la tâche. Mais il n'a pas fallu longtemps pour que ça change, selon moi.

— De quelle manière ?

— La quête de généreuses contributions, que j'évoquais plus tôt, a pris le dessus. Si un ou une élève avait de riches parents pour couvrir ses arrières, il est vite devenu clair qu'il n'y aurait que peu de conséquences, voire aucune, en cas de comportement déplacé, de devoir non rendu ou de mauvaises notes. Des factions se forment souvent dans ce genre de situation. Action – ou inaction – et réaction. Certains élèves, souvent des gens comme Mac, ont été victimes d'embuscades, d'humiliations, d'agressions en bande. Et cela impunément, ou avec des mesures disciplinaires de façade.

Il dévisagea Eve, la tête penchée sur le côté.

— Tout cela n'a pas l'air de vous surprendre. Vous étiez déjà au courant.

— Avez-vous connu Jay Duran à l'époque où il enseignait ici ?

— Bien sûr. Nous n'enseignons pas les mêmes matières mais les professeurs se connaissent entre eux. Vous l'avez rencontré ? Il enseigne à Columbia aujourd'hui. Ou plutôt c'était le cas la dernière fois que nous nous sommes parlé.

— Ça remonte à quand ?

— C'était en décembre. Certains d'entre nous aiment à se retrouver à l'occasion, au moment des fêtes.

« Il n'est pas au courant », estima Eve.

— La femme de M. Duran a été tuée ce matin.

— Quoi ?

Il se redressa d'un bond, choqué.

— Mais... Comment ? Attendez... Non. La même chose ? C'était la même chose ?

— Oui.

Il se plaqua les mains de chaque côté du visage.

— C'est horrible.

— Qui ici, parmi les élèves ou les employés, au moment de la fin de l'ère Grange et au début de celle de Rufty, n'appréciait pas les changements et avait de solides aptitudes dans la matière que vous enseignez ?

— Mon Dieu, je ne sais pas, je ne vois pas qui... La femme de Jay – son nom m'échappe sur l'instant – n'avait rien à voir avec l'école.

— M. Duran s'était plaint de Grange, avait dénoncé la triche, le harcèlement et ainsi de suite.

— Moi aussi, ainsi que beaucoup d'entre nous. Quel rapport avec... ?

Il avait l'esprit vif. Eve vit le déclic se faire sous son crâne.

— Ma femme, ma famille !

— Je vous recommanderais de dire à votre femme et aux membres de votre famille de ne pas ouvrir d'éventuels colis. Vous pourrez nous signaler toute livraison.

Elle sortit une carte de visite et la posa sur le plan de travail.

— Nous la ferons vérifier par nos équipes.

— Je ne comprends pas comment quelqu'un pourrait... Je le saurais si on utilisait mes labos. Si quelqu'un accédait aux produits chimiques, à l'équipement, je le saurais. Il y a eu quelques soucis, durant la dernière année de Grange et les premières semaines avec Martin.

— C'est-à-dire ?

— Cartes magnétiques subtilisées puis clonées, utilisation des labos et des fournitures pour fabriquer des boules puantes, des fumigènes ou des bombes aveuglantes.

— Vous avez les noms des concernés ?

— Je n'ai pas pu les identifier. Je n'avais pas assez de preuves pour désigner les coupables. Que des suspicions. J'avais prévu de prendre entre quatre yeux les élèves susceptibles d'avoir participé ou de savoir qui était derrière tout ça. Grange a mis son veto.

Parce que je n'avais pas de certitudes, elle refusait de voir des élèves – et surtout leurs parents – embarrassés à tort.

— Priorité à la préservation des profits ? suggéra Eve.

— C'est ma conviction, répondit sans hésiter Rosalind. Martin, lui, a pris les choses en main. Comme le problème perdurait après son arrivée, il a rassemblé l'ensemble du personnel et des élèves et lancé un avertissement. Tout élève impliqué serait automatiquement suspendu. Tout élève cherchant à couvrir un élève impliqué perdrait certains privilèges : plus de sport, plus d'activités périscolaires.

— Les agissements ont cessé ?

— Pas tout de suite, non. Mais je vous en donne une parfaite illustration : avant le départ de Grange, l'un des élèves avait été agressé physiquement parce qu'il refusait de tricher. Ses parents avaient réclamé un rendez-vous avec Grange, mais celle-ci avait mis l'affaire sous le tapis sous prétexte que le garçon n'osait pas donner de noms. Les parents sont revenus après l'arrivée de Martin. Il a eu un entretien en privé avec eux, puis avec d'autres parents et élèves ayant des griefs à exposer. Au bout du compte, onze élèves ont été suspendus. Ça a bardé du côté des parents concernés. Martin a circonscrit les dégâts mais nous savions tous que ça bardait pour lui. Plusieurs des étudiants suspendus ne sont pas revenus.

— Leurs noms ?

— Honnêtement, là, tout de suite, ça ne me revient pas. Je suis un peu déboussolé. Mais c'est forcément dans nos archives.

— Je suis en train de les récupérer. Vous rappelez-vous si certains des élèves en question avaient un don pour la chimie ?

— Le garçon qui avait été agressé. Miguel… Je ne me rappelle pas son nom de famille. Mais il a fini par suivre mon cours avancé. Il était entré ici grâce à une bourse et il est ensuite allé… euh… Mince. Au MIT, je crois, où il a remporté plusieurs bourses. Il y avait aussi Kendel Hayward, une enfant gâtée, et toujours prompte à humilier les autres. Elle est revenue et a paru s'assagir.

— Elle était impliquée dans l'agression ?

— Je ne crois pas. D'après la rumeur, il s'agissait de deux garçons – peut-être trois – qui voulaient que Miguel fasse leurs devoirs à leur place. Elle faisait sans doute partie de leur groupe, cela dit, ajouta Rosalind, qui réfléchissait à haute voix. Elle traînait avec des élèves difficiles. J'ai eu l'impression que ses parents lui avaient adressé un ultimatum. Elle faisait un travail satisfaisant dans mon cours, avant comme après. Mais après, elle a mis son insolence en veilleuse.

» Il y en avait d'autres. Désolé, ma mémoire me joue des tours… Kendel était proche de l'un des garçons. Ou peut-être de plus d'un.

— Votre témoignage m'a été très utile. Je trouverai le reste dans les archives. Mais si des noms ou des détails vous reviennent, contactez-moi.

— Comptez sur moi. Je dois appeler ma femme. S'il est arrivé quoi que ce soit… Jay et moi n'étions pas les seuls à nous être plaints.

— Compris, dit Eve.

Elle repartit vers la sortie, marqua un temps d'arrêt.

— Pensez aussi aux employés. Professeurs, membres du personnel administratif ou encadrant, toute personne qui aurait pu recevoir un avertissement ou une sanction de la part du Dr Rufty, toute personne partie durant le premier semestre ou qui ne serait pas revenue à l'automne.

— D'accord. Je ferai de mon mieux.

Eve redescendit en prenant le temps d'errer un peu à travers les locaux.

Elle retrouva Peabody, qui faisait de même au rez-de-chaussée.

— Je suis montée jeter un coup d'œil aux étages des dortoirs, indiqua-t-elle à Eve. Comme je vous ai entendue parler au type dans le labo, j'ai simplement visité rapidement le premier étage, puis ici. Je suis passée par l'auditorium. Ils sont en pleine répétition pour leur spectacle musical. Ils sont très bons, d'ailleurs.

— Vos impressions en dehors de ça ?

— Une machine bien huilée.

— Même chose pour moi. La DDE ?

— Ils devraient en avoir terminé. Puisqu'on disposait d'un mandat, ils ont voulu qu'on récupère aussi les archives du conseiller d'éducation et du précédent directeur adjoint. Il a pris sa retraite à soixante-dix-sept ans, lors de la quatrième année de Rufty, et déménagé en Louisiane où enseigne sa petite-fille.

Pendant que Peabody parlait, Myata était ressortie de l'aile administrative en compagnie de la DDE.

— Vous avez tout ce qu'il vous faut dans l'immédiat ? demanda-t-elle à Eve.

— Inspecteurs ?

— Nous avons des copies de toutes les archives accessibles, répondit Callendar. Ainsi que la tablette. L'ancienne tablette du Dr Rufty.

— S'il vous faut quoi que ce soit d'autre, n'hésitez pas à me contacter.

Une fois qu'ils furent ressortis, Eve exposa son plan pour la suite.

— À ce stade, nous ne savons pas avec certitude quels membres de l'équipe pouvaient faire partie du groupe qui critiquait Grange au moment de l'arrivée de Rufty. Or chacun d'eux constitue une cible potentielle pour le tueur. Nous allons donc informer tout le monde – l'ensemble du personnel – sur le risque associé à la réception et à l'ouverture de colis. Peabody, prenez-en la moitié, je m'occupe des autres.

— Ça irait plus vite si on les divisait en quatre, proposa McNab.

Il échangea avec un regard avec Callendar, qui répondit par un hochement de tête.

— D'accord. Peabody, répartissez-les. Je veux une liste de l'ensemble mais indiquez qui d'entre nous contactera qui. Je vous ramène au Central. Puis je remonterai vers les quartiers chics pour interroger le mec friqué.

— Je peux vous accompagner et prendre le métro au retour.

— Je préférerais que vous vous mettiez tout de suite au travail là-dessus. D'ailleurs, envoyez la liste sur mes terminaux, y compris celui de la voiture. Je m'occuperai des dix premiers pendant le trajet. Je doute que quiconque reçoive l'un de ces fichus œufs d'or ce soir, mais couvrons bien tout le monde.

— J'ai également les copies que vous vouliez, dit McNab en lui remettant une petite pochette. Nous avons utilisé des disques séparés pour la faculté, les élèves, l'équipe administrative et le personnel d'appui.

— Beau boulot. Mettons-nous au travail.


Une fois le trio et leurs sodas (qu'ils étaient, semblait-il, capables de boire sans jamais se lasser) déposés, elle prit la direction des beaux quartiers. Étant donné l'heure, la densité du trafic et l'entretien potentiel qui s'ensuivrait, elle estima qu'elle arriverait tard chez elle.

Elle envoya un rapide texto à Connors depuis sa montre.

*Toujours au travail. Je rentrerai tard.*

Elle eut le temps de se frayer un chemin jusqu'à Midtown avant que la réponse lui parvienne.

*Moi aussi.*

« D'accord, se dit-elle. Ça équilibre les choses. »

Après les heures de boulot qu'elle venait d'abattre, et celles qui l'attendaient encore, elle eut une sorte de pincement au cœur au moment de se détourner du chemin de leur domicile pour se diriger vers Riverside Drive.

Dans la lumière du crépuscule, l'immeuble de Greenwald ressemblait à une tour en or massif. Des escaliers roulants sinuaient autour des premiers étages et des ascenseurs en verre brillant glissaient et serpentaient le long des façades nord et sud.

Eve se gara devant l'entrée ménagée dans une immense paroi de verre haute de trois étages et se prépara à affronter le portier en uniforme qui se précipitait déjà à sa rencontre.

Au lieu de quoi il lui ouvrit la portière avant qu'elle puisse le faire et la salua en souriant.

— Bonsoir, lieutenant. Que puis-je faire pour vous ?

D'accord. Connors était donc le propriétaire de l'immeuble.

— Reginald Greenwald.

— Bien sûr. Il me semble que M. Greenwald est actuellement chez lui. Carl, à l'accueil, vous fera entrer. En vous souhaitant une agréable visite de la tour Hudson.

— C'est ça.

Il la devança jusqu'à la porte et actionna un senseur qui fit coulisser le vaste panneau de verre devant elle. Elle devait admettre que c'était impressionnant, de même que le hall d'entrée en mezzanine avec ses boutiques haut de gamme, cafés, bars et restaurants. Elle s'avança sur le sol décoré d'une mosaïque représentant un cours d'eau d'un beau bleu serein, passa devant l'îlot central de fleurs d'un banc neigeux entourant un petit bassin où s'ébattaient des poissons rouges aux écailles scintillantes.

Elle prit note du grand escalier en arc de cercle menant à l'étage, du groupe d'ascenseurs intérieurs – en verre eux aussi – et de la présence discrète de nombreux agents de sécurité, à la fois humains et électroniques.

Elle s'approcha de la réception où Carl, quinquagénaire distingué dans un uniforme noir des plus chics, l'accueillit avec un grand sourire.

— Bienvenue à la tour Hudson, lieutenant. Vous venez rendre visite à M. Greenwald ?

Le portier avait donc fait remonter l'information. Efficace. Mais avec Connors, il ne pouvait en être autrement.

— C'est bien ça.

— M. Greenwald est actuellement à son domicile. Dois-je vous annoncer ?

— Non. Laissez-moi simplement monter.

— Mais bien sûr, répondit Carl sans la moindre hésitation. M. Greenwald occupe le cinquante-sixième étage. Laissez-moi vous escorter vers l'ascenseur adéquat.

Il contourna la réception et la conduisit vers un deuxième hall plus petit aux parois réfléchissantes décorées de tubes en verre garnis de fleurs étrangement belles aux teintes rose pâle et lavande.

Carl se servit de sa carte magnétique pour accéder à l'un des trois ascenseurs.

— Greenwald, commanda-t-il à l'ordinateur. Entrée principale.

Il sourit de nouveau à Eve.

— En vous souhaitant une agréable visite. N'hésitez pas à me faire savoir s'il vous faut quoi que ce soit d'autre.

— D'accord. Merci.

Les portes se refermèrent en silence sur une cabine qui, heureusement, n'était pas en verre. Pas transparent, en tout cas, car les parois lisses laissaient paraître un discret lustre doré.

Elle apprécia que la montée se fasse en douceur et que l'ascenseur ne s'arrête qu'une fois au sommet.

— *Domicile de M. Greenwald*, indiqua l'ordinateur quand les portes s'ouvrirent.

À cet étage, la moquette était épaisse et d'un gris argenté. Eve constata que l'ascenseur débouchait dans un espace central, à quelques pas d'une double porte blanche. Une entrée équipée de mesures de sécurité dignes d'un coffre-fort bourré de lingots d'or.

Elle s'approcha de la porte et sonna.

— *M. Greenwald n'accepte pas les visites à l'improviste. Merci de retourner à l'accueil pour faire valider votre accès.*

— Ce n'est pas une simple visite, dit Eve en levant son insigne devant le scanner. Je suis de la police, ici dans le cadre d'une enquête officielle.

— *Un instant, je vous prie.*

Elle garda son insigne levé devant le faisceau lumineux du scanner pendant que la caméra de la porte filmait son visage. Et, supposa-t-elle, que l'ordinateur informait Greenwald que le NYPSD était à sa porte.

— *Votre pièce d'identité a été vérifiée, lieutenant Dallas. Veuillez patienter.*

Eve attendit jusqu'à ce que la porte s'ouvre.

La femme sur le seuil avait dans les vingt-cinq ans. Elle était d'une pâleur laiteuse, avec une peau parfaite, une élégante cascade de cheveux couleur de miel chaud, des yeux bleu arctique et de larges lèvres maquillées dans un rose pastel proche de celui des fleurs cinquante-cinq étages plus bas.

— Entrez, je vous en prie. Merci d'avoir patienté.

Son anglais soigné était teinté d'un léger accent d'Europe de l'Est. Les petits diamants à ses oreilles scintillèrent quand elle recula dans l'entrée flanquée de statues de nus artistiques féminins aux visages des plus sévères.

— Je suis Iryna, l'assistante personnelle de M. Greenwald.

Elle eut un geste gracieux de la main en direction du séjour. Lequel comprenait trois coins salon, tout en couleurs douces et dignes avec des tables et des commodes de verre transparent ou poli. De lourds rideaux recouvraient ce qu'Eve supposa être des portes-fenêtres donnant sur une terrasse. Les toiles aux murs, qui alternaient avec des miroirs aux cadres sophistiqués, optaient pour un style classique et sobre à base de natures mortes, fleurs dans des vases et bols de fruits.

La pièce donnait l'impression d'être rarement usitée.

— Si vous voulez bien vous asseoir, M. Greenwald vous rejoindra dans quelques instants. Aimeriez-vous un rafraîchissement ?

— Non, merci.

« Assistante personnelle, tu parles », songea Eve.

À moins que l'on ne parle d'une forme d'assistance très, très personnelle.

— Vous habitez ici ? À cet étage ?

— Oui. Je reste disponible à tout moment pour M. Greenwald.

« Je n'en doute pas. »

— Depuis combien de temps travaillez-vous pour lui ?

— Cela fait maintenant trois ans.

— Ce qui correspond à peu près à la date de votre arrivée dans le pays ?

— Oui. Je devrais...

— Connaissez-vous l'ex-femme de M. Greenwald ? Lotte Grange ?

— Je suis désolée, non.

Le soulagement se lut sur le visage de la jeune femme à l'arrivée de Greenwald.

— Lieutenant Dallas, voici M. Greenwald.

— Oui, Iryna, ce sera tout.

La petite tape familière qu'il lui donna indiquait clairement que l'assistance qu'elle lui prodiguait était des plus personnelles. Et c'était voulu.

Il avait un verre de whisky à la main et en proposa un à Eve.

— C'est vous, le flic de Connors.

Il avait une voix tonnante, presque badine, en accord avec sa crinière ondulée couleur d'étain, ses yeux foncés à l'expression amusée et son bouc parfaitement taillé.

Solidement bâti et approchant le mètre quatre-vingt-dix, il s'était habillé pour passer une soirée tranquille chez lui : pantalon de toile et sweat-shirt d'une couleur proche de celle de ses cheveux.

Il s'installa sur un sofa gris à haut dossier et lui fit signe de s'asseoir avant de se caler contre le dossier, parfaitement à son aise. L'air amusé, il tapota le coussin à côté de lui à l'intention d'Iryna.

Celle-ci s'y posa avec raideur, visiblement mal à l'aise.

— Et qu'est-ce qui amène le flic de Connors jusque chez moi ?

— Je suis un flic du NYPSD, monsieur Greenwald, et c'est un meurtre qui m'amène jusque chez vous.

Iryna laissa échapper un petit cri de souris. Greenwald haussa les sourcils.

— Qui a été tué ?

— Kent Abner, Elise Duran.

— J'ai bien peur de ne pas connaître ces pauvres gens.

— Les deux ont été tués par un agent chimique de fabrication artisanale. Vous-même vendez des produits chimiques.

Il haussa un peu plus les sourcils puis reprit une expression neutre et but une gorgée de whisky.

— Je vends des produits d'entretien. Je doute que vous rendiez visite à tous les citoyens de la ville associés de près ou de loin à des produits chimiques.

— Les deux victimes avaient un lien avec votre ex-femme.

— Laquelle ? demanda-t-il avec un petit sourire. J'en ai deux.

— Lotte Grange.

— Lotte ? Ça, c'est intéressant. Elle fait partie des suspects ?

— Le Dr Grange et vous étiez mariés à l'époque où elle dirigeait l'académie Theresa A. Gold.

— Pendant quelques années, oui. Nous sommes divorcés depuis plus longtemps que nous n'avons été mariés.

— Quand l'avez-vous vue ou lui avez-vous parlé pour la dernière fois ?

— Le jour de la finalisation de notre divorce, en présence de nos avocats. Pour ce que j'en sais, elle habite à East Washington. La vérité est que mon mariage avec Lotte n'a été qu'une brève mésaventure dans le cours de ma vie. Même si nous ne nous sommes pas séparés à l'amiable, j'ai cessé de lui accorder la moindre pensée dès la fin de ladite mésaventure.

— C'est vous qui y avez mis un terme.

— En effet. Iryna, très chère, tu veux bien aller me resservir ?

— Bien sûr.

Elle se leva immédiatement, prit le verre et s'éloigna rapidement sur des talons qui mettaient en valeur ses jeunes et jolies jambes.

— Pouvez-vous me dire où vous étiez hier au soir et le soir du 27 avril ? Entre 22 heures et 23 heures.

— Eh bien...

Il haussa de nouveau les sourcils mais les yeux en dessous s'étaient durcis.

— Tout cela prend une tournure si officielle. Je suis tenté de contacter mon avocat mais, pour l'instant, j'avoue que cela m'amuse. Hier soir, c'est nous qui nous sommes amusés. Un dîner pour six personnes. Nous avons commencé à manger à 20 heures. Le dernier invité a dû partir aux alentours de 23 heures. Pour ce qui est du 27 avril...

Il sortit de sa poche un petit carnet.

— Ah oui. Nous étions à Chicago, deuxième soirée d'un voyage d'affaires de deux jours.

— « Nous » ?

— Iryna et moi, répondit-il dans un sourire. Ce qu'elle m'apporte est inestimable.

— Je n'en doute pas. Vous arrive-t-il de visiter les labos de votre entreprise, monsieur Greenwald ?

— À l'occasion. J'essaie de faire une apparition de temps à autre dans l'ensemble de nos services. C'est bon pour les relations interpersonnelles. Après tout, c'est mon grand-père qui a fondé l'entreprise. Et avant que vous me posiez la question : je n'y connais pas grand-chose en chimie, pas plus qu'en matière de solutions biologiques. Pour quelle raison, selon vous, tuerais-je des gens que je ne connais même pas ?

— Kent Abner était l'époux de Martin Rufty. Le même Dr Rufty qui a remplacé votre ex-femme à son poste de directrice.

— Rufty, oui. Je vois de qui il s'agit.

L'intérêt se lisait de nouveau sur ses traits.

— Je ne l'ai jamais rencontré en personne. Mais il m'était plutôt sympathique étant donné que Lotte ne l'aimait pas du tout.

— Vraiment ?

— J'ai eu le sentiment qu'il était très critique à son égard.

Il prit le verre que lui rapportait Iryna et tapota de nouveau le coussin à côté de lui.

— Lotte n'accueillait pas très bien la critique. Sans doute pas plus aujourd'hui, d'ailleurs. Bien sûr, à l'époque, elle et moi avions nos propres... difficultés.

— C'est-à-dire ?

— Peut-être devrais-je vous laisser ? proposa Iryna.

— Ne sois pas ridicule, répondit Greenwald en posant une main possessive sur sa cuisse. Lotte et moi nous sommes mariés sur un coup de tête. Un coup de tête sexuel, en l'occurrence. C'était – et là aussi, j'imagine que c'est toujours le cas – une créature éminemment sexuelle. J'aime les créatures sexuelles. Elle avait également un physique remarquable, un esprit affûté, de l'ambition. L'argent n'était pas un sujet en soi, puisqu'elle avait ses propres ressources. J'en avais plus, considérablement plus, et ça lui plaisait.

Il leva son verre, esquissa un toast à l'intention d'Eve, puis but une gorgée.

— Nous avions un arrangement. Si l'un de nous décidait d'avoir des relations sexuelles en dehors du mariage, cela se ferait avec discrétion et en prenant soin d'obtenir l'assentiment de l'autre au préalable.

— Un accord qu'elle n'a pas respecté.

— Exactement. J'ai reçu une enveloppe avec des photos, disons, compromettantes de Lotte.

— Avec qui ?

— Je ne saurais pas vous le dire. L'homme avait la tête tournée ou ses traits étaient plongés dans une ombre fort à propos pour lui. Quand je lui en ai parlé, elle a fait comme si c'était sans importance. Quelle différence cela pouvait-il faire ? Une énorme différence, à mes yeux. Elle avait rompu notre accord. Il était clair que notre mariage allait prendre fin mais nous sommes tombés d'accord pour le faire, eh bien, avec discrétion, là aussi.

Il reprit un peu de whisky.

— Elle s'est mise en quête d'un nouveau poste. Elle a vécu ici pendant quelques mois mais nous vivions alors séparés, comme vous pouvez l'imaginer. Elle désirait un règlement financièrement avantageux pour elle ; je n'étais pas enclin à le lui concéder. Nous nous sommes disputés à ce sujet mais quelque chose clochait. Elle s'emportait, parlait d'une voix perçante, se montrait nerveuse. J'ai fini par comprendre que l'un des professeurs l'avait surprise en pleins ébats avec un autre enseignant. Un vrai petit scandale, semble-t-il.

— Leurs noms ?

— Aucune idée.

Il relâcha la cuisse d'Iryna et balaya la question d'un geste de la main. Puis il reposa ses doigts sur la cuisse de la jeune femme, un peu plus haut que précédemment.

— Je m'en moquais. Elle voulait un poste à East Washington et un confortable coussin de sécurité. Elle m'a fait remarquer que j'avais eu des liaisons, que notre accord n'était pas formalisé par écrit. Elle a menacé de m'envoyer devant les tribunaux, de jouer les épouses blessées et de veiller à ce que mon nom de famille soit traîné dans la boue. Ce qu'elle aurait fait. Cela valait la peine de dépenser quelques millions pour y mettre fin... et être débarrassé d'elle.

— Et les deux enseignants ?

— Comme je vous le disais, elle voulait ce poste. Et une fois qu'elle avait une idée en tête, il n'y avait pas grand-chose qui puisse l'arrêter. Elle leur a dit à tous les deux qu'elle contacterait la police, ainsi que les administrateurs de l'école, et porterait plainte pour agression sexuelle. Qu'ils feraient mieux de rester muets et qu'elle serait partie d'ici quelques semaines.

Il haussa les épaules et but.

— Pour ce que j'en sais, c'est ce qu'ils ont fait, puisqu'elle est partie pour East Washington juste avant le jour de l'An. J'ai demandé le divorce, comme nous en étions convenus, et lui ai versé la somme prévue. Elle est revenue pour finaliser l'accord et je n'ai plus eu aucun contact avec elle depuis.

— Vous avez toujours les photos ?

Il parut à la fois surpris et amusé par la question.

— Pour quoi faire ? Je les ai conservées, au cas où, jusqu'à ce que le divorce soit prononcé. Puis je les ai détruites. Une brève mésaventure, lui rappela-t-il en levant de nouveau son verre à son intention. Et comme nous avons profité d'une vie intime très satisfaisante le temps que ça a duré, je dirais que le coût en était justifié.

Il but.

— Surtout si l'on y ajoute la précieuse leçon qu'elle m'a enseignée. Le mariage est pour les imbéciles. Pourquoi formaliser et compliquer ce dont on peut simplement profiter ?

Il se tourna pour embrasser la joue d'Iryna.

— N'ai-je pas raison, ma douce ?

— Si, monsieur Greenwald.

Il rit et lui serra brièvement la cuisse.

— N'est-elle pas adorable ?

— Merveilleuse. Iryna, où étiez-vous la nuit dernière ?

Elle pinça les lèvres, échangea un regard avec Greenwald.

— Vas-y.

— Nous avons... avions un dîner. Cocktails et amuse-bouches entre 19 heures et 20 heures. Puis le dîner à 20 heures, avec des conversations entre invités. Café et brandy à 22 heures.

— D'accord.

Eve se leva.

— Merci de m'avoir accordé de votre temps.

— Je vous raccompagne.

Comme elles arrivaient à l'entrée, Eve murmura à Iryna :

— Si vous n'êtes pas heureuse ici, je peux vous aider.

La jeune femme lui répondit par un regard de sincère surprise.

— Non, je suis très heureuse. M. Greenwald est très gentil et très généreux.

Elle ouvrit la porte pour Eve.

— Il ne me fait pas de mal. Je sais comment c'est d'avoir des hommes qui vous font du mal. Il ne le fait pas et ne le fera pas, car il n'y a pas de violence chez lui. Donc je suis heureuse.

— D'accord. Contactez-moi si les choses changent.
Eve repartit vers l'ascenseur en se demandant ce qu'Iryna avait pu vivre pour être heureuse auprès d'un homme qui aurait pu être son grand-père simplement parce qu'il ne lui faisait pas de mal.

# 13

Elle franchit le portail à la nuit tombée, de nouveau accueillie par toutes ces lumières aux fenêtres.

Elle se sentit obligée de s'arrêter et d'appuyer son front contre le volant. Jusqu'à cet instant, elle n'avait pas senti à quel point la journée l'avait épuisée.

Ces morts, ces chagrins, toute cette laideur.

Elle s'efforça de ravaler les émotions qui l'assaillaient et parcourut le reste du chemin jusque chez elle.

Elle sortit de la voiture avec son attaché-case. Sa journée de travail était loin d'être terminée. Elle avait contacté toutes les personnes sur sa liste pour les avertir et, ce faisant, semé la peur dans le cœur de plus d'un individu, voire de familles entières.

Mais mieux valait la peur que la mort.

Quand elle franchit le seuil, Summerset était là. Il la jaugea d'un seul regard.

— Je dirais bien : « Regardez donc l'étrange bestiole que le chat nous ramène », mais il a passé toute la journée dans la maison.

Plutôt que de répliquer, elle se contenta d'accrocher sa veste sur le poteau de l'escalier.

— N'ouvrez aucun colis, dit-elle. Même ceux que vous vous attendiez à recevoir.

Il s'avança d'un pas comme elle s'engageait dans l'escalier.

— Toutes les livraisons sont scannées avec soin.

— N'en ouvrez aucune, scannées ou non. N'y touchez pas, c'est tout.

— Très bien.

Sourcils froncés, il la regarda monter, le chat sur les talons.

Elle se rendit directement à son bureau, se servit un café, et vérifia en premier lieu que tous les employés de Gold avaient bien été prévenus.

Ce qui n'empêcherait personne de passer outre l'avertissement, ou simplement d'oublier, mais au moins ils avaient reçu l'information.

Elle mit son tableau à jour puis s'assit pour reprendre ses notes.


Connors arriva légèrement agacé par un retard – encore un – sur l'un de ses projets dans le Maine. Cinq jours de pluie ininterrompue faisaient sans doute du bien aux fleurs, mais cela signifiait aussi l'arrêt des travaux extérieurs d'un bâtiment en cours de réfection.

Il n'avait aucun moyen de contrôler cette fichue météo mais c'était le genre d'occasion où il aurait vraiment aimé en trouver un.

En s'engageant dans l'entrée, il tâcha de mettre la question de côté et de se concentrer sur ce qui relevait effectivement de son contrôle. L'agacement ne disparut cependant pas tout à fait.

— Puisque le chat n'est pas avec toi, dit-il à Summerset, le lieutenant doit être rentré.

— En effet, et quelque chose la travaille. Elle avait l'air fatiguée et... triste. Tu devrais aller t'occuper d'elle. Elle m'a donné pour instructions, de manière très tranchée, de ne pas ouvrir les futures livraisons.

— Il y a eu un autre meurtre ce matin, expliqua Connors en levant les yeux vers l'escalier.

— Oui, j'ai entendu ça. Mais je ne vois pas en quoi cela s'appliquerait aux colis livrés ici.

— Si elle s'inquiète à ce sujet, c'est qu'il y a une bonne raison. Je vais voir de quoi il retourne.

— Toi aussi, tu as l'air fatigué, ajouta Summerset comme Connors montait les marches.

— C'est cette fichue pluie.

— Il n'a pas plu aujourd'hui.

— Dans le Maine, si.

Il poursuivit son ascension, et parce que son irritation refusait de le quitter tout à fait, fit un détour par la chambre à coucher pour se débarrasser de son costume, et par la même occasion de la tension accumulée durant la journée. Il enfila un jean et un pull léger avant de passer dans le bureau d'Eve.

Celle-ci était assise à son poste de contrôle. Plutôt que d'occuper sa place habituelle dans le fauteuil, le chat s'était installé sur l'un des pieds de sa station de travail et contemplait attentivement Eve.

— Tu commences à me faire flipper, mon gros, lui dit-elle. Va donc faire une sieste ou poursuivre un truc imaginaire.

Elle continua à travailler ; Galahad ne bougea pas.

Connors, lui, distinguait les signaux du mal de tête d'Eve aussi clairement qu'un panneau clignotant. Sans doute le résultat de la fatigue et de l'absence de quoi que ce soit ressemblant à un vrai repas durant la journée.

De nouveau agacé, il sortit une petite boîte de sa poche et s'approcha du poste de contrôle. Eve et le chat tournèrent la tête vers lui.

L'expression de Galahad était aussi parlante que la recommandation de Summerset : « Occupe-toi d'elle. »

— Prends ce cachet, lui dit-il. Tu n'arriveras pas à travailler si tu as la migraine.

Il sentit qu'elle s'apprêtait à refuser... mais la vit changer d'avis. Lorsqu'elle prit le cachet sans protester ni chercher une raison pour le refuser, il comprit qu'il devait effectivement lui prêter toute son attention.

Au moins cela lui ferait-il oublier son projet en suspens.

Il jeta un coup d'œil au tableau d'Eve, vit les photos de la deuxième victime ainsi que de la scène de crime.

— L'article que j'ai lu disait qu'elle avait deux fils adolescents.

— Oui.

— Le mari ne fait pas partie de tes suspects.

Elle secoua la tête.

— Il enseigne à Columbia. Dennis Mira le connaît. Il m'a d'ailleurs aidé à lui annoncer la nouvelle. Le type était brisé, en miettes. La présence de M. Mira a été bénéfique.

— Dennis n'est que bonté et compassion.

Eve se disait souvent que si tous les habitants de New York avaient ne serait-ce qu'une once de Dennis Mira en eux, elle se retrouverait au chômage.

— Avant d'enseigner à Columbia, Duran – le mari – était professeur à Gold.

— Ah, ah. Tu tiens le lien entre les victimes.

— Oui. Une femme a dû mourir pour ça, mais je le tiens.

— Eve...

Elle secoua de nouveau la tête, plus vigoureusement.

— Ce n'est pas ma faute, je le sais bien. Mais elle est tout de même morte. Bon sang, Connors, c'est sa mère qui l'a trouvée...

Sans rien dire, il vint se poster derrière elle, lui posa les mains sur les épaules et lui embrassa le sommet du crâne.

— Qu'est-ce que je peux faire ?

Elle pivota sur son siège, referma ses bras autour de lui et appuya son visage contre son torse.

Connors sentit son cœur se serrer.

— Ça va aller, souffla-t-il. Laisse ça de côté pour le moment.

— Il faut que je...

Elle s'interrompit le temps de retrouver une contenance.

— Je dois te dire un truc à propos de ce matin.

Tout à son besoin de la réconforter, il ne comprit pas tout de suite de quoi elle parlait.

— Ce matin ?

— Ça t'est déjà passé. Tu étais en colère mais ça t'est déjà passé. Moi aussi, j'étais énervée.

Se remémorant l'incident, il haussa les épaules.

— Ce n'est ni la première ni la dernière fois, pour l'un comme pour l'autre.

— Non, mais...

Elle relâcha son étreinte et se leva pour le regarder dans les yeux.

— Je sais que les gens s'emportent pour des histoires d'argent. Certains se fendent même le crâne pour ça.

— Je ne nous imagine pas aller jusque-là.

— Je sais que c'est stupide de notre part de nous échauffer là-dessus. Le problème, pour la plupart des gens, c'est plutôt quand on en manque, quand on le gère mal, quand on est trop cupide, ce genre de choses. Pas quand on en a autant à disposition.

Il caressa du doigt la fossette au menton d'Eve.

— Une situation que je n'ai pas l'intention de changer.

— Oh, j'avais bien compris. Le truc, c'est que je ne veux pas m'habituer à ce que tu dégaines une grosse liasse de billets chaque fois que je manque d'un peu de liquide. Je n'en aurais pas manqué si j'étais passée au distributeur. Et au moment où je dis ça, je m'aperçois que je n'y suis pas allée aujourd'hui non plus, ce qui va dans ton sens.
— J'ai toujours ta reconnaissance de dette.
— Je ne veux pas m'habituer à ça, répéta Eve. Ni commencer à en dépendre. Je me suis déjà habituée à tellement de choses, je dépends de tellement de choses. De toi, de cet endroit, de la vie que nous menons. Des vêtements dans mon dressing jusqu'au café que je bois.
— Pourquoi est-ce que ça t'inquiète ?
— Ça ne m'inquiète pas – ou alors juste un petit peu parfois –, et c'est bien là où je veux en venir. C'était idiot de m'énerver parce que tu m'avais prêté de l'argent, mais je ne veux pas non plus me mettre à penser : « Hé, pas de souci, Connors paiera. » Je ne veux ça ni pour toi ni pour moi. C'est important à mes yeux.
— Je peux le comprendre si de ton côté tu peux comprendre qu'il est important pour moi que tu ne partes pas de la maison les poches vides.
— Elles n'étaient pas si vides que ça. Mais ce n'est qu'une partie de ce que je voulais te dire. Duran, quand il était meurtri, sous le choc, a cherché à se rappeler s'il avait embrassé sa femme avant de partir. Est-ce qu'il lui avait dit qu'il l'aimait, dit au revoir avec un baiser ? Parce qu'à ce moment-là c'était trop tard. Et je me suis souvenue que j'étais partie sous le coup de la colère. Je ne t'ai pas embrassé. Je ne t'ai pas dit que je t'aimais. Alors que je sais mieux que quiconque que la vie peut basculer quand on s'y attend le moins, que l'occasion de le faire peut s'envoler à jamais.

— Eve chérie...

Il lui embrassa le front, les joues, la bouche.

— Ça arrivera encore, dit-elle. Ce sera peut-être toi qui partiras sous le coup de colère. Et lorsque ça se reproduira, de ton fait ou du mien, je voudrais qu'on se souvienne du moment que nous partageons là, maintenant.

Elle lui prit le visage à deux mains et l'embrassa.

— Souviens-toi de ça, dit-elle.

— Et toi de ceci, répondit-il en lui rendant son baiser.

Il la prit dans ses bras et la serra contre lui.

— Que dirais-tu d'une assiette de spaghettis aux boulettes de viande ?

Elle eut l'impression de se vider d'un coup, puis de se remplir de nouveau au contact du front de Connors contre le sien.

— Toi, on peut dire que tu sais comment me faire craquer.

— On peut, oui. On va s'asseoir, manger de bonnes pâtes, boire un peu de vin, et tu me parleras de ce lien entre les victimes et de ce que cela signifie.

— Occupe-toi du vin, je me charge des pâtes.


Ils s'assirent et mangèrent pendant qu'Eve lui racontait sa journée par le menu.

— Il y a une espèce de cruauté mûrement réfléchie à assassiner le conjoint de quelqu'un contre qui on a une dent, non ?

Connors rompit le pain et en tendit un morceau à Eve, puis poursuivit :

— Mais pourquoi demander à Summerset de ne pas ouvrir les colis livrés chez nous ?

— Je n'ai pas seulement passé du temps dans l'établissement à poser des questions, à demander à la DDE d'accéder à leurs archives, j'ai clairement fait la preuve à n'importe quel observateur attentif – et notre tueur doit être aux aguets – que nous avions fait le lien. Quel meilleur moyen de faire dérailler l'enquête que d'essayer de tuer le conjoint de l'enquêtrice ?

Elle enroula des spaghettis autour de sa fourchette.

— Les chances sont faibles, concéda-t-elle, mais pourquoi prendre le risque ?

— Compris. Tu vas donc t'intéresser de très près à Grange, à la période de transition, au changement de directeur.

— Si l'école constitue le lien – et je sens que c'est le cas –, Grange en est le maillon central. D'après tout ce que j'ai pu voir, elle se fichait éperdument des élèves et des enseignants. Tout n'était qu'une histoire de prestige, de donations.

Elle planta sa fourchette dans une boulette qu'elle agita en l'air.

— Alors j'ai deux questions pour toi. Qu'est-ce que tu sais de l'ex de Grange, Reginald Greenwald de chez Tout Propre ?

— Oh. J'ai dû le rencontrer deux ou trois fois. D'ailleurs, j'ai peut-être aussi croisé Grange. L'entreprise est plus que solide et la famille a la réputation de bien la faire tourner. Je ne me souviens pas d'avoir entendu mentionner quoi que ce soit de particulier ou d'étrange à son sujet. Tu penses qu'il est impliqué ?

— Ils ont un paquet de laboratoires, de nombreux chimistes et produits chimiques. Il n'est pas seulement le P-DG mais également le petit-fils du fondateur, donc qui oserait le questionner s'il passait du temps dans les labos ?

Elle haussa les épaules, prit une nouvelle bouchée.

— Mais je ne l'imagine pas dans le rôle du tueur, en tout cas pas avec les éléments dont je dispose. C'était loin d'être le grand amour entre Grange et lui. Ils avaient un arrangement.

— Ah oui ?

— C'est ce qu'il dit. Ils se sont mariés pour le sexe avant tout, et parce que chacun correspondait aux ambitions de l'autre et à l'image qu'ils voulaient renvoyer. Si l'un d'eux avait envie d'une liaison extraconjugale, pas de problème tant qu'ils restaient discrets. Ce qu'elle n'a pas respecté. Non seulement quelqu'un a fait parvenir à Greenwald des photos d'elle avec un amant dont le visage était délibérément flou, mais elle s'est fait surprendre en pleines galipettes avec quelqu'un de l'école.

— Imprudent de sa part.

— Certaines rumeurs parlent d'une liaison avec un élève.

— Là, on est au-delà de l'imprudence. Mais… Greenwald et elle sont de la même génération, il me semble. Logiquement, elle doit avoir un demi-siècle de plus que les élèves, non ?

— J'ai trouvé Greenwald en compagnie d'une poupée ukrainienne de vingt-quatre ans qui vit à son domicile et prétend être son assistante personnelle. Prudence dans tes propos, mon coco, parce que la différence d'âge est du même ordre.

— Mais cette jeune femme est une adulte, pas une lycéenne, fit remarquer Connors. Et ça fait une grosse différence.

— Ce n'est pas moi qui te dirai le contraire.

— Tu t'es renseignée sur elle ?

— Oui. Il l'a soutenue dans sa démarche d'immigration, l'a fait venir il y a trois ans, donc bien après le divorce. Je lui ai entrouvert une porte de sortie, lui ai dit que je pouvais l'aider. Elle m'a répondu qu'elle était ravie de sa situation... et elle était sincère. Qu'il était gentil avec elle, ne lui faisait pas de mal. Et qu'elle savait ce que c'était que de subir la violence d'un homme de pouvoir. Donc... c'est leur affaire.

— Une zone grise peu engageante mais... elle n'est ni une mineure ni une étudiante. Si Grange s'est réellement permis une histoire avec un élève, elle aurait pu non seulement perdre son poste – et tout espoir d'en décrocher un autre –, mais se retrouver au tribunal.

— C'est certain. J'envisage de le lui rappeler quand j'irai à East Washington.

— Tu comptes aller la voir sur place ?

— Je pourrais lancer la procédure pour l'obliger à venir témoigner mais elle risquerait de faire traîner. Or on a eu deux meurtres à deux jours d'intervalle. Autant ne pas prendre de risques.

— Je te fournirai une navette. Et si c'est aussi un luxe auquel tu finis par t'habituer, ajouta-t-il avant qu'elle puisse répondre, dis-toi qu'il s'agit de t'éviter une perte de temps et de la frustration dans l'exercice de ton métier. En plus d'épargner potentiellement des vies. Donc tout va bien.

— La navette normale n'est pas si mal, rétorqua-t-elle sans relever le regard que cela lui valut. Mais oui, ça me fera gagner du temps. J'envisage d'y aller après la cérémonie en l'honneur de Kent Abner demain matin.

» Deuxième question, enchaîna-t-elle. Que sais-tu de Miguel Rodriges ?

— Peut-être rien du tout. Qui est-ce ?

— Je vais te simplifier les choses vu que tu emploies l'équivalent de la population de l'Uruguay. Il s'avère que c'est un vieil ami de Callendar. C'est elle qui m'en a parlé la première. Et l'un des profs de Gold a aussi évoqué son nom parmi la liste des profils potentiels.

» Il est entré à Gold grâce à une bourse, poursuivit-elle en enroulant d'autres pâtes autour de sa fourchette, puis il a fait de même au MIT, et il travaille désormais comme programmeur de jeux dans l'un de tes services de recherche et développement.

— Ça représente quoi, la population de l'Uruguay ?

— Aucune idée, mais tu emploies un paquet de monde et tu ne peux pas connaître le nom de chaque employé.

— Pas de tête. Mais tous font l'objet d'une enquête préliminaire approfondie. Il fait partie des suspects ?

— Non. Selon Callendar, Rodriges était victime de violences et de racket quand il était à Gold. J'ai parlé au professeur à la tête du labo de chimie. Il enseigne à l'académie depuis plusieurs décennies, y compris à l'époque de Grange, donc. Il a entre autres mentionné que Rodriges avait été ciblé par certains des fils de riches qui faisaient la loi sur place. Rodriges se faisait cogner quand il avait le malheur de les croiser... et surtout après avoir refusé de tricher à leur bénéfice pour leur assurer des notes correctes. Ses parents auraient rencontré Grange, laquelle aurait enterré l'affaire.

Elle avala ses spaghettis puis saisit son verre d'eau.

— Les parents sont revenus ensuite, une fois Rufty aux manettes. Non seulement il a pris la chose au sérieux, mais des élèves ont été suspendus.

— Rufty et Grange ne sont pas faits de la même étoffe, commenta Connors.

— À l'opposé, même. Le prof de chimie m'a donné un nom et j'en ai trouvé d'autres dans les notes de Rufty. Je vais me pencher sur chacun d'eux. Je voudrais aussi discuter avec Rodriges, me faire une meilleure idée de ce qui s'est passé.

— Ce ne sera pas difficile à organiser. J'en profiterai pour rafraîchir ma mémoire à son sujet.

— Le professeur de chimie, qui m'a fait bonne impression, l'appréciait. Ça se voyait. Un vrai cerveau, de toute évidence, et puisqu'il a préféré se faire cogner plutôt que de tricher, j'ajouterais qu'il a une éthique et du courage. Pas étonnant que tu l'aies engagé.

— On ne choisit que les meilleurs, répondit Connors en prenant la main d'Eve dans la sienne. Je vais regarder son dossier et parler à son responsable. Je te l'enverrai au Central quand ça t'arrangera.

— Ça me fera gagner du temps. La cérémonie est à 8 heures. Ils ont tenu à l'organiser sur son parcours de running préféré. Je pourrai prendre la navette vers 9 heures. Je t'appelle quand on repartira ? Coincer Grange pour l'obliger à accepter un entretien risque de s'avérer un peu compliqué.

— Je dirais qu'un appel de Whitney aux membres du conseil d'administration ou au président de son établissement actuel – selon la façon dont celui-ci fonctionne – devrait t'assurer sa coopération.

— Pas bête. J'imagine que oui. Pas l'approche la plus courtoise mais...

— L'approche courtoise n'est pas ton genre de toute façon, ma chérie.

— Je vais considérer ça comme un compliment.

Elle baissa les yeux vers la dernière bouchée de la toute dernière boulette.

— Je me demande qui est le génie qui a inventé le concept de boulette de viande. On devrait lui ériger une statue.

— Il n'y a sans doute pas que de la viande dans ces boulettes.

— Ne me dis rien ! répliqua Eve avant d'avaler la dernière bouchée. Je ne veux rien savoir. Et puis tu n'en sais pas plus que moi sur les ingrédients de nos repas. Donc on reste sur le principe d'une boulette cent pour cent viande.

— C'est sans doute mieux comme ça. Bon, puisque tu t'es chargée du repas, j'imagine que c'est à moi de faire la vaisselle.

En retournant à son poste de contrôle, un café à la main, elle songea qu'en dehors de ceux qui le connaissaient vraiment personne n'aurait imaginé Connors – le type qui signait des chèques à toute la population de l'Uruguay – en train de débarrasser la table pour faire la vaisselle.

On ne connaissait pas les gens avant de les avoir fréquentés intimement, se dit-elle.

Ce qui ramena ses pensées sur Lotte Grange. Dans son esprit s'était formée l'image d'une femme froide, sexuelle, ambitieuse, potentiellement cupide. Mais elle devait aussi faire preuve d'une solide intelligence et de nombreux talents. Personne ne devenait directeur d'établissements de ce calibre par la seule promotion canapé. En tout cas pas sur le long terme.

Puisque la suggestion de Connors – jamais à court de bonnes idées – d'exploiter l'influence de Whitney pour obtenir un entretien tenait debout, elle adressa une requête au commandant.

Après quoi elle lança une recherche sur Kendel Hayward, tricheuse, harceleuse, lycéenne mauvais genre. Eve connaissait le profil. Il n'était pas réservé aux établissements chics du privé. On le retrouvait aussi dans l'école publique.

Hayward semblait avoir obtenu son bac puis fait deux ans d'études supplémentaires à l'université du Maryland avant de laisser tomber pour travailler avec sa mère en tant qu'organisatrice dans l'événementiel.

Elle vivait et travaillait désormais – heureuse coïncidence – à East Washington. L'été précédent avait vu l'annonce de ses fiançailles avec l'assistant d'un sénateur qui semblait doté d'une belle fortune, d'un nom connu et de hautes aspirations.

Eve décida de profiter de son déplacement pour faire d'une pierre deux coups.

Elle parcourut les notes de Rufty datant de l'époque à la recherche des noms d'élèves suspendus ou retirés de l'école par leurs parents.

Elle s'arrêta sur l'un de ceux qui, selon Rufty, faisaient partie des amis de Hayward. Un dénommé Marshall Cosner. Il avait quitté Gold pour effectuer son dernier semestre à l'académie Bridgeport, dans le Vermont, où vivaient ses grands-parents maternels. Il avait ensuite étudié le droit, comme tous les membres de sa famille depuis trois générations. Sans toutefois réussir à intégrer Harvard, contrairement à ses aînés.

Cosner était actuellement simple juriste dans le cabinet d'avocats familial – à New York – et n'avait pas encore obtenu son diplôme de droit.

D'après les éléments dont disposait Eve, il avait encore du chemin à faire. Une partie du problème provenait sans doute des mois passés en désintoxication dans un centre très coûteux et très select. Et cela après deux arrestations pour possession de substances illicites non suivies de condamnations.

Il avait eu droit à un autre séjour à l'hôpital, cette fois pour de la rééducation à la suite d'un accident de voiture sous l'emprise de la drogue.

« Certains toxicos aiment se préparer leurs propres doses », se rappela-t-elle.

Peut-être Cosner avait-il musclé ses connaissances en chimie dans la rue plutôt qu'en cours ?

Elle s'intéressa à une poignée d'autres noms, s'arrêta de nouveau sur les notes de Rufty.

Elle décida de creuser le dossier d'un certain Stephen Whitt. Petit ami de Hayward au lycée, bon copain de Cosner et, selon Rufty, meneur des élèves à problèmes.

Tout comme Cosner, il avait été transféré quelques semaines après l'arrivée de Rufty mais, dans son cas – et c'était intéressant –, dans la prépa privée Lester Hensen.

Eve se radossa à son siège et laissa l'information faire son chemin.

Il avait demandé un transfert dans l'établissement dont Grange avait repris les rênes en tant que directrice.

Il s'était ensuite classé dans le haut du panier de sa promotion avant de partir étudier la finance internationale à Northwestern, une tradition familiale là aussi. Il travaillait dans la société de conseil discrète et prisée de son père à Wall Street tout en poursuivant son master.

Aucune trace d'une quelconque activité criminelle, ce qui, compte tenu de son historique, semblait particulièrement suspect aux yeux d'Eve.

Elle se demanda si le trio avait gardé des liens après Gold. Le retour de Connors lui fit relever la tête.

— Miguel Rodriges, dit-il. Il bosse pour moi depuis à peu près deux ans et a souscrit à notre programme qui permet de poursuivre des études en parallèle. Il travaille en ligne sur son doctorat au MIT et devrait l'obtenir d'ici la fin de l'année.

» Son responsable hiérarchique le considère comme sa meilleure recrue, un jeune homme plein d'idées intéressantes, une éthique de travail irréprochable et des compétences remarquables. On l'a recruté directement à sa sortie de l'université. Il a demandé à venir à New York bien qu'on lui ait proposé Madrid, parce que sa famille vit ici.

Il s'assit sur le bord du poste de contrôle d'Eve.

— Toujours d'après son responsable, il est promis à un bel avenir chez nous. Il est bilingue, fiable et follement amoureux d'une autre jeune ingénieure, même s'il est trop timide pour lui proposer un rendez-vous.

— Ils t'ont parlé de ça ?

— On a tenu à faire les choses à fond. Quoi qu'il en soit, tu n'auras qu'à me dire quand tu veux lui parler et nous te l'enverrons au Central.

— J'ai clarifié mon planning. L'une des lycéennes du groupe qui s'en prenait à ta jeune recrue habite aujourd'hui à East Washington, donc on ira l'interroger une fois sur place. J'ai deux autres noms qui ressortent des notes de Rufty, new-yorkais tous les deux. Dont un qui a demandé son transfert dans le nouvel établissement de Grange après l'arrivée de Rufty.

— Tiens, tiens.

— Comme tu dis. A-t-il suivi Grange ? Celle-ci a-t-elle cherché à garder dans ses filets ses parents au compte en banque bien fourni ? Comment a-t-il vécu ce transfert ? Un autre a été envoyé dans le Vermont, dans un internat privé, sous la surveillance de ses grands-parents. Beaucoup moins marrant que Gold. Le mec du Vermont et la gamine difficile étaient des élèves moyens sans plus. Le troisième larron a été admis à Northwestern et fait désormais partie de la société de conseil familiale. Dans la finance internationale.

— Comment s'appelle la société ?

— Whitt Group.

— Je connais. Dirigée par Brent Whitt, qui doit être le père de ton suspect.

— Pas encore un suspect à ce stade, mais oui, c'est bien son père.

— Le père, le grand-père et un oncle – ainsi désormais que le fils et une cousine, si je me souviens bien – forment le noyau du groupe. Très select. Il me semble que l'investissement minimal pour devenir client chez eux se chiffre à cinquante millions.

Eve se recala contre le dossier de son fauteuil.

— Tu es chez eux ?

— Non, non.

Il prit la tasse à café d'Eve, y goûta et la reposa, comme s'il avait croqué dans un glaçon.

— Après tout, il fut un temps où j'arrivais à peine à rassembler quelques milliers de dollars d'investissement.

— Et où l'argent en question provenait d'un receleur.

Il se contenta de sourire.

— Ne l'oublions pas, en effet. En tout cas, je préfère faire appel à des équipes d'investisseurs à l'approche plus élargie. Ajoutons à cela que je n'ai pas spécialement eu d'atomes crochus avec Brent Whitt quand son équipe et lui sont venus me faire une proposition.

— Qu'est-ce qui t'a gêné chez lui ?

— Je vais te raconter ça. Avec un bon whisky. Et si tu dois boire un café, réchauffons-le d'abord.

Il se dirigea vers un pan de mur qu'il fit coulisser pour y prélever une bouteille et un verre trapu.

— Whitt fait partie de ces hommes bouffis d'autosatisfaction qui pensent avoir tous les droits. Du genre à avoir toujours été riches et privilégiés et qui aiment le faire savoir.

Il se servit trois doigts de whisky avant de revenir vers elle.

— C'est son arrière-grand-père qui a rassemblé leur capital de base, capital que le fils a su transformer en fortune substantielle. Si bien que quand il a débarqué, Brent avait déjà une cuillère en argent enfoncée dans le fondement.

Eve reconnut l'hostilité sincère derrière le ton moqueur.

— Tu ne l'aimes vraiment pas.

— Non, ni lui ni les types dans son genre. Il fait étalage de son fric, fait de grands discours, se montre condescendant envers sa propre équipe qui aurait pourtant mené à bien le gros du travail pour moi. J'ai même eu l'impression… Non, se corrigea-t-il en prenant une gorgée de whisky. Il a clairement indiqué que sa société avait très envie d'acquérir mon portefeuille… malgré ses origines discutables.

— À savoir toi, le gamin des rues de Dublin.

— Précisément.

— Ça s'est passé quand ?

— Je ne saurais pas te le dire exactement. Il y a quelques années. Cinq ou six.

— Donc avant que le plus jeune membre de la famille intègre le cabinet. Je me demandais s'il avait fait partie de l'équipe, si tu l'avais rencontré.

— J'en doute. Si je me souviens bien, la plus jeune était une femme d'environ vingt-cinq ans. La cousine de ton pas-encore-suspect, que Whitt traitait d'ailleurs comme une subalterne.

— Et concernant sa femme, ou ex-femme ?

— Je ne me souviens pas d'elle, mais il faut dire que nous n'avions aucune raison de nous rencontrer. J'ai entendu dire – comme cela se produit parfois – qu'il y avait de l'animosité entre eux. Mais les divorces se passent rarement sans animosité. Elle aurait empoché une somme plutôt rondelette et serait partie vivre à Paris. À moins que ce ne soit Florence ? ajouta-t-il, sourcils froncés.

— Loin de son fils unique, fit remarquer Eve.

— Oui, maintenant que tu le mentionnes. En tout état de cause, je me dois de dire que Whitt Group, y compris Brent lui-même, connaît son affaire. Ils ont une excellente réputation et une liste de clients de premier ordre.

— Mais pas toi.

— Je suis plus que satisfait du cabinet avec lequel je travaille.

— D'accord. Puisque tu connais la famille de l'un des concernés, voyons les autres.

Elle se reporta à ses notes.

— Lowell Cosner et Marilyn Dupont, tous deux avocats chez Cosner, Dupont & Smithers.

— Je les ai rencontrés. Et toi aussi.

— Ah bon ?

— Lors de deux galas de charité. Elle est très active au service des bonnes causes. Il me semble qu'elle a créé sa propre fondation. Encore une fortune familiale ; ils sont de la deuxième ou troisième génération. Droit des affaires, droit successoral, droit fiscal et ainsi de suite, même s'ils s'occupent aussi d'affaires criminelles et domestiques. Je connais un peu mieux Marilyn car elle m'a sollicité en personne pour des donations et du mécénat. Ce sont sans doute ses parents qui habitent dans le Vermont.

Il prit une autre gorgée, doigt levé en l'air. Elle comprit qu'il fouillait dans le vaste fichier de ses souvenirs.

— Je me souviens d'avoir entendu des ragots à propos d'un fils qui leur aurait donné du fil à retordre. Des histoires de drogue, et autre chose... Un accident qui l'aurait envoyé à l'hôpital.

— C'est ça. Il a fait une cure de désintoxication qui n'a pas suffi à l'empêcher de se défoncer de nouveau et de planter sa voiture dans le décor. Pas d'autre véhicule impliqué, donc il n'a blessé que lui-même.

Il n'a pas encore son diplôme de droit et s'occupe de travaux administratifs de base pour l'entreprise.

» Parlons des derniers. Benson Hayward et Louisa Raines.

— Ah, Louisa Raines... Mondaine, parmi les meilleures lorsqu'il s'agit d'organiser une réception. Issue d'une famille riche, elle aussi. Les Raines possèdent une chaîne de magasins d'usine. Quant à Hayward, il me semble qu'il bosse à Wall Street, lui aussi.

— Ils ont divorcé il y a six ans maintenant. Il a laissé tomber Wall Street pour déménager dans le Sud. Il tient un magasin d'équipement de plongée en Jamaïque. L'île, pas le quartier du Queens.

— J'avais compris, étant donné le peu d'intérêt du Queens pour ce genre de magasins.

— D'éventuels souvenirs à propos de leur fille ?

— Je crois avoir lu ou entendu quelque chose à propos de fiançailles avec le petit-fils du sénateur Bilby. Les Bilby constituent une autre famille influente, très impliquée dans la politique. Patience Bilby-Scott, la fille du sénateur et mère du fiancé, est actuellement secrétaire d'État à l'éducation. Il y a de fortes chances qu'elle se lance dans la course à la présidentielle aux prochaines élections.

— On peut dire que tu as le don pour éclairer les zones d'ombre des infos que je trouve.

— Je fais de mon mieux. Et que t'apprennent ces zones désormais éclairées ?

— Qu'aucune de ces familles ne voudra voir ses enfants impliqués dans une enquête criminelle et que je vais devoir batailler contre un paquet d'avocats.

Elle prit sa tasse de café fraîchement préparé et cala ses boots sur le bureau, les yeux tournés vers le tableau.

— Mais aussi que tu as une mauvaise opinion de Whitt. Je soupçonne son fils d'avoir été un tricheur et un harceleur au lycée. On a dû le couvrir. Je ne serais pas choquée d'apprendre qu'il y avait encore du tricheur et du harceleur en lui à son arrivée à la fac. Son dossier est impeccable, ce qui m'incite à penser qu'on a étouffé d'autres méfaits de sa part.

— Je t'ai déjà dit que j'adorais ton cynisme ?

— Une ou deux fois, je crois. Ça m'indique aussi que le fils Cosner cherchait la stimulation ailleurs que dans ses études et qu'il n'avait sans doute pas les tripes pour continuer à tricher et harceler une fois privé de ses complices. C'est un perdant.

» Quant à Hayward, j'en conclus qu'un de ses parents au moins l'a forcée à aller au bout de ses études puis à faire au minimum semblant de travailler pour gagner sa vie. De quoi la mettre potentiellement en rogne alors que l'argent était là, à portée de main. Et aujourd'hui, la voilà en couple avec un richard dont la mère pourrait un jour être présidente. Elle a une certaine image à préserver.

Elle but une longue rasade de café.

— C'est aussi le cas des autres, d'ailleurs, ajouta-t-elle.

— Une bonne image ne me paraît pas être un motif de meurtre.

Elle lui lança un regard ironique.

— Tu n'as pas passé beaucoup de temps au lycéen, hein ?

— Nous n'avons pas de « lycée » à proprement parler en Irlande.

— Quel que soit le nom qu'on lui donne là-bas.

— J'y suis allé quand je ne pouvais pas y échapper.

Il sourit et prit une gorgée de whisky.

— Et il y a de nombreuses façons d'y échapper, précisa-t-il.

— Pas dans les établissements publics, donc je peux te dire que les rancunes et les ressentiments formés au lycée prennent profondément racine. Et beaucoup de gens – tu dois aussi en connaître – ne quittent jamais tout à fait le lycée, soit parce qu'ils y étaient des cadors, soit parce qu'ils y étaient des moins que rien.

Connors porta lui aussi son attention sur le tableau.

— Je ne vais pas te contredire sur ce point. Donc, suspects déclarés ou seulement potentiels ?

— Disons qu'ils restent sur ma liste pour l'instant. Mais ça me ramène à mon envie de parler à Rodriges. On fera ça demain après-midi. Je t'appellerai dès que j'aurai une meilleure idée de l'horaire.

— Ça me va. J'ai un peu de travail à terminer pendant que tu prépares ta journée de demain. Et, puisqu'il semble qu'on se soit disputés ce matin, il faudra trouver un moyen de se réconcilier.

— Je croyais que c'était déjà le cas.

— C'est toi l'experte des règles du mariage, répondit-il en la saluant avec son verre avant de terminer son whisky. Il y est forcément fait mention du concept de réconciliation sur l'oreiller.

— À voir.

— Dans le cas contraire, je te suggère de le rajouter, recommanda-t-il avant de retourner tranquillement dans son bureau.

# 14

Émergeant tout en douceur du sommeil, Eve songea que, décidément, la réconciliation sur l'oreiller faisait un excellent préambule à une bonne nuit de repos.

De l'autre côté de la chambre, Connors et Galahad regardaient le bulletin financier matinal. Au-dessus d'Eve, le vasistas laissait voir un beau ciel bleu.

La journée s'annonçait belle.

Eve roula hors du lit et fila droit vers le café. Et parce que la réconciliation sur l'oreiller l'avait laissée trop épuisée pour se lever et enfiler une chemise de nuit, elle but ses premières gorgées dans le plus simple appareil.

— Voilà une vision qui égaie mon début de matinée, commenta Connors.

— Il semble que chez toi la nudité égaie à peu près n'importe quelle heure du jour ou de la nuit.

— Pas faux.

Elle le contempla, avec son costume impeccable, sa cravate impeccable.

— Comme je ne vais pas pouvoir rester nue pour le reste de la journée, je te laisse choisir ce que je vais porter.

Il la dévisagea à son tour, sans cesser de gratter paresseusement le chat.

— Vous êtes sûre que tout va bien, lieutenant ?

— Je vais commencer la journée par une cérémonie commémorative, descendre jusqu'à East Washington pour me mesurer à une directrice retorse puis passer voir une garce trop gâtée avant de rentrer pour me pencher sur le cas de deux harceleurs violents. Et très probablement me coltiner un paquet d'avocats hors de prix.

Elle se dirigea vers la salle de bains pour prendre sa douche.

— Tu choisiras plus vite que moi, assura-t-elle.

Pendant que la douche achevait de la réveiller, elle révisa intérieurement le planning de la journée. Elle commencerait par retrouver Peabody à la cérémonie. Le tueur ferait-il une apparition ou résisterait-il à la tentation de ce moment de satisfaction ?

Ancien étudiant, parent, professeur ou autre employé administratif. Il ou elle appartenait à l'une de ces catégories. Aucune autre hypothèse ne se tenait.

Elle enfila un peignoir et retourna dans la chambre pour constater que, comme prévu, Connors avait sélectionné pour elle une tenue à même de correspondre aux diverses circonstances de la journée. Et bien plus vite qu'elle n'aurait pu le faire.

Cela dit...

Elle fronça les sourcils devant la veste et le pantalon slim étalés sur le lit.

— C'est quoi, cette couleur ?

— Je crois qu'ils appellent ça « brume ».

— Mais le tissu est... brillant.

— De l'éclat, la corrigea-t-il. Il a un certain éclat. Celui du pouvoir. Et pour cette journée, le choix d'un tailleur plutôt que de pièces séparées renforce ce côté puissant. Le chemisier et les boots unis ajoutent un aspect racé aux lignes pures. Tu vas faire la grimace mais je t'invite à porter ces petites boucles d'oreilles en saphir – discrètes, subtiles – en guise de touche finale.

Elle fit effectivement la grimace.

— Ça me paraît un peu trop sophistiqué.

— Ce n'est pas du tout une affaire de sophistication mais, encore une fois, de pouvoir. Et la taille simple et élégante des pierres fera un excellent contraste au moment où tu décideras de botter les fesses de tes interlocuteurs.

— Hum...

Elle n'y avait pas pensé, mais l'idée lui plaisait.

— Prends déjà ton repas. J'ai opté pour un petit-déjeuner irlandais complet, parce que tu vas avoir une grosse journée.

Ce qui convenait très bien à Eve, surtout accompagné d'une autre tasse de café.

— Tu sais, avec cette école au centre de l'affaire, les informations sur la façon dont Grange la dirigeait puis les méthodes de Rufty, ça m'a fait réfléchir à ce que tu fais à An Didean.

— Ce que *nous* faisons.

— Je n'ai rien fait du tout par rapport...

— C'est faux, rétorqua-t-il. Tu as participé et tu m'as donné des idées très importantes, fondées sur ton expérience. Tu as pointé ce qu'il ne fallait pas faire. Et ce qu'il convient de faire.

— Bref, en dehors des boursiers, ou des enfants de parents qui se saignent aux quatre veines, Gold est une école pour privilégiés. Elle s'est sans doute un peu diversifiée économiquement parlant depuis l'arrivée de Rufty, mais ça reste un établissement privé pour des gosses de riches dont les parents sont en quête de tout ce qui les aidera à accéder aux universités les plus prestigieuses. Rien de répréhensible en soi mais...

Elle réfléchit tout en mangeant.

— An Didean se destine plutôt aux jeunes qui ont déjà connu des gros problèmes, des jeunes qui n'auraient normalement pas l'accès à des apprentissages et des expériences aussi étendus. Je ne parle pas seulement des maths, des sciences, des langues, tout ça, mais aussi de la musique, des arts, des jolies chambres, des conseillers pour les guider. Étendus, c'est le bon terme. C'est très vaste. Ça ne prendra pas pour certains d'entre eux.

» Ce n'est pas mon cynisme qui s'exprime, précisa-t-elle. C'est simplement la réalité.

— Je sais.

— Mais ça marchera pour la plupart d'entre eux, et ceux-là verront leur réalité transformée. Je garderai ça à l'esprit durant mes entretiens avec les anciens gamins pourris gâtés aujourd'hui.

— J'ai rencontré mon lot de gosses de riches dans ma vie, dont certains déjà rentiers à leur naissance. Tous ne sont pas des crétins ou des salauds cupides. Certains mènent un travail appréciable pour la communauté, et même si une partie d'entre eux le fait pour l'image ou pour les avantages fiscaux, les résultats sont les mêmes.

Eve croqua dans une tranche de bacon grillé.

— Bella sera une enfant de riches en grandissant, mais avec des parents comme Mavis et Leonardo, je ne l'imagine pas devenir une peste insupportable.

— C'est certain, confirma Connors. Pas plus que leur nouvel enfant.

Eve termina son petit-déjeuner irlandais.

— Raison pour laquelle je vais aussi m'intéresser aux parents de ces enfants de riches.

— Le fruit et l'arbre.

— Quoi ?

— On dit que le fruit ne tombe jamais très loin de l'arbre.

— Si tu veux un fruit, mieux vaut le cueillir avant qu'il tombe, répondit Eve en enfilant ses sous-vêtements. Sans quoi il va rester à terre et pourrir.

— Pas si tu le ramasses. C'est pour ça qu'on parle de cadeaux tombés du ciel.

Occupée à boutonner son chemisier, elle fronça les sourcils.

— Cadeaux du ciel ou des arbres ?

— C'est le concept de quelque chose qui tombe à tes pieds, souvent de façon inattendue.

— Un type balancé du haut d'un toit peut atterrir à tes pieds de manière inattendue. En quoi est-ce un cadeau du ciel ?

Il la regarda enfiler son pantalon.

— Pour être plus précis, le cadeau doit avoir une certaine valeur.

— Le corps peut avoir une montre en or et les poches pleines de billets, donc une certaine valeur.

— Il n'y a que toi pour penser à un truc pareil, murmura-t-il. Et il est évident que je n'ai pas bu assez de café pour aller au bout de cette conversation.

Eve boucla son harnais réglementaire, dont Connors estima qu'il renforçait brillamment le contraste avec la coupe élégante du chemisier et du pantalon.

— Bref, reprit-elle. Première hypothèse : l'un des parents pourrait encore avoir en travers de la gorge la façon dont son précieux rejeton a été traité lorsque Rufty a pris les commandes. Deuxième hypothèse : quand les parents protègent leurs gamins qui font les cons, on se retrouve souvent avec des adultes qui font encore plus les cons.

— C'est une manière de voir les choses.

— J'ai vu les deux cas. Une famille aimante, attentive, sérieuse qui produit un tueur cruel et violent. Des gens cruels et violents qui produisent... des flics et des multimilliardaires, termina-t-elle en croisant son regard au moment d'enfiler sa veste. Donc on peut dire que le fruit qui tombe de l'arbre peut aussi bien être plein de vers que servir à préparer une délicieuse tarte.

— Ce qui, et c'est remarquable, sonne comme un vrai dicton plein de justesse.

Eve haussa les épaules.

— Si les gens arrêtaient de s'entre-tuer cinq minutes, je pourrais t'écrire un livre entier d'expressions dignes de devenir des dictons.

Elle s'assit sur le rebord du lit pour mettre ses boots.

— Les boucles d'oreilles, lui rappela Connors avant qu'elle puisse se précipiter dehors et prétendre les avoir oubliées.

— D'accord, d'accord...

Elle dut se poster devant le miroir pour les accrocher et se demanda, comme souvent, comment elle avait pu laisser Mavis la convaincre de se faire percer les oreilles.

Puis elle étrécit les yeux face à son reflet et dut avouer qu'elle comprenait précisément ce qu'avait voulu dire Connors. Elle avait l'air compétente et en pleine possession de ses moyens mais sans paraître rentre-dedans. Si bien que lorsqu'elle rentrerait dans le lard de quelqu'un – et la suite de la journée s'y prêtait –, ce serait une surprise.

En revanche, si elle devait aller jusqu'à l'affrontement physique – ce qui pouvait arriver –, elle abîmerait un très beau tailleur. Mais si c'était le prix à payer...

— Ça le fait, c'est vrai.

— Oui, absolument. Il ne manque plus qu'un dernier détail, ajouta-t-il en se dirigeant vers son propre dressing.

— Ne me fais pas porter un autre truc qui brille !

Elle avait déjà, sous son chemisier, le diamant qu'il lui avait offert ; mais celui-là avait une valeur sentimentale. Ainsi que son alliance, à dimension sentimentale également, et requise par les règles du mariage. Bref, les boucles d'oreilles suffisaient.

Connors ressortit avec non pas un bijou mais une veste. Ou un manteau. Quelle était l'appellation appropriée ? Plus long que les vestes qu'elle portait au printemps et à l'automne, le vêtement était de la même nuance de gris que le tailleur.

Dès que Connors s'approcha, Eve capta le parfum du cuir.

— J'ai déjà une...

Elle ne termina pas sa protestation réflexe parce que, eh bien, elle préférait humer l'odeur du cuir. Connors connaissait sa faiblesse pour le cuir.

— Tu n'as pas – jusqu'à présent en tout cas – de trois-quarts magique. Il est doublé et traité de la même manière que ta veste et ton manteau.

Un « trois-quarts ». Elle aurait dû se douter qu'il existait un nom précis pour ça.

Il n'était pas spécialement chic ; Connors savait qu'elle aurait rechigné face à une pièce trop chic. Coupe simple, tissu gris fumé, avec des poches de chaque côté, qui lui descendrait sans doute à mi-cuisse. Les boutons mats en argent vieilli étaient décorés du même motif celtique que son alliance.

Cuir, simplicité, sentiments. Il l'attaquait sur tous les fronts.

— Approche, qu'on voie ce que ça donne.

Il le leva à hauteur d'épaules pour qu'elle puisse le passer facilement.

— Les poches sont larges et profondes... et renforcées. Et la longueur t'offre un nouveau choix entre veste et manteau.

Les mains sur les épaules d'Eve, il la fit pivoter vers le miroir et se tint derrière elle pour contempler son reflet.

— Oui, ça rend très bien.

Léger comme l'air, doux et flexible mais résistant, le trois-quarts lui allait comme un gant.

— Il est super. Vraiment super, s'émerveilla-t-elle.

Elle se retourna, lui prit le visage à deux mains et l'embrassa.

— Merci.

— Avec plaisir.

Elle récupéra le reste de ses affaires sur la commode, les assigna à différentes poches.

— Comment Summerset saura-t-il quel manteau remettre sur le poteau de l'escalier tous les matins ?

— Considère ça comme une autre forme de magie.

— Si tu le dis.

Elle revint vers lui, l'embrassa de nouveau.

— Ça, c'était le baiser d'au revoir.

— C'est noté. Prends bien soin de mon flic préféré.

— Ne t'en fais pas, elle porte un trois-quarts magique.

Eve sortit de la chambre, fit un détour par son bureau pour récupérer son attaché-case, puis descendit rapidement les marches pour constater qu'aucun manteau n'ornait le poteau.

« De la magie », songea-t-elle.

Sous la forme, sans doute, d'un appel de Connors à Summerset.

Une magie tout à fait satisfaisante.

Lorsqu'elle arriva au parc, l'espace dédié à la cérémonie avait déjà été investi. De nombreuses photos agrandies du défunt étaient disposées sur de simples chevalets blancs.

Abner en blouse de médecin, en tenue de coureur, avec son mari, en compagnie de leur famille. Ni poses ni occasions formelles, constata Eve, mais des clichés détendus et chaleureux. Extraits choisis d'une vie.

Des fleurs multicolores garnissaient des paniers blancs. Rien de formel ici non plus, ni de funéraire. « Joyeux » était l'adjectif qu'elle aurait choisi.

Deux tables avaient été dressées, recouvertes de nappes blanches. Des gens s'affairaient pour déposer de quoi manger sur l'une et de quoi boire sur l'autre. Un certain nombre de coureurs qui avaient déjà démarré leur entraînement matinal ralentirent l'allure, quelques-uns s'arrêtèrent même.

Eve garda un œil sur eux, comme sur tous ceux qui commençaient à se rassembler : certains en tenue de sport, d'autres en noir, d'autres en costume.

Elle avisa Seldine et ceux qu'elle supposa être son mari et ses enfants, en compagnie d'une partie de la famille. Elle reconnut aussi des visages issus du cabinet d'Abner.

Des bus se garèrent non loin. Eve reconnut Myata, le professeur de chimie et d'autres adultes qui aidaient les élèves à descendre.

Le temps que Peabody arrive, Eve estima que deux cents personnes s'étaient déjà rassemblées pour rendre hommage à Abner.

— Waouh, je ne m'attendais pas à ce qu'il y ait autant de…

Peabody s'arrêta, saisie d'admiration.

— Ce trois-quarts…, souffla-t-elle respectueusement.

— Silence, siffla Eve. Ne commencez pas à vouloir le toucher. Je suis sérieuse.

— Le toucher ? J'aurais même envie de le lécher.

— Faites ça et vous aurez droit à votre propre cérémonie mortuaire juste après celle d'Abner.

— Il est tellement... tellement. Ouh, et ce tailleur ! Ces boots ! Purée, mais c'est complètement...

Elle s'interrompit quand Eve tourna vivement la tête vers elle.

— Ouh là, quelqu'un habillé comme vous l'êtes ne devrait pas pouvoir balancer ce genre de regard qui vous carbonise jusqu'à l'os !

Puis elle sourit.

— C'est tout l'objectif ! comprit-elle.

— Plus un mot là-dessus ou je briserai vos os encore fumants à coups de talon. Bon sang, en voilà d'autres qui arrivent...

Eve était restée en arrière dans l'espoir de scruter les visages, d'analyser le langage corporel des personnes présentes, mais il y avait maintenant trop de monde. Elle décida de se mêler à la foule. Beaucoup d'enfants, constata-t-elle, allant des bébés en poussette aux enfants plus grands, voire aux adolescents.

Elle se fraya un chemin jusqu'à Louise et Charles.

— Contente que vous soyez venue, dit Louise en lui serrant affectueusement la main, puis celle de Peabody. C'est une journée difficile, mais la façon dont ils ont organisé ça...

— Ça montre non seulement qu'il était aimé, termina Charles, mais qu'il était aimant. Il se souciait des autres. Bonjour, Delia.

Charles se pencha pour lui faire une bise puis lui toucha les cheveux dans un geste amical.

— J'adore ces reflets roux.

— Je tente des trucs. Comment ça va, Louise ?

— Je tiens le coup. Ils m'ont demandé de prononcer son éloge funèbre, répondit Louise en s'appuyant contre Charles. Ils craignaient qu'aucun membre de la famille ne soit capable d'aller au bout sans fondre en larmes. Mais je n'ai...

— Vous y arriverez, assura Eve. Vous ne craquerez pas parce que vous savez ce qu'ils attendent de vous, ce dont ils ont besoin.

— Charles m'a dit la même chose. Je tenais à vous faire savoir que Martin a une confiance absolue en vous.

— S'il le dit.

— Non, c'est important que vous le sachiez. Il sait que nous sommes amies mais il n'avait pas besoin de m'en parler. Et pourtant, il l'a fait. Il ne doute pas un instant que Peabody et vous ferez tout ce qui sera en votre pouvoir. Il a précisé qu'après des années passées au contact d'enseignants, il distingue sans mal les individus passionnés par leur travail et convaincus de son importance et ceux pour qui c'est juste un job. Et il a bien vu que c'était beaucoup plus qu'un job pour vous deux.

Avant qu'Eve puisse esquiver, Louise lui passa un bras dans le dos et la serra contre elle. Puis elle fit de même avec Peabody.

— C'est important pour lui. Ça le réconforte. Et à cet instant, alors que je m'apprête à faire l'éloge funèbre d'un très bon ami, ça me réconforte, moi aussi.

— Elle ne vous posera pas la question, intervint Charles, alors je le fais. Est-ce qu'on en sait plus ? Avez-vous obtenu des infos que vous pourriez nous communiquer ?

— Nous avons un planning bien rempli pour cette journée de travail qui n'est en effet pas un simple job. Il y a une piste que voulons explorer. Vous connaissez beaucoup des personnes présentes. Si vous remarquez quelqu'un qui n'est pas à sa place ici, ou qui vous fait simplement mauvaise impression, informez-nous-en.

Elle balaya de nouveau les environs du regard.

— Pour l'instant, nous allons nous contenter de faire le tour, jauger les individus présents et rendre hommage à Kent Abner.

— Après la cérémonie, nous repartirons avec la famille, les employés du cabinet de Kent et certains amis proches. Nous ouvrirons l'œil, lui assura Charles.

— Je prends la parole dans quelques minutes. J'imagine qu'on a une vue imprenable sur l'assemblée depuis là-haut, dit Louise en désignant un podium étroit érigé entre deux paniers de fleurs. Je ferai de mon mieux.

Suivie de Peabody, Eve se déplaça à travers la foule, tous ses sens en alerte. Elles finirent par s'arrêter près de Rufty.

— Lieutenant, inspecteur. Très aimable à vous d'être venues.

Quoique rougis, ses yeux n'étaient pas embués de larmes.

— Je vous ai vu discuter avec Louise et Charles. Quelle chance pour nous d'avoir pu profiter d'épaules aussi solides que les leurs ces derniers jours.

— Nous voulions rendre hommage à votre mari et vous présenter, ainsi qu'à votre famille, toutes les condoléances du NYPSD.

— Merci. Merci beaucoup. C'est… c'est l'heure de l'intervention de Louise. Notre fils a commencé à rédiger l'hommage mais, eh bien, il n'a pas pu aller au bout. Aucun de nous ne se sentait capable de le faire.

— On va aller s'asseoir, papa, dit sa fille en lui prenant le bras. Excusez-nous.

— On observe en retrait, Peabody. Passez à gauche, j'irai à droite. Trouvez-vous un point de vue dégagé.

Eve trouva le sien et scruta visages et silhouettes tandis que Louise prenait la parole et que les gens cessaient de discuter et se rapprochaient pour mieux l'entendre.

Elle avait accroché un mini-micro au col de sa veste noire afin que sa voix porte.

Eve ne prêta pas attention aux mots, trop occupée à étudier les spectateurs. Mais elle capta le ton général, puissant et apaisant, avec un effet nettement perceptible. Louise tint bon jusqu'à la fin de son discours.

Eve poursuivit l'observation dix minutes de plus sans que personne lui saute aux yeux.

Elle fit signe à Peabody de la retrouver à la voiture.

— Louise a été formidable, commenta Peabody en ouvrant la portière. Son discours était plein de tendresse, avec des passages très émouvants et quelques anecdotes amusantes pile au moment où il fallait.

Puis elle soupira.

— Il y avait tellement de monde, et tellement de styles différents. Le tueur pouvait très bien être là, fondu dans la masse. Bon, ça valait le coup d'essayer.

— Ça vaudra sans doute aussi le coup d'assister à la cérémonie pour Duran pour voir si nous recroisons des visages aperçus ici.

— Il y a forcément des gens qui les connaissaient tous les deux mais oui, faisons ça. Maintenant, je peux ? demanda Peabody une fois qu'elles furent sur le trajet vers la gare de navettes. Personne ne nous verra.

— Vous pouvez le toucher. Une fois.

— Une fois, c'est trop peu. Accordez-moi trois caresses, c'est le minimum syndical.

— Je ne sais pas de quel syndicat vous parlez.

Mais Peabody avait déjà tendu la main et caressé le tissu.

— Trop doux ! Vous aviez déjà le manteau noir qui annonçait « je peux te botter le cul et celui de tes trois copains » et la veste façon « je fais face à toutes les situations sans jamais transpirer ». Avec celui-ci, c'est plutôt « non seulement j'ai la classe, mais personne ne fait le malin avec moi ».

— C'est ce que dit ce manteau ?

— Haut et fort. Sur quelqu'un d'autre, il dirait simplement « classe », mais quand c'est un flic comme vous qui le porte, ça en impose tout de suite beaucoup plus.

— Pas mal. Et ça fait trois caresses !

— Je ne pensais pas que vous comptiez. J'adore mon manteau rose et cette couleur ne m'irait pas. Mais ça ne l'empêche pas de me faire un effet bœuf.

— Gardez vos bœufs pour vous. Je n'ai pas l'intention d'y aller en douceur avec Grange.

— J'imagine que ça fait de moi le flic sympa ?

— Je vous charge de jauger ses réactions et d'improviser en fonction. Elle a l'habitude d'être celle qui donne les ordres, d'être la patronne. Je parie qu'elle nous détestera cordialement avant même qu'on ouvre la bouche.

— Compris. Et ça ne me dérange pas, parce qu'avec tout ce qu'on a appris sur elle jusqu'à maintenant, je ne peux pas dire que je l'apprécie beaucoup non plus. Cela dit, je peux commencer par faire mine d'être un peu admirative et intimidée.

— Grâce à la DDE et aux documents fournis par Rufty, nous avons une longue liste de noms à lui mettre sous le nez. Sans compter qu'elle aurait couché avec l'un des professeurs dans l'enceinte même de l'école.

— Vous pensez vraiment qu'elle a... avec un élève ?

— Difficile à dire. Espérons qu'on sera fixées après lui avoir parlé. Nous venons l'interroger sur son terrain, donc elle pensera avoir l'avantage. Elle se trompe. Une fois l'entretien terminé, nous irons voir Kendel Hayward. Sans l'en informer ni lui demander une entrevue.

Peabody se frotta les mains en souriant de toutes ses dents.

— On la prend en embuscade.

— Presque. Nous lui ferons comprendre qu'elle a beaucoup à perdre si elle est impliquée. Beaucoup à perdre si elle sait ou soupçonne quelque chose et ne passe pas aux aveux.

— Inutile pour moi de faire semblant d'être admirative ou intimidée.

— On va lui mettre la pression – des deux côtés – jusqu'à se faire une bonne idée de son implication.

— Elle pourrait nous lâcher un indice important. Dommage qu'on arrive à East Washington après le pic de floraison des cerisiers. Je parie que c'est magnifique à voir !


Elles passèrent le court trajet en navette à boire du café et à relire leurs notes. De temps en temps, Peabody lançait des coups d'œil ravis par le hublot tandis qu'Eve évitait soigneusement de regarder au-dehors.

À l'arrivée, un membre de la compagnie de transport les attendait près d'une voiture, clé électronique à la main.

— Elle est déjà programmée à votre intention, lieutenant. Quand vous n'en aurez plus besoin, vous n'aurez qu'à déposer la clé à l'accueil et la voiture ici. Nous nous occuperons du reste.

— Compris. Merci.

Il s'agissait d'une DLE, elle la reconnut tout de suite. Un modèle à la carrosserie noire avec quelques éléments chromés... et une plaque minéralogique temporaire.

— Elle rend bien en noir, commenta Peabody en se dirigeant vers le côté passager. Toujours ce côté discret et ordinaire. Mais je parie qu'elle dispose de toutes les options. Je ne pensais pas que la DLE était déjà sur le marché.

Eve s'installa sur le siège parfaitement ajusté selon ses préférences. Quand Peabody s'assit, Eve comprit que c'était la même chose côté passager.

— C'est Connors, dit-elle simplement en insérant la clé.

— *Bonjour, lieutenant. Votre autochef est entièrement approvisionné et vos réglages personnalisés déjà en place. Sentez-vous libre de modifier tout ce qui ne vous conviendrait pas. Si vous souhaitez vous rendre directement à l'école préparatoire Lester Hensen, l'itinéraire est également préprogrammé pour vous.*

« Évidemment, se dit-elle. Encore du Connors tout craché. »

— Et les locaux d'Élégance festive ?

— *Cette destination est également préprogrammée, de même que le domicile de Kendel Hayward. Indiquez simplement la destination de votre choix et le GPS s'activera.*

— Il ne loupe jamais un détail, murmura Eve. Prépa Lester Hensen.

— *Reçu. GPS activé. Carte affichée. En vous souhaitant un trajet agréable et sûr jusqu'à votre destination.*

Après trois minutes à conduire dans East Washington, Eve constata qu'elle avait besoin que l'ordinateur la guide. Toutes les routes semblaient décrire des cercles et boucler sur elles-mêmes. La ville devait avoir un problème avec les angles droits. Ils n'avaient jamais entendu parler d'une organisation en rues et avenues perpendiculaires ?

À côté d'elle, Peabody avait ouvert sa fenêtre.

— C'est super joli, lança-t-elle. Tous ces arbres, ces monuments, ces fleurs. Le printemps est déjà bien installé ici, on est suffisamment au sud de New York pour ça. Regardez comme l'herbe est verte !

— Bon sang, Peabody, la circulation est pire qu'à New York.

Ce n'était pas vraiment le cas, mais ce trafic-là lui était inconnu. Si bien qu'elle se sentit soulagée lorsqu'elle n'eut plus qu'à longer la clôture métallique de Lester Hensen.

Elle prit le virage menant à l'entrée. L'accès était barré par un portail et une guérite occupée par un gardien. Un droïde, constata-t-elle lorsqu'il sortit à sa rencontre.

— Que puis-je faire pour vous ?

Eve présenta son insigne.

— Lieutenant Dallas et inspecteur Peabody. Nous avons rendez-vous avec Mme Grange dans le cadre d'une enquête de police officielle.

Il scanna son insigne puis vérifia son registre.

— Veuillez prendre à gauche à la fourche et vous rendre sur le parking visiteur du secteur administratif. On viendra vous chercher pour vous escorter jusqu'au bureau de la directrice.

— Super.

Le portail s'ouvrit ; Eve s'y engouffra.

# 15

Le campus donnait à voir, Eve devait l'admettre, de belles étendues de verdure. Grandes pelouses, arbres déjà ornés de feuilles. Au loin, elle aperçut une troupe d'enfants en shorts et tee-shirts rouge et blanc qui couraient le long d'un parcours en ovale.

Entraînement à la course, sans doute. Elle-même avait fait de la course à l'école publique, une bonne échappatoire pour elle, car elle pouvait s'élancer en s'imaginant partir loin, loin, loin jusqu'à retrouver sa liberté.

Les bâtiments – tout en briques et colonnes d'allure très digne – avaient été conçus pour donner une impression d'ancienneté, comme s'ils étaient là depuis un siècle ou deux. Mais les recherches d'Eve indiquaient une construction postérieure aux Guerres Urbaines.

D'après les bribes de souvenirs de ses cours d'histoire, les Urbaines avaient causé d'énormes dégâts à ce qui était à l'époque Washington D.C. Il s'agissait après tout, comme aujourd'hui, du cœur du pouvoir politique. Sa transformation officielle en État à peu près au moment de la naissance d'Eve n'y avait rien changé.

Elle trouva son chemin jusqu'au parking et put admirer le bâtiment central, dont l'immense double porte était surmontée du nom de l'école gravé dans la pierre : École préparatoire Lester Hensen.

Une fontaine, placée entre le parking et la voie pavée qui encerclait l'école, fendait l'air de ses jets d'eau. Des fleurs rouges et blanches soigneusement arrangées à son pied épelaient les lettres EPLH.

— Ça en impose, siffla Peabody.
— Oui, pas mal.
— Il faut dire que beaucoup d'avocats, de juges et de politiciens sont passés par ici.
— Pas de quoi se vanter à mes yeux.

Peabody éclata de rire. Une brise nettement plus douce qu'à New York les accueillit lorsqu'elles sortirent de la voiture.

— Ces murs ont aussi vu défiler des scientifiques, des enseignants, des écrivains et des hommes ou femmes d'affaires, ajouta-t-elle. Il faut avoir une cervelle et un portefeuille bien remplis pour franchir ces portes. Et j'imagine qu'un bon carnet d'adresses ne fait pas de mal non plus.

Peabody prit une profonde inspiration.

— Même s'il ne s'agit que de l'odeur des paillis et des fleurs fraîchement plantées, cet endroit respire l'opulence et la richesse, non ?

— C'est la première fois que j'entends dire que les riches sentent la terre. Voilà le comité d'accueil.

Eve étudia la femme d'une quarantaine d'années qui venait de passer les immenses portes et descendait les marches blanches sur ses talons aiguilles noirs. Son tailleur, proche du corps et descendant précisément au ras du genou, arborait un col haut et une coupe militaire.

Pas vif, dos droit. Sa démarche, selon Eve, était celle d'un soldat. Ses cheveux, noirs également, étaient rassemblés en un chignon serré qui exposait son visage aux yeux en amande et à la peau basanée.

Elle contourna la fontaine en suivant le chemin pavé.

— Lieutenant Dallas ?
— Oui.
— Madame Mulray, assistante de Mme la directrice. Je vais vous escorter ainsi que l'inspecteur Peabody.

Elle leur désigna le chemin.

— Mme Grange est actuellement en réunion mais elle a été informée de votre arrivée. Elle espère ne pas vous faire attendre trop longtemps. Vous avez fait bon voyage depuis New York, j'espère ?

Question plus routinière que réellement intéressée, donc Eve répondit sur le même mode :

— Trajet sans histoires.

Mulray poussa l'une des portes et la leur tint ouverte pour les faire pénétrer dans un local de sécurité aux épaisses parois de verre. Eve passa en revue une demi-douzaine de scanners et deux agents de sécurité en uniformes aux couleurs du campus.

— Les armes de tous types étant interdites sur le campus, je vous demanderai de nous remettre vos armes de service.

— Non, répondit Eve.

— Je comprends votre réticence, lieutenant, mais c'est le règlement.

— Quant à moi, je suis le règlement du NYPSD. Nous sommes deux agents de police, votre directrice a été informée de notre arrivée et du but de notre visite. La police d'East Washington a également été prévenue. Vous disposez clairement d'agents de sécurité armés sur le campus, conformément au protocole. Nous ne remettrons pas nos armes.

» Si c'est un problème, poursuivit Eve, nous pourrons interroger la directrice Grange ailleurs que sur le campus. Au Central de New York, par exemple. Inspecteur Peabody, contactez le bureau du procureur et demandez un mandat.

— Si vous voulez bien patienter ici un instant.

Impassible, Mulray s'avança vers la paroi de verre qui s'ouvrit devant elle, actionnée par les gardes ou par un dispositif qu'elle portait sur elle.

— Belle manière de démarrer la confrontation, glissa Peabody à voix basse.

— Je vous parie que Grange voulait tenter un petit bras de fer.

— Je contacte vraiment Reo ?

— Attendons de voir ce qu'elle va faire ensuite. Si elle nous met des bâtons dans les roues, nous irons voir Hayward en premier puis nous reviendrons avec un mandat.

Mulray revint et franchit de nouveau les portes, qui demeurèrent ouvertes.

— Mes excuses, lieutenant, inspecteur. J'avais mal compris les directives de Mme la directrice. Vous êtes bien entendu autorisées à conserver vos armes de service.

Des mots aussi saccadés que son pas qui n'arrivaient pas tout à fait à dissimuler un fond de colère. Grange avait rejeté la responsabilité et l'embarras sur son assistante, conclut Eve. Et ce n'était sans doute pas la première fois.

— Aucun problème, dit-elle.

Eve s'avança dans le très spacieux hall d'entrée. Le portrait du fondateur, serti dans un cadre doré, accueillait les entrants. Vêtu d'une robe de juge, Lester Hensen avait l'air sérieux et sage.

Ni l'odeur ni l'ambiance ne rappelaient celles d'une école. Eve n'aperçut d'ailleurs ni salles de classe ni élèves. Un endroit uniquement réservé à l'administration, donc.

On ne mélangeait pas torchons et serviettes.

Elles franchirent une autre paroi de verre derrière laquelle s'activaient de nombreux employés sur de nombreuses stations de travail. Au mur, toujours le portrait du fondateur, mais aussi celui de l'actuelle directrice.

Eve s'imagina devoir travailler ainsi sous la surveillance des grands manitous.

Elles passèrent devant plusieurs bureaux aux portes closes puis montèrent un grand escalier.

Au-dessus du sol de marbre bleu, d'élégantes fenêtres de toit laissaient passer une grande quantité de lumière.

Eve aurait aimé demander à Mulray à quel point ses jambes et ses pieds sortaient endoloris d'une journée passée à marcher en talons sur ce genre de surface impitoyable.

Le domaine réservé de Grange s'offrait lui aussi une double porte. Quand Mulray l'ouvrit, Eve constata qu'une moquette couleur d'or pâle prenait le relais du marbre. Deux employées visiblement surprises en pleine discussion s'empressèrent de se remettre au travail à leurs bureaux.

Des photos du campus s'étalaient sur les murs, accompagnées d'un autre portrait de la directrice. Un espace d'attente comprenait deux sofas et quatre fauteuils. Elles poursuivirent leur route... et Eve eut le temps de capter le bref échange de sourires complice entre les employées dans le dos de Mulray.

Une autre porte leur donna accès au bureau de l'assistante. Un unique bureau impeccablement rangé, un petit écran mural, deux chaises destinées aux visiteurs et un mini-bar dans une alcôve.

Mulray sortit une carte magnétique pour accéder à la porte suivante.

— La directrice vous demande de bien vouloir patienter dans son bureau, indiqua-t-elle. Comme je vous le disais, elle espère pouvoir vous rejoindre très rapidement. D'ici là, puis-je vous proposer quelque chose à boire ? Un café, peut-être ?

Eve balaya l'espace du regard en laissant sciemment la question sans réponse.

Il faisait bien trois fois la taille de celui de l'assistante. Les murs avaient été repeints en vert clair, avec un grand coin détente équipé d'un sofa de la même couleur assortie de fines rayures rappelant la teinte de la moquette. Les fauteuils disposés en face arboraient le motif inverse.

Près de l'entrée, à côté des tableaux représentant l'école, étaient accrochées plusieurs photos de la directrice en compagnie de ce qu'Eve supposa être des donateurs, d'anciens élèves et des VIP.

Le bureau à la patine brillante était disposé de manière à ce que la personne assise dans le haut fauteuil en cuir bruni profite d'une vue d'ensemble sur la porte et les trois élégantes fenêtres.

Les étagères flottantes étaient garnies de souvenirs plutôt que de livres ou de fournitures de bureau.

Une porte latérale donnait sur une salle de bains dallée de marbre, avec une cabine de douche et un long plan de travail surmonté d'un vase en cristal garni de lys odorants.

— C'est vous qui gérez les déplacements de Mme Grange ? demanda-t-elle.

— Le Dr Grange, la corrigea Mulray. Ses déplacements professionnels, oui.

— Elle s'est rendue à New York récemment ?

— Je... Pas à ma connaissance, non.

— Je vais vous demander de vérifier. Depuis combien de temps êtes-vous l'assistante du Dr Grange ?

— J'ignorais que vous aviez aussi prévu de m'interroger.

Eve la dévisagea sans ciller.

— Vous avez besoin de temps pour trouver la réponse ?

— Cinq ans, répondit Mulray avec le ton d'un soldat au garde-à-vous.

— Vous n'étiez pas assistante du directeur lors de son arrivée à Lester Hensen ?

— J'ai pris le poste en août 2056, après le départ en retraite de mon prédécesseur.

— Vous faisiez déjà partie de l'équipe ?

— Oui, en tant qu'assistant administrative du responsable de la vie scolaire. Je suis à Lester Hensen depuis neuf ans.

— Vous étiez donc sur place à l'époque où Stephen Whitt étudiait ici. Il est sorti diplômé en 2053.

— Nous accueillons chaque année entre neuf cents et neuf cent vingt élèves. J'ai bien peur de ne pas pouvoir me rappeler chacun d'eux.

— Même le fils d'un donateur majeur ?

Eve s'approcha de l'une des photos au mur.

— C'est son papa ici même.

— Navrée de ne pas pouvoir vous aider.

— Pas autant que moi, répondit Eve.

Elle consulta sa montre.

— Et si vous alliez voir combien de temps encore le Dr Grange a l'intention de faire attendre le NYPSD ?

— Asseyez-vous, je vous en prie.

Mulray ressortit, raide comme un piquet.

— Je me demande comment elle fait pour arpenter ces couloirs sans grimacer de douleur avec cette posture guindée.

Eve sourit.

— Question d'entraînement. Je vous parie qu'elle était militaire avant de rejoindre l'administration de l'école. Et qu'elle ne nous a pas dit la vérité, n'est-ce pas, Peabody ?

— Non, lieutenant. Elle connaissait le nom de Whitt. Et vous savez quoi d'autre ?

— Ai-je vraiment envie de le savoir ?

— Je pense que vous trouverez ça intéressant. Le tissu du canapé et des fauteuils ? C'est le genre à coûter six cents dollars le mètre.

Eve reporta son attention sur les sièges.

— Ça fait beaucoup, j'imagine, même si je ne suis pas l'évolution du cours du tissu.

— En estimant qu'il faut à peu près quatorze mètres – voire quinze – pour le canapé et entre douze et quatorze de plus pour les fauteuils... Plus le nécessaire pour le passepoil. Je vous laisse faire le calcul.

— Non, répondit Eve. Il ne vaut mieux pas.

— Bon, alors disons qu'on dépasse les vingt mille dollars. Et c'est sans la main-d'œuvre, les coussins faits main et l'armature même du sofa et des fauteuils qu'on recouvre. Et avant les honoraires de l'architecte d'intérieur chicos qu'ils ont embauché – ça se voit au premier coup d'œil – pour redécorer les lieux. Mis bout à bout, je tablerais sur quarante mille rien que pour le sofa et les fauteuils.

— Pour le coin détente d'un bureau de directrice ? Ça semble... excessif.

— Je ne vous le fais pas dire.

Comme encouragée, Peabody désigna le bureau d'un grand geste des deux mains.

— Et si on ajoute ce bureau ? C'est de l'authentique cerisier, de même que ces étagères. Et fabriqué sur mesure, en plus. Ça doit monter à plus de dix mille dollars.

— Vous êtes pleine de ressources, Peabody.

— Le bois et le tissu, ça me connaît. En prenant en compte tout le mobilier, avec les tables, les lampes, ces cantonnières aux fenêtres... et bien sûr les cadres personnalisés en cerisier autour de toutes ces photos...

Elle passa la tête dans la salle d'eau.

— Bon sang, serviettes en coton égyptien et tout... On approche des deux cent mille, Dallas.

— Sacré budget déco. Vous savez quoi d'autre, Peabody ?

— Je ne sais pas si je pourrai en encaisser beaucoup plus. Ce bois, ces tissus, j'en deviendrais presque jalouse.

— Il n'y a pas un seul livre, ni ici, ni chez l'assistante, ni même chez les assistantes de l'assistante. Pas un seul dossier ni disque sur le bureau ou sur les étagères. Cette pièce est entièrement axée sur elle et son image.

— Effectivement. Et même si elle a beaucoup de goût, je peux déjà vous dire qu'elle ne va pas me plaire.

— Canalisez ce sentiment pour tâcher d'avoir l'air intimidée. Au début, en tout cas.

Eve se tourna en entendant la porte s'ouvrir. Elle avait pris le temps, à plusieurs reprises, d'examiner de près les photos de Grange. Mais elle devait admettre que celle-ci était impressionnante. Sa chevelure brun foncé était mise en valeur par une coupe courte et à la mode, avec un brushing et des mèches impeccablement appliqués. Malgré ses soixante-dix ans passés, elle avait une peau lisse et lumineuse. Indication, là aussi, de l'usage de soins très haut de gamme.

Juchée sur ses talons, elle atteignait le mètre quatre-vingts, avec un physique pulpeux magnifié par un tailleur rouge vif sur mesure. Ses yeux d'un vert aussi pâle que celui des murs considérèrent Eve aussi froidement qu'Eve elle-même la dévisageait.

— Lieutenant Dallas, inspecteur Peabody, je suis le Dr Grange. Navrée de vous avoir fait attendre. Teesha aurait dû vous proposer un café. Laissez-moi en commander.

— Ce ne sera pas nécessaire. Puisque nous avons pris du retard, nous aimerions commencer.

— Bien sûr. Asseyez-vous, je vous en prie.

Elle s'installa sur le sofa et attendit qu'Eve et Peabody prennent les fauteuils.

Peabody se racla la gorge.

— Docteur Grange, j'aimerais en profiter pour vous dire combien votre bureau est charmant.

Grange la gratifia d'un sourire dénué de chaleur et jeta un rapide coup d'œil sur ses bottes roses.

— Merci. J'ai constaté qu'un environnement à la fois beau et ordonné facilitait l'acuité et la concentration. Diriger un établissement aussi important et réputé que Lester Hensen implique de nombreuses responsabilités.

Elle croisa ses longues jambes.

— Mais je crois comprendre que vous êtes venues pour évoquer mes fonctions passées à l'académie Theresa A. Gold de New York. J'ai été navrée d'apprendre le décès du partenaire du Dr Rufty.

— Son mari, corrigea Eve.

— Oui, bien sûr. Il me semble avoir brièvement rencontré le Dr Abner durant la période de transition. Mais beaucoup de temps a passé depuis et je ne me souviens pas bien de lui.

— Le Dr Rufty vous a remplacée à Gold.

Le terme « remplacée » fit sourciller Grange.

— Le Dr Rufty a accepté le poste de directeur après ma démission.

— C'est ça. Et pourquoi avez-vous démissionné ?

— On m'a proposé ce poste de direction ici. Si l'académie Gold est une très bonne école, les administrateurs de Lester Hensen m'ont fait une offre impossible à refuser. Notre établissement se focalise sur les classes entre la troisième et la terminale, là où l'académie va de la maternelle au lycée. Je voulais consacrer toutes mes compétences à ces années essentielles précédant l'entrée à l'université.

— Votre déménagement pour East Washington n'avait donc aucun lien avec votre divorce ?

Le regard de Grange se durcit.

— Je ne fonde pas mes décisions professionnelles sur mes relations personnelles. Reginald et moi étions d'accord pour dire que notre mariage était en bout de course et nous sommes séparés sans acrimonie.

— Vraiment ? J'ai eu l'impression qu'il lui restait un peu de l'acrimonie accumulée à la suite de votre relation extraconjugale.

Grange crispa les mâchoires.

— Il ne saurait y avoir de lien entre mes affaires intimes et le meurtre du partenaire... du mari, se corrigea-t-elle, de la personne qui dirige un établissement que j'ai quitté il y a huit ans.

— Sur ce point, vous faites erreur.

— Je vous trouve bien désinvolte, lieutenant.

— Je vous trouve bien évasive, madame Grange. L'éclaircissement de vos agissements privés à l'époque où vous viviez et travailliez à New York constitue un élément clé de cette enquête. À l'époque où vous dirigiez Gold, un professeur du nom de Jay Duran faisait partie de l'équipe éducative. Je ne doute pas que vous vous souveniez de lui : Duran a déposé des plaintes contre vous, en même temps que d'autres professeurs.

Grange tapotait sa cuisse du bout d'un doigt à l'ongle aussi rouge que son tailleur.

— Je me souviens de M. Duran. Son avis différait du mien quant aux méthodes et aux règles que j'avais instituées. Il n'en demeure pas moins que j'étais à la tête de l'académie, lui non.

— Elise Duran, l'épouse du professeur Duran, a été tuée deux jours après le Dr Abner et de la même manière que lui, annonça Eve. Mais je ne vous l'apprends pas, constata-t-elle avec un lent hochement de tête.

— Quand le conseil d'administration a insisté pour que je vous reçoive, j'ai évidemment fait mes propres recherches. Je suis navrée pour la femme de M. Duran, de même que pour lui et ses enfants. Mais il n'était rien de plus pour moi qu'une vague source d'irritation il y a de cela des années. Je crois savoir par ailleurs qu'il a quitté l'académie peu de temps après moi. Peut-être n'approuvait-il pas non plus les méthodes du Dr Rufty.

— Il a obtenu son doctorat, indiqua Peabody en chuchotant presque. Il enseigne à Columbia.

— Grand bien lui fasse. Mais cela n'a toujours rien à voir avec moi.

— En tant que responsable de cette enquête, je pense le contraire. Les deux meurtres ont un lien avec l'académie Gold, et avec vous. Les deux victimes étaient mariées à des individus qui jugeaient vos méthodes problématiques et voulaient les voir évoluer. Si vous commenciez par nous dire où vous étiez aux dates et horaires qui nous intéressent ?

La posture déjà rigide de Grange se raidit plus encore sous l'effet de la colère.

— Vous devenez insultante !

— Oh non, madame, se récria Peabody dans son rôle de conciliatrice aux grands yeux écarquillés. Ce n'est pas notre intention. Nous...

— Vous osez venir ici et m'accuser de meurtre ? rétorqua Grange. Pour ensuite prétendre que ce n'est pas insultant ?

— Personne ne vous accuse de quoi que ce soit, à ce stade, répondit Eve en insistant sur les trois derniers mots pour capter de nouveau l'attention de Grange. Déterminer où vous étiez et le corroborer ensuite constitue un passage obligé dans n'importe quelle enquête. Maintenant...

— Vous ne salirez pas ma réputation avec vos « passages obligés ».

Elle se leva d'un bond et ouvrit la porte à la volée.

— Teesha, sortez mon agenda et dites-leur où je me trouvais les... ?

Eve, qui commençait à s'amuser, survécut au regard assassin de Grange et récita les dates et heures en question.

— Oui, docteur Grange. Le 26 avril au soir, vous participiez à un cocktail dînatoire au domicile de la députée Delaney, arrivée à 19 h 30 et départ prévu pour 22 h 30. M. Lionel Kramer vous escortait. Le 27 avril au soir, vous avez assisté à une représentation du *Lac des cygnes* au Kennedy Center avec M. Gregor Finski. Lever de rideau à 20 heures.

— Voilà. Satisfaites ?

— Pas avant d'avoir vérifié ces informations. Puisque notre enquête nous ramène à la période de transition entre vous et le Dr Rufty, il nous faut aussi le nom du membre de l'équipe académique avec qui vous avez eu une liaison pendant que vous étiez directrice.

— Teesha, je veux voir Kyle Jenner du service juridique dans mon bureau dès que possible.

Grange claqua la porte.

— Comment osez-vous ?!

— Oh, ce n'est pas compliqué. J'appelle ça « faire mon travail ».

— C'est simplement qu'on nous a transmis cette information, intervint Peabody dans une brillante imitation d'intimidation. Nous sommes obligées de donner suite...

— Les commérages ne sont pas des informations.

— Les déclarations faites à des policières dans le cadre d'une enquête ne sont pas des commérages, répliqua Eve. Allez-vous nier avoir eu des relations sexuelles en dehors de votre mariage avec M. Greenwald ? Réfléchissez bien avant de répondre, l'avertit-elle, car nous avons recueilli les dépositions de M. Greenwald et d'autres personnes à ce sujet. La déposition de M. Greenwald, poursuivit Eve, mentionne un accord mutuel permettant à l'un comme à l'autre de vivre des aventures sexuelles en dehors du mariage tant que cela se faisait dans la discrétion. Vous le contestez ?

— Non. Pourquoi le contesterais-je ? répondit Grange d'un air hautain.

Elle se rassit, sans chercher à dissimuler son mépris.

— Quelques mois avant que vous quittiez Gold, votre ex-mari a reçu des photographies compromettantes de vous avec un... partenaire non identifié. Autant dire que pour la discrétion, c'était raté. Par ailleurs, vous étiez en pleins ébats avec un professeur de Gold, dans les locaux mêmes de l'école, quand un autre professeur vous a surprise. Oups.

— Je repoussais ses avances et l'incident a été mal interprété.

— Comme vous voudrez. Il me faut leurs noms.

Grange se radossa à son siège et décocha à Eve un regard brûlant d'un mélange de mépris et d'arrogance.

— Si vous vous rappelez les noms de tous ceux avec qui vous avez couché, je suis bien triste pour vous.

— Si vous jugez votre valeur au nombre de gens qui vous ont culbutée, je suis bien triste pour vous. Mais je n'ai pas besoin de tous les noms. Commencez par celui du professeur, celui que vous « repoussiez ». Je suis sûre que vous vous rappelez au moins celui-là, de même que l'identité de celui qui vous a surpris.

Grange laissa échapper un soupir.

— Il y a eu malentendu de leur part à tous les deux. Le premier a confondu mon intérêt pour son travail avec quelque chose de plus personnel et le second a tiré des conclusions erronées de ce qu'il a cru voir.

— Leurs noms.

— Van Pierson, qui enseignait l'histoire niveau collège. Je crois qu'il a démissionné peu après mon départ. J'ai bien peur de ne pas savoir où il est allé ni où il se trouve et quel poste il occupe aujourd'hui. Et Wyatt Yin, qui était jeune, monté sur ressorts et source de divers problèmes. Il me semble qu'il a fini par estimer que les rigueurs de l'enseignement privé n'étaient pas pour lui et par rejoindre le public.

— Une décision prise strictement par lui-même ?

— C'est ainsi que je m'en souviens. Maintenant, si c'est tout ce que vous vouliez...

— D'autres noms qui vous reviendraient ? Un amant trop vite jeté cherche souvent à se venger.

— Si vous sous-entendez que je serais en danger...

— Je ne sous-entends rien. Je dis, très clairement, que deux personnes sont mortes, les conjoints de deux personnes que certains pourraient estimer responsables de votre départ loin de Gold et de New York... et donc de cet amant. Nous sommes arrivées à la conclusion qu'il y avait un lien entre les meurtres et ce qui s'est passé à l'époque.

— C'est ça votre conclusion ? Vraiment ?

Grange croisa de nouveau les jambes, un rictus de mépris aux lèvres.

— Vous en concluez que je serais indirectement responsable de deux meurtres parce que j'ai exercé ma liberté sexuelle ? Je ne suis d'accord ni avec vos conclusions ni avec les hypothèses sur lesquelles elles se fondent. J'ai quitté Gold il y a huit ans et coupé tous les ponts avec l'école et avec New York. Et voilà que vous vous imaginez qu'au bout de huit ans, quelqu'un avec qui j'aurais peut-être couché punit ceux qui ne soutenaient pas mes méthodes administratives ?

Eve laissa le silence s'appesantir quelques instants avant de répondre.

— C'est un bon résumé, dit-elle.

Grange chassa quelques mèches de cheveux imaginaires avec un regard appuyé de fausse compassion mêlée de suffisance.

— Vous avez été scolarisée dans l'école publique, lieutenant ?

— En effet.

— Dans ce cas, vous n'avez – et c'est bien triste – bénéficié que d'une scolarité limitée, réduite à sa plus simple expression. Une formation bien insuffisante pour qui voudrait exercer une authentique pensée critique.

— Vous croyez ? demanda Eve d'une voix douce.

— Les esprits brillants sont rares parmi ceux qui ont connu un tel désavantage éducatif. Et vous, inspecteur ? Vous avez été élevée et scolarisée chez des partisans du Free Age ?

— C'est ça.

— Quel dommage. Je regrette que vos parents ne vous aient pas donné accès à de véritables études. Avoir grandi au sein de familles d'accueil n'a pas laissé beaucoup de choix au lieutenant Dallas pour s'extirper de sa triste condition. Mais vos parents, inspecteur ? Quelle erreur et quel égoïsme de leur part que de donner la priorité à leur étrange mode de vie plutôt qu'au bien-être de leurs enfants ! D'un autre côté, si l'on tient compte de vos désavantages, j'imagine que vous avez toutes les deux fait le meilleur choix de carrière possible en rejoignant la police.

Eve s'apprêtait à répondre mais Peabody la prit de vitesse en se redressant d'un bond.

— Espèce de snobinarde arrogante et condescendante ! Vous pensez que votre doctorat vous rend plus intelligente que les autres ? Je vais vous dire ce que mon éducation free age m'a appris. En plus de tout ce que vous enseignez dans un mausolée hors de prix comme celui-ci, j'ai appris à semer et à récolter, à cuisiner, à tisser, à coudre. J'ai appris le travail du bois et la mécanique. J'ai appris la compassion, la tolérance et la gentillesse.

— Ne me parlez pas sur ce ton dans mon propre bureau !

— Je parlerai sur le ton qui me plaira. Je ne suis ni l'une de vos élèves ni l'une de vos subalternes. Je suis inspecteur de police à New York et un inspecteur de police new-yorkais sait reconnaître une sale menteuse quand il en voit une. Donc n'imaginez pas pouvoir librement insulter ma famille, ma vocation ou mon lieutenant. Vous n'êtes même pas digne de cirer les boots avec lesquelles elle va vous botter le cul !

Grange se leva brusquement, furieuse. Eve fit de même et s'intercala entre elles.

— Peabody...

— Je vous ferai retirer votre insigne !

— Ah ouais ? gronda Peabody. Vas-y, sœurette, essaie un peu.

— Inspecteur Peabody ! lança Eve en y ajoutant un petit coup de coude. Allez prendre l'air. Sortez, inspecteur. Tout de suite.

Peabody battit en retraite au prix d'un effort visible.

— Bien, lieutenant.

Peabody sortie, Grange reporta sa colère sur Eve.

— Si vous ne contrôlez pas mieux que cela vos subordonnées...

— L'inspecteur Peabody est mon équipière et je vous conseille de faire très, très attention à ce que vous allez dire à son sujet.

— J'exige que vous quittiez immédiatement mon bureau et le campus !

— Aucun problème. Je prendrai soin de signaler votre manque de coopération durant cette enquête criminelle à votre conseil d'administration. Je suis certaine que ça les intéressera.

Eve se dirigea vers la porte.

— Tout comme ils apprécieront sans doute la confirmation que vous n'avez pas hésité à – comment disiez-vous, déjà ? – « exercer votre liberté sexuelle » au sein de l'école avec des subordonnés. Et peut-être même avec des parents. Comme, tenez, Brent Whitt, sur cette photo, là. Ou encore des étudiants qui vous tapaient dans l'œil ? Tout en faisant mine de ne pas voir ceux qui, moins séduisants à vos yeux, se faisaient harceler, menacer ou tabasser.

— Vous n'êtes pas une menace pour moi.

— Rassurez-vous comme vous le pouvez, mais le flic issu de l'école publique que je suis a également fréquenté l'académie du NYPSD et été formée, à son arrivée sur le terrain, par l'un des meilleurs enquêteurs de la Criminelle. Un petit conseil, docteur Grange : envisagez sérieusement de prendre votre retraite. Parce que je vais m'occuper de votre cas.

Elle ouvrit la porte et la maintint ouverte afin que ses paroles portent loin.

— Oh, et un dernier conseil : j'éviterais d'ouvrir d'éventuels colis adressés à l'établissement. Les amants éconduits peuvent se retourner contre vous, et quand ça arrive, les choses ont tendance à vite très, très mal tourner.

Elle sortit et referma la porte.

Mulray demeura assise à son bureau, parfaitement immobile, le regard braqué droit devant elle.

— Brent Whitt, répéta Eve parce que Grange aussi s'était figée à la mention de ce nom. Réfléchissez-y. Et réfléchissez bien à votre position. Vous travaillez pour une menteuse qui se fiche du mal qu'elle peut faire – y compris à vous, évidemment – tant qu'elle s'en sort à son avantage.

Eve traversa le bureau suivant, où les deux femmes la regardèrent passer, bouche bée et yeux écarquillés.

En tournant le coin du couloir, elle croisa un homme pressé – costume sombre et chaussures vernies – qui remontait vers le bureau de la directrice.

« L'avocat », supposa-t-elle sans ralentir le pas.

Grange allait effectivement en avoir besoin, mais Eve doutait que ce soit un représentant de l'école.

Arrivée dehors, elle vit Peabody qui faisait furieusement les cent pas sur le parking des visiteurs. Et comme Peabody agitait les bras et brandissait le poing à intervalles réguliers, Eve devina que son équipière rejouait la scène dans le bureau de

Grange... en y ajoutant les reparties bien senties qu'elle n'avait pas eu la présence d'esprit de lancer sur le moment.

« Toujours en rogne », conclut Eve en descendant l'escalier pour emprunter le chemin pavé.

— Bon, je crois qu'il va falloir continuer à travailler sur votre air faussement intimidé, lança-t-elle en préambule.

— Je suis désolée, d'accord ?

Peabody n'avait pas le moins du monde l'air désolée.

— Je ne pouvais pas rester sans rien dire alors qu'elle s'en prenait à ma famille. C'était déjà rude de l'entendre vous dénigrer, mais bon, vous n'avez pas besoin de moi pour vous défendre. En revanche, je ne laisserai personne proférer des trucs pareils sur mes parents ou sur notre métier. Personne !

Eve s'appuya dos à la voiture et laissa Peabody s'énerver en tapant du pied.

— Évidemment, je me fiche complètement qu'un pauvre mec dans la rue me traite de tous les noms ou qu'un suspect qu'on cuisine en salle d'interrogatoire s'en prenne à moi. Mais pas à mes parents ! Pas en laissant entendre qu'ils m'auraient... quoi ? Maltraitée ou je ne sais quoi. Comme si c'étaient des crétins. Et comme si on était forcément médiocre sous prétexte qu'on n'a pas étudié dans une école chicos comme celle-ci. C'est n'importe quoi. N'importe quoi !

Eve laissa passer quelques secondes.

— Vous avez terminé ?

— Je crois, oui.

— Bon. Nous allons interroger Hayward. Pendant que je conduirais, vous pourrez commencer à rédiger votre rapport à l'intention de Whitney.

— Mon Dieu, le commandant...

Peabody ferma les yeux un instant avant de les lever au ciel.

— Il va me passer un de ces savons, ajouta-t-elle.

— On s'inquiétera de ça plus tard. Une fois qu'on en aura terminé ici, on complétera le rapport durant le trajet de retour et on l'enverra à Whitney. Pour qu'il puisse, à son tour, informer le conseil d'administration que nous nous intéressons de près à la directrice Grange dans le cadre de notre enquête, qu'elle n'a pas été coopérative et que nous avons des preuves que durant ses années à la tête de Gold, elle s'est livrée à des activités sexuelles, dans l'enceinte de l'établissement, avec un subordonné. Plus des preuves d'activités sexuelles adultères régulières et ainsi de suite.

— On va vraiment faire ça ?

— Oh que oui. On va tout balancer aux administrateurs : harcèlement, triche, tromperie, sexe, la totale.

— Je me sens déjà mieux.

— Bien. En voiture, mettez-vous au travail, dit Eve en s'installant derrière le volant. Parce que j'ai bien l'intention de lui botter le cul avec ces boots qu'elle n'est pas digne de cirer.

Peabody laissa échapper un petit rire penaud.

— Là-dessus, au moins, j'ai su quoi lui répondre.

— Et ce n'est pas tombé dans l'oreille d'une sourde, sourit Eve avant de démarrer et de quitter les lieux.

# 16

La salle d'exposition et les bureaux de Kendel Hayward constituaient un endroit débordant de charme et d'entrain avec des employés tout aussi débordants de charme et d'entrain. Eve eut l'impression d'être cernée par un bataillon d'anciennes pom-pom girls.

Par chance pour sa santé mentale, la pom-pom girl momentanément responsable des lieux lui apprit que Kendel menait des rendez-vous à son domicile jusqu'à 15 heures, après quoi elle reviendrait sur place pour superviser une livraison.

Elle dut néanmoins tirer Peabody à l'écart d'une vitrine qui présentait des échantillons de serviettes de différentes couleurs, tailles et motifs.

— Chouette endroit, commenta Peabody comme elles remontaient dans la voiture. Joyeux, plein d'énergie.

— Le genre d'énergie joyeuse qui moi me donne la migraine. Et puis quelle idée de créer une entreprise pour organiser les fêtes d'autres personnes ? Les gens ne peuvent pas se contenter d'acheter de la pizza et des bières ?

— Ils ont parfois envie d'un truc un peu plus sophistiqué.

— Pas les gens sains d'esprit. Ils avaient toute une section consacrée aux fêtes pour enfants. C'est pourtant pas si compliqué : on achète un gâteau, de quoi grignoter pour les gamins et de l'alcool pour les adultes. Hop, réglé !

Peabody, qui pensait toujours à sa famille, ne pouvait pas vraiment la contredire. Elle se souvenait de ses propres anniversaires quand elle était enfant. Ils n'achetaient pas de gâteau. Quelqu'un le faisait, de même que les en-cas à grignoter et – oui – les boissons alcoolisées aussi.

Rien que de bons souvenirs.

Cela dit...

— Je pense que quand on aime les fêtes – ce qui vous exclut d'office – on s'amuse sûrement en les préparant. Hayward est sans doute douée pour ça. Comme je vous le disais, l'endroit est plein d'entrain.

— Pour ce qu'on en sait, Hayward peut tout aussi bien traîner chez elle, sortir déjeuner dans un restaurant branché puis se faire faire une manucure ou je ne sais quoi pendant que son équipe de surexcités fait tout le boulot.

— C'est une possibilité. Euh... Là, j'arrive à la partie du rapport où j'ai lâché mon air intimidé.

— On rédigera la suite dans la navette. On arrive dans la rue de Hayward.

De grandes demeures imposantes se dressaient au bout de longs chemins privatifs incurvés, circulaires, pavés. De grands arbres tout aussi imposants aux feuilles d'un vert printanier étiraient leurs branches autour d'eux ou vers le ciel. Arbustes ornementaux plus ou moins colorés et pelouses impeccablement tondues d'un vert uniforme défilaient par les fenêtres de la voiture.

Eve s'engagea sur la propriété de Hayward via un chemin recouvert d'hexagones couleur terre. Elle contourna un massif décoratif au centre duquel se dressait un petit arbre aux branches déjà couvertes de bourgeons d'un blanc neigeux.

La maison en briques d'un brun discret se déployait sur deux étages aux grandes fenêtres étincelantes, avec des terrasses en pierre décorées de rambardes bronze foncé. Une dépendance presque entièrement constituée de verre avait été ajoutée sur le flanc gauche. Un garage muni de portes réfléchissantes se dressait du côté droit.

Eve se gara devant le grand portique à l'entrée.

Alors qu'elle sortait de la voiture, un chien blanc aux poils épais et à peu près de la taille d'un ballon de football américain déboula de derrière la verrière sur la gauche en aboyant comme un fou.

Estimant qu'elle n'aurait aucun mal à l'envoyer bouler à plus de vingt mètres si besoin, Eve se contenta de le foudroyer du regard.

Peabody, à l'inverse, parut fondre face au toutou.

— Oh, mais t'es tout mignon, toi ! Adorablement mignon, même. T'inquiète pas, petit chou. Comment tu t'appelles ?

— S'il vous répond, je me déshabille et je danse le hula toute nue ici même.

— Oh, j'aimerais trop qu'elle me réponde, répondit Peabody avant de s'accroupir pour émettre des bruits de bisous.

Le chien continua à aboyer à une distance prudente, mais avec bien moins de conviction. Eve le vit pencher la tête sur le côté, comme s'il se demandait comment réagir.

— Vous savez que même les chiens de cette taille ont des crocs, fit-elle remarquer à Peabody. Des petits crocs bien pointus.

Une femme arriva en courant de derrière la maison, sa longue chevelure chatoyante rassemblée en une queue de cheval qui flottait derrière elle.

— Elle ne mord pas ! Du calme, Lulu !

L'interpellée lâcha un dernier aboiement avant de s'apaiser. Kendel Hayward, parfait archétype de la bourgeoise banlieusarde en pantalon de yoga noir, baskets roses et petit cardigan blanc par-dessus une brassière de sport rose, prit le chien dans ses bras.

— On faisait une petite promenade. Elle a dû entendre votre voiture... Elle se prend pour un chien de garde, dit-elle avec un sourire et une caresse sur la tête de Lulu. Je peux vous aider ?

— Lieutenant Dallas et inspecteur Peabody du NYPSD.

À ces mots – corroborés par l'insigne d'Eve –, le sourire de Kendel s'évanouit.

— Il y a un problème ?

— Nous enquêtons sur deux homicides en lien avec l'académie Theresa A. Gold à New York. Nous aimerions vous poser quelques questions.

— TAG ? Je ne comprends pas.

— Nous allons tout vous expliquer. Pouvons-nous entrer ?

— Je...

Kendel lança un coup d'œil à la maison puis serra son chien un peu plus fort contre elle.

— Oui, d'accord. J'ai eu mon bac là-bas mais ça remonte à plus de huit ans. J'habite East Washington depuis presque cinq ans. Je ne vois pas trop ce que je vais pouvoir vous dire.

Elle se dirigea néanmoins vers la maison, gravit les deux marches du portique puis ouvrit la porte à l'aide du capteur d'empreinte palmaire.

Depuis l'entrée, un grand escalier s'incurvait vers l'étage sur la droite tandis qu'à gauche une porte donnait sur un petit salon. Trois tirages encadrés – Eve reconnut des scènes de rue parisiennes – décoraient le mur au-dessus d'un confortable sofa deux places. Une table placée au centre de l'atrium accueillait un vase vert pâle garni de fleurs de printemps fraîchement coupées.

Hayward les conduisit vers le fond de la maison et un vaste séjour comprenant plusieurs coins détente dans des nuances de bleu, vert et gris. La grande baie vitrée du fond était ouverte pour profiter du beau temps printanier.

— Ça vous dérange si on s'installe sur le patio ? Lulu a vraiment besoin de passer du temps dehors et même si on a une clôture invisible, je préfère garder un œil sur elle.

— D'accord.

— Elle est vraiment adorable, s'extasia Peabody.

— Très câline. Mon fiancé me l'a offerte pour mon anniversaire, l'été dernier.

À peine posée sur le sol de pierre lisse du patio, la chienne fila chercher une petite balle rouge qu'elle revint déposer aux pieds de Peabody.

— Elle veut que je la lui lance ?

— Oui, mais je vous préviens : elle est capable de jouer une heure sans se lasser.

— Pas de souci.

Désireuse de faire plaisir à la petite chienne, Peabody lança la balle.

— J'étais en train de travailler, expliqua Kendel en ramassant une tablette, un grand verre et un dossier. Je rapporte tout ça à l'intérieur. Je viens de faire un pichet de citronnade, si ça vous dit.

« Laissons-lui une minute pour se poser », songea Eve.

— Ce serait parfait, dit-elle.

Le jardin où Peabody lançait la balle après laquelle courait le chien accueillait d'autres arbres majestueux, flanqués d'autres bosquets et parterres fleuris, plus deux ou trois bancs placés à des endroits stratégiques.

Le patio était équipé d'une cuisine extérieure installée sous une pergola croulant sous les plantes grimpantes. Le coin détente, démesuré, était meublé de tables, fauteuils et sofas que la plupart des gens auraient été enchantés d'avoir dans leur salon.

Eve s'installa à la table où Kendel travaillait, le genre d'endroit où l'on pouvait prendre son café le matin et servir des cocktails en soirée.

Kendel revint avec un plateau sur lequel étaient disposés un pichet de citronnade où flottaient des tranches de véritable citron et un trio de grands verres pleins de glaçons. Elle y avait ajouté une assiette en verre garnie de ce qu'Eve appelait des « biscuits pour filles » : petits, fins, dorés et recouverts d'un glaçage brillant.

Son plateau posé, Kendel sourit en regardant sa chienne courir après Peabody et la balle.

— Votre collègue ne pourra pas dire que je ne l'avais pas prévenue. Je suis nerveuse, admit-elle en s'asseyant. Je suppose que tout le monde doit ressentir ça quand la police débarque à l'improviste. Surtout pour une histoire de meurtres.

— Vous êtes diplômée de Gold mais vous n'avez pas entendu parler des meurtres ?

— Je croule sous le boulot depuis deux semaines. Et pour tout vous dire – autant commencer par ça –, j'ai travaillé vraiment dur pour tourner la page de mes années TAG.

— Mauvaise expérience ?

— On peut dire ça.

Kendel servit la citronnade ; les glaçons crissèrent dans leurs verres.

— Mais c'était principalement de mon fait. Pouvez-vous me dire qui a été tué ? Je ne pense pas connaître d'élèves là-bas. Je n'avais pas vraiment de liens avec les plus jeunes. Mais je me souviendrai peut-être de certains professeurs.

— Vous vous rappelez le Dr Rufty ?

Kendel laissa échapper un hoquet de surprise et pressa le poing contre sa poitrine.

— Oh non... Non. Il est mort ?

— Pas lui. Son mari.

— Oh. Je ne crois pas avoir connu son mari. Je l'ai peut-être croisé mais... C'est vraiment affreux. Le Dr Rufty m'a offert une deuxième chance. Je n'en voulais pas à l'époque, je n'ai pas su apprécier ce que ça signifiait – en tout cas pas sur le moment –, mais c'est grâce à lui.

— Une chance de faire quoi ?

— De ne pas foutre toute ma vie en l'air, répondit-elle alors que Peabody revenait. Jusque-là, j'étais bien partie pour.

Peabody prit le chien, s'assit et caressa ses poils blancs.

— Elle vous aime bien, constata Kendel.

— C'est réciproque.

— En quoi alliez-vous rater votre vie ? s'enquit Eve.

— Mauvais choix, mauvais comportements, drogue, alcool et un acharnement à faire souffrir les élèves moins populaires que moi. Je me délectais de la méchanceté. J'étais malveillante, perturbatrice, destructrice. J'avais de riches parents, des amis dont les parents étaient tout aussi friqués, et on s'en tirait toujours en toute impunité. Il n'était pas question de meurtre, bien sûr, mais on a fait beaucoup de tort à beaucoup de gens. Quand le Dr Rufty a pris les commandes, ça nous a fait un choc.

— Vous lui en avez voulu ?

— À l'époque ? Oui, carrément. Et à mes parents. J'étais restée impunie parce qu'ils n'étaient pas au courant. Mes notes demeuraient correctes, voire bonnes parce que j'obligeais des élèves plus doués à bosser à ma place. Mes parents trouvaient mon petit ami de l'époque formidable. Parce qu'il était passé maître dans ce rôle. On était tous doués pour ça.

— La directrice Grange avait connaissance de votre comportement ?

— Bien sûr. Et pourquoi aurais-je dû en changer puisqu'il n'y avait pas de conséquences ? Mais elle est partie et le Dr Rufty est arrivé. Et là, boum, il y a tout de suite eu des conséquences.

— C'est-à-dire ?

— Heures de colle, exclusions temporaires, fin des notes indexées sur les dons effectués par les parents. De toute façon, dès le premier entretien qu'il a eu avec les miens, le verdict est tombé. Soit je me reprenais et me tenais à carreau, soit ils m'envoyaient dans une école privée pour jeunes filles, en Angleterre. Je leur ai fait du mal, à mes parents, alors qu'ils traversaient eux-mêmes une période difficile. Peut-être à cause de ça, même. Bref, le masque est tombé et ils ont découvert que j'avais été une menteuse, une tricheuse, une harceleuse et une sale gamine. En gros, je me suis retrouvée assignée à résidence pour le restant de l'année.

Elle baissa les yeux vers son verre.

— Mon Dieu, ça faisait une éternité que je n'avais pas repensé à tout ça. C'est comme si c'était dans une autre vie. Et je ne vois pas quel rapport cette autre vie peut avoir avec le mari du Dr Rufty.

— Vous vous souvenez de Jay Duran ?

— Je ne crois pas, non.

— Il enseignait la linguistique, précisa Peabody. Vous l'avez eu en seconde et en terminale.

— Oh, M. Duran... Je n'ai jamais su son prénom, en fait. Mais oui, je me souviens de lui, surtout parce que c'était le seul cours que j'appréciais vraiment.

» Évidemment, s'empressa-t-elle d'ajouter avec un sourire d'autodérision, je ne devais pas laisser paraître que ça me plaisait, que j'en retirais quelque chose, sans quoi j'aurais perdu la face. Il lui est arrivé quelque chose ?

— Sa femme a été assassinée.

Eve, qui soutenait le regard de Kendel, y lut un grand désarroi mêlé de confusion.

— Je ne comprends pas. Franchement, je ne comprends pas. C'est affreux, c'est terrible, mais je ne comprends pas.

— Nous explorons une piste potentielle. Selon vous, qui, à l'époque de la transition entre Grange et Rufty, aurait pu garder de la rancune vis-à-vis des conséquences que vous évoquiez tout à l'heure ?

— Au moins la moitié de l'école, si vous voulez mon avis. Non, peut-être pas, se corrigea-t-elle. Mais beaucoup de gens. Pas seulement les élèves mais également certains des professeurs et de nombreux parents, je dirais. Il a bousculé le *statu quo*. Vous voyez ce que je veux dire ?

— Oui.

— Nous avions l'habitude que les choses aillent dans notre sens et ça s'est arrêté d'un coup. Beaucoup d'étudiants en fin de cycle avaient prévu de rejoindre les facs les plus prestigieuses mais les diktats de Rufty – c'est comme ça qu'on surnommait le nouveau règlement – mettaient leurs projets en péril. Certains ont même dû échouer, je n'en sais rien. Mon groupe d'amis a explosé. Les parents ont retiré leurs enfants de l'école ou ont fait comme les miens et serré la vis au maximum.

— Êtes-vous restée en contact avec ce groupe, aujourd'hui ou à l'époque ?

— Les gens de l'école ? demanda Kendel avec un rire bref. Non. Au départ parce que je ne pouvais pas. Mes parents m'avaient pris mon communicateur. Vous imaginez l'horreur que c'est d'être une adolescente sans accès à un communicateur ? L'enfer. Et ils avaient bloqué les communications sur l'ensemble de mes appareils. Je ne pouvais m'en servir que pour faire mes devoirs... qu'ils vérifiaient ensuite. Constamment. J'ai détesté ça, et je les ai détestés, eux. Mais j'ai obéi parce qu'ils ne bluffaient pas au sujet de l'internat. Je n'ai jamais vu mon père aussi en colère, ni ma mère aussi horrifiée. Ni avant, ni depuis.

— Et à partir du moment où vous avez de nouveau pu communiquer ?

— À ce moment-là, j'en avais terminé avec ça. Je n'aimais pas l'école – je n'ai jamais été une brillante élève – mais j'appréciais d'avoir la paix. J'appréciais de ne pas devoir constamment trouver quelque chose de scandaleux à faire. J'appréciais de recevoir une note correcte sur un projet que j'avais réellement fait par moi-même.

Elle s'interrompit et s'abîma dans la contemplation de sa citronnade.

— J'ai une dette envers mes parents pour ça, et envers le Dr Rufty ou les profs comme M. Duran. J'ai pu avoir une seconde chance, dit-elle en croisant de nouveau le regard d'Eve avant de balayer des yeux son joli jardin. C'est grâce à eux si je suis ici. Vous voyez de quoi je parle ? Quand une situation ou un moment semble marquer la fin du monde pour vous mais qu'il s'avère être le début d'un nouveau monde, et d'un nouveau « vous » ?

— Oui, je vois très bien, acquiesça Eve. Qu'avez-vous fait une fois votre diplôme en poche ?

— Je suis allée à l'université. Je ne peux pas dire que j'y ai brillé mais c'était un nouveau départ. J'avais promis à mes parents d'y consacrer au moins deux ans et je l'ai fait. Puis je suis rentrée chez moi et je me suis lancée dans ce qui, je l'ai compris avec le temps, me tenait vraiment à cœur : travailler avec ma mère dans son entreprise. Je m'y connais en fêtes, s'agissant de les organiser, de comprendre ce que veut le client et ce dont il a besoin. Alors j'ai tourné la page sur cette période de ma vie.

Eve adopta un nouvel angle d'attaque :

— Votre fiancé a des ambitions politiques et sa mère pourrait se présenter à l'élection présidentielle, si l'on en croit la rumeur.

— La rumeur dit ça, en effet, répondit Kendel avec l'impassibilité d'un bon joueur de poker.

— Vous étiez certes adolescente mais les errances du passé sont souvent exhumées et exploitées politiquement.

— À qui le dites-vous. J'ai tout raconté à Merritt quand notre histoire est devenue sérieuse. Et on a eu une conversation avec ses parents. Patience est une femme formidable et elle fera une incroyable présidente si elle choisit de se présenter. Elle sait tout ce que j'ai fait, en tout cas tout ce dont je me souvenais. Elle a déclaré que j'étais « une étude de cas en matière de rédemption précoce ». Elle est comme ça. J'ai repris ma vie en main. Je serais dégoûtée que des actes commis quand j'avais quinze, seize ou dix-sept ans fassent un tort quelconque à Merritt ou Patience. Mais je me suis reprise en main. Je ne peux pas changer ce que j'ai fait, seulement ce que je fais aujourd'hui.

— Vous vous rappelez Marshall Cosner ?

— Marsh ? lâcha-t-elle dans un soupir avant de secouer la tête. Là, on peut parler d'un authentique fantôme du passé. Il faisait partie de notre groupe, de notre gang, parce que c'est ce que nous avons été pendant un temps. Il a été retiré de l'établissement, ou expulsé, je ne suis plus très sûre. Je ne l'ai peut-être pas su. Si on pouvait me qualifier d'élève problématique, lui était pire.

Elle avait souri en disant ces mots.

— Il était déluré, exubérant. Le genre de choses qui me plaisait à l'époque. Toujours prêt à rigoler un bon coup. Et à se défoncer. Jamais à court de plans pour dégoter de la drogue, de l'alcool et une maison inoccupée où s'amuser. On lui avait donné un surnom. Comment c'était, déjà ?

Elle ferma les yeux pendant quelques secondes.

— Le Grossiste. Oh, on se trouvait tellement malins.

— Quand l'avez-vous vu ou lui avez-vous parlé pour la dernière fois ?

— Ça fait des années. Euh, je me rappelle une fête chez lui, pendant que ses parents étaient en déplacement. C'était juste après l'arrivée du Dr Rufty en tant que directeur. On faisait la fête et on planifiait la manière dont on allait s'y prendre pour les mettre en pièces, lui et ses diktats à la noix. On était soûls ou défoncés, ajouta-t-elle. Je ne crois pas l'avoir revu après ça. Je l'ai peut-être croisé, mais je sais que deux ou trois jours après la fête, il n'était plus là. C'était juste avant que mes parents aillent à leur rendez-vous avec Rufty après ma suspension.

— Stephen Whitt ?

— Steve ? Mon Dieu, Sexy Steve, encore un fantôme. C'était mon mec à l'époque. J'étais folle de lui, comme on peut l'être au lycée. Lui aussi a été retiré de l'établissement, peut-être le même jour que Marsh. Oui, je crois que c'est ça. Avant le grand tour de vis de mes parents, on avait parlé de se tirer ensemble. Il devait avoir accès à une partie des fonds fiduciaires mis en place par sa famille à ses dix-huit ans et il y était presque. On serait partis sans se retourner.

Elle ferma les yeux.

— Tellement désinvoltes. Tellement irréfléchis, tous les deux. Je l'aurais peut-être même fait. M'enfuir avec lui. Parce que c'est ça, l'amour adolescent, et que l'idée semblait excitante. Mais il a été transféré loin de New York, une école dans le Sud, je crois. Je n'en suis pas sûre. Tout s'est effondré pour moi. J'avais l'impression que ma vie était finie. Et je ne pouvais pas le joindre, avec mon communicateur confisqué et toutes les communications bloquées. Je me suis languie de lui pendant quelques semaines. Et puis c'est passé.

— Donc vous n'avez pas eu d'échanges avec lui non plus ?

— Pas depuis ce jour-là. Enfin – mince, j'avais oublié –, il a essayé de me joindre une fois. Juste après le tour de vis. Il a appelé une amie commune en proposant que j'utilise son communicateur à elle pour qu'on planifie ensemble notre grande évasion.

— Et ?

— J'ai dû prendre ma décision sur l'instant. Si je me faisais prendre, ce serait le pensionnat. J'avais envie de lui parler mais... J'ai dit à cette copine – je ne me souviens plus de son nom – de répondre à Steve que je ne pouvais pas. Il m'a traitée... D'après cette amie... Annie, Allie ? Peu importe.

Elle chassa la question d'un geste de la main, but une gorgée de citronnade, soupira.

— Il m'a traitée de grosse conne, de pauvre flippée. Steve avait un sale caractère quand on lui disait non. J'en ai pleuré des heures avant de m'endormir, ce soir-là.

— Il vous a recontactée ensuite ?

— Une fois que Steve vous rayait de ses contacts, c'était définitif.

Elle prit un biscuit et sourit légèrement avant d'en croquer un morceau.

— Mais c'est loin, tout ça. Pour nous tous. Je veux dire que tous ces gens avec qui je passais mon temps à l'époque auraient pu essayer de me joindre ces dernières années. Aucun ne l'a fait.

— Et vous-même n'avez contacté ou tenté de contacter aucun d'entre eux ?

— Non. On peut dire que j'ai tourné la page de toute cette période. Je n'aurais aucune envie de les revoir. Je me marie à l'automne prochain avec un homme que j'aime, quelqu'un de vraiment bien. Mes parents sont fiers de moi. Moi-même, je suis fière de moi. Pourquoi revenir sur le passé ?

Eve sortit quelques noms supplémentaires pour aiguillonner la mémoire de Kendel. Elle se souvenait de certains et d'autres non, mais pas assez dans tous les cas pour leur fournir des informations utiles.

— Merci pour le temps que vous nous avez accordé, madame Hayward, et pour votre franchise.

— Quand on commence à mentir, on est obligé de continuer. Et on finit par se faire prendre, j'en suis la preuve vivante. Les mensonges rendent la situation encore pire. Nous n'étions pas des gamins recommandables, lieutenant Dallas, mais nous restions des gamins. Je ne peux honnêtement pas imaginer l'un de nous faire des choses pareilles, même à l'époque où nous cherchions les problèmes. Je ne connais personne capable de commettre un meurtre au nom d'un événement datant du lycée.

« Je crois que si, songea Eve, comme Kendel les raccompagnait à leur voiture. Vous n'en avez simplement pas conscience. »

À peine la navette posée, Eve inspira une profonde goulée d'atmosphère new-yorkaise. Une fois derrière le volant dans une ville à l'organisation logique, tout devenait plus simple.

— C'est l'heure de sauter dans le panier de crabes plein d'avocats, décida-t-elle. Allons parler à Marshall Cosner.

— Il donne toujours l'impression d'être plus ou moins un blaireau, commenta Peabody en programmant l'adresse. Hayward, en revanche, a l'air d'avoir repris sa vie en main, à la fois sur le plan professionnel et sur le plan personnel. Mais toutes les infos que j'ai rassemblées sur Cosner indiquent qu'il se repose sur les lauriers et l'argent de sa famille.

— Ce qui ne constitue pas un mobile de meurtre. Pas plus que d'être un blaireau, ajouta Eve tout en rejoignant avec enthousiasme la foire d'empoigne qui tenait lieu de circulation à New York. Mais si vous y ajoutez un usage potentiellement continu de drogue, la rancune d'avoir été séparé de son groupe d'amis qui aurait couvé pendant huit ans et son incapacité à répondre aux attentes familiales, alors peut-être...

Elle slaloma vivement entre un Rapid Taxi et une berline puis passa en force à un carrefour.

— J'y ajouterais un autre élément. Rufty comme Duran se sont bâti des vies heureuses et gratifiantes, étaient engagés dans des relations maritales durables, ont une famille qui les aime et les admire. Le genre de choses qui peut rester en travers de la gorge de quelqu'un bloqué au stade de blaireau pourri gâté, médiocre et accro à la drogue.

— Hmm. Je n'avais pas vu les choses sous cet angle mais vous avez raison. Les deux cibles ont accompli beaucoup de choses. Rien dans le dossier de Cosner ne va dans ce sens. Il pourrait donc s'agir de jalousie, couplée à la rancœur. « Pourquoi profiteraient-ils de tout ça alors que par leur faute je n'y ai pas droit ? »

— On devrait le questionner là-dessus, voir à quel point ça le titille.

Eve trouva une place libre à deux rues de leur destination. Peabody et elle firent le reste du trajet à pied.

— Je pourrais lancer une étude de probabilités sur l'identité de la prochaine cible en incluant ces éléments. Parce qu'il ou elle vise forcément d'autres personnes.

Eve opina du chef.

— Tout membre de l'équipe académique ayant déposé plainte contre Grange. L'amant identifié sur la photo – cible potentielle ou tueur potentiel – et l'homme avec qui elle couchait, si ce n'est pas le même, au moment où elle s'est fait surprendre. Plus l'individu qui les a surpris. Tous pourraient être visés.

Au coin de rue suivant, elles croisèrent une nuée d'employés de bureau occupés à déblatérer dans leurs oreillettes.

Eve poussa les portes du gratte-ciel de verre et d'acier où la famille Cosner avait établi son quartier général et traversa le hall au sol de marbre en damier vert et blanc jusqu'au poste de sécurité.

— NYPSD. Nous venons voir Marshall Cosner.

L'agent posa sur son insigne un regard blasé.

— Les Cosner occupent les étages vingt et un à vingt-trois. Le bureau de Marshall Cosner est au vingt et unième.

« Facile, pour une fois », se dit Eve.

Elle se dirigea vers les ascenseurs dans un espace à l'aspect presque spartiate à force de sobriété.

Ni fioritures, ni fleurs, ni plan animé, ni collection de statues soigneusement sculptées.

L'ascenseur déversa son flot de passagers puis Eve et Peabody entrèrent dans la cabine au milieu d'autres personnes pour une ascension ponctuée de plusieurs arrêts.

Au vingt et unième étage, les portes s'ouvrirent sur un autre hall d'apparence très digne. Les fioritures, si on pouvait les appeler ainsi, étaient des plus discrètes. Le grand comptoir de la réception, d'un noir sévère, était tenu par deux vingtenaires lumineuses de part et d'autre d'une femme qui donnait l'impression d'occuper son poste depuis des décennies.

Des sièges à dos droit molletonnés – noirs eux aussi – faisaient office de salle d'attente dans laquelle personne, pour l'heure, n'attendait.

Faisant le choix de l'expérience, Eve s'approcha de la femme aux courts cheveux blancs, aux ongles d'un rouge profond et au tailleur foncé sauvé in extremis de l'austérité par la présence d'une broche en forme de paon au revers de sa veste.

— Lieutenant Dallas et inspecteur Peabody du NYPSD. Nous devons nous entretenir avec Marshall Cosner.

Si la requête et le badge brandi pour l'appuyer l'étonnaient, Mme Expérience n'en laissa rien paraître.

— Vous avez pris rendez-vous avec M. Cosner ?

— Non. S'il n'est pas disponible dans l'immédiat, nous pouvons en prendre un. Au Central.

La femme soutint le regard d'Eve et celle-ci crut même y déceler une lueur de dédain amusé.

— Si vous voulez bien patienter un instant, je vais m'enquérir de la disponibilité de M. Cosner.

Plutôt que d'utiliser le réseau de communication interne ou son oreillette, la réceptionniste se leva et disparut par une porte latérale.

« Un instant » se changea en deux, puis en trois, mais elle finit par revenir, accompagnée d'une femme vêtue d'un tailleur court et ajusté qui peinait à contenir sa généreuse poitrine.

La nouvelle venue semblait tout juste majeure, avec une longue chevelure ondulée couleur d'or.

La réceptionniste reprit sa place avec une petite grimace moqueuse tandis que la blonde s'avançait vers Eve et Peabody sur ses immenses talons rouges.

— Je suis l'assistante de M. Cosner, annonça-t-elle avec la voix traînante d'une femme qui vient de faire d'intenses galipettes et n'attend plus qu'un câlin pour s'endormir. Il va vous recevoir. Si vous voulez bien me suivre.

Eve obtempéra, intriguée et même surprise que quiconque puisse marcher à petits pas tout en balançant des hanches à la manière d'un pendule. Un talent inné, sans doute.

Elles longèrent une série de box.

— M. Cosner est très pris cet après-midi, ajouta l'assistante après qu'elles eurent dépassé plusieurs petits bureaux. Mais il a beaucoup de... respect pour les fonctionnaires, termina-t-elle après avoir eu du mal à retrouver la formule qu'on lui avait soufflée.

La famille de Cosner l'avait peut-être relégué à l'échelon le plus bas de leur cabinet, mais il disposait tout de même d'un grand bureau vitré donnant sur l'extérieur.

Il avait gardé la porte ouverte pour être vu derrière son bureau chic, devant sa large fenêtre, en grande conversation sur son communicateur. Une conversation factice. Dans la position où il s'était installé, Eve apercevait distinctement l'écran éteint de l'appareil.

Il arborait une épaisse chevelure d'un blond foncé parcourue d'impeccables mèches plus claires faussement blanchies par le soleil. Son bronzage doré laissait imaginer qu'il avait passé l'hiver à sillonner les mers du Sud sur son yacht.

Ses yeux d'un beau bleu dardaient des regards autoritaires sous ses sourcils froncés et sa moue désapprobatrice complétait l'image d'un homme important en train de passer un appel important.

— Il faudra que ce soit terminé avant ce soir. Pas d'excuses ! Je démarre une autre réunion.

Il reposa son communicateur d'un geste brusque et son air renfrogné se changea en grand sourire plein de charme comme il se levait pour les accueillir.

— C'est un honneur !

Il fit le tour du bureau, main tendue, révélant une silhouette svelte dans un costume anthracite parfaitement taillé, une chemise d'un bleu aussi vif que ses yeux et une cravate dont les discrètes rayures ajoutaient une touche de bordeaux bienvenue à sa tenue.

— La célèbre Eve Dallas ! Muffy, préparez-nous des cappuccinos pendant que le lieutenant Dallas et sa fidèle coéquipière me racontent ce qui les amène aujourd'hui. Je vous en prie, asseyez-vous, asseyez-vous !

Eve décida de ne rien forcer. Elle s'assit sur l'un des sièges en cuir bleu marine destinés aux visiteurs.

Si Cosner profitait d'un bureau lumineux, Eve constata que la pièce était plutôt petite. Les étagères aux murs n'accueillaient pas l'attirail habituel des avocats mais des récompenses et autres trophées : golf et tennis, surtout. Cosner s'installa derrière son bureau qui, si lustré et imposant soit-il, ne laissait rien deviner d'un quelconque travail en cours.

Pas non plus de diplôme de droit encadré au mur, puisqu'il ne l'avait pas obtenu.

— J'ai suivi de très près l'affaire Icove. J'ai donc évidemment lu le livre et vu le film. Fascinant. Horrible, bien sûr, mais fascinant. D'autant plus que ma famille connaissait les Icove. Ou pensait les connaître, devrais-je dire. Les gens portent parfois de ces masques, conclut-il en secouant la tête.

Au même moment, Muffy revint avec un plateau.

Eve se demanda ce qui avait pu pousser des parents à choisir ce nom pour leur fille et si cela avait participé à faire d'elle ce cliché ambulant de la secrétaire sexy.

— Merci, Muffy. Veillez bien à décaler mon prochain rendez-vous.

— Vous n'a... Oh, oui, monsieur Cosner. Je m'en occupe tout de suite.

Elle ressortit dans un cliquetis de talons et referma la porte derrière elle.

— Alors, demanda Cosner avec un nouveau sourire, que puis-je faire pour vous ?

— Vous pouvez commencer par nous dire où vous étiez les 27 et 29 avril au soir, entre 21 h 30 et 23 heures.

Le sourire de Cosner ne disparut pas, il se figea.

— Pardon, quoi ?

— Nous enquêtons sur les meurtres de Kent Abner et Elise Duran. Votre nom a été évoqué au cours de nos investigations.

Elle laissa passer une seconde puis goûta le cappuccino.

— Bon café, lâcha-t-elle.

Puis elle attendit.

# 17

— On nage en plein délire. Mon nom a été évoqué ? Je ne connais pas ces gens dont vous parlez. Comment mon nom est-il sorti ?

— Vous étiez bien élève à l'académie Theresa A. Gold ?

— Oui, il y a des années. Quel rapport ?

— Je crois deviner que vous ne suivez pas cette affaire d'aussi près que le dossier Icove. Les victimes étaient les conjoints de personnes dont vous devez vous souvenir. Le Dr Rufty, qui a remplacé la directrice Grange à Gold avant que vos parents vous expédient dans un pensionnat, et Jay Duran. Il vous a donné des cours de linguistique durant votre dernier trimestre sur place, et de création littéraire les années précédentes.

Cosner exsudait la nervosité.

— Je ne peux pas me souvenir de tous les professeurs que j'ai eus dans ma vie. Et Rufty... Il est devenu directeur deux semaines avant que je quitte Gold. Je ne me souviens tout simplement pas d'eux, ni de leurs conjoints. Pourquoi me souviendrais-je d'eux ?

« Il ment, songea Eve. Il ment, mal, à propos de quelque chose d'apparemment anodin. »

— Parce qu'ils ont joué un rôle dans votre déménagement forcé pour le Vermont, en internat et loin du cercle de... « d'amis », dirons-nous, que vous aviez formé pour harceler, tricher et perturber les cours. Sans oublier les fêtes avec drogue et alcool, alors que vous étiez mineurs.

— C'est de l'exagération, du grand n'importe quoi ! Mes parents ont estimé qu'il serait bénéfique pour moi de terminer mon année dans un établissement très prestigieux situé dans un autre État. C'est de l'histoire ancienne et vous m'insultez en débarquant ici pour m'accuser d'avoir triché, harcelé des gens ou...

— Miguel Rodriges.

— Je ne sais pas qui c'est.

— Simplement l'un des nombreux élèves que vous et vos amis avez harcelés et intimidés pour faire vos devoirs à votre place.

— C'est absurde et faux, répondit-il en évitant soigneusement Eve du regard.

— Les faits sont documentés, monsieur Cosner. Et si nous revenions à ce que vous faisiez les deux soirs en question ?

— Rien ne m'oblige à vous répondre, répliqua-t-il.

Il se leva.

— À présent, vous pouvez partir par vous-mêmes ou je vous fais escorter par la sécurité.

— Si vous ne souhaitez pas répondre, c'est votre droit. Vous voudrez peut-être engager un avocat – d'autant plus que vous-même n'avez pas encore votre diplôme – quand nous vous convoquerons pour un interrogatoire formel au Central.

— Vous ne pouvez pas m'obliger à...

Eve se leva à son tour.

— Regardez-moi bien et croyez-moi quand je vous dis que les vieux amis de votre famille, les Icove, pensaient la même chose. Et que la suite leur a donné tort.

— Attendez… attendez…

Il se rassit et lui fit signe de faire de même.

— Toute cette animosité n'est pas nécessaire. Vous m'avez pris au dépourvu, c'est tout. Je ne suis pas habitué à ce que la police m'accuse d'avoir commis des crimes.

— Avec votre casier, vous devriez pourtant l'être. Consommation et trafic de substances prohibées.

— J'étais jeune et bête, répondit-il avec raideur. Cette époque-là est loin derrière moi.

Il sortit un mémo électronique de sa poche intérieure.

— Ce ne sera pas compliqué de vérifier où j'étais à ces deux dates. Pour la première, indiqua-t-il en faisant défiler son calendrier, j'étais à un dîner avec plusieurs amis.

— Leurs noms et coordonnées, réclama immédiatement Eve.

— Oh, c'est pas v…

Mais il s'interrompit et leur fournit les noms, que Peabody releva.

— Le deuxième soir, j'étais en boîte en compagnie d'amis.

Peabody nota soigneusement leurs noms, dont beaucoup d'identiques à la première liste.

— Si c'est tout ce…

— Non, l'interrompit Eve. Nous allons vérifier vos alibis.

Il redressa le menton d'un air bravache mais sa nervosité était toujours palpable.

— Je n'apprécie pas beaucoup ce terme. Je n'ai rien fait de mal et n'ai donc pas besoin d'un alibi.

— Nous vérifierons, répéta tranquillement Eve. D'ici là, nous savons que vous et votre cercle d'amis avez causé beaucoup de problèmes durant vos années passées à Gold sous la tutelle de la directrice Grange. Le Dr Rufty a changé tout cela. D'un seul coup, il y avait des conséquences à vos actes.

— C'était carrément un tyran ! s'emporta Cosner. Il s'est pointé sans prévenir avec ses nouvelles règles, ses nouveaux objectifs. Il a suspendu un bon tiers des premières et des terminales, instauré des heures de colle sur place, préféré croire sur parole de gros fourbes dont les bourses étaient financées par notre argent plutôt que ceux d'entre nous dont les familles donnaient généreusement pour maintenir l'école à flot.

« Corde sensible touchée », estima Eve.

— Vous vous souvenez donc bien de lui.

— Je me rappelle qu'il a débarqué comme s'il était le maître des lieux. Je sais que si mes parents n'avaient pas eu le bon sens de me sortir de là, sa tyrannie et son arrogance auraient pu m'empêcher d'être admis en faculté de droit. Il m'avait carrément accusé de tricherie ! Et une poignée d'enseignants médiocres, jaloux de l'influence et de la fortune de ma famille alors qu'eux n'étaient rien, ont lancé des accusations délirantes et dénuées de fondement.

— Comme Jay Duran. Il a lancé ces accusations, déposé plainte contre Grange pour avoir laissé libre cours aux agissements de votre petite bande.

— La directrice Grange comprenait que quelques... frasques ne devraient pas peser sur le futur d'un adolescent.

— Des frasques ? C'est le mot que vous employez pour décrire la consommation d'alcool et de drogue dans l'enceinte de l'établissement, la triche, les agressions physiques, l'utilisation de tactiques d'intimidation pour forcer les autres élèves à vous aider à tricher ?

Il eut un geste de la main pour balayer les accusations, mais Eve repéra les gouttes de transpiration qui perlaient sur sa lèvre supérieure.

— J'aimerais rencontrer l'adolescent qui n'a jamais fait entrer en douce un peu d'alcool ou tenté quelques expériences avec la drogue.

— Selon vous, donc, les infractions à la loi sont de simples frasques adolescentes. C'est bon à savoir. À vous entendre, il semble que vous ayez gardé rancune contre Rufty et ces « enseignants médiocres ».

— Ils ne sont rien pour moi. Ni à l'époque ni aujourd'hui. Je suis un homme fortuné issu d'une famille éminente et respectée. Je fais partie d'un cabinet d'avocats qui l'est tout autant, l'un des meilleurs de la ville.

— Je ne vois aucun diplôme de droit accroché à votre mur, monsieur Cosner.

Il s'empourpra, entre colère et embarras.

— Je ne vois pas en quoi ça vous regarde, mais sachez que je prends une année sabbatique pour gagner en expérience pratique.

— Vous aviez appris à synthétiser de la drogue, vous aviez votre propre matériel. Il semble que vous ayez mieux réussi dans ce domaine que vous ne le faisiez en cours de chimie.

— Ces chefs d'accusation ont été abandonnés.

— Vous avez dû apprendre auprès de quelqu'un d'autre, vous procurer le matériel et les matières premières quelque part. Cela jouera en votre faveur si vous nous donnez les noms maintenant.

— Ces chefs d'accusation ont été abandonnés, répéta-t-il. Je n'ai rien de plus à dire sur ce sujet.

Eve se leva de nouveau.

— Vous voudrez peut-être réviser votre position, prédit-elle. Parce que nous sommes en train de creuser et que nous trouverons les réponses, avec ou sans votre aide. Merci pour le café.

Elle se dirigea vers la porte, Peabody sur ses talons.

— Oh, et la prochaine fois que vous voudrez faire semblant d'être sur votre communicateur, d'être quelqu'un d'important, lança-t-elle avec un coup d'œil en arrière, pensez au moins à l'allumer.

Une fois dans l'ascenseur pour redescendre, Peabody se tourna vers Eve.

— Il y a une chose qui me semble avérée à propos de Cosner.

— Et qu'est-ce que c'est ?

— Il ment comme il respire.

— Oh que oui. Et pour quelqu'un qui ment comme il respire depuis des années, voire depuis toujours, il n'est vraiment pas doué pour ça.

— Exact, ce qui nous fait deux faits avérés.

Eve se décala quand les portes s'ouvrirent pour laisser entrer d'autres passagers.

— Le mensonge est une sorte d'automatisme chez lui mais sans le talent nécessaire pour convaincre. Il ment sur des choses évidentes et sans importance, si bien que lorsqu'on en arrive aux trucs sérieux, il se retrouve à blablater en rougissant.

Une femme en tailleur et lunettes de soleil lança un coup d'œil vers Eve.

— On croirait que vous parlez de mon ex-mari. Certaines personnes planifient soigneusement leurs mensonges. Chez d'autres, continua-t-elle alors que les portes s'ouvraient sur de nouveaux passagers, ça se fait de manière instinctive et involontaire, comme la respiration.

— À qui le dites-vous, lança une autre passagère. Un jour, je suis sorti avec un mec qui mentait quand on lui demandait simplement son nom. Il ne pouvait pas s'en empêcher.

Une autre passagère lâcha un rire nasal.

— Le pire, c'est quand ils croient à leur mensonge. Ils sont convaincus que c'est la vérité et continuent à vous l'assener jusqu'à ce que vous vous demandiez si ce n'est pas vous qui êtes folle.

— Ils me font tous penser à mon ex, maugréa la première femme au moment où l'ascenseur parvint au rez-de-chaussée.

— Faut croire qu'il rencontre beaucoup de monde, commenta Eve.

Elle entendit la femme éclater de rire tandis que Peabody et elle s'éloignaient rapidement vers la sortie.

— Inattendu et intéressant, estima Peabody sur le chemin de la voiture. « Les menteurs invétérés fédèrent des inconnues dans un ascenseur, une enquête exclusive de nos envoyés spéciaux à New York. »

— Tout le monde connaît au moins un menteur de ce genre.

— Très juste. Je vais vérifier ses alibis pour voir si là aussi il racontait des bobards. Mauvais menteur comme il est, il ne sera jamais à la hauteur comme avocat.

— Ajoutez-y une profonde stupidité. Notre homme siège dans un bureau chic au milieu d'une armée d'avocats – sans oublier son prestigieux nom de famille – et il n'a même pas l'idée d'interrompre l'interrogatoire et de faire intervenir un avocat pour nous mettre des bâtons dans les roues ?

— Ce qui fait trois faits avérés. Un menteur invétéré qui ne sait pas mentir, et un crétin fini.

— Je valide les trois, acquiesça Eve. Il s'en serait mieux sorti en donnant son accord pour un entretien au Central en présence de son avocat. Ça lui aurait donné l'occasion de se préparer, poursuivit-elle comme elles arrivaient à leur voiture. Et d'être accompagné par un représentant habitué aux échanges avec la police. On a donc affaire à un imbécile terriblement arrogant qui ment comme il respire.

Peabody s'installa sur le siège passager.

— Un tueur aussi ?

— Ça reste à déterminer. Entrez les coordonnées de Whitt et bouclons notre tournée. La rancune de Cosner est bien réelle, dit Eve.

Les yeux rivés sur le flot des voitures, elle saisit la première occasion pour s'y insérer.

— Rufty est vu comme un tyran parce qu'il a édicté des règles et mis les contrevenants face aux conséquences de leurs actes. Les boursiers admis à Gold ? Ils n'avaient tout simplement rien à faire là et méritaient ce qui a pu leur arriver. Fabrication et trafic de drogue, passage à tabac d'autres élèves ? Des frasques d'ados. Dans son esprit tordu, tuer les responsables de ses ennuis pourrait constituer une vengeance justifiée.

— Il fait un bon suspect selon vous ?

— Son arrogance va dans le bon sens, ainsi que la forte probabilité qu'il ait une bonne connaissance et expérience pratique des produits chimiques, sans oublier qu'il connaît certainement des gens encore plus versés que lui dans ce domaine. Absolument rien n'a changé dans son rapport à la drogue.

— Vous pensez qu'il en prend encore ?

— Pourquoi s'arrêterait-il ? Il s'estime en droit d'obtenir tout ce qu'il veut, n'est-ce pas ? Peu importe la loi, la loi n'est que pour les pauvres et les pigeons. Vérifiez les antécédents des gens qu'il nous a cités en tant qu'alibis. Je vous parie mon salaire mensuel que la plupart d'entre eux auront déjà été arrêtés pour possession de stupéfiants ou fait un petit tour en désintox.

— Je ne prendrais pas le pari. Mais...

— Allez-y.

— Je ne l'imagine pas assez retors – c'est le bon mot, « retors » – pour avoir planifié tout ça. Le vol de données bancaires, les envois par automate, les recherches menées sur les cibles, le timing. Sans parler de la patience nécessaire pour attendre des années avant de se venger. Il me paraît plutôt du style à agir sur le moment, sans réfléchir. Du genre à voir Rufty traverser la rue et à tenter de l'écraser – en même temps que les éventuels passants innocents – avec sa belle voiture de luxe.

— Bon argument, et il y en a un autre. Non, il n'est pas assez retors pour avoir planifié toute l'affaire. Et il lui manque aussi cet instinct pervers qui pousse à détruire ce qu'aime votre ennemi plutôt que l'ennemi lui-même. Renverser la cible au volant de sa voiture, ce serait tout à fait son style. Après quoi il déblatérerait ses mensonges. « Le véhicule a eu un bug », ou bien « Il s'est jeté devant mes roues », ou encore « Un grand type en noir l'a poussé et je n'ai pas pu m'arrêter à temps ».

— Alors vous ne pensez pas que ce soit lui ?

— C'est trop tôt pour le dire. Mais s'il est impliqué, quelqu'un d'autre tire les ficelles. C'est un suiveur, estima Eve. Incapable qu'il est de se diriger lui-même, je ne l'imagine pas diriger qui que ce soit.

Après plusieurs minutes à chercher en vain une place où se garer, Eve finit par opter pour un parking hors de prix... ce qui lui rappela qu'elle n'avait toujours pas retiré d'argent au distributeur. Prohibitif et situé dans le quartier financier, le parking en proposait un près de l'entrée.

Eve fit son retrait, fourra l'argent dans sa poche, puis croisa le regard d'un homme qui la jaugeait de loin.

Le voyant faire un pas vers elles, elle montra d'abord les dents puis écarta le pan de son manteau pour laisser voir son arme.

— Tu veux quand même tenter le coup ?

Il tourna les talons de ses aéroboots et disparut sans demander son reste.

— Certains voleurs traînent à côté des distributeurs, comprit Peabody alors qu'elles se remettaient en route. Il a vu deux pauvres femmes sans défense dans des manteaux trop classes et s'est dit que ce serait facile.

— C'est ça. Si nous n'avions pas été pressées, je l'aurais laissé essayer de nous dévaliser, après quoi il aurait eu le temps de méditer sur ses erreurs au fond d'une cellule. La prochaine fois, peut-être...

Elles se rendirent à pied jusqu'à une autre tour de verre et d'acier, celle-ci d'un bleu pâle sous le soleil de l'après-midi. Le hall d'entrée, immense, accueillait cafés, boutiques, stands de produits à la mode complétés par un plan animé des lieux et un grand écran qui diffusait – dans plusieurs langues – les dernières nouvelles financières.

Eve et Peabody foulèrent les dalles bleu foncé en direction du poste de sécurité.

— Lieutenant Dallas et inspecteur Peabody, NYPSD, indiqua Eve en brandissant son insigne. Ici pour voir Stephen Whitt de Whitt Group.

— Comment ça va, lieutenant ? Je bossais au Central quand vous avez débuté là-bas.

D'après Eve, l'homme approchait des quatre-vingts ans mais il avait l'air en forme. Il avait les cheveux gris taillés en brosse, un visage aussi ridé qu'une carte ancienne et des yeux marron qui trahissaient le flic qu'il avait été.

— Inspecteur Swanson. Un plaisir de vous voir.

Les rides de son visage s'accentuèrent un peu plus sous l'effet d'un grand sourire.

— Vous avez une bonne mémoire pour vous rappeler mon nom au débotté.

— Inspecteur Peabody, la police a perdu un bon flic quand l'inspecteur Swanson a pris sa retraite. C'était il y a une dizaine d'années, non ?

— Neuf ans. Puis j'en ai eu marre d'aller pêcher et ma femme en a eu marre de me voir bricoler dans toute la maison, donc ce boulot me permet de la laisser un peu tranquille. C'est au cinquante-deuxième étage.

— Le métier vous manque, inspecteur ? s'enquit Peabody.

— Tous les jours. Vous êtes sur une grosse affaire, lieutenant ?

— Possible.

Elle se pencha vers son oreille et demanda à mi-voix :

— Vous connaissez Stephen Whitt ?

— Du genre richard et la morgue qui va avec. C'est héréditaire, à mon avis. Ça fait six ans que je bosse ici, le père ne m'a jamais décroché un seul mot. Même pas pour m'envoyer bouler. Si vous le suspectez de quelque chose, je peux ouvrir l'œil.

— Ça ne pourra pas nous faire de mal. Merci, inspecteur.

— Aucun problème. Je vous donne accès au cinquante-deuxième. Saluez Feeney pour moi, d'accord ?

— Bien sûr.

— Prenez les ascenseurs de la deuxième rangée. Ils montent sans s'arrêter jusqu'au vingtième.

— Ça lui a fait plaisir que vous le reconnaissiez, commenta Peabody sur le chemin des ascenseurs.

— Je me souviens d'un bon flic qui passait du temps à son bureau à fabriquer ces trucs… Comment on appelle ça, pour attraper les poissons ?

— Des appâts ?

— Oui. Il disait que ça l'aidait à réfléchir. Il a participé à la clôture de beaucoup d'enquêtes.

Elles entrèrent dans la cabine d'ascenseur.

— Si quelque chose ressort de cet entretien, ça nous sera utile de l'avoir en poste ici.

À l'inverse du cabinet d'avocats, la société de conseil ne faisait pas dans le feutré.

Le hall d'entrée était recouvert d'une épaisse moquette couleur d'or pâle avec un large comptoir de réception semi-circulaire en métal doré. Six personnes s'y affairaient sur leurs stations de travail.

Des salles d'attente étaient aménagées de chaque côté, toutes deux dans des teintes or et chocolat, chaque siège équipé d'un écran individuel et d'un système de communication. Deux arbres ornementaux plantés dans d'énormes urnes dorées décoraient la paroi de verre surplombant New York.

Derrière la réception, le logo de l'entreprise représentait un taureau – aussi doré que le reste – plantant son sabot sur la gorge d'un ours brun.

« Non, songea Eve, ils ne font vraiment pas dans le feutré. »

Quoique de genres et d'origines ethniques variés, les individus à la réception frappèrent Eve par leur uniformité. Tous âgés d'à peu près vingt-cinq ans, séduisants, le regard acéré et l'air boudeur.

Cela dit – et Connors avait peut-être vu juste à propos de son manteau et du reste de sa tenue –, tous tournèrent le regard vers elle et la gratifièrent d'un sourire mécanique. Elle eut presque l'impression de voir le symbole du dollar briller dans leurs yeux.

Elle s'approcha du réceptionniste assis au centre, un Asiatique.

— Stephen Whitt.
— Bonjour. Vous avez rendez-vous, madame... ?
— Lieutenant.

Le sourire mécanique s'évanouit lorsqu'elle lui présenta son insigne.

— Dallas. Et inspecteur Peabody. Du NYPSD. Nous devons parler à M. Whitt dans le cadre d'une enquête de police.
— Je vais contacter son assistant administratif pour voir s'il est disponible. Si vous voulez bien prendre un siège...
— Nous sommes bien là où nous sommes. En le contactant, poursuivit-elle en s'assurant que sa voix portait largement, mentionnez bien à l'assistant que nous enquêtons sur deux homicides et sommes prêtes à patienter jusqu'à ce que M. Whitt se rende disponible.
— Oui, madame, bien sûr.
— Lieutenant, lui rappela-t-elle en indiquant son insigne avant de le rempocher.

Plutôt que d'utiliser son oreillette, le réceptionniste pivota vers son ordinateur et pianota sur son clavier.

« Message écrit à l'assistant », songea Eve.

Elle ne pouvait que lui accorder un point pour avoir trouvé le moyen de l'empêcher d'épier la conversation. Après deux minutes d'échanges rapides, le réceptionniste s'éclaircit la voix.

— M. Lauder, l'assistant de M. Whitt, va venir vous chercher dans quelques instants.
— Très bien.

Elles n'eurent pas à attendre longtemps. Eve devina qu'ils n'avaient pas envie de voir deux flics de la Criminelle faire tache dans leur beau hall d'entrée doré.

L'homme qui émergea de derrière la double porte en verre dépoli avait une vingtaine d'années de plus que le réceptionniste. Il portait un costume bien coupé sur un physique trapu. Ses cheveux châtains étaient coiffés en arrière au-dessus d'un visage au charme sévère. Il ne s'embarrassa pas d'un sourire, même mécanique.

— Si vous voulez bien me suivre.

Il leur fit franchir les portes. Pas de box ici, mais toujours cette même moquette couleur or, des tableaux aux cadres dorés aux murs, des bureaux fermés aux portes couleur chocolat.

Lauder s'approcha de l'une d'elles, restée ouverte.

Deux femmes travaillaient derrière des panneaux de verre, à l'opposé l'une de l'autre.

« Des box qui ne disent pas leur nom », songea Eve. Le bureau de Lauder trônait au centre de la pièce.

Il ferma la porte, revint vers son bureau et s'assit. Il invita ensuite, d'un geste plutôt impérieux, Eve et Peabody à s'asseoir.

Elles restèrent debout.

— Je suis Ernest Lauder, l'assistant administratif de M. Whitt. J'aurais besoin de plus d'informations concernant la raison de votre visite.

— Comme nous en avons informé le réceptionniste, qui n'aura pas manqué de vous informer à son tour, nous enquêtons sur deux meurtres.

— Oui, et ?

Eve planta son regard dans le sien.

— L'assassinat de deux personnes ne vous suffit pas ?

— Cela ne me dit pas pourquoi vous souhaitez parler à M. Whitt.

— Nous n'avons aucune intention de vous fournir cette information, ni aucune autre au sujet d'une enquête en cours.

Il écarta les mains dans un geste navré.

— Alors j'ai bien peur que M. Whitt ne soit pas disponible.

— Très bien. Inspecteur, contactez la substitut du procureur Reo et demandez un mandat afin de convoquer M. Stephen Whitt au Central pour un interrogatoire concernant deux homicides.

— Ne soyez pas ridicule.

— Monsieur... Lauder, c'est ça ? Deux personnes sont mortes. Nous aurons une conversation avec votre patron. Quant à savoir si cela se fera sur son terrain ou sur le mien, cela ne dépend que de lui. Plus vous ferez obstruction, plus la conversation en question sera désagréable.

— Attendez ici.

Il se leva, se dirigea vers la porte du fond, l'entrouvrit et se glissa à l'intérieur.

— J'appelle Reo ? demanda Peabody.

— Non. Ce ne sera pas nécessaire. Whitt voulait simplement qu'on sache à qui on avait à faire.

— Les assistants sont parfois...

— Non. Celui-ci obéit aux ordres qu'on lui a donnés.

Lauder réapparut.

— M. Whitt va vous recevoir. Brièvement.

Comme Cosner, Whitt était assis à son bureau, un demi-cercle d'or bruni, modèle réduit du comptoir de la réception. Il ne fit pas semblant d'être sur son communicateur et son poste de travail affichait les signes de tâches bien réelles en cours.

Avec son épaisse chevelure peignée en arrière d'une couleur semblable à celle du bureau, il avait le look maîtrisé d'une star de cinéma : profil parfait, iris couleur fauve, impeccable barbe de trois jours.

Il se leva à leur entrée et, même s'il se contentait de flirter avec le mètre quatre-vingts, sa posture et son menton relevé lui donnaient l'air plus grand.

Que ce soit pour l'effet ou par confort, il avait retiré la veste de son costume bleu nuit pour se tenir en bras de chemise et cravate assortie.

— Mes excuses pour vous avoir fait attendre. Ernest est très protecteur.

Sans aller jusqu'à contourner son bureau ni leur tendre la main pour les accueillir, il leur désigna deux sièges – couleur chocolat, une fois de plus – avant de se rasseoir.

À l'inverse de son ancien camarade de classe, Whitt affichait plusieurs diplômes au mur. Sur le mur d'en face, un écran diffusait les informations économiques du monde entier, son coupé.

— Pouvons-nous vous offrir quelque chose à boire ?

— Non, merci.

— Merci, Ernest. Ce sera tout pour le moment.

— Bien, monsieur.

Lauder prit congé et ferma la porte.

— Je ne suis pas sûr d'avoir bien saisi, dit Whitt en guise d'introduction. Vous souhaitez me parler à propos d'une personne qui a été tuée ?

— Kent Abner. Elise Duran.

— Je ne saisis toujours pas.

— Kent Abner était marié au Dr Martin Rufty et Elise Duran au professeur Jay Duran. Cela vous éclaire un peu plus ?

— Pas vraiment, non.

— Vous avez étudié à l'académie Theresa A. Gold ici, à New York, n'est-ce pas ?

— Voilà un nom qui nous ramène loin en arrière. Oui, j'ai étudié là-bas, mais je ne vois pas...

Il se radossa à son siège, les yeux plissés.

— Rufty, oui, bien sûr. Il est arrivé au poste de directeur juste avant que je sois transféré. J'ai fini mon année de terminale et obtenu mon diplôme à l'école préparatoire Lester Hensen d'East Washington, donc nous nous sommes à peine croisés.

— D'après nos informations, c'est parce que vous vous êtes « croisés » que vous n'avez pas fini votre année à Gold.

— C'est assez juste. Mes parents n'appréciaient pas les méthodes de Rufty et, malgré mes objections marquées à l'époque, ils m'ont inscrit à Lester Hensen, où la directrice Grange avait également été transférée.

— Vous avez émis des objections ?

— Plutôt deux fois qu'une. J'ai aussi fait la tête. Et manifesté ma colère, répondit-il avec un sourire. J'avais dix-sept ans et l'impression que ma vie prenait fin. Tous mes amis étaient ici, la fille que j'aimais également. Je me considérais comme au sommet de la hiérarchie informelle des élèves de TAG et voilà que mes parents m'envoyaient dans une autre école, dans une autre ville, et en pensionnat ? Ma vie était foutue ! lança-t-il avec un grand geste dramatique.

— Vous avez dû tenir le Dr Rufty pour responsable.

— Absolument. À peine débarqué, ce salaud s'était emparé de ce que je considérais comme mon territoire et avait joué de son autorité jusqu'à s'aliéner totalement mes parents, au point que j'en payais le prix. Évidemment, comme c'est souvent le cas, c'était la meilleure chose qui puisse m'arriver.

— C'est-à-dire ?

— Privé de mes amis, de ma copine, de mon environnement familial, j'ai tenu le coup en me concentrant sur les études. Et, malgré mes craintes, ma vie n'a pas pris fin. Mais je ne vois pas quel rapport il peut y avoir entre ce que j'ai perçu comme une crise existentielle à dix-sept ans et ces meurtres.

— Vous en vouliez aussi à Jay Duran pour votre transfert ? demanda Peabody.

— Je ne connais *a priori* personne de ce nom.

— Vous avez suivi plusieurs de ses cours à l'académie, lui rappela Peabody. Linguistique, création littéraire, littérature.

Whitt eut un petit haussement d'épaules.

— Désolé. Je ne peux pas dire que je me souvienne des professeurs que j'ai pu avoir à l'époque.

— Celui-ci a fait de nombreux rapports à votre sujet. Sur vos amis aussi, ajouta Eve. Les archives indiquent qu'il vous a signalé pour participation à un réseau de tricheurs, harcèlement, agressions physiques et consommation d'alcool sans avoir l'âge légal. Un large éventail d'infractions. Il a déposé des plaintes officielles contre vous et contre la directrice Grange, entre autres.

Le regard de Whitt resta impassible, stable. Et vide.

— On peut supposer que si de telles accusations étaient fondées la directrice Grange aurait pris les mesures disciplinaires appropriées.

— Nous ne supposons rien de ce genre, monsieur Whitt, car tout indique que la directrice Grange fermait les yeux sur les accusations, les déclarations et les plaintes en échange de généreux subsides pour l'académie.

— Ce n'est pas de mon fait, si ? Alors, vais-je prétendre ne m'être jamais mal comporté quand j'étais adolescent ? Bien sûr que non. Quiconque prétendrait cela serait un menteur ou aurait eu une jeunesse bien triste. Pour être franc, les individus que je fréquentais à TAG étaient plutôt indisciplinés, admit-il avec un nouveau haussement d'épaules désinvolte.

» Mais nous étions inoffensifs, nous faisions ce que font la plupart des jeunes à cet âge. Explorer les limites, les titiller un peu, faire des expériences.

— Avec les stupéfiants ?

Il esquissa un sourire malicieux.

— Je vais invoquer mon droit de garder le silence sur cette question. Écoutez, nous faisions la fête. Beaucoup de nos parents voyageaient et nous organisions des fiestas. Je ne nierai pas que nous avons trouvé le moyen de mettre la main sur de l'alcool. Si un jour j'ai des enfants, j'espère faire mieux que mes parents pour superviser ce genre de choses. Mais tout cela n'est finalement qu'un rite de passage. Et maintenant, même si c'était amusant de revisiter ainsi ma jeunesse, j'ai du travail qui m'attend.

— Dans ce cas, nous allons revenir au présent. Pouvez-vous nous dire où vous étiez les 27 et 29 avril au soir, entre 21 h 30 et 23 heures ?

— Vous me posez sérieusement la question ?

— Oui, monsieur Whitt. Nous prenons les enquêtes criminelles très au sérieux.

— Vous me considérez réellement comme suspect à cause d'un professeur et du directeur de mon ancien lycée ? Vous devez vraiment être à court de pistes.

Tout en secouant la tête, il fit défiler du bout du doigt les pages d'un agenda électronique.

— Le 27 avril, j'ai invité à dîner une cliente et son mari au restaurant Le Jardin. Nous avions réservé pour 20 heures. Je dirais que nous sommes sortis aux alentours de minuit. Je les ai raccompagnés à leur hôtel – ils nous rendaient visite depuis la Belgique –, puis j'ai demandé à la limousine de me ramener chez moi. Là encore, je ne peux pas vous donner l'horaire exact mais j'étais chez moi avant minuit et demi et je ne suis pas ressorti.

— Il nous faudra les noms de vos clients pour confirmer tout cela.

— Non.

Son regard s'était durci et sa mâchoire se crispa.

— Pas question que vous contactiez d'importants clients pour les interroger. Si vous devez confirmer, adressez-vous au restaurant. Le maître d'hôtel me connaît car j'y emmène souvent du monde. Les serveurs se souviendront certainement de nous.

— Nous commencerons par eux, concéda Eve. Et le deuxième soir ?

— Je suis allé en boîte rejoindre un ami. Là encore, je n'ai pas l'horaire précis mais j'ai dû arriver vers 21 heures, peut-être 21 h 30. Marsh était déjà sur place.

— C'est-à-dire Marshall Cosner.

— C'est ça. Vous savez de toute évidence que nous étions au lycée ensemble, à l'exception du dernier semestre. Nous familles se connaissent et Marsh et moi sommes restés amis. On se retrouve de temps en temps, quand nos emplois du temps le permettent.

— Marrant, intervint Peabody en sortant son mini-ordinateur comme si elle vérifiait les données. M. Cosner ne vous a pas inclus dans la liste de noms qu'il nous a fournie concernant cette sortie en boîte.

— Il a sans doute voulu m'épargner toutes ces âneries. Ce n'était pas la peine, ajouta-t-il avec un geste désinvolte de la main. Nous avons vidé quelques verres, rigolé un peu, échangé des nouvelles, regardé les filles autour de nous. Ni lui ni moi n'étions venus accompagnés. Je suis reparti vers minuit, je dirais, et j'ai pris un taxi jusque chez moi.

— Seul ? demanda Eve.

— Oui, malheureusement.
— Êtes-vous resté en contact avec Kendel Hayward ?
— Ah, ça reste un coup de poignard dans mon cœur, déplora-t-il avec une grimace exagérée. Non. Nous étions follement amoureux, évidemment, comme on l'est à seize ou dix-sept ans. Puis on nous a cruellement séparés. C'est en tout cas comme ça que je l'ai ressenti à l'époque. Ses parents ont mis le holà. C'est arrivé très vite. Je ne pouvais même plus la joindre : ils lui avaient pris son communicateur et l'avaient coupée du monde. Elle m'a terriblement manqué pendant... deux ou trois semaines ?

Il sourit de nouveau.

— Car telle est la profondeur de l'amour quand on a dix-sept ans.

— Vous avez néanmoins fait une tentative pour la contacter.

Eve le vit crisper légèrement les mâchoires.

— Mais elle n'a pas voulu vous parler. Vous ne l'avez pas bien pris.

— Dix-sept ans, répéta-t-il. Elle m'a brisé le cœur. Après quoi il y a eu d'autres filles pour apaiser la douleur, puis l'université... et d'autres femmes. Et Kendel n'a plus été qu'un souvenir, agréable mais vague. Mais elle n'est plus à New York, si ? Je crois avoir lu qu'elle s'était fiancée à un jeune politicien d'East Washington. J'admets avoir ressenti un pincement au cœur. Les premières amours ont quelque chose d'intense.

— Mais pas au point de la recontacter, ou de faire ne serait-ce qu'une tentative en ce sens, une fois le bac en poche. Ni depuis, d'ailleurs.

— Il faut savoir aller de l'avant. Et c'est exactement ce que je dois faire à présent. Je ne peux pas vous aider dans cette affaire. Si vous avez d'autres questions, vous pourrez les adresser à mon avocat. À savoir Lowell Cosner, le père de Marsh.

Il se leva.

— Bonne continuation.

— Merci pour le temps que vous nous avez accordé.

Eve pouvait presque l'entendre ricaner dans sa barbe tandis qu'elles repartaient.

Peabody voulut dire quelque chose une fois dans l'ascenseur mais Eve fit non de la tête. Elles descendirent donc en silence au milieu des hommes d'affaires en costume et des clients aisés.

— Vous pouvez y aller, dit Eve quand elles émergèrent de la cabine. Parce qu'il est du genre à placer un sous-fifre dans l'ascenseur pour lui rapporter nos échanges.

— Je n'y avais pas pensé mais, oui, c'est tout à fait le genre. J'allais dire que nous avons désormais deux types qui mentent comme ils respirent.

— Indéniablement, Peabody. Indéniablement.

— Cela dit, si leurs alibis tiennent…

— J'ai une idée à ce sujet. Vérifiez les adresses de la boîte, du restaurant et de la soirée entre amis, demanda Eve sur le chemin vers le parking. Puis comparez-les avec les lieux de dépôt des deux colis. Voyons ce que ça donne.

— Sans problème, dit Peabody en dégainant son mini-ordinateur.

— Vous pouvez être certaine que Cosner l'a appelé à l'instant où nous sommes sorties de son bureau. Il savait que nous arrivions, a demandé à son assistant de faire barrage. Il savait quels noms nous allions évoquer mais se devait de faire l'étonné. « Tout ça est de l'histoire ancienne, voyons. » Une erreur stupide, honnêtement. Mais ils commettent tous une erreur stupide à un moment ou à un autre, si malins soient-ils. Ou croient l'être.

— Je vous en remets une couche dans la stupidité. L'adresse du dîner entre amis est à vingt bons pâtés de maisons du premier dépôt de colis. Mais le restaurant où Whitt a emmené ses clients ? À deux rues de là. Et la boîte ou Cosner et Whitt se sont retrouvés ? Trois rues.

— Ils ont déposé un colis chacun. Ils se couvrent mutuellement. Ils n'ont jamais imaginé que nous remonterions si loin, donc ils se pensent à l'abri. Enfin, Whitt pense... Cosner est un suiveur.

Eve s'installa derrière le volant.

— Allons au restaurant en question. On a le temps. Je vais demander à Rodriges de venir faire une déposition. On passe au restaurant puis direction la boîte de nuit pour voir si on peut déceler d'autres failles dans leurs mensonges.

— Je suis partante.

Eve paya à la sortie du parking puis reprit sa route.

— Whitt ne s'est même pas donné la peine de demander pourquoi on l'interrogerait sur le meurtre des conjoints. Parce que c'est ce qu'il visait. La raison derrière ses actes.

— Et toujours à blâmer Rufty et Duran parce qu'il a été transféré loin de l'école... par ses parents.

— Ça va plus loin que ça. Les premières amours ont quelque chose d'intense, hein ? Mais ce n'était pas de l'amour, pas réellement. C'est un sociopathe, il ne ressent pas vraiment d'émotions. Mais il a perdu la fille, son rang hiérarchique. Pire, la fille s'est fiancée, les médias en ont parlé, de même que les milieux que Whitt fréquente, soyez-en sûre. Et ça le met en rage. Grange aussi joue un rôle là-dedans.

D'une manière ou d'une autre. Les parents de Whitt sont divorcés, non ? Vérifiez de quand ça date.

— Une seconde...

Peabody pinça les lèvres face à l'écran de son mini-ordinateur.

— Divorce prononcé l'été où Whitt est sorti diplômé de Lester Hensen.

— Combien vous pariez que le papa de Whitt est l'individu sur la photo floutée ?

Peabody réfléchit un court instant avant de répondre :

— Je crois que je vais garder mon argent.

# 18

Le nouveau manteau d'Eve remportait visiblement l'approbation de l'hôtesse du restaurant français prétentieux car elle les salua toutes les deux avec un grand sourire de bienvenue.

— Bonjour. Sous quel nom avez-vous réservé ?

— Pas de réservation mais vous trouverez mon nom sur cet insigne. Lieutenant Eve Dallas.

L'accueil chaleureux laissa place à une expression alarmée.

— Oh ! Soyez discrète, je vous en prie. Il y a un problème ?

— Ça dépend. Je voudrais que vous vérifiiez l'existence d'une réservation au nom de Stephen Whitt le 27 avril. Dîner à 20 heures.

— M. Whitt, bien sûr. Trois personnes. M. Whitt déjeune et dîne souvent dans notre établissement.

— Vous étiez présente ce soir-là ?

— Oui.

— Vous pouvez quitter votre poste une minute ?

— Oh, mais... Henry ? Tu peux me remplacer un instant ? Pourrions-nous parler de ça dehors ? demanda-t-elle à Eve, toujours en quête de discrétion.

— D'accord.

Une fois à l'extérieur, l'hôtesse laissa échapper un long soupir.

— Je suis désolée, mais nous ne voudrions pas déranger ou perturber nos clients.

— Bien sûr. À quelle heure M. Whitt est-il arrivé ?

— Il s'est présenté avec ses invités une minute ou deux après 20 heures. Il est toujours très ponctuel. Jordan, le maître d'hôtel en soirée, les a escortés lui-même jusqu'à leur table.

Eve décida d'écouter son instinct :

— Compris. À quelle heure M. Whitt est-il sorti pour, par exemple, utiliser son communicateur ?

— Ah. Je crois que c'était... Je ne suis pas vraiment sûre. Vers 22 heures, peut-être ? Il est toujours plein d'égards et prend la peine de passer ou recevoir ses appels dehors. Nous recommandons d'éviter l'usage de communicateur à table.

— Je n'en doute pas. Combien de temps est-il resté à l'extérieur ?

— Quelques minutes. Cinq, six. Pas plus de dix. Moins de dix, je dirais. Il n'aurait pas délaissé ses invités plus de quelques minutes.

— Vous l'avez vu sortir et revenir ?

— Oui. Excusez-moi, je ne comprends pas bien...

— Moi si. Votre nom ?

— Grace Levin.

— M. Whitt a-t-il une réservation à venir ?

— Je ne crois pas. Il réserve souvent pour le déjeuner le jour même.

— S'il le fait, s'il vient chez vous, il est important que vous ne mentionniez pas cette conversation.

— Mais...

Eve ressortit son insigne et le désigna du doigt.

— Vous comprenez ce que veut dire « important » ? Vous-même parliez de discrétion, n'est-ce pas ?

— Oui.

— Bien. Savez-vous qui étaient les serveurs ce soir-là ?

— Oui.

Une fois les noms obtenus, Eve la laissa retourner à son poste.

— Il pense avoir pris les mesures nécessaires pour se protéger, dit-elle en se balançant d'avant en arrière sur ses talons. Il ne s'attend pas vraiment à être mêlé à l'affaire mais sait qu'il lui faut un alibi. Il a la limousine, les clients, un restaurant où il est connu et respecté. Il prétexte devoir utiliser son communicateur à l'extérieur. La limousine devait l'attendre ; une simple question de timing à gérer. Il sort le colis de la voiture parce que le plus rapide est sans doute d'y aller à pied. Et puis il ne veut pas être vu en train de déposer le colis, il utilise le brouilleur. Ça ne lui prend que quelques minutes. Il retourne au restaurant, présente ses excuses pour l'interruption. « Permettez-moi de vous offrir un excellent brandy », ou je ne sais quoi.

— Malin, acquiesça Peabody une fois dans la voiture. Mais il reste beaucoup de failles. Les serveurs, l'hôtesse, le maître d'hôtel, le chauffeur. Les clients du resto aussi ; on pourrait obtenir leurs noms en cas de besoin. Quelqu'un aura forcément remarqué son absence pendant plusieurs minutes. L'agence de location saura qu'il a demandé la limousine et en a sorti quelque chose.

— Il a l'habitude de faire exactement ce qui lui chante. Même pour son retrait soudain de l'école. Pas à cause de son comportement, non. Mais parce que Rufty avait changé le règlement et que ses parents n'allaient pas laisser un petit directeur prétendre que leur fils était de la mauvaise graine.

» Il va peut-être s'inquiéter un peu à présent. Mais même là, il pense avoir couvert ses arrières. Il va convaincre – ou essayer de convaincre – Cosner qu'ils ne risquent rien. Allons voir la boîte.

Elles ne tirèrent rien de la boîte de nuit en dehors d'un aperçu du lieu.

Eve retourna à la voiture après une courte conversation avec deux femmes occupées à nettoyer les sols.

— Pas de caméra à la porte, dit-elle. Pas de physionomiste à l'entrée. La boîte n'a qu'un seul étage, un seul bar, et une déco assez miteuse. Pas non plus un bouge mais loin de la boîte à la mode où l'on s'attendrait à voir traîner deux riches héritiers.

— En revanche, l'emplacement et l'absence de mesures de sécurité sont un gros plus si les deux riches héritiers ont planifié un meurtre. Preuves indirectes, ajouta Peabody, mais les pièces du puzzle s'emboîtent petit à petit.

— Reconstituons-le entièrement avant qu'ils envoient un autre colis.

Peabody pivota vers Eve qui serpentait entre les véhicules plus lents.

— Ils feraient ça, vous croyez ? Maintenant qu'ils savent – ils le savent forcément – qu'on s'intéresse de près à eux ?

— Cosner, peut-être pas. Mais Whitt ?

Eve franchit un feu orange, changea de file et tourna à droite juste derrière la foule de piétons qui traversaient au carrefour.

— Il est bouffi d'arrogance, reprit-elle. Il serait même capable d'accélérer son planning initial.

— Effectivement, admit Peabody. « Ces connasses croient me faire peur ? » Mince, Dallas, on fait quoi ?

— On a averti les gens, Peabody, et c'est tout ce que nous pouvons faire de ce côté-là. Reste le puzzle. S'ils sont les seuls impliqués, l'un d'eux – sans doute Cosner – dispose de l'équipement et des produits à son domicile. Ils vivent seuls tous les deux. Ils ont peut-être un espace de travail ailleurs. On va se concentrer là-dessus.

— Ils pourraient aussi avoir embauché un savant fou.

— On explorera aussi cette piste.

Eve s'engagea dans le parking du Central.

— Fréquentations connues, anciens amis – potentiellement de Gold – et employés. Il pourrait s'agir d'un dealer en lien avec Cosner. On creusera cette piste.

— Une amante, peut-être ? Un ou une autre toxicomane ?

Une fois dans l'ascenseur, Peabody réfléchit à voix haute :

— Ils lui fournissent un lieu de vie décent, des doses régulières de sa drogue préférée, en échange de quoi il ou elle leur concocte la toxine.

— Pas mal. Nous n'avons identifié aucune relation sexuelle ou romantique, ni chez l'un ni chez l'autre. Rien de durable. Donc peut-être une relation dissimulée. On va se pencher de plus près sur leurs finances, rechercher des dépenses régulières. Voyons si l'on peut identifier de l'immobilier dont l'un ou l'autre serait locataire ou propriétaire. L'investissement dans la pierre est un classique qui n'attire pas l'attention en temps normal.

Elle abandonna l'ascenseur pour emprunter l'escalier roulant.

— Des renforts nous seront utiles. Voyez si la DDE peut nous assigner McNab ou Callendar. Si non, on prendra quelqu'un de chez nous.

— Vous croyez vraiment qu'ils vont s'attaquer à une nouvelle cible ?

— À la place de Whitt, si je réfléchissais comme lui ? C'est exactement ce que je ferais. Appelez la DDE, dit-elle au moment où elles franchirent le seuil de la salle commune. Je veux mettre tout ça par écrit avant l'arrivée de Rodriges.

Eve se rendit directement à son bureau et se programma un café. Une fois son tableau et ses notes mis à jour, elle rédigea son rapport puis ajouta une liste de questions destinées à Mira.

Rodriges n'allait pas tarder. Elle se plongerait dans les finances des suspects plus tard. En attendant, elle se tourna vers son tableau, les pieds sur le bureau, pour observer et réfléchir.

La photo du père de Whitt accrochée au mur du bureau de Grange. La chronologie du divorce. Peut-être pourraient-elles aller parler à l'ex-femme, voir si on pouvait la convaincre de confirmer qu'il y avait eu une liaison.

Parce que celle-ci avait bien existé. Et perdurait peut-être encore.

Si Whitt savait que Grange était au moins en partie responsable du divorce de ses parents, pourquoi ne pas s'en prendre à elle ?

« Il s'en moque, estima-t-elle. Ça n'a pas vraiment eu d'impact sur sa vie. »

À l'inverse de son changement d'école et d'environnement. Sur ce point, elle croyait le témoignage de Whitt. Il avait perdu son socle, sa réputation, son petit royaume, pour être rétrogradé au rang de « nouvel arrivant ».

Cela dit, Grange avait pu le protéger, au moins en partie. Une autre raison pour lui de la laisser tranquille. Il avait en tout cas disposé d'assez de cervelle et d'argent pour accéder à l'un des meilleurs établissements du pays et à en ressortir diplômé.

Il était donc possible qu'il se soit vraiment concentré sur ses études. Le succès pouvait constituer une forme de revanche.

Il avait renoué avec Cosner, ou bien n'avait jamais vraiment perdu le contact. Mais la fille ? Il avait assurément perdu la fille. Aucun contact, même une fois leur diplôme en poche.

Elle examina sa photo d'identité, les yeux plissés.

— Comment savais-tu que ses parents lui avaient pris son communicateur et l'avaient privée de tout contact avec l'extérieur ? Peut-être que quelqu'un d'autre dans votre cercle de jeunes voyous t'avait prévenu ? Peut-être. Mais ensuite, elle a elle-même coupé les ponts avec toi. Et fait le choix de rester sur le droit chemin plutôt que de te retrouver. Hmm...

Elle reposa son café et se leva pour s'approcher de l'étroite fenêtre.

— Pas question pour toi de recontacter cette garce après t'être fait larguer comme un malpropre. Qu'elle aille se faire voir. Elle ne comptait pas tant que ça pour toi, de toute façon. Juste une fille facile, n'est-ce pas ? Bien sûr, bien sûr. Et ce n'est pas ça qui manque quand on est jeune, riche et beau gosse.

Elle se mit à faire les cent pas face à la fenêtre.

— Des filles intelligentes, aussi. Avec plus de cervelle que de poitrine, qui seraient trop heureuses que tu leur accordes ton attention. Et capables de t'aider pour tes devoirs.

Elle retourna à son bureau pour vérifier la date de l'annonce des fiançailles de Hayward.

— Oui, oui, tu as vu l'information passer. Les premières amours ont quelque chose d'intense. C'est ce que tu nous as dit, et c'était la pure vérité te concernant. Particulièrement quand il s'agit d'un premier amour qui t'envoie balader.

» Et là, qu'est-ce qu'elle fait ? Qu'est-ce qu'elle fait ? s'interrogea Eve à haute voix en reprenant sa tasse de café. Elle se met en couple avec un autre richard. Un mec blindé, important, issu d'une famille qui compte. Merde, sa future belle-mère pourrait même devenir présidente. Tu parles d'un coup bas ! Elle se retrouverait à faire la maligne à la Maison-Blanche ? Et qui est responsable ? Qui a gâché ta vie au point que tu te retrouves cadre de base dans l'entreprise de papa alors que cette fille qui était à toi, qui t'appartenait, débarque dans l'aristocratie politique juste en se faisant passer la bague au doigt ?

» Rufty, Duran et tous les autres salauds qui ont foutu en l'air ta jeunesse prometteuse, voilà qui !

Elle revint se poster devant la photo de Whitt.

— C'est le déclencheur. C'est à ce moment-là que tu as basculé. J'en mettrais ma main à couper.

Elle se retourna avec l'intention d'appeler le bureau de Mira en insistant pour obtenir une consultation rapide. Au même moment, son ordinateur signala l'arrivée d'un message et le bruit des pas de Peabody se fit entendre dans le couloir.

Eve jeta un coup d'œil au message et lâcha un petit grognement. C'était prévisible.

— Dallas, annonça Peabody depuis le seuil. Rodriges est arrivé.

— Installez-le dans la salle de repos. Je vous rejoins tout de suite.

Elle attendit que Peabody soit repartie pour répondre au bureau du commandant.

*L'inspecteur Peabody et moi nous apprêtons à interroger quelqu'un dans le cadre de l'enquête en cours.*

*Nous ferons notre rapport au commandant Whitney juste après l'entretien.*

« Grange », songea-t-elle en quittant son bureau. Elle se doutait que la directrice ne laisserait pas passer les insultes de Peabody. Elles s'en occuperaient donc ensuite.

En entrant dans la salle de détente, elle vit Rodriges assis à une table et occupé à battre nerveusement la mesure du bout de sa basket usée. C'était un jeune homme de petite taille au visage juvénile, avec un court catogan de cheveux noirs et frisés. Il releva des yeux foncés très expressifs vers Peabody qui lui apportait un soda. Son tee-shirt affichait la formule de pi avec, en guide de légende : SI ÇA TOURNE PAS ROND, TANT PI !

Eve devina qu'un individu comme Whitt avait dû prendre bien du plaisir à le maltraiter.

— Je vous présente le lieutenant Dallas. Lieutenant, indiqua Peabody en tendant à Eve un tube de Pepsi, voici Miguel Rodriges.

— Merci d'être venu, monsieur Rodriges.

— Pas de souci, répondit-il avec un sourire très hésitant qui n'atteignait pas ses yeux si expressifs. Mon, euh, responsable m'a dit que c'était plus ou moins obligatoire. Qu'il fallait que je vous parle du mari du Dr Rufty et de la femme de M. Duran. C'est... c'est terrible.

— Vous vous souvenez du Dr Rufty et du professeur Duran ?

— Ouais, bien sûr. J'aurais dû dire « professeur Duran », pardon. Je... je me suis rendu à la cérémonie avant d'aller travailler ce matin. Je ne connaissais pas vraiment le Dr Abner, mais je tenais à y aller, au moins quelques minutes. J'irai aussi à la cérémonie pour Mme Duran. C'est important de leur rendre hommage.

Il prit une longue gorgée de soda.

— Je suis plutôt nerveux parce que je ne vois pas trop pourquoi vous voulez me parler.

— Vous aimiez bien Rufty et Duran.

— Bien sûr. Je connaissais mieux M. Duran parce qu'il était présent depuis plus longtemps. Quand j'étais élève là-bas, je veux dire. Je n'étais pas forcément un crack dans ses matières, j'étais meilleur en maths et en sciences, mais il m'a vraiment soutenu, m'a aidé à avoir des notes correctes. J'ai même rejoint le club Shakespeare la dernière année parce qu'il m'avait aidé à, euh, à piger Shakespeare, en quelque sorte. Je ne vois pas quel rapport ça a avec...

— Miguel..., l'interrompit Eve.

Elle attendit que le regard du jeune homme croise le sien.

— Détendez-vous. Nous cherchons simplement à mieux comprendre la toile de fond de ces crimes.

— D'accord. J'avoue que quand le grand patron vous dit d'aller parler à la police, et genre tout de suite, ça fait un peu peur.

— Vous n'avez pas à avoir peur, lui assura Peabody. Vous étiez bon en chimie ?

— Ouais, enfin, j'aimais bien ça. Chimie, biologie, physique, calcul, programmation, informatique.

Cette fois, son sourire était remonté jusqu'à ses yeux.

— Tous les trucs de geeks, quoi, dit-il. Mais je devais maintenir ma moyenne dans les autres matières. J'étais boursier. M. Duran, Mlle Chelsic, M. Flint, ils m'ont tous aidé sur mes points faibles.

— Vous aimiez l'école, l'encouragea Peabody.

— Je n'aurais jamais pu entrer au MIT ni obtenir un poste chez Connors Industries sans la chance qu'on m'a donnée à TAG.

— Vous avez cependant rencontré des problèmes avec certains autres élèves, dit Eve.

Il baissa les yeux, haussa les épaules.

— Je fréquentais surtout les autres geeks dans mon genre.

— Miguel, vous avez été agressé physiquement, au point de devoir être hospitalisé.

— Nous travaillons avec l'inspecteur Callendar, ajouta Peabody. Vous la connaissez.

— Oui, bien sûr. On traînait souvent ensemble par le passé. On se voit encore, de temps en temps, mais...

— Elle se souvient de cette fois où on vous a tabassé.

Miguel s'abîma dans la contemplation de son soda.

— Ça remonte à loin...

— Elle n'est pas la seule à s'en souvenir, précisa Eve. M. Rosalind, votre professeur de chimie à Gold, est convaincu que vous avez été menacé et agressé parce que vous refusiez de tricher. Le Dr Rufty a consigné dans ses notes ce qu'il avait appris de l'incident en question.

Miguel releva la tête, visiblement surpris. Il cligna plusieurs fois les yeux.

— Vraiment ?

— Vraiment. Cela nous serait utile aujourd'hui si vous nous racontiez ce qui s'est passé.

— C'était il y a longtemps.

— Vous vous rappelez les noms des professeurs qui vous ont aidé, souligna Peabody. Il semble clair que vous vous souvenez du Dr Rufty et que vous vous êtes rendu à la cérémonie en l'honneur de son mari ce matin parce que les choses ont changé, en bien, quand il a repris les commandes en tant que directeur. Vous vous rappelez ce qui s'est passé.

— Nous rassemblons des informations. Et savoir ce qui s'est produit durant, en gros, votre dernière année à Gold pourrait nous permettre d'identifier les responsables de deux meurtres.

Miguel parut s'alarmer ; les tremblements de son pied redoublèrent.

— Je ne vois pas comment, souffla-t-il.

— Ça, c'est notre travail. Racontez-nous ce qui s'est passé.

— Je ne veux causer d'ennuis à personne après tout ce temps. Je veux dire... Il faut savoir tourner la page, n'est-ce pas ?

— Nous n'irons pas leur chercher des noises pour ce qu'ils ont fait à l'époque. Mais nous avons besoin de ces informations.

— D'accord. Bon... Certains élèves aimaient embêter ceux qui étaient entrés à TAG grâce à une bourse. Le mieux, c'était encore de les éviter. Mais ça ne marchait pas toujours. Certains boursiers qui se faisaient harceler ont fait ce qu'ils pouvaient pour que ça cesse. Ils leur écrivaient leurs rédactions, faisaient leurs devoirs ou leurs projets à leur place, euh, les laissaient copier sur eux, ou même... Bon, oui, ils ont poussé quelqu'un à pirater une partie du réseau des professeurs pour récupérer les examens et même changer des notes. Tout le monde était au courant.

— Y compris la directrice Grange ?

— Elle était au courant. Je ne peux pas le prouver, et je n'y tiens pas. Mais elle savait, c'était clair pour tout le monde. On m'a mis la pression, on m'a bousculé. J'étais plutôt chétif. Certains professeurs, comme M. Duran et M. Rosalind, essayaient de nous protéger, moi et les autres dans mon genre. Mais ils ne pouvaient pas être partout, évidemment...

— On vous a tendu une embuscade, Miguel ?

Il se tourna vers Eve.

— Je ne voulais pas les aider à tricher. Je ne suis pas un tricheur. J'ai proposé de les aider à réviser, à comprendre les cours, mais ça ne leur suffisait pas. Un jour, ils m'ont passé à tabac. Franchement, j'ai eu peur. Mais je refusais de tricher, de me déshonorer, de déshonorer ma famille de cette façon. Quand ils ont eu fini, ils m'ont dit que si je racontais qui m'avait fait ça personne ne me croirait. Et que si je ne faisais pas ce qu'ils exigeaient, ils s'en prendraient à mon frère, à ma sœur. Je suis le plus âgé de la famille.

— Vous pouvez nous le dire aujourd'hui. Personne ne fera de mal à votre famille.

— Stephen Whitt et Marshall Cosner. Ils me sont tombés dessus par surprise. J'étais stupide, d'accord ? Stupide, c'est tout. Ils m'ont dit qu'ils étaient d'accord, qu'ils voulaient que je les aide à préparer un devoir de labo. Ils m'ont demandé de passer chez Stephen ce soir-là. Et comme un idiot, je l'ai fait. Ils m'attendaient à l'extérieur. Je suppose que ses parents n'étaient pas chez eux parce que personne n'est venu quand j'ai crié à l'aide. Ils m'ont tabassé assez violemment, je ne me souviens plus de grand-chose après les deux premières minutes.

» Puis ils m'ont tiré jusqu'à une voiture. J'ai cru qu'ils allaient m'emmener quelque part pour me tuer, parce que Marshall répétait qu'ils en étaient capables, que c'était peut-être la meilleure chose à faire. Stephen m'a dit que si j'avais un peu de jugeote, je lui enverrais une copie de mon propre travail, que mon frère et ma sœur auraient droit à pire que moi si je disais quoi que ce soit. Puis ils m'ont largué au centre-ville, du côté des quais. Je crois que j'ai perdu connaissance. J'ai essayé de rentrer chez moi à pied, mais je me suis évanoui. Je me suis réveillé dans l'ambulance.

— Ils n'étaient que tous les deux ? s'enquit Eve.
— Cette fois-là, oui. À l'école, d'autres membres de la bande pouvaient vous pousser, vous faire un croche-pied, vous menacer ou autre. Mais ce sont ces deux personnes qui m'ont roué de coups ce soir-là.
— Vous en avez parlé à vos parents, à la police ?
— J'avais peur pour mon frère et ma sœur, ma famille. Donc je n'ai pas donné de noms. Pas à l'époque. Ce qui veut dire que la police n'a rien pu faire. Mes parents ont tellement insisté que j'ai fini par leur avouer que c'était des élèves de l'école. Ils ont demandé à voir la directrice Grange. Mais elle n'a rien fait. Ils ont voulu me changer d'établissement mais je les ai suppliés de ne pas le faire. C'était ma seule chance d'entrer au MIT, de faire ce dont je rêvais, d'obtenir une bonne formation et de démarrer le genre de carrière que je voulais, dans une bonne entreprise. C'était ma chance.
— Une décision courageuse, fit remarquer Peabody.
— J'ai bien failli me faire dessus le jour de mon retour. J'étais amoché, les autres me dévisageaient, me pointaient du doigt. Et je savais qu'ils me retomberaient dessus puisque je refusais toujours de tricher.

Il porta de nouveau le soda à ses lèvres.

— J'avais tellement peur, si vous saviez... Mais il y a eu ce mec. Un grand type en classe de première. Ce n'était pas un geek mais il n'était pas non plus de leur côté. Quint Yanger, un sportif. Il s'est dévoué pour assurer mes arrières. On se connaissait à peine mais il a décidé qu'il ne les laisserait plus me harceler.

» Le bruit de ce qui m'était arrivé courait parmi les jeunes. Marshall, qui n'était pas du genre à garder un secret, s'était vanté de ce qu'ils m'avaient fait un jour où il était défoncé. Quint est directement allé voir Stephen, parce qu'il savait qui tirait les ficelles. Il l'a prévenu que si je recevais des coups, il s'en prendrait en retour, deux fois plus et deux fois plus fort. Que si je me faisais pousser, il le pousserait lui par la fenêtre la plus proche. Il ne blaguait pas.

Pour la première fois, Miguel sourit.

— Ils m'ont laissé tranquille à compter de ce moment. Puis Grange est partie, Rufty est arrivé et tout a changé. Enfin, sauf que Quint et moi sommes toujours amis. Le meilleur ami que j'aie jamais eu. Bref, les choses ont changé et après ça j'ai terminé le lycée sans anicroche.

— Quint Yanger, le défenseur recruté par l'équipe des Giants il y a deux ans ?

— Lui-même. Quint. Un grand mec au grand cœur. C'est ce que j'aime bien me dire : s'ils ne s'en étaient pas pris à moi, Quint et moi ne serions sans doute jamais devenus amis. Pas aussi proches, en tout cas. Et je m'en suis bien remis.

— Vous êtes un homme intéressant, Miguel, déclara Eve.

— Euh, merci ? Je veux aussi préciser que quand le Dr Rufty a pris les commandes, il m'a convoqué pour que je lui parle de ce soir-là. J'ai pensé – peut-être grâce à Quint et puis, bon, parce qu'ils étaient déjà partis – que je pouvais donner leurs noms. Je crois que ça m'a soulagé de le faire.

» Il y a vraiment quelque chose d'utile dans tout ce que je viens de vous raconter ?

— Absolument.

Il hocha la tête et détourna le regard.

— Vous ne pouvez sans doute pas me dire si vous pensez que Stephen ou Marshall sont impliqués dans les meurtres...

Il marqua un temps d'arrêt puis souffla longuement en voyant que ni Eve ni Peabody ne répondaient.

— Après tout ce que je viens de dire, autant aller au bout. Je me dois de préciser que je ne sais pas ce qu'ils sont devenus et que je sais que les gens changent. Je ne les ai pas revus depuis qu'ils ont quitté TAG juste après les vacances de Noël. Mais... J'ai vraiment cru qu'ils allaient me tuer ce soir-là. Et pas seulement parce que j'étais mal en point et effrayé. C'était aussi... qu'ils en mouraient d'envie. Ça se voyait, ça s'entendait, ça se sentait. Ils en avaient envie et peut-être que s'ils avaient été certains de s'en sortir ensuite, comme pour le reste de leurs mauvais coups, ils l'auraient fait.

Il repoussa ce qui restait de son soda.

— Mais les gens changent et je ne sais pas qui ils sont aujourd'hui.

— Très bien, Miguel. Merci d'être venu nous parler. On va vous ramener à votre bureau.

— Oh, c'est pas la peine. Je vais prendre le métro. Le grand patron a dit que je n'avais pas besoin d'y retourner après l'entretien mais je suis au milieu d'un truc que je voudrais finir.

— Le grand patron a de la chance de vous avoir.

Tandis que Miguel s'éloignait, Eve se laissa aller contre le dossier de sa chaise.

— Les gens changent parfois. Mais la plupart du temps, non.

Elle lança un coup d'œil à sa montre.

— On nous attend dans le bureau de Whitney.

— Pour lui faire notre rapport ?

— Entre autres. Allons-y.

Peabody se leva, le visage pâle.

— C'est à propos de ma petite crise face à Grange, c'est ça ?

— Entre autres.

— Merde, merde... Je le savais. L'engueulade est pour moi, Dallas. Vous n'étiez pas impliquée.

— Je crois me souvenir d'une situation similaire, il n'y a pas si longtemps, où quelqu'un insistait pour dire qu'en tant que coéquipières, nos croupions passeraient ensemble sur le gril.

— Oui, mais...

— Ça marche dans les deux sens. Par ailleurs, je suis votre lieutenant. Donc on se bouge le croupion et on y va.

— Je peux encaisser, maugréa Peabody alors qu'elles marchaient vers l'escalier roulant pour éviter la horde de passagers qu'Eve avait vue s'entasser dans l'ascenseur le plus proche. C'est surtout que je ne veux pas que ça ralentisse l'enquête. On est sur la bonne piste, ça se sent, on chauffe... Comme le gril sur lequel reposent nos croupions.

— Très drôle.

— Feeney a libéré Callendar pour mener une partie des recherches immobilières. McNab est sur une autre affaire mais pourra nous rejoindre dès qu'il aura terminé.

— Ça marche. Après Whitney, je passerai à la morgue pour voir où en est Morris. Après quoi je travaillerai de chez moi. Je ferai intervenir notre consultant civil préféré sur l'examen de leurs finances. Je vais commencer toute seule mais il aura fini en moitié moins de temps que moi.

— C'est clair. Sans vouloir vous offenser.

— Je sais.

Elle s'arrêta devant la porte du bureau du commandant, dont l'assistante leur fit signe d'attendre.

— Le lieutenant Dallas et l'inspecteur Peabody sont arrivées, commandant... Vous pouvez entrer, leur dit-elle.

Assis à son bureau, Whitney tournait le dos à une vue imprenable sur la ville. Il leur fit signe d'approcher, une expression impassible sur son large visage à la peau sombre. Puis il se carra dans son siège et croisa les doigts :

— Alors...

Eve, qui avait reconnu la technique derrière ce silence, ne dit rien. Sentant Peabody rassembler son courage et s'apprêter à laisser sortir tout ce qu'elle avait sur le cœur, elle pressa son pied droit contre le pied gauche de son équipière pour l'en empêcher.

Whitney haussa un sourcil interrogateur, suivi d'un hochement de tête presque imperceptible.

— Commençons par clarifier les choses, reprit-il. Inspecteur Peabody, j'ai reçu une plainte de la part de Lotte Grange, directrice de l'école préparatoire Lester Hensen à East Washington. Au cours d'un entretien qu'elle vous aurait accordé volontairement ce matin, à vous et au lieutenant Dallas, vous seriez devenue grossière, à la fois dans votre ton et dans vos paroles, et l'auriez physiquement menacée, jusqu'à ce que votre supérieur vous ordonne de quitter les lieux. Est-ce exact ?

« Ne soyez pas bête, ne soyez pas bête, ne soyez pas bête », songea Eve aussi fort qu'elle le pouvait.

Peabody prit une profonde inspiration, redressa la tête.

— Non, commandant, ce n'est pas exact.

— En partie ou totalement ?

— Sans aller jusqu'à considérer mes paroles ou mon ton comme grossiers, j'admets m'être exprimée avec fermeté face aux insultes que la directrice Grange proférait à l'encontre de ma famille, de mes collègues, de ma profession et de mon lieutenant dans une tentative pour esquiver les questions posées. Je ne l'ai pas menacée de violences physiques. Je me rappelle lui avoir dit – et c'est un propos auquel je souscris toujours – qu'elle n'était pas digne de cirer les boots avec lesquelles le lieutenant allait lui botter le cul.

— Vous l'avez donc menacée de violences de la part de votre lieutenant ?

— De manière métaphorique, commandant.

— Je vois. Lieutenant ?

— La déclaration de l'inspecteur Peabody est exacte, commandant. Grange est devenue insultante, ce que j'ai perçu comme une tentative délibérée de faire dérailler l'entretien. Ce type d'attitude semble être dans sa nature. Peabody a exploité l'occasion pour remettre à zéro le paradigme de l'interrogatoire.

— Le paradigme ?

— Oui, commandant. Au lieu du duo gentil flic, méchant flic, nous avons changé d'approche pour celle du flic au tempérament de feu et du flic glacial. En suggérant à Peabody d'aller faire un tour et de me laisser seule avec Grange, j'ai laissé croire à celle-ci qu'elle avait repris la main. Temporairement. J'ai pu modifier la dynamique de l'échange et reprendre le contrôle de l'interrogatoire, avec les résultats qui sont soulignés dans notre rapport.

» Elle est impliquée dans cette affaire, commandant. Involontairement ou délibérément, mais impliquée, c'est certain. Je ne crois pas que nous ayons agi de façon inappropriée étant donné les circonstances et l'hostilité de cette personne. Si vous en jugez autrement… Eh bien, c'est vous le patron.

Whitney resta silencieux quelques instants.

— Bien joué, finit-il par dire. À tous les niveaux.

— Merci, commandant. Nous sortons tout juste de notre entretien avec Miguel Rodriges. Il étudiait à Gold à l'époque où Grange y était directrice et a fini sa dernière année sous la tutelle de Rufty. Tant que

Grange était en fonction, il a été harcelé, menacé et agressé au point d'être hospitalisé. Grange en était informée et elle n'a rien fait. J'ai la conviction qu'elle connaissait également l'identité des agresseurs. Stephen Whitt et Marshall Cosner.

Elle lui fit un résumé de sa théorie pendant que Whitney l'écoutait, carré au fond de son siège.

— Vous pensez que ces hommes se sont accrochés à une rancune datant du lycée jusqu'à passer aujourd'hui à l'action et tuer à deux reprises ?

— Et ils vont continuer. Je crois que le père de Whitt a eu une liaison avec Grange et que cela a, au moins en partie, mené au divorce des Whitt. Le fils a été séparé de ses copains et de sa petite amie. Il a perdu son rang social. Aujourd'hui, la même petite amie est fiancée à une étoile montante et fortunée de la politique dont la mère pourrait devenir présidente. Elle déclare n'avoir plus aucun contact avec lui et je la crois. Cosner, le seul ami avec qui il ait gardé un lien, est un toxicomane et un faible. Un suiveur.

— Pourquoi ne pas viser Grange ?

— À ses yeux, c'est Rufty qui a changé la donne. Je soupçonne la relation entre le père de Whitt et Grange de s'être poursuivie. Leur liaison est peut-être encore d'actualité. Il est probable qu'elle soit intervenue en faveur de Whitt durant son passage en école préparatoire.

» Ces gens ont ruiné sa vie, lui ont arraché ce qui comptait le plus pour lui. Maintenant, il leur fait subir la même chose parce qu'il les estime responsables.

— Le timing et l'emplacement des dépôts de colis constituent de bonnes preuves indirectes.

— Mais il nous en faut plus, termina Eve. Et nous trouverons. C'est Cosner, le maillon faible. Nous allons augmenter la pression. Je veux le convoquer. Il n'a pas réclamé d'avocat la première fois, peut-être parce qu'il ne voulait pas que sa famille apprenne qu'il avait des ennuis. Il le fera sûrement lors du deuxième round. Mais il finira par parler.

— Faites le nécessaire, ordonna Whitney. Je ne veux pas d'un autre conjoint à la morgue.

— Oui, commandant.

Alors qu'elles s'apprêtaient à ressortir, Whitney interpella Peabody :

— Inspecteur ?

— Oui, commandant.

— Bonne repartie à propos des boots du lieutenant. À employer avec parcimonie.

— Oui, commandant.


— Considérez-vous comme chanceuse qu'il ait choisi de ne pas *vous* botter les fesses, ajouta Eve en arrivant aux escaliers roulants.

— Croyez-moi, je le suis.

— Profitez-en donc pour contacter le cabinet de Cosner. Passez par la réception et demandez Lowell Cosner.

— Son père.

— Oui. Oups. Si on vous le passe, donnez votre identité et rappelez-lui que vous vous êtes parlé un peu plus tôt à propos d'une enquête criminelle. Puis prenez conscience de votre erreur et faites-lui vos excuses. Vous aviez mal lu vos notes et cherchiez à joindre Marshall Cosner.

— Donc on s'assure que l'information remonte jusqu'au sommet.

— Oui. Voyez si vous pouvez convoquer Cosner pour demain en vue d'un entretien complémentaire.

— Et s'il rechigne ?

— Nous parlerons à son avocat, bla-bla. Procédure habituelle. Faites intervenir la substitut du procureur et faisons monter la pression sur le maillon faible. Autre chose : prévenez Morris que je vais passer le voir. S'il n'est pas disponible, il pourra demander à quelqu'un d'autre de me faire un compte rendu de la situation.

# 19

Morris trouva évidemment le moyen de se libérer. Même si elle en aurait fait de même pour lui, Eve lui en fut reconnaissante.

Lorsqu'elle entra, il était en train de refermer méthodiquement l'incision en Y sur la poitrine d'un cadavre, au son d'une musique légère.

— J'ai presque terminé, indiqua-t-il sans relever la tête.

— Prenez votre temps. Je vous remercie de vous rendre disponible pour moi.

— Aucun problème. Ce jeune homme s'imaginait pouvoir dévaliser un magasin dans le quartier des diamantaires à l'aide d'une bombe artisanale cachée dans sa poche.

Eve, qui avait vu passer l'affaire – échue à Carmichael et Santiago – sur le tableau de la salle commune, s'approcha pour regarder de plus près. Elle constata la plaie béante dans le flanc du mort.

— Elle a explosé dans sa poche.

— C'est ça. Heureusement pour les passants alentour, l'explosif n'était pas très puissant. Mais tout de même assez pour réduire en charpie les côtes de ce pauvre hère... Voilà, j'ai fini.

Il recula d'un pas et la dévisagea, l'air vaguement surpris.

— Eh bien, voyez-vous ça !

Prise de court, Eve baissa les yeux vers sa tenue.

— Quoi ?

— Vous êtes magnifique.

Elle aurait été moins choquée s'il l'avait poignardée avec son scalpel.

— Je... Quoi ?

— Telle une splendide journée de printemps, ajouta-t-il en allant se laver les mains. Je dis les choses comme je les vois.

« Bizarre. »

— Euh... Merci.

— Je suppose que vous souhaitiez revoir Elise Duran, car je n'ai rien de vraiment neuf à ajouter à mon rapport.

Il se dirigea vers le mur de tiroirs et en ouvrit un, d'où s'échappèrent des volutes de vapeur glacées.

— Une femme qui prenait soin d'elle jusqu'au moment de sa mort. Bonne tonicité musculaire, peau impeccable. La cause du décès est la même que pour notre première victime. À l'inverse de celle-ci, je n'ai rien vu qui indique qu'elle ait compris ce qui se passait, tenté d'ouvrir une porte ou une fenêtre, d'appeler à l'aide. Elle s'est écroulée là où elle était. La mort a été rapide, mais douloureuse.

— La famille est venue la voir ?

— Le mari. Il a organisé son transfert vers une entreprise de pompes funèbres demain. La famille proche a prévu une cérémonie privée avant la crémation. Une autre, ouverte aux amis et au reste de la famille, se tiendra d'ici quelques jours.

Morris posa la main, doucement, brièvement, sur le sommet du crâne d'Elise.

— Son mari est resté assis auprès d'elle pendant un moment, il m'a demandé s'il pouvait simplement s'asseoir avec elle. Il lui a parlé, lui a assuré qu'il prendrait bien soin de leurs garçons. Qu'il s'occuperait de ses parents, également. Et ainsi de suite.

Morris soupira.

— Il y a des fois... Peu importe le nombre de corps que vous avez pu ouvrir et refermer, il y a des fois où votre cœur se brise.

— Oui. C'est ce que veut le tueur. Des cœurs brisés, des vies brisées. Il l'a déjà oubliée. Duran également. C'est fait, rayé de la liste comme on raye une tâche ménagère effectuée. Prêt à passer à la prochaine cible. Sauf que je ne le laisserai pas faire.

Morris dévisagea Eve, le regard étréci.

— Vous savez qui c'est.

— Oui. Je l'ai eu en face de moi aujourd'hui. Et vous savez ce que j'ai vu dans son regard, Morris ?

— Quoi donc ?

— Rien du tout. Derrière les prétextes qu'ils mettent en avant pour s'en prendre à l'humanité, les individus de ce genre sont morts à l'intérieur. Il y a plus de vie dans cette femme décédée que chez lui. Ce n'est même pas une véritable vengeance, le genre de vengeance pour laquelle on serait prêt à avoir du sang plein les mains. C'est plutôt... C'est un « va te faire », comprit-elle. Quelqu'un vous coupe la route en voiture, vous leur tendez le majeur et passez à la suite. Mais pas ce type. Si vous lui coupez la route, il vous roulera dessus. Sa manière à lui de vous dire d'aller vous faire voir.

Eve recula.

— Oui, je crois que j'avais simplement besoin de la revoir, dit-elle. Merci.

— Tout ce que vous voudrez pour vous aider à l'empêcher de nuire.

Eve était à peine revenue dans sa voiture que Peabody l'appela sur son communicateur. Elle prit l'appel depuis la console du tableau de bord, sur le chemin de son domicile.

— Ici Dallas.

— Je voulais vous tenir au courant au plus tôt, dit Peabody en préambule. Bien vu, franchement bien vu la fausse manœuvre avec le paternel de Cosner. Il n'avait pas eu vent de notre première visite. Je peux le dire avec certitude parce que ça l'a pris par surprise. Je sais à quoi ressemblent la colère, la déception et la lassitude sur le visage d'un père et il est passé par les trois, même s'il a fait de son mieux pour ne pas le montrer.

— Qu'est-ce que vous lui avez dit ?

— C'est le truc : en comprenant que le NYPSD avait déjà interrogé son fils et voulait un nouvel entretien, il a remis sa casquette d'avocat. En tant que représentant juridique de son fils, il a réclamé de savoir, bla-bla… Je n'ai pas dit grand-chose, juste assez pour qu'il s'inquiète. J'ai ajouté qu'un représentant du bureau du procureur serait sur place. Il veut s'entretenir avec le procureur, a clairement indiqué qu'il parlerait au nom de son fils, que les questions devraient lui être adressées en tant qu'avocat et tout ça. 10 heures demain.

— Bon travail, Peabody.

— Je vous disais que je savais déchiffrer les expressions paternelles, hein ? Il est en colère, et un peu effrayé.

— Ça arrive souvent quand on parle de meurtre. Appelez Reo, dites-lui…

— C'est déjà fait. Elle en parle à son patron et elle vous rappelle.

— D'accord. Je vous recontacterai.

Eve fit le point pour elle-même tout en conduisant. Elle allait avoir besoin d'accumuler plus de preuves contre Whitt, d'établir une accusation étayée contre lui. Cosner était potentiellement la clé. Soumis à la pression appropriée, il craquerait, estima-t-elle. La loyauté avait ses limites et si elle parvenait à convaincre le père qu'elles avaient assez de preuves pour impliquer son fils dans une affaire de meurtres, le persuader qu'elles voyaient en Whitt le cerveau de l'affaire...

Il signerait un accord pour que son fils ne soit pas incarcéré hors-planète. Peut-être en descendant jusqu'à vingt ans par meurtre sous forme de peines consécutives. Eve pourrait l'accepter... si cela lui permettait de faire condamner Whitt à la perpétuité.

Son communicateur sonna de nouveau alors qu'elle franchissait le portail de sa propriété.

— Ici Dallas.

— Reo à l'appareil. Je sors tout juste d'une réunion avec le boss. Il y a beaucoup de « ça dépend » dans cette affaire, Dallas.

— Whitt et Cosner se sont associés pour tuer deux personnes. Aucun doute là-dessus.

— Si vous le dites, je vous crois.

Eve vit Reo – boucles blondes stylées et chemisier blanc impeccable – se programmer un café sur l'autochef de son bureau.

— Mais le prouver est une autre affaire, ajouta-t-elle.

— Il va craquer, Reo. Cosner. Il est faible, paresseux et camé. C'est sa famille qui lui maintient la tête hors de l'eau. Mais eux aussi finiront par craquer.

— Le cabinet familial, ce ne sont pas des petits joueurs. Ils font partie des meilleurs et nous n'avons pas suffisamment de preuves pour l'inculper.

— On en a assez pour lui faire peur.

— Possible, mais même si on le fait transpirer, aucune chance que son père ou n'importe quel autre criminaliste qu'ils pourraient envoyer le laisse parler sans conclure un accord.

Eve se garda de mentionner qu'elle envisageait déjà un accord.

— Bon sang, Reo !

Elle se gara et sortit en claquant la portière. Pour l'esbroufe, surtout.

— Il n'est même pas en salle d'interrogatoire que vous me parlez déjà de négocier un accord !

— Je parle d'être réaliste, rétorqua Reo. Le premier à craquer remporte la peine la plus clémente. Ce n'est pas pour rien si cette manœuvre est devenue un classique. Vous pensez que Whitt est le cerveau de l'affaire, donc à vous de voir à quel point vous voulez le coincer.

— Je veux les coincer tous les deux.

Eve ouvrit brusquement la porte d'entrée.

— Alors faisons au mieux pour y arriver. On commencera par proposer à Cosner un emprisonnement sur Terre.

Summerset haussa les sourcils en voyant Eve traverser l'entrée à grands pas en direction de l'escalier.

— Et pourquoi pas un abonnement dans un salon de massage et des repas préparés par un traiteur, tant qu'on y est ?

Tandis qu'elle gravissait les marches à grandes enjambées sans cesser sa complainte, Summerset s'autorisa un sourire. Il baissa les yeux vers le chat.

— Le lieutenant est dans de bien meilleures dispositions ce soir.

Comme pour signifier son accord, Galahad s'élança derrière elle dans l'escalier.

Satisfaite de constater que l'accord potentiel envisagé par Reo rejoignait le sien, Eve se rendit jusqu'à la chambre. Elle voulait se libérer de sa tenue.

Perché sur le lit, Galahad la regarda sortir du dressing un pull (noir), un pantalon (noir) et d'antiques baskets (noires).

— On appelle ça le style « monochrome », non ?

Elle s'assit sur le lit quelques instants pour caresser le chat.

— Ça bouge, mon vieux. Je sens que c'est en train de bouger. Mais il faut qu'on ficelle notre dossier avant qu'il tue quelqu'un d'autre. Cette espèce de snobinard est trop sûr de lui.

Avec une dernière caresse affectueuse à Galahad, elle se leva et se dirigea vers son bureau. Le chat la prit de vitesse et, se faufilant dans l'embrasure de la porte, fila s'installer dans le fauteuil de repos.

Puis Connors émergea de son bureau adjacent.

— Hé. Tu es là.

— Oui.

Il s'approcha et l'embrassa.

— Je m'en suis douté en entendant Galahad se précipiter avec toute la finesse d'un éléphant.

— Pour la furtivité féline, il repassera. Tu travailles à la maison ?

— Je viens de finir, en fait. Ça tombe bien.

Il se dirigea vers le panneau mural, sélectionna une bouteille de vin et sortit deux verres.

— Je n'ai pas terminé de bosser, prévint Eve.

Mais il lui tendit un verre et prit sa main libre dans la sienne.

— Je n'en doute pas mais l'occasion est trop belle pour ne pas en profiter.

— Où va-t-on ? demanda-t-elle comme il la guidait hors de la pièce.

— Marcher un peu avant que le soleil se couche et que l'air se rafraîchisse. Et comment s'est passée votre journée, lieutenant ?

Eve estima qu'elle pouvait souffler le temps d'une balade, d'autant plus que Connors semblait ravi de ce qu'il lui préparait. Les règles du mariage stipulaient certainement quelque part de ne pas fouler aux pieds une surprise préparée par son conjoint avant de savoir de quoi il retournait.

— Productive, répondit-elle. Je pensais te demander ton aide, si tu es disponible, pour rendre la soirée plus productive encore.

— Voilà qui semble intéressant.

Ils sortirent par une porte du premier étage, traversèrent une terrasse où quelqu'un avait disposé d'exubérantes fleurs en pot et descendirent une volée de marches en pierre.

Ils arrivèrent sur une autre terrasse garnie de tables, de chaises, de bancs et de grandes urnes d'où débordaient des plantes grimpantes d'apparence exotique.

Qui prenait le temps de songer à tout ça ? se demanda Eve. Les plantes grimpantes, les fleurs exubérantes, les trucs roses, blancs, jaunes et violets qui émergeaient de la terre comme s'ils avaient décidé d'eux-mêmes de pousser là ?

Elle devinait que la décision finale revenait à Connors.

C'était agréable de passer un peu de temps dehors, elle devait l'admettre. La brise avait quelque chose d'indéniablement printanier ; une caresse plutôt qu'une morsure. De même pour les parfums qui flottaient dans l'air, effluves de verdure et fraîcheur pleine de promesses.

Les arbres et les arbustes commençaient à bourgeonner ou se déployer. Le chant des oiseaux avait remplacé le grondement de la circulation. Il ne lui fallut pas longtemps pour se détendre, ni pour deviner où Connors l'emmenait.

— Ils ont terminé le bassin ?
Il sourit.
— Tu verras ça sous peu. Nous y mettrons nous-mêmes la touche finale.

Ils se promenèrent dans un bosquet d'arbres fruitiers. Eve se remémora les pêches de l'été précédent, leur odeur, leur goût. La discussion qu'ils avaient eue en regardant le paysage, la décision d'ajouter un bassin et un banc sur lequel s'asseoir tous les deux.

Et il était là, paisible et superbe, derrière les arbres verdissants. Naturellement, comme pour tout ce qui concernait Connors, la réalité dépassait de loin l'image mentale qu'elle s'en était faite au départ.

— Eh bien, tu as même mis une cascade.
— Une petite. Ça ajoute un certain charme, non ?

Il la guida au son de l'eau éclaboussant des pierres surélevées avant de s'écouler dans un bassin où flottaient sereinement des nénuphars.

Arbustes, arbrisseaux et hautes herbes luxuriantes dansaient sur le pourtour de pierre du bassin. Eve capta leurs effluves, de même que ceux de l'eau et du paillis riche et épais qui laissait place à des pavés de la même teinte de pierre grise. Des pavés qui, constata-t-elle, avaient été décorés du même motif celtique que leurs alliances.

Connors savait s'y prendre pour l'émouvoir.

Le banc était installé sur ces pavés, à un emplacement parfait pour contempler le bassin et sa petite cascade magique avec, au second plan, leur demeure digne d'un château et le bosquet d'arbres bourgeonnants.

— Moi qui pensais que ce serait un simple trou rempli d'eau.
— On voulait faire un peu mieux que ça.
— C'est…

Elle ne put que secouer la tête.

— C'est magnifique. On dirait qu'il a toujours été là.

— On voulait aussi que ce soit organique.

— Eh bien, ça a marché. Je ne peux pas dire que je m'imaginais m'asseoir un jour près d'un bassin pour boire du vin, mais c'est une réussite.

Elle fronça les sourcils et pointa du doigt en direction du bassin.

— C'est quoi, tout ça ?

— La touche finale.

Il la conduisit de l'autre côté du bassin, non loin du banc, où un petit arbre aux branches lourdes de bourgeons roses semblait les attendre près d'un trou creusé dans le sol. Juste à côté se trouvaient deux pelles posées contre une brouette pleine d'un terreau d'une belle couleur brune. Dans un seau, Eve aperçut des gants de jardinage et de petites bêches.

— Ils n'ont pas eu le temps de le planter ?

— Ce n'est pas eux qui vont le planter. C'est nous.

Elle lui lança un regard à mi-chemin entre la surprise et l'amusement.

— Nous ?

— Absolument.

Il déposa son verre et la bouteille sur le banc puis fit de même avec le verre d'Eve.

— Pense à la satisfaction que nous aurons à le voir grandir au fil des ans et fleurir à chaque printemps.

— Pense à la culpabilité qu'on ressentira quand il mourra à cause de nous.

— On ne va pas le tuer.

Il préleva les gants dans le seau et lui en tendit une paire.

— On m'a donné des instructions très précises sur la marche à suivre. L'équipe du paysagiste a creusé elle-même le trou parce que, même si j'ai un certain savoir-faire lorsqu'il s'agit de creuser – au sens propre comme au figuré –, leur chef ne me faisait pas confiance là-dessus. Et il ne s'en est pas caché.

Eve ne put réprimer un éclat de rire.

— Et il a toujours du boulot ?

— Bien sûr. Je ne peux que respecter un homme qui défend ses convictions. Et maintenant...

Connors enfila ses gants.

— Direction le trou, lieutenant.

— On... on le met simplement dedans ?

— C'est la première étape.

Elle le dévisagea tandis qu'ils déplaçaient l'arbre vers la fosse.

— C'est pour ça que tu t'es changé en rentrant, comprit-elle.

— Et que je suis content que tu aies fait de même. Voilà. C'est bon... Maintenant, tiens-le droit pendant que je dispose des pelletées de terre autour des racines.

— D'accord. Comment je sais qu'il est bien droit ?

— Tu as des yeux, non ? Ils ont mélangé du compost à la terre ; à ça, j'ai pu participer, sous leur supervision.

Eve sentit monter une odeur... « terreuse » était sans doute le terme le plus approprié, tandis qu'il pelletait le mélange dans le trou depuis la brouette. Elle trouva d'ailleurs qu'il avait fière allure à manier ainsi sa pelle.

— C'est bon, il va tenir tout seul. Tu peux faire ta part.

— Je croyais que c'était ça, ma part.

— Attrape ta pelle.

Vraiment amusée à présent, Eve obtempéra.

Peut-être puisa-t-elle une forme de satisfaction à balancer de la terre dans un trou. Allez savoir... Mais l'air, les odeurs, la lumière, la dimension physique du travail, tout cela lui fit de l'effet.

Jusqu'au moment où – qui l'eût cru ? – Connors et elle se retrouvèrent face à l'arbre bel et bien planté en terre.

— Maintenant, on prend chacun une petite bêche et on tasse la terre contre les racines. En douceur, m'a-t-on dit.

Ce qui nécessitait qu'ils se mettent à quatre pattes, ce qu'Eve jugea étonnamment acceptable. Elle n'aurait pas voulu en faire son métier, ni même un hobby, mais en tant que touche finale, ça lui allait très bien.

— Comment on saura qu'on en a assez fait ? se demanda-t-elle.

— Je crois que c'est bon, répondit-il. On peut s'arrêter là.

Il se releva et s'empara d'un grand récipient argenté doté d'un long bec verseur.

— C'est quoi ?
— Tu n'avais jamais vu d'arrosoir ?
— Sans doute. Si, oui. Il est gros.
— Et il pèse son poids.

Bien campé sur ses deux pieds, il versa de l'eau tout autour de l'arbre.

— Il y a un système d'irrigation souterrain en place, mais on m'a recommandé de bien l'arroser après l'avoir planté.

Eve demeura accroupie quelques instants avant de se relever à son tour.

— Je m'occupe de ce côté.

« J'y prends goût », se dit-elle en faisant couler l'eau.

Bon sang, si ça continuait, elle allait vouloir baptiser ce fichu arbre.

— C'est bon ? On a fait tout ce qu'il y avait à faire ?

— Encore du paillis, répondit-il avec un geste du pouce en direction de la brouette.

Eve échangea l'arrosoir contre une pelle.

— Quelle quantité ?

— Cinq bons centimètres sur tout le pourtour, d'après eux.

Ils déposèrent donc une couche de paillis, l'aplatirent, en remirent une autre, l'aplatirent.

Puis ils reculèrent pour contempler le résultat.

— On a planté un arbre.

— Et un bien bel arbre, qui plus est. Attends.

Il sortit son communicateur de sa poche, attira Eve contre lui, un bras passé autour de ses épaules.

— Immortalisons l'instant.

— Tu ne fais jamais ça. Tu ne prends jamais de photos avec ton communicateur.

— Ce n'est pas comme si nous plantions tous les jours des arbres dans le jardin.

— Je crois même que c'est le premier.

— Et voilà. Fais-moi un grand sourire.

Comment aurait-elle pu s'en empêcher ?

La photo prise, il rempocha son communicateur.

— On a bien mérité notre verre de vin.

Il déplia l'une de ses pinces multiusage et se servit du tire-bouchon pour ouvrir la bouteille. Eve tint les verres tandis qu'il les servait.

Puis ils s'assirent, hanche contre hanche, sur le banc à côté du jeune arbre, et contemplèrent le bassin.

— Alors, fit Connors en lui embrassant le sommet du crâne, dis-moi ce que je peux faire pour rendre ta soirée plus productive.

— Pas encore, décida-t-elle.

Elle chassa les meurtres de ses pensées et appuya sa tête contre l'épaule de Connors.

— Restons encore assis quelques minutes...

Ce qu'ils firent, sirotant leur vin pendant que la cascade ruisselait, que les nénuphars flottaient et que les ombres s'allongeaient vers le crépuscule.

Au moment de retourner dans la maison, Eve avait l'impression d'avoir l'esprit plus clair, plus affûté, prêt à se remettre à l'œuvre. Elle se rendit également compte qu'elle avait faim.

— Je m'occupe du dîner, proposa-t-elle.

Mais Connors passa gentiment un doigt sur la fossette qu'elle avait au menton.

— Ton esprit est de nouveau sur l'affaire. Mets ton tableau à jour, je prépare le repas.

Décidément, il la connaissait par cœur. Même si cela signifiait qu'il n'y aurait pas de pizza au menu, elle avait effectivement envie de compléter son tableau et d'avoir les pensées bien au clair quand ils s'assiéraient l'un en face de l'autre.


Elle n'eut effectivement pas droit à de la pizza mais ce qu'il apporta pendant qu'elle travaillait sentait délicieusement bon.

— Comment s'est passée votre rencontre avec Grange ?

— Je vais commencer par là et je déroulerai le reste.

Elle le rejoignit à la table pour découvrir un plat au poulet avec le mélange de riz aux fines herbes, qu'elle préférait au truc tout blanc, et un empilement de légumes vapeur. Tolérable.

— Bon. Grange..., dit-elle avant de commencer son récit.

À un moment, Connors dut l'interrompre.

— Peabody ? Notre Peabody lui est tombée dessus ?

— Comme le tigre fond sur le serpent. J'ai dû l'arrêter parce que je pense qu'elle aurait pu aller beaucoup plus loin. Il est clair que Grange n'a pas l'habitude qu'on l'envoie bouler. Et quand ça arrive, sa réaction consiste à écrabouiller le coupable comme un insecte.

Eve, qui prenait plaisir à rejouer la scène, se servit une cuillerée du riz aux herbes.

— Elle s'attendait aussi à ce que j'opte pour une attitude polie et contrite, puisque j'avais ordonné à Peabody de sortir. Oh, et pour ce qui est du tailleur, de la tenue...

Eve avala une autre bouchée du poulet en savourant le piquant discret des épices dans lesquelles il avait mariné.

— ... tu avais parfaitement raison, termina-t-elle.
— Tant mieux.
— Je disais donc : elle ne s'attendait pas à ce que je la prenne à partie... ou que je pointe du doigt la photo d'elle avec le père de Whitt sur son mur. Ces deux-là ont clairement eu droit à un petit tango.
— Vraiment ?
— Ma main à couper. De là, nous sommes allées interroger Kendel Hayward, dans une ambiance complètement différente.

Connors l'écouta, partagea son pain avec elle, remplit son verre... d'eau, sachant qu'elle allait devoir s'y remettre ensuite.

— Donc la garce intenable du lycée a retrouvé le droit chemin, conclut-il. C'est le cas pour la plupart.
— Elle met ça sur le compte de l'intervention de ses parents. Une intervention très ferme, très dure. Ils ont divorcé et le père est parti tenir une sorte de magasin de plongée tropicale, mais elle a parlé d'eux comme d'un duo.
— C'est ce qu'ils sont pour elle. Ses parents.

— Oui, ça m'a paru... sain. De tous ceux à qui nous avons parlé aujourd'hui, deux personnes m'ont donné l'impression d'être honnêtes, de ne rien chercher à dissimuler. Hayward, d'abord, puis ton employé, Rodriges.

— Ravi de l'entendre.

— On passe à Marshall Cosner et Stephen Whitt ? Une chance pour eux qu'ils aient les moyens de se payer les meilleurs chirurgiens esthétiques parce que leurs nez s'étaient allongés de cinq bons centimètres avant la fin de chaque entretien.

Tandis qu'elle lui décrivait en détail ces interrogatoires, Connors s'amusa à y voir une sorte de commentaire sportif passionné, du genre à transporter l'auditeur au cœur du match. C'était si clair que Connors percevait le ton de chaque réplique, visualisait chaque geste des parties en présence.

Il hocha la tête et se radossa à son siège, son verre à la main.

— Whitt est donc ton homme.

— Je n'ai pas dit ça.

— Tu n'en as pas eu besoin. Je l'ai entendu dans ta voix. À quel point Cosner a-t-il été manipulé selon toi ?

— J'estime qu'il compte sur Whitt pour ouvrir la voie, et cela depuis des années. La violence l'excite, aucun doute là-dessus, mais il n'est pas du genre à élaborer des plans. Miguel a bien cru qu'ils allaient le tuer et je pense que, même à l'époque, si Whitt avait lancé à Cosner : « Hé, mon pote, attrape ce gros caillou et défonce-moi le crâne de ce petit con », c'est exactement ce que Cosner aurait fait.

Elle repoussa son assiette.

— Il se serait senti un peu nauséeux ensuite, une fois seul et la décharge d'adrénaline passée, mais il aurait trouvé une justification à ses actes. « Miguel le méritait, et puis c'est Steve qui m'a dit de le faire. » Miguel estime également que Grange était au courant. Elle savait qui l'avait tabassé et elle les a couverts. Ce qui correspond à sa manière de faire.

— Tu comptes la faire tomber également.

— Ce sera un plaisir.

Elle prit son verre d'eau et leva son verre.

— Un immense plaisir, ajouta-t-elle. Je ne pourrai peut-être pas l'envoyer derrière les barreaux, mais une fois toute l'affaire connue, personne ne voudra l'embaucher pour nettoyer les toilettes d'une école, sans parler d'en diriger une.

— Il semble que tu vises une punition à la hauteur du crime.

Mais Eve secoua la tête.

— J'aimerais que ce soit plus sévère parce que Whitt et elle sont de la même trempe. Ils se délectent du pouvoir exercé sur les plus faibles et les plus vulnérables. Elle n'est peut-être pas impliquée directement dans les meurtres, mais elle a contribué à ce qu'ils aient lieu.

— Et comment vais-je t'aider à faire tomber les coupables ?

— J'ai un nouvel entretien prévu avec Cosner, ou plutôt avec les avocats qui le représenteront, dont sans doute son père. Nous avons fait en sorte que papa ait vent de l'intérêt que nous portons à son fiston.

— Parce qu'un homme averti en vaut deux ?

— Pas tout à fait. Je pense que dans ce cas, Peabody et moi avons vu juste. Le père sait très bien que son fils est un fiasco sur pattes. Les parents sont passés par les étapes habituelles. Ils l'ont couvert, l'ont intégré dans l'entreprise pour l'occuper et le maintenir sur le droit chemin. Mais là... Un meurtre ? Ça dépasse les bornes...

Elle s'interrompit, sourcils froncés.

— C'est quoi encore, cette expression ? Les bornes sont faites pour ça, non ? On est sur la route, on passe devant. Et vu qu'elles restent sur le bas-côté, est-ce qu'on peut dire qu'on les dépasse ? Pourquoi est-ce que j'emploie cette formule si ça ne veut rien dire ?

— Je ne ferai aucun commentaire, annonça sagement Connors.

— Bref, je vais briser le jeune Cosner et leur proposer un accord : il dénonce son pote et n'aura pas à passer le restant de ses jours dans une cage en béton hors-planète. En attendant...

— Je vais m'amuser, tu crois ?

Elle lui rendit son sourire.

— Ça fait partie des trucs que tu adores. Je voudrais que tu m'aides à creuser, en profondeur, dans les finances de Cosner, d'une part, mais surtout dans celles de Whitt.

— C'est effectivement ce que je préfère dans la vie. Ou presque. Tu es tellement généreuse avec moi.

— Je m'étais dit que Cosner avait peut-être concocté lui-même la toxine. Mais après lui avoir parlé, je l'imagine mal découvrir tout seul la bonne formule. Ils ont forcément fait appel à un tiers. Peut-être le savant fou imaginé par Peabody. Quelqu'un qu'ils auront payé. Au moins jusqu'au moment où ils ont obtenu la formule. Ce qui signifie paiements, achats d'équipements et d'ingrédients, précautions de sécurité. Des sommes importantes sont forcément en jeu.

Elle se leva pour retourner à son tableau.

— Ils sont riches et Whitt est un malin. Il s'y connaît avec l'argent. Il aura fait en sorte que les paiements ne se voient pas, qu'on ne puisse pas remonter jusqu'à eux. Même s'il n'imagine pas qu'on fasse un jour le lien entre ces meurtres et lui. Il se voit au-dessus des règles, exactement comme Grange. Mais il a certainement été prudent et demandé à Cosner de l'être également.

— Je vais bien m'amuser, c'est sûr.

— C'est ce que je me disais. Tu devrais commencer à chercher à partir du moment où Hayward s'est fiancée. Je pense que c'est l'élément déclencheur. Whitt n'est pas capable d'aimer, mais dans son esprit, Hayward lui appartenait. Et elle – ou ses parents – l'a privé de sa propriété.

— Et la raison, selon lui, tient à l'action de Rufty, de Duran.

— C'est ça. Il se peut qu'à l'époque il se soit dit : « Rien à foutre, je ne voulais pas vraiment d'elle, de toute façon » ou estimé que s'il voulait la récupérer plus tard, ils pourraient reprendre là où ils en étaient restés. Mais ces fiançailles avec un homme issu d'une très bonne famille ? C'est une claque pour lui.

— Oui, je comprends, dit Connors en observant le portrait de Hayward. Non seulement elle s'en sort bien sans lui mais elle ne lui accorde plus la moindre pensée. Elle a trouvé le succès par elle-même et, pour couronner le tout, elle devient soudain la coqueluche des médias grâce à ses fiançailles avec le fils brillant d'une femme politique majeure.

— On se doute que leur mariage va être énorme et aura droit à une couverture médiatique massive.

— Qui aurait dû revenir à Whitt, ajouta Connors avec un hochement de tête. L'utilisation de l'œuf doré devient plus claire, poursuivit-il. L'académie Gold. Tout se passait exactement comme il le voulait là-bas et il était persuadé que ce serait toujours le cas. Mais Rufty et d'autres ont tué la poule aux œufs d'or.

Eve fit la moue.

— Encore cette histoire de poule.

— Celle qui pondait les œufs d'or, ma chère. Tue la poule et c'est la fin des œufs d'or.

— Oui, c'est vrai, c'est vrai.

Elle retourna l'idée dans son esprit jusqu'à comprendre où il voulait en venir.

— Bon, d'accord, c'est son symbolisme de petit malin.

— Qui ne fait que rendre l'envoi de ces colis empoisonnés plus ignoble encore.

— Je te garantis qu'il a beaucoup ri de sa supposée ingéniosité. Mais il aura eu besoin de quelqu'un d'autre, Connors. Quelqu'un pour fabriquer la toxine, pour découvrir comment la… distiller, ou je ne sais pas comment on dit. Ça a forcément eu un coût.

— Je vais me pencher là-dessus. Et toi, que vas-tu faire ?

— Voir si je peux trouver d'autres professeurs ou d'autres élèves susceptibles de me parler. En particulier celui qui a surpris un collègue en pleine partie de jambes en l'air avec Grange dans les locaux de l'école. Le collègue en question est mort dans un accident de voiture.

— Un accident suspect ? demanda Connors.

— Non. C'était il y a cinq ans, durant l'hiver. Michigan, routes verglacées, deux décès à la suite de collisions multiples.

Elle secoua la tête.

— Je dois donc compter sur ceux qui restent, en espérant qu'ils s'en souviennent. Puis je poursuivrai mes recherches sur Whitt, sur ses années à l'université. Il y aura peut-être des pistes intéressantes à remonter.

— Bref, une soirée palpitante pour toi comme pour moi.

— Ça tombe bien, hein ?

Puisqu'il s'était chargé du dîner, elle s'occupa de débarrasser la table.

— Et tu sais quoi ? Ça m'a bien plu de planter cet arbre.

— À moi aussi.

— Ce qui ne veut pas dire que je vais me mettre au jardinage.

— Disons que, même si nous nous sommes bien débrouillés, ça ne remet pas en cause nos carrières et vocations respectives.

Comme elle n'avait rien à redire à ça, Eve emporta les assiettes vers la cuisine.

# 20

À partir de notes prises par Rufty durant ses entretiens avec les professeurs lors de la transition et de celles de Peabody lors de sa première passe, Eve compila une liste. Elle classa les individus par ordre de priorité pour des interrogatoires en face à face le lendemain. Après quoi elle isola les quelques personnes qui avaient été mutées hors de l'État et décida d'essayer de les contacter avant de creuser plus avant dans le passé de Whitt.

Elle considéra que la quarantaine de minutes consacrées à ces tâches avaient été bien employées. Elle compléta ses propres notes puis fit le tri parmi les faux-fuyants, les déclarations de soutien indéfectible à Grange, les hésitations et les critiques acharnées envers la directrice.

Darcie Finn-Powell, une enseignante de primaire qui travaillait désormais dans une école publique du nord de l'État, hésita et minimisa les événements… avant de finalement cracher le morceau.

Et de devenir, par la même occasion, le témoin favori d'Eve.

— Elle a dragué mon mari !

Si dans son for intérieur Eve entamait une folle danse de la joie, elle s'assura de répondre sur un ton neutre et mesuré.

— Je vois. Pouvez-vous m'en dire plus ?

— Thad est pompier et il est venu dans ma classe pour parler de son métier. En CE2, les élèves adorent les pompiers. Il est arrivé en tenue d'intervention, avec le casque et toute la panoplie. C'était super. La directrice Grange a observé une partie de la présentation, puis elle a demandé à Thad de passer dans son bureau. Soi-disant pour parler d'autres visites, d'un voyage scolaire, ce genre de choses.

— D'accord.

— Mais là, elle lui a quasiment sauté dessus. Elle a commencé à le toucher, à suggérer qu'ils se retrouvent autour d'un verre pour discuter de manières nouvelles de mettre le feu. Il était mortifié.

— Je suppose que c'est lui qui vous a raconté tout ça.

— Le soir même. Au départ, il croyait qu'elle blaguait plus ou moins quand elle a lancé qu'elle aimait les hommes qui prennent des risques ou qu'il devait savoir s'y prendre quand la situation devenait torride. Franchement, c'est honteux, non ? Et vous savez quoi ? J'étais enceinte de notre premier enfant à cette époque. Et elle le savait !

— Vous voulez bien me raconter comment vous avez géré les choses ?

— Oui, après tout... Je vous avoue que jusque-là j'avais tâché de ne pas faire de vagues. J'enseignais à mes CE2 et je me tenais à l'écart de la politique interne et des conflits larvés au sein de l'école. Je savais que certains professeurs avaient des difficultés avec la directrice, en particulier les classes de lycée, mais je voulais simplement faire mon métier d'enseignante. J'avais un bon poste et on attendait un bébé.

Elle marqua un temps d'arrêt, poussa un soupir.

— Mais pas question de détourner le regard alors qu'elle draguait mon mari. Je me suis présentée dans son bureau le lendemain matin et je lui ai balancé tout ce que j'en pensais. Et vous savez ce qu'elle a fait ?

« Oh oui, elle est encore en colère, songea Eve en exécutant intérieurement quelques pirouettes supplémentaires. Sans doute assez pour accepter de faire une déposition écrite. »

— Non, quoi ?

— Elle a éclaté de rire ! Elle m'a ri au nez. Elle a osé dire que puisque mon mari avait de toute évidence mal interprété ses remarques, il devait être très insatisfait de notre vie conjugale. Elle a prétendu que c'était lui qui avait flirté avec elle, ce qui pour elle ne portait pas à conséquence. Et si je souhaitais garder mon travail, il fallait que j'évite de rapporter mes problèmes conjugaux dans l'établissement. Elle mentait. Thad n'aurait jamais flirté avec elle. Comprenez bien que...

— Je vous crois.

— Tant mieux.

Darcie inspira par le nez et se détendit de façon visible à l'expiration.

— Bon. Tant mieux. En tout cas, ça m'a fait oublier mon souhait de ne pas faire de vagues. Ce n'était plus possible. J'ai signé les plaintes officielles avec les autres professeurs qui sont allés parler aux administrateurs. J'ai tenu bon, même si c'est devenu stressant. Et puis ça s'est amélioré, très largement, quand le directeur Rufty est arrivé pour la remplacer. Mais je n'ai pas travaillé très longtemps sous sa direction parce que je suis partie en congé maternité. Thad et moi avons ensuite décidé de déménager, de nous éloigner de la ville, donc je n'y suis jamais retournée.

— J'ai une question importante à vous poser. Avez-vous eu connaissance d'autres occasions où la directrice Grange aurait eu un comportement inapproprié, avec un autre conjoint, un parent, un professeur ?

Darcie revint à son hésitation première.

— J'aimerais autant m'en tenir à ce que je sais personnellement...

— Je comprends ça. Vous êtes enseignante. En tant qu'enseignante, et d'après ce que vous avez pu constater en travaillant avec Lotte Grange, la considérez-vous comme qualifiée pour occuper le poste de directrice au sein d'un établissement scolaire ?

— Non. Pas du tout.

Eve laissa le silence faire son œuvre.

— Pfff. Bon, bon...

Darcie ferma brièvement les yeux.

— Je ne peux vous dire que ce que j'ai entendu ou ce qu'on m'a raconté. Je ne peux pas vous jurer que c'est vrai, même si j'y crois.

— Nous ne sommes pas au tribunal. Je n'attends pas de vous que vous attestiez absolument de quoi que ce soit.

Darcie soupira de nouveau en passant une main dans ses courtes mèches couleur noisette.

— Tout ça remue beaucoup de souvenirs, dit-elle. Je boirais bien un peu de vin. Ça ne vous dérange pas ?

— Allez-y.

Eve eut de brefs aperçus d'une cuisine : un réfrigérateur recouvert de dessins d'enfants, une sorte de panneau d'affichage parsemé de photos et de notes.

Darcie se servit un demi-verre d'un cépage jaune paille et en but une gorgée pour se donner du courage.

— Elle a été surprise en pleine relation sexuelle dans l'enceinte de l'école, avec Van Pierson. Il était prof d'histoire, niveau collège. Wyatt... Wyatt Yin, prof d'informatique qui enseignait aussi aux collégiens, est tombé sur eux durant leurs ébats. Van était le dernier, je crois, avant qu'elle parte. Mais pas le premier, d'après d'autres professeurs.

— Vous avez des noms ?

Eve nota ceux que Darcie lui dicta.

— Du côté des parents ?

— Oh, là, là...

Elle se tut, prit le temps d'expirer longuement.

— Le seul dont j'ai personnellement eu connaissance était Grant Farlow. Et c'est parce que j'avais eu son fils dans ma classe et que je connaissais la mère. Le petit n'était plus dans ma classe quand c'est arrivé, mais en CM1.

Après une autre gorgée de vin, Darcie cessa de faire les cent pas dans sa cuisine à la décoration enfantine. Elle s'assit.

— Ils l'ont retiré de TAG et j'ai parlé à la mère parce que Deke était un excellent élève. Elle m'a expliqué que Grant avait avoué avoir eu une aventure avec la directrice. C'était fini et ils suivaient une thérapie de couple, mais elle refusait que son fils soit scolarisé là-bas.

— Vous aviez une relation amicale avec la mère ?

— Oui. Finalement, ils sont partis vivre à Philadelphie. Un nouveau départ. On s'est perdues de vue, en dehors d'un e-mail de temps en temps, mais je sais que leur mariage n'a pas tenu. Grant a sa part de responsabilité mais cette femme est une prédatrice.

— Il y en a donc eu d'autres ?
— Si l'on en croit les rumeurs. À l'époque, en tout cas. Mais là encore, ce ne sont pas des informations de première main.
— Que pouvez-vous me dire au sujet de Stephen Whitt ?
— Je me souviens de ce nom parce qu'il revenait souvent dans les réunions du groupe que nous avions formé. Bagarreur, tricheur, meneur d'un groupe d'élèves à problèmes et chouchou de la directrice.
— Chouchou ?
— Rien de ce qu'il faisait n'était jamais sanctionné et il le savait. Je n'avais pas d'interactions avec lui mais d'autres membres du groupe, si. Ses parents étaient de gros donateurs, l'argent affluait. Et...
— Et ?
— Oh... Je...
Elle but de nouveau.
— Je n'ai aucune certitude. Des gens pensaient que la directrice avait une relation avec le père de Stephen Whitt. Ce n'était pas le seul, mais c'était le nom qui revenait le plus avant qu'elle soit transférée ailleurs. Et en voyant que le garçon aussi était transféré, beaucoup d'entre nous y ont vu une confirmation. Mais ça tient avant tout du commérage.

« Ça commence à faire beaucoup de commérages qui vont dans la même direction », songea Eve en ajoutant une note à son dossier.

Et le nom de Whitt ne serait pas sans cesse revenu sur le tapis sans une bonne raison.

Elle parvint à joindre ensuite Wyatt Yin à son domicile dans le Colorado. Il la dévisagea de ses yeux sombres et profonds.

— Oui, j'ai appris la nouvelle, dit-il. Affreux. Je suis toujours en contact avec certains des amis que je me suis faits à TAG.

— Vous avez quitté l'académie environ un an après l'arrivée du Dr Rufty en tant que directeur.

— Oui, mais ça n'avait rien à voir avec lui. C'était un bon directeur, dévoué, juste. C'était... Je ne me suis jamais vraiment senti chez moi, ni à New York, ni à TAG. Tout était à la fois trop grand et en même temps trop étouffant. J'ai passé un été ici, dans le Colorado, à faire cours à des élèves défavorisés, et j'y ai trouvé ma place. J'y ai rencontré ma femme, ajouta-t-il avec un sourire. C'était le destin. Ici, je me sens chez moi.

— Parlez-moi de Lotte Grange.

Son sourire s'évanouit.

— TAG a constitué ma première expérience dans un établissement privé aussi prestigieux. Et Grange ma première expérience avec une directrice.

— La décririez-vous comme une bonne directrice, monsieur Yin ? Dévouée et juste ?

— Non. Encore une fois, je débutais tout juste et mon expérience sous sa tutelle n'a duré que dix-huit mois. Et encore une fois, je n'étais pas à ma place.

— Que pouvez-vous me dire sur Van Pierson ?

Il soupira.

— Ce n'était pas sa faute. Vous avez de toute évidence entendu parler de ce qui s'est passé il y a des années. Je tiens à ce que vous sachiez qu'il n'était pas en faute.

— Pourquoi cela ?

— Nous sommes arrivés au même moment. Tous les deux très jeunes, très novices. Van et moi enseignions aux mêmes classes et parlions souvent de nos élèves en commun. C'était un bon professeur. Ce soir-là, je travaillais tard, un cours particulier pour l'un de mes élèves. Ce n'était pas encouragé par l'établissement, donc je... On pourrait sans doute dire que je faisais ça en douce.

— D'accord.

— Après avoir raccompagné l'élève jusqu'à la sortie, j'ai terminé quelques petites tâches. Au moment de partir, je me suis arrêté à la salle de pause avec l'idée de prendre un café pour le retour jusqu'à mon appartement. Et en entrant, je suis tombé sur Van et la directrice. J'étais choqué, bien sûr, et embarrassé. Je suis ressorti à toute vitesse. Deux heures plus tard, Van est passé chez moi, secoué, désemparé.

» Au départ, il m'a supplié de ne rien dire. Je ne sais pas ce que j'aurais fait s'il n'était pas venu mais il m'a expliqué – et je l'ai cru – qu'elle lui avait mis une forme de pression, de plus en plus forte. Elle avait insinué que s'il voulait garder son poste, il la laisserait profiter d'une… forme d'intimité. Il était nouveau, comme moi. Jeune, comme moi. Donc il a fait ce qu'elle demandait.

— Vous n'êtes pas resté silencieux.

— Non. Nous en avons discuté, longuement, Van et moi. Et je l'ai convaincu que nous devions signaler ce qui s'était passé. Qu'elle s'était servie de son autorité pour le forcer à avoir une relation sexuelle et que ce n'était pas acceptable.

Il soupira de nouveau.

— Mais bon, nous étions deux petits jeunes, deux petits nouveaux, face à celle qui détenait le pouvoir. Elle a répliqué que Van l'avait agressée et que j'avais pris son parti contre elle. Il a été renvoyé. J'ai reçu un blâme. J'avais besoin de travailler donc je suis resté, d'autant qu'entre-temps j'avais appris qu'elle partirait au début de l'année suivante.

» Van a quitté New York et, à cause de cette affaire, il n'a jamais pu enseigner nulle part. Il est mort dans un accident de la route il y a cinq ans. Je ne peux m'empêcher de penser que si je n'avais rien dit, il aurait poursuivi sa carrière à TAG, où il était à sa place. Il ne se serait pas trouvé dans cette voiture sur les routes verglacées du Michigan. Donc à quel point est-ce ma faute ?

— Vous n'y êtes pour rien. La responsabilité repose entièrement sur Grange, monsieur Yin. En dehors de Van, avez-vous connaissance d'autres personnes sur lesquelles Grange aurait fait pression, ou simplement avec qui elle aurait couché ?

— Il y avait des rumeurs. Mais ma seule certitude concerne Van.

— Brent Whitt. Le père de Stephen Whitt ?

— C'était le nom qui revenait le plus souvent à cette époque. Mais je ne vois pas en quoi ces informations peuvent vous aider dans votre enquête sur ces tragédies ?

— Ça, c'est à moi de le démêler.

Et Eve en avait bien l'intention. Elle décida de creuser les différentes couches qui enveloppaient la personnalité de Stephen Whitt.

Du point de vue académique, il n'avait pas connu le moindre incident après son transfert. Hautement improbable, selon elle. Elle le croyait lorsqu'il disait l'avoir eue mauvaise à ce sujet.

Si l'on ajoutait qu'à Gold il passait son temps à martyriser les autres et à tricher, apparemment avec la bénédiction de Grange, la logique voulait qu'elle ait arrondi les angles pour lui pendant cette période.

Le standing et la fortune de sa famille avaient dû l'aider à entrer à Northwestern, mais il lui avait aussi fallu les notes adéquates. Des notes qu'il convenait de maintenir ensuite sans l'aide de Grange.

Il était loin d'être idiot, cela dit. Et même hautement intelligent. Assez avisé pour comprendre qu'il devait mettre les bouchées doubles s'il voulait obtenir son futur grand bureau vitré.

Il aimait l'argent. Manier l'argent était comme un jeu pour certaines personnes.

« J'en sais quelque chose », se dit-elle avec un coup d'œil vers le bureau de Connors.

L'argent menait au pouvoir et le pouvoir était l'objectif. Le pouvoir, le prestige, la belle vie.

Elle lut en diagonale plusieurs articles. Rubriques mondaines, pages financières, chroniques people. Oui, il était vu comme une star montante, un jeune loup. Beaucoup d'événements sophistiqués avec une femme à son bras. Jamais plus de deux fois la même, constata Eve. Et n'était-ce pas intéressant de constater que nombre d'entre elles ressemblaient au moins superficiellement à Hayward ?

« Elle t'a planté là, hein, Steve ? Elle est celle qui t'a échappé. »

Eve continua à creuser.

Elle releva à peine la tête quand Connors entra et fit le tour pour se servir de l'autochef intégré à son poste de contrôle.

— J'ai de nouvelles infos sur Grange, dit-elle. Je la ferai tomber, d'une manière ou d'une autre. Le cas échéant, je pourrais même être en mesure de me servir d'elle contre Whitt. Ou les retourner l'un contre l'autre. Et puis il n'a toujours pas oublié Hayward, donc...

Elle capta l'odeur avant qu'il dépose la petite assiette sur le plan de travail. Un cookie. Un bon gros cookie bien croquant.

Elle s'en saisit – il était encore tout chaud – et se tourna vers Connors alors qu'il s'asseyait sur l'autre siège.

— Soit tu as trouvé quelque chose qui mérite un cookie en guise de récompense, soit ça n'a rien donné du tout et tu cherches à me consoler.

— Première hypothèse, dit-il en mordant dans son propre cookie. Même si mes recherches sont déjà très complètes, tu voudras sans doute creuser les antécédents d'un dénommé Lucas Sanchez, plus connu sous le nom de « Loco ». Il est mort il y a un mois, au cours de ce qui ressemble à une transaction entre trafiquants qui aurait mal tourné. Poignardé à plusieurs reprises dans une ruelle d'Alphabet City. Jenkinson et Reineke se sont chargés de l'enquête.

— Et le dossier n'est pas encore classé, répondit Eve en se remémorant le tableau de la Criminelle. Enquête toujours ouverte, dans l'impasse.

Elle tâcha de se rappeler les derniers rapports et les conversations qu'elle avait eues sur le sujet.

— Un jeune chimiste qui produisait différentes drogues. Toxico lui-même.

— Exact. En remontant une dizaine d'années en arrière, on découvre que le jeune Lucas a passé un semestre – grâce à une bourse en sciences – à l'académie Gold avant que cette bourse lui soit retirée à la suite de son arrestation pour possession de stupéfiants.

— Bordel ! Et je dis ça parce que ça me fait plaisir, précisa Eve.

— Je pensais bien que tu le verrais comme ça. Les stupéfiants en question couraient déjà en partie dans ses veines quand il a essayé de dépouiller deux touristes sur Times Square. Deux femmes. Dont l'une lui a mis un coup de pied dans les valseuses tandis que l'autre appelait la police.

— Il connaissait Cosner et Whitt.

— C'est quasi certain. À mon avis, c'est lui, le savant fou de Peabody. Il avait fait preuve de vraies fulgurances en chimie, ce qui lui avait valu cette bourse.

Elle se releva vivement.

— Ils s'en prenaient aux boursiers. Il ne faisait pas partie de leur groupe mais a pu s'attirer leurs bonnes grâces en synthétisant et en leur fournissant de la drogue. Cosner aussi était toxico. Le « Grossiste », d'après Hayward. Loco était peut-être son fournisseur, ce qui a pu les inciter à faire appel à lui ensuite pour fabriquer la neurotoxine.

Elle se retourna vers Connors.

— Comment as-tu trouvé toutes ces infos à partir d'une recherche sur leurs finances ?

— Par des chemins détournés. Cosner n'est pas aussi malin que Whitt. Ils utilisent tous les deux les paris en ligne et des achats occasionnels pour cacher leurs paiements.

Eve sentit une nouvelle danse de la joie se préparer dans son for intérieur.

— Quels paiements ?

— J'y viens. Cosner a cependant fauté par deux fois et transféré directement dix mille dollars à Lucas Sanchez. Comme Whitt affichait ostensiblement des pertes au jeu pour le même montant et au même moment, il m'a paru bienvenu de me pencher sur Sanchez.

— Je sais que tu te sens insulté quand je dis que tu réfléchis comme un flic, donc je vais éviter.

— Et je t'en remercie. Il y a d'autres pertes ou dépenses du même genre. Par exemple, Whitt déclare avoir acheté à Paris la toile d'un artiste de rue pour vingt mille dollars en liquide. Mais le tableau n'est toujours pas assuré. Ils emploient diverses méthodes de blanchiment bien connues et la dépense était régulière – vingt mille dollars à eux deux – deux fois par mois depuis septembre dernier jusqu'à janvier de cette année. De janvier jusqu'à la fin mars, le montant est passé à vingt mille par personne, puis plus rien. La fin mars correspond à la mort soudaine et violente de Loco.

— Ils avaient eu ce qu'ils voulaient de lui. La quantité suffisante de toxine, ou bien la formule.

Le paiement initial avait doublé, peut-être qu'il a réclamé encore plus. Il était devenu trop gourmand, il l'ouvrait un peu trop ou bien ils ne voulaient pas prendre le risque de garder un toxico impliqué dans leur vengeance.

— On est d'accord.

Elle leur programma du café supplémentaire pour accompagner les cookies.

— Donne-moi une minute pour appeler Jenkinson et voir s'il a des infos en plus.

— J'en ai encore quelques-unes moi-même mais je vais terminer mon cookie pendant que tu lui parles.

Elle joignit Jenkinson qui, l'air distrait, répondit d'un simple « lieutenant ? ».

Eve entendit des voix en arrière-plan, puis quelqu'un qui affirmait :

— C'est un gros coup de bluff.

Feeney ?

— Je vois ce gros coup de bluff et je relance de dix.

Oui, c'était bien Feeney.

— Reineke joue avec vous ? demanda-t-elle.

— Ouais. Avec Feeney, Callendar, Harvo.

— Harvo ?

— Elle est redoutable. Vous vouliez quelque chose, lieutenant ?

— Oui. Et j'aurais besoin de toute votre attention.

— Vous l'avez. Je me suis déjà couché.

Elle entendit crisser sa chaise quand il se leva et s'éloigna de la table.

— Je suis en train de perdre ma chemise face à une fille à cheveux verts et au boss des geeks. Bonjour l'humiliation. Ça concerne quelle affaire ?

— Lucas Sanchez. Loco.

— Ah ouais. Chimiste et toxico. Mort poignardé à deux rues de la piaule qu'il occupait. Il n'avait pas été vu dans le coin depuis plusieurs mois, d'après à peu près tous les gens du quartier. Les mêmes qui n'ont rien vu, rien entendu et ne savent rien.

Il s'était saisi d'une poignée de chips dans un bol et mangeait tout en parlant.

— Ils nous ont quand même raconté que c'était un sale type mais qu'il vous fabriquait des trucs béton. Came top niveau. Ni drogue, ni argent sur lui. On lui a aussi piqué ses chaussures. Qui vit par la came mourra par la came. C'est en tout cas l'impression que ça donne.

— Plus maintenant.

Le regard de Jenkinson changea.

— C'est quoi, votre nouvelle impression ?

— Il est lié à l'agent neurotoxique et à mes deux principaux suspects.

— Ah ouais ? Merde, alors... Il avait la réputation, disons, d'innover. Pas le petit chimiste de base, quoi. Il inventait des nouvelles recettes, mélangeait des molécules, personnalisait ses produits. Incapable de garder l'argent que ça lui rapportait : il dépensait tout dans les CL, dans sa propre production ou aux courses de canassons. Pas capable de garder un emploi légal non plus, pour les mêmes raisons.

» Il avait la technique et le cerveau qui va avec, mais aucun labo ou établissement de recherche légitime ne voulait bosser avec lui. Il avait un casier, plusieurs allers-retours en prison, parce qu'il retombait toujours dans ses vices. Il se faisait choper, purgeait sa peine, ressortait un temps, et rebelote. Je me souviens que le légiste disait qu'il serait mort dans les dix ans quoi qu'il arrive s'il avait conservé ce mode de vie et cette consommation.

Connors, qui avait terminé son cookie, travaillait à présent sur le terminal auxiliaire. Eve ne lui prêta pas attention.

— Rouvrez le dossier, Reineke et vous. Allez reparler aux gens. Je vais vous envoyer des photos des suspects. Stephen Whitt et Marshall Cosner. Ils étaient au lycée ensemble. Cosner est un toxico et se fournissait probablement auprès de Loco.
— Ils sont du genre friqués ?
— Oui.
— On a rencontré deux CL à qui il aimait faire appel. D'après elles, il se vantait des sommes que des mecs friqués le payaient pour son travail. Il avait déclaré à l'une d'elles qu'il bossait sur un truc spécial qui allait le rendre riche. Mais selon elle – et d'autres l'ont confirmé –, il passait son temps à se la raconter.
— On dirait que cette fois, il ne se la racontait pas pour rien.
— Ah, la voilà ! lança Connors depuis la console auxiliaire.

Il pivota vers Eve.
— Tu veux une adresse ?
— Une adresse pour quoi ?
— Eh bien, je ne peux pas être catégorique mais il s'agit d'une propriété appartenant à Marshall Cosner par le biais d'une société-écran qu'il a créée à l'automne dernier. Un petit entrepôt au centre-ville, semble-t-il. Loco devait bien habiter et travailler quelque part, n'est-ce pas ?
— Connors va vous envoyer une adresse, dit Eve à Jenkinson. On se retrouve là-bas. Prenez Reineke avec vous.

Une fois les coordonnées envoyées, Connors rattrapa Eve qui s'éloignait déjà à grandes enjambées.
— Il faut que je me change et que je récupère mon arme. Comment as-tu trouvé cet endroit ?
— Avec méthode et persévérance. Ils avaient besoin d'un espace où installer un labo conforme aux attentes de leur chimiste. Et Whitt fait transiter des

fonds chaque mois vers Cosner. Comme on le ferait pour rembourser un prêt ou sa part des dépenses liées à un investissement. Whitt est prudent : la propriété est uniquement au nom de Cosner. Pareil pour la société-écran, qui n'a de lien qu'avec Cosner. Ils l'ont baptisée La Poule aux œufs d'or.

— Ils se croient plus malins que tout le monde, marmonna Eve en enfilant ses boots. Mais plus pour longtemps.

À peu près au moment où Eve exposait la situation à Jenkinson, Marshall faisait les cent pas dans l'espace de vie de l'entrepôt soigneusement réaménagé.

Il portait un sweat-shirt à capuche, un jean foncé et des baskets montantes noires. Des vêtements de marque uniquement, même s'il les avait choisis pour se fondre dans le décor du quartier.

Stephen Whitt, à l'inverse, arborait le costume sur mesure dans lequel il venait de prononcer un discours à l'occasion d'un congrès financier dans un hôtel des quartiers chics.

Il était certain d'avoir bien géré le timing ; il était doué pour ça. Il avait pris soin de se mêler aux participants et d'intervenir dans plusieurs conversations avant de brouiller les caméras d'une entrée de service pour s'éclipser discrètement.

Il avait garé un scooter « emprunté » à un cousin sur le parking d'un autre hôtel à deux rues de là et n'avait mis que dix minutes à rejoindre le centre-ville.

Dix minutes pour le trajet de retour, estima-t-il, une dizaine de minutes avec Marshall, puis il rejoindrait la foule qui allait danser ou prendre un verre en deuxième partie de soirée sans que personne ait rien vu.

Malgré la panique qui l'étreignait, ce bon vieux Marsh avait déposé le colis suivant à l'automate. Mais jamais il n'aurait pu résister à la pression de ce qui l'attendait le lendemain.

Aux yeux de Whitt, des mesures s'imposaient. Il s'était donc chargé de les prendre.

Il était temps de couper les ponts. Des ponts datant du lycée, en l'occurrence.

— Mon père ne me croit pas, gémit Cosner sans cesser d'aller et venir. Il m'a cuisiné pendant des heures !

— Tu as nié en bloc.

— Bien sûr. Je ne suis pas idiot, Steve. Mais il ne s'est pas vraiment laissé convaincre.

— Tu seras épaulé par une armée d'avocats, Marsh. Tout se passera très bien.

— C'est facile à dire pour toi.

« Exact, songea Whitt. Très facile. »

— Je ne comprends pas comment elle a pu m'avoir dans son viseur. On a tout fait comme il fallait, non ? On a des alibis. On a bien fait les choses.

— Elle bluffe pour essayer de te faire flancher. On ne risque rien. Écoute, va falloir que j'y retourne avant qu'on remarque mon absence. Détends-toi, tout ira bien.

— Ouais, essaie donc de te détendre quand t'auras les flics au cul !

Cosner se tordait les doigts en faisant les cent pas.

— Je devrais peut-être me tirer d'ici, dit-il. Filer en Europe.

— Pas question qu'on s'enfuie. Allez, Marsh, prends-toi une dose. Tu commences à être en manque.

— Comment ça se fait qu'elle s'intéresse à nous ? On connaissait à peine Rufty et c'était il y a des années. Elle n'aurait jamais dû s'intéresser à nous.

Tu disais que les flics n'auraient jamais l'idée de regarder de notre côté.

Toujours très calme, Whitt se dirigea vers le très kitsch bar réfléchissant que Loco leur avait réclamé, sélectionna un tube à essai, en versa le contenu dans un verre de dégustation et y ajouta deux généreux doigts de scotch.

— Elle tente de nous déstabiliser mais elle n'a aucune preuve. Loco est mort et enterré, et ça n'est pas remonté jusqu'à nous, si ? On a la formule maintenant. Dès qu'on en aura fini, on fera exactement ce qu'on avait prévu.

— On l'emporte à l'étranger et on se fait des milliards en la revendant.

— Exactement.

« Des milliards qui ne seront que pour moi », se dit-il en tendant le verre à son plus vieil ami.

— Cul sec, ajouta-t-il.

Cosner vida le verre d'un trait puis soupira.

Juste assez pour le rendre heureux... et entamer sa vigilance.

— Tu as préparé le dernier œuf ? demanda-t-il.

— Ouais. Content qu'on ait décidé que c'était le dernier, Steve. Je pensais que ce serait plus marrant que ça, mais en vrai, c'est surtout beaucoup de boulot. Ça te dirait qu'une fois le truc réglé on se prenne des petites vacances, toi et moi ? Du côté des tropiques ?

— Super idée. Montre-moi un peu l'œuf, Marsh, juste pour être sûr. Puis tu n'auras qu'à repartir avec moi. On boira un coup au bar, on lèvera des filles.

— Carrément !

Il commençait déjà à planer quand Whitt le guida hors de l'espace de vie jusqu'aux marches métalliques menant au labo. De l'autre côté des paillasses blanches, brûleurs, systèmes de réfrigération, microscopes, ordinateurs et contenants s'alignaient autour d'une zone de préparation et d'emballage.

Trois œufs dorés étaient posés sur une étagère, dont l'un déjà scellé et déposé dans une boîte hermétique transparente. Whitt se prit à regretter de ne pas pouvoir remplir et faire livrer les deux autres. Un quatrième était disposé dans une autre boîte translucide, en attente d'être emballé.

— Ça a l'air impeccable. Qu'est-ce que tu dirais de l'emballer et de le déposer ce soir ? D'une pierre deux coups. Comme ça, on en aura terminé.

— Terminé, répondit Cosner avec un sourire béat, les yeux dans le vague. Ça m'arrangerait qu'on en ait terminé.

— Ben ouais, franchement, pourquoi attendre ? On va se les prendre, ces vacances ! ajouta Steve.

Le sourire de Cosner s'élargit encore.

— J'ai trop hâte !

— On l'emballe, on le dépose et on se tire direction les tropiques. Vas-y, Marsh, emballe-moi ça.

— On l'emballe et on n'en parle plus ! À nous les filles à poil sur la plage. Wouhou !

Whitt recula – recula largement – et enfila son masque filtrant.

Et quand Cosner ouvrit la boîte hermétique, l'œuf – qui n'était déjà plus scellé – diffusa l'agent toxique.

Cosner, titubant, le laissa tomber sur le sol, où il se brisa en morceaux. Il se griffa la gorge, vacilla et perdit l'équilibre, le regard braqué sur Whitt.

— Quoi ?

— Désolé, mon pote, ronronna Whitt à travers le masque. Je fais ce qui s'impose, rien de plus. Tu vas me manquer un max.

Tandis que Cosner, le corps parcouru de spasmes, tentait vainement de ramper au sol, Whitt consulta sa montre.

— Ouh là, faut que je file !

Il redescendit rapidement l'escalier, lança le masque dans un cagibi.

« Retour en dix minutes », se dit-il en quittant l'entrepôt.

Il sortit de sa poche une solution pour nettoyer la couche protectrice sur ses doigts puis fila comme une flèche sur son scooter dans la plus parfaite insouciance.

Parce que ses suspects n'allaient logiquement pas prendre de risques la veille de l'interrogatoire de l'un d'eux au Central, Eve s'attendait à trouver le bâtiment vide.

Grâce à la diligence de Reo et la stupidité dont ils avaient fait preuve en baptisant leur société La Poule aux œufs d'or, elle disposait déjà d'un mandat de perquisition et avait prévu de faire un rapide tour du propriétaire, en laissant potentiellement ses inspecteurs mener une fouille plus approfondie.

Mais lorsqu'ils se garèrent devant l'entrepôt, elle vit de la lumière filtrer derrière les panneaux occultants.

— L'éclairage est peut-être géré par une minuterie, dit-elle en sortant de la voiture avec Connors. Ou bien quelqu'un a simplement oublié d'éteindre.

— Possible.

— Ou bien on aura droit au cadeau bonus de trouver l'un ou l'autre de ces salopards, voire les deux, à l'intérieur.

— En complément, pourquoi pas, d'un stock d'agent neurotoxique mortel.

— Pourquoi pas.

Un cas de figure auquel Eve avait également pensé, raison pour laquelle elle avait demandé à Peabody de récupérer des masques de protection au Central et de les rejoindre sur place.

Elle se mit à faire les cent pas sur le trottoir.

— Je ne vois qu'une seule raison qui pourrait expliquer leur présence ici.

— La préparation du colis suivant.

— En vue de le déposer dès ce soir. Exactement le genre de choses qu'ils seraient capables de faire, sûrs d'eux comme ils le sont. On va se séparer et couvrir tous les accès possibles. Qu'ils soient coincés à l'intérieur.

Connors examina le bâtiment avec l'œil du cambrioleur qu'il avait été. Mesures de sécurité, meilleur moyen d'entrer, meilleur moyen de sortir, analyse de la circulation des véhicules et des piétons.

— Ils seraient idiots de travailler avec une telle substance sans porter de protections.

« Ce n'est pas moi qui dirai le contraire », pensa Eve.

— On sera donc à égalité. Sauf que nous sommes plus nombreux et qu'on a nos insignes et nos armes.

Elle reconnut la voiture de Jenkinson qui s'approchait, suivie par celle de Feeney.

« Un peu de renfort ne fera pas de mal. »

Elle fut cependant surprise de voir ses deux inspecteurs, le capitaine de la DDE, Callendar, Harvo – ça alors ! –, Peabody et McNab émerger des deux véhicules.

— Qu'est-ce qui se passe ? demanda-t-elle.

— Plus on est de flics, plus on rit, assura Jenkinson en s'approchant.

Eve était tellement déconcertée qu'elle ne remarqua pas son absence de cravate.

— Harvo n'est pas flic.

La reine des cheveux et des fibres leva les bras dans un geste d'agacement.

— Ah, me faites pas ce coup-là... Personne me laisse jamais m'amuser sur le terrain. Je vous parie que c'est plein de poils et de fibres là-dedans. Et comme ça, je serai directement sur place.

— L'endroit abrite peut-être aussi deux individus très dangereux et des réserves d'un agent neurotoxique létal.

Harvo repoussa en arrière des mèches de ses cheveux verts.

— Alors je vous laisse y entrer en premier.

Feeney s'approcha d'un pas pesant. Sous son pardessus, sa chemise beige froissée s'ornait d'une tache de sauce salsa typique du personnage.

— J'ai estimé approprié d'impliquer la DDE. McNab s'est occupé de récupérer du matos et on est passés le chercher.

— Bien. Attendez là, le temps que je réfléchisse.

Elle s'éloigna de quelques pas puis revint rapidement vers eux.

— Votre matos comprend des détecteurs de chaleur, McNab ?

— Bien sûr.

— Examinez le bâtiment. Peabody, distribuez des masques. Quoi qu'il advienne, personne n'entre sans être masqué. Feeney, est-ce que tu veux bien te charger des alarmes et/ou verrous à désactiver ? Reineke, faites le tour avec Jenkinson. Recensons tous les accès afin de les couvrir.

— Et moi ? demanda Harvo.

— Vous attendez, répondit Eve.

— Pas juste. Connors non plus n'est pas de la police. Et moi aussi, je suis experte consultante. Et je passe mon temps à travailler avec des flics.

— Vous êtes autorisée à porter une arme ?

— Non, mais...

— Alors vous attendez.

Reineke revint à petites foulées.

— Une entrée en façade, une à l'arrière au rez-de-chaussée. Sorties de secours côté sud et à l'arrière depuis le premier étage.

— Aucune source de chaleur, indiqua Callendar.

— S'il n'y a pas de malfaiteurs…, commença Harvo.

Mais Eve l'interrompit :

— Vous attendrez quand même. On va entrer par l'avant et l'arrière. Reineke, Jenkinson, Callendar, McNab à l'arrière. Peabody, nous arriverons par la façade avec Connors et Feeney. Une armée de flics pour investir un bâtiment désert, marmonna-t-elle.

Elle s'approcha de Connors.

— C'est vide.

— Mesures de sécurité désactivées dans tous les cas. Alarmes et serrures.

— Alors ce sera facile.

Vide ou non, elle sortit son arme et se ramassa sur elle-même au moment de franchir le seuil.

L'éclairage, à son maximum, illuminait l'ameublement kitsch de l'espace de vie avec ses trois énormes sofas à mémoire de forme aux motifs rouges et noirs. D'immenses écrans occupaient deux parois en vis-à-vis. Le plateau des tables était constitué de miroirs aux reflets dorés. Un style qui se retrouvait sur le bar devant lequel étaient disposés deux tabourets en forme de silhouettes féminines uniquement habillées de talons aiguilles.

Eve désigna une direction à Feeney et Connors et le côté opposé à Peabody avant de poursuivre elle-même droit devant.

Scrutant les alentours, elle nota la présence d'une console de jeux, de posters – encore des femmes nues –, de bouteilles d'alcool haut de gamme, d'un bocal rempli de Zoner et d'un bol garni de pilules diverses.

Elle se joignit au chœur de « RAS ! » qui retentirent au fur et à mesure que Connors, Feeney et Peabody revenaient des flancs et l'autre équipe de l'arrière de l'immeuble.

— Cuisine et débarras pour les droïdes de nettoyage et les provisions, annonça Peabody.

— Chambre à coucher et salle d'eau, ajouta Connors, décorées façon fantasmes d'ado. Présence d'un droïde sexuel actuellement désactivé.

— Toilettes et salle de jeu, indiqua Feeney. Plus le bar.

— On passe à l'étage. Ni l'un ni l'autre ne donne dans le mauvais goût libidineux. Ils ont aménagé cet endroit pour Loco. Le labo doit se situer au-dessus.

Elle s'engagea dans l'escalier. Elle avait à peine gravi quelques marches que l'odeur lui parvint.

— Merde !

Elle leva la main pour faire signe à l'équipe de s'immobiliser puis grimpa jusqu'à se trouver à hauteur de regard du sol de l'étage.

— Il y a un corps. On recule ! Tout le monde recule, avec ou sans masque. Peabody, appelez l'équipe de décontamination.

Elle pivota lentement sur elle-même pour balayer les lieux du regard mais aussi à l'aide de la caméra fixée à son col. Après quoi elle ressortit à la suite de son équipe.

Une fois dehors, elle retira son masque.

— Jenkinson, allez bloquer l'accès à la porte de derrière. Reineke, appelez quelques agents en renfort pour interroger le voisinage. Callendar, contactez Morris et voyez s'il peut se joindre à nous.

Elle se passa une main dans les cheveux.

— Nom d'un chien...

— T'as reconnu le mort ? s'enquit Feeney.
— Oui. C'est Cosner. Marshall Cosner. On dirait qu'il préparait un autre œuf empoisonné et qu'il a eu un petit accident. C'est ce qu'on est censés penser, en tout cas, ajouta-t-elle, les yeux plissés.
— Très commode qu'il ait eu cet accident le soir précédent l'interrogatoire auquel tu allais le soumettre, souligna Connors.
— N'est-ce pas ? Il est allé se plaindre à Whitt, c'est sûr, et Whitt a trouvé un moyen de sauver les meubles. Mais il ne devait pas s'attendre à ce qu'on retrouve si vite Cosner. Ni cet endroit. Il y avait d'autres œufs là-haut, un labo complet et une zone dédiée à la préparation des colis. Boîtes, cartons, matériaux de calage. Il n'est pas assez bête pour revenir ici, cela dit.

Elle commença à faire les cent pas sur le trottoir, l'esprit en ébullition.

— Non, il en a terminé ici… Peut-être qu'il a emporté des œufs avec lui. Peut-être qu'il a décidé d'arrêter les frais. Il laissera l'affaire se conclure sur la mort de Cosner. Les réjouissances doivent s'arrêter là s'il veut que toute la faute retombe sur Cosner.
— Il doit être persuadé d'avoir les coudées franches maintenant, ajouta Feeney. Puisque tu devais interroger le mort demain.
— Oui, c'était prévu comme ça.
— Donc le type ne se présente pas et on se met à sa recherche. On découvre quelque chose en lien avec cet endroit, on débarque, on retrouve le type. Et il est là, mort, au milieu d'un monceau de preuves, tué de la même manière qu'il tuait ses victimes, la petite dose d'ironie qui va bien.

Feeney hocha la tête en observant le bâtiment.

— Ce salopard s'imagine qu'on va classer l'affaire.

— Oui. Et il s'est constitué un alibi pour ce soir. Un alibi faillible, forcément. Cosner était un suiveur. Impossible qu'il soit venu ici ce soir de son propre chef, tendu à l'idée de l'interrogatoire de demain, et qu'il ait décidé d'empaqueter un nouvel œuf.

— Et sans précautions, ajouta Connors. Sachant ce que contiennent ces œufs, tu les manipulerais sans combinaison ? Ou au minimum des gants et un masque ?

— Non, bien vu.

Harvo, qui s'était assise sur le capot de la voiture de Jenkinson, agita un doigt en l'air.

— En toute logique, l'autre suspect est forcément venu ici à un moment ou à un autre, non ?

Eve se tourna vers elle.

— Forcément, confirma-t-elle. C'est lui, le cerveau.

— Un humain perd en moyenne entre cinquante et cent poils ou cheveux par jour. Certains experts montent jusqu'à deux cents mais je penche plus pour la centaine. En moyenne. Mais un seul nous suffira, ajouta-t-elle avec un sourire.

— L'endroit est vaste et nettoyé par des droïdes de ménage, Harvo. Et nous n'avons aucun moyen à ce stade de confirmer quand le suspect y est entré pour la dernière fois.

« Aujourd'hui », lui soufflait son instinct.

Eve y aurait mis sa main au feu. Mais…

Tête penchée sur le côté, Harvo écarta les doigts devant elle comme pour examiner en détail le vernis bleu brillant de ses ongles.

— Vous doutez de la reine ?

« Ce serait une erreur », admit Eve.

— D'accord, Harvo. Dès que les lieux auront été déclarés sans risques, vous pourrez aller y jeter un coup d'œil en priorité.

— Top ! s'exclama Harvo en sautant du capot. Vous direz à la police scientifique d'attendre, que je passe en premier ?

— C'est faisable.

— Topissime. Quelqu'un peut faire l'aller-retour avec moi jusqu'au labo ? Je vais avoir besoin de certains trucs.

— McNab, dit Feeney. Prenez ma voiture.

À l'arrivée des agents en renfort, Eve leur fit installer un cordon de sécurité et commencer à interroger le voisinage. Elle patienta ensuite pendant que l'équipe de décontamination revêtait des combinaisons protectrices.

En ressortant de l'entrepôt quelques minutes plus tard, Junta se dirigea droit vers Eve.

— L'air à l'intérieur est sain mais je vais vous demander de rester à l'extérieur avec votre équipe. Il y a un autre œuf chargé de toxine et divers produits chimiques dangereux. Nous devrons sécuriser les lieux et retirer les produits délétères avant que je puisse vous donner le feu vert.

— Ça prendra combien de temps ?

— Je vous préviendrai. Mais laissez-moi vous dire une chose, Dallas. Qui que soit la personne qui habite là – dans un lieu où nous avons d'ores et déjà trouvé et identifié du gaz sarin, du gaz chloré, du trioxyde de soufre et carrément de l'anthrax –, c'est un sacré malade !

— C'était, précisa Eve.

— Ouais. Bon, tâchons pour notre part de rester en vie.

Sur quoi Junta remit sa calotte protectrice et repartit.

# 21

Ils poireautèrent pendant presque une heure de plus, mais cela donna le temps à Morris de les rejoindre. Il portait un jean et une veste par-dessus un pull léger. Plutôt que son habituelle natte sophistiquée, ses cheveux avaient été rassemblés en une simple queue de cheval.

Eve en conclut qu'ils l'avaient appelé durant l'un de ses rares moments de détente chez lui, au calme.

— Merci d'être venu.
— Les contraintes du métier, dit-il.

Il lança un coup d'œil aux alentours.

— Sacrée équipe que vous avez réunie là.
— Ça s'est fait comme ça. L'immeuble vient d'être déclaré sans danger.

Eve aperçut Harvo qui rentrait ses cheveux verts sous une calotte de protection. Laquelle n'était pas blanche mais d'un magnifique rose bonbon, comme sa combinaison et ses surbottes.

Harvo ne faisait jamais rien comme les autres.

— Harvo, vous pouvez vous attaquer au rez-de-chaussée. Le corps est à l'étage. Morris et moi nous en chargerons. Peabody, Jenkinson, Reineke, fouille des lieux. La DDE, occupez-vous des caméras de sécurité et de l'ensemble des appareils électroniques, droïdes compris.

Elle se munit de son kit de terrain, Morris de sa sacoche de médecin et – sans se soucier des curieux qui s'agglutinaient autour du cordon de sécurité – pénétrèrent dans le bâtiment.

— Ça pourrait être d'encore plus mauvais goût, supposa Morris. Ça demanderait un certain effort, mais on doit pouvoir faire pire.

— Absolument, confirma Connors. Attendez un peu d'avoir vu la chambre.

Tandis que l'équipe se séparait, Eve gravit les marches métalliques avec Morris. Le légiste examina le corps.

— On pourrait dire qu'il a été puni par où il avait péché.

— Je dirais surtout que ça tombe très mal. Je m'apprêtais à le faire avouer en salle d'interrogatoire. J'aurais résolu l'affaire et il serait encore en vie pour passer quelques tristes décennies derrière les barreaux.

Elle s'approcha du corps, s'accroupit et sortit sa tablette pour confirmer officiellement l'identité du mort.

— Le corps est identifié comme étant celui de Marshall Cosner.

— Heure du décès, 21 h 20, annonça Morris.

— La victime est un homme de vingt-six ans, d'origine européenne, propriétaire de ce bâtiment via une société-écran.

— Graves brûlures au niveau des yeux, sur l'épiderme et à l'intérieur de la bouche, poursuivit Morris en allumant sa lampe-stylo. Dans les narines également. Écoulement de sang et autres fluides corporels par la bouche, les oreilles, les yeux, le nez. Prévoir un examen de l'anus plus tard à la morgue.

— Ni blessures ni lésions défensives visibles, ajouta Eve. La victime porte une montre en or...

Elle vida les poches de Cosner.

— ... un communicateur et un portefeuille, avec du liquide et des cartes de crédit. Par ailleurs, les lieux contiennent de nombreux objets de valeur, donc rien qui indique une altercation ou un cambriolage.

— Ce sera à confirmer lors de l'autopsie, mais au premier examen, il semble que la cause du décès de M. Cosner soit la même que pour les deux précédentes victimes. Il a été exposé à un agent neurotoxique qu'il a inhalé avant de succomber en quelques minutes.

Laissant Morris terminer son examen, Eve se leva et pivota sur elle-même pour scruter et filmer les lieux.

— Il y avait un verre posé sur la table du rez-de-chaussée. Il a bu quelque chose. On testera pour voir s'il avait ingéré de l'alcool ou des stupéfiants. Était-il seul ? J'en doute. Il n'était pas du genre solitaire. D'autres œufs...

Elle s'approcha du placard où ceux-ci étaient stockés.

— Il y en a deux ici et un autre déjà rempli et prêt à l'envoi. Ils avaient donc prévu au moins quatre meurtres supplémentaires. Celui qu'il emballait, celui qui était rempli et les deux autres. Ils avaient pu en faire faire en plus au cas où. Les boîtes en faux bois sont là, avec le vernis protecteur et le garnissage intérieur. Et là, les colis, format standard, rouleaux adhésifs, matériaux de calage. Bien organisé.

Elle pivota sur elle-même.

— Le labo est là-bas.

— Et il est très bien équipé, commenta Morris.

— Des produits chimiques, solutions et autres matériaux étaient stockés dans ces compartiments à température contrôlée. Afin qu'ils puissent fabriquer plus de toxine si l'envie leur en prenait. Ou s'ils l'osaient. Masques, combinaisons, gants. Pourtant, Cosner ne porte aucun équipement de protection.

— Raison pour laquelle il est mort. Je constate des brûlures ici, sur les paumes et entre le pouce et l'index.

Elle reporta son attention sur Morris.

— Les autres victimes n'avaient pas de brûlures aux mains ?

— Aux doigts. Leurs doigts étaient brûlés.

— Plutôt sur les doigts, marmonna Eve.

Elle repartit vers le placard et y préleva l'un des œufs vides.

— Parce qu'ils les avaient ouverts en tirant sur le dessus avec leurs doigts jusqu'à décoller les deux moitiés.

— C'est ce que j'en avais conclu.

— Mais si tu sors l'œuf de sa boîte – une boîte hermétique –, tu le tiens comme ça, et avec précaution, à moins d'être complètement idiot, parce qu'il est rempli de toxine. Tu le crois soigneusement scellé mais il ne l'est pas. Ou alors pas complètement ? Ça te brûle, les émanations t'atteignent, tu le lâches.

Elle sortit ses microlunettes pour examiner les fragments de l'œuf.

— Tu es déjà condamné au moment où il se brise par terre, mais la mort prend encore une minute. Le poison est conçu pour ne se diffuser que sur une zone réduite. Celui qui t'a piégé se tient sûrement à une distance prudente, mais il n'aura pas pris de risque. Il aura mis des protections. Pourquoi est-ce que toi, tu ne l'as pas fait ?

Elle retourna vers l'escalier.

— Peabody !

— Ouais ?

— Récupérez le verre sur la table comme pièce à conviction. Que le labo l'analyse en urgence. Je veux savoir ce qu'avait bu Cosner.

— Il est mort il y a peu, commenta Morris. Je lancerai une analyse toxicologique une fois à la morgue. Je devrais pouvoir identifier le contenu de son estomac ou, dans le cas contraire, demander l'aide prioritaire du labo là aussi.

— Bien. Admettons qu'il ait pris quelque chose qui altère son jugement. C'était de toute façon un idiot qui faisait ce qu'on lui ordonnait sans réfléchir. Je me tiens là, à une distance raisonnable... « Emballe-le, Marsh. Envoyons un nouveau colis. » Cosner me tourne le dos et prend l'œuf. J'enfile le masque et j'attends. Ça ne prendra pas longtemps.

— Non, confirma Morris, ça n'a pas pris longtemps.

— Je me demande : qu'est-ce qu'il a ressenti ? Son plus vieil ami, et la première victime qu'il voit mourir. A-t-il ressenti quelque chose ? Sans doute rien, dit-elle en secouant la tête. Ou quasiment rien.

Elle se tourna de nouveau vers Morris.

— Vous vous chargerez du reste ?

— Oui. Je vais l'emmener et m'occuper de lui.

Elle se rapprocha pour récupérer son kit, s'accroupit de nouveau pour croiser le regard de Morris.

— Je peux vous jurer une chose : c'est la dernière victime que ce type envoie à la morgue.

Morris posa une main sur la sienne. Malgré le Seal-It, elle perçut la chaleur de ses doigts.

— Dieu sait que cet homme avait fait beaucoup de mal et était prêt à recommencer. Mais le sort nous

l'a désormais confié. Nous ferons tous les deux ce que nous avons à faire.
— Je n'aurais pas dit mieux.
Eve saisit son kit et redescendit l'escalier. Peabody l'intercepta sur les marches.
— J'ai envoyé un agent en uniforme porter directement le verre au labo. Ça nous facilitera peut-être les choses. Harvo fait des trucs avec de drôles de petites lampes et des bidules qui tournoient et bourdonnent. Par ailleurs, elle a déjà démonté les deux droïdes de ménage. Je suppose que vous étiez d'accord ?
— Laissons-la faire. Dites à la police scientifique de se tenir prête mais laissons-la bosser à sa manière.
— Hé, lieutenant ! lança Reineke. Les autochefs de la cuisine et de la salle de jeu sont remplis de malbouffe et du genre de cochonneries qu'on ingurgite après s'être défoncé.
— Logique.
— Fringues classes – visiblement neuves – dans la chambre et plusieurs paires de chaussures, dont certaines jamais portées. Beaucoup de porno sur les systèmes de loisir. Des jeux et du porno, voire des jeux pornos.
— Tout aussi logique.
— On n'a pas fini mais on voulait vous prévenir que nous n'avons trouvé ni communicateur, ni tablette, ni rien de ce genre. Connors a identifié une installation pour console de communication et Feeney est en train de la vérifier mais l'appareil lui-même est manquant.
— Il y a un ordinateur à l'étage, mais c'est tout. Il y avait un communicateur sur le corps. Je vais demander à l'un des geeks de l'inspecter.
Elle avisa justement McNab qui émergeait du fond de l'entrepôt.

— Ça ne plaisante pas avec les mesures de sécurité, Dallas, lui dit-il. À l'exception notable des caméras. Il n'y en a pas une seule.

— Ils ne voulaient pas que leurs allées et venues soient filmées.

— Exact, mais il y avait des caméras intérieures.

— Où ça ?

— On a trouvé deux câbles.

— D'accord. Occupez-vous de l'équipement informatique de l'étage, lui dit-elle. Il y a un ordinateur protégé par un mot de passe et le communicateur personnel de la victime. Aucun appel passé ou reçu en dehors de ses heures de travail aujourd'hui. Je vous laisse vérifier l'éventuelle présence passée de caméras là-haut.

— Whitt et lui utilisaient sûrement des communicateurs prépayés, avança Peabody.

Eve opina du chef.

— Aucun doute là-dessus. Je vais vous demander de rester ici, de terminer tout ce qu'il y a à faire et de boucler les lieux. Je me charge de prévenir ses proches et de jeter un œil au domicile de la victime. Harvo est autorisée à faire ce qu'elle voudra à l'étage une fois le corps évacué.

— Compris. Comptez sur moi.

— Où est Connors ?

— À l'arrière, indiqua McNab avec un geste du pouce. Feeney et lui essaient de comprendre l'histoire des caméras manquantes.

Eve les retrouva dans ce qu'elle supposa être la salle de jeu (à la décoration aussi outrancière que le reste). Connors était perché sur un escabeau à l'intérieur d'un placard. Feeney le regardait faire, sourcils froncés.

— Elle était installée là. Et le support est toujours en place. On dirait qu'on l'a retirée à la hâte. Mini-orifice pour l'objectif.

Eve vit Connors appuyer du bout du doigt sur un minuscule trou au-dessus du cadre de la porte du placard.

— Ils voulaient pouvoir surveiller leur savant fou.

Feeney tourna la tête vers Eve.

— Sûrement. S'assurer qu'il ne déconnait pas, qu'il n'amenait personne sur place, qu'il ne commençait pas à comploter contre eux. La confiance ne régnait pas entre ces trois-là.

— Dans la mesure où Whitt les a tués tous les deux, je dirais que c'est justifié. Je dois aller informer les proches et jeter un œil au domicile de la victime.

Elle les regarda faire quelques instants de plus avant de s'exclamer :

— Mince, j'ai failli oublier ! J'ai croisé l'inspecteur Swanson plus tôt dans la journée. Il est chargé de la sécurité dans l'immeuble de Whitt.

— Ça, c'est marrant. Un bon flic, décréta Feeney, les mains dans les poches, avec un hochement de tête approbateur.

— Il m'a demandé de te passer le bonjour.

— Il n'a jamais oublié ses amis.

— Tu as besoin de notre expert civil ?

— Je peux faire sans.

— Dans ce cas, Connors, tu viens avec moi.

— D'accord.

Il descendit de l'escabeau et s'essuya les mains.

— Tu avais mis du Seal-It ?

— Mais oui. Je connais les règles.

Elle opina du menton et repartit vers la sortie.

— Peabody, veillez à ce que les techniciens de la police scientifique inspectent tous les anciens emplacements de caméras. Ils devaient faire attention à ce qu'ils touchaient, non ? poursuivit-elle en sortant avec Connors. Ils passaient sûrement le chiffon partout en cas de doute, voire se protégeaient au Seal-It. Mais est-ce qu'on y pense forcément au moment de retirer des caméras cachées dans les parois des placards ?

— Tu poses la question me concernant ?

— Non, je sais que toi, tu penses à tout. Mais ces deux-là sont des amateurs. Whitt est malin, c'est vrai, il est prudent, il est patient et il planifie les choses. Mais peut-être que... Il se sera forcément créé un alibi solide pour ce soir. Mais cet alibi aura une faille, même aussi minuscule que l'orifice pour ces caméras. Et je compte bien la trouver.

— Tu es certaine qu'il était ici ?

— C'est le plus logique.

Tandis que Connors s'installait derrière le volant, elle entra l'adresse de Lowell Cosner dans l'ordinateur de bord.

— Cosner avait besoin que Whitt le rassure pour demain. Qu'il lui explique quoi faire, quoi dire, comment se comporter. Morris lui a trouvé des brûlures sur les paumes, ce que n'avaient pas les autres victimes. Je pense que Whitt avait trafiqué l'œuf. Il avait pris soin de se protéger et quand Cosner l'a sorti de sa boîte hermétique pour l'emballer, il en est mort.

— Tu dis depuis le départ que ces meurtres sont à la fois dénués de passion et personnels. Ça correspond à ce que tu viens de décrire.

— Whitt était là. Cosner avait son communicateur dans la poche, qui n'indique aucune communication depuis à peu près 18 heures... et aucun échange aujourd'hui avec Whitt. Ils devaient utiliser des prépayés pour discuter de tout ce qui concernait leur plan. Ou bien en face à face, afin de ne laisser aucune trace.

— Et tu estimes que Cosner n'aurait jamais agi seul ?

— Il a passé l'essentiel de sa vie à laisser Whitt le diriger.

Elle visualisait la scène comme si elle y avait assisté.

— Il devait être inquiet pour demain, la présence de son père, nos questions et nos demandes d'explications. Il a dû réclamer le soutien de son vieux pote.

— Et en mettant tout cela en scène, non seulement Whitt élimine son vieux pote, mais il accumule des tonnes de preuves contre lui. Efficace.

Ils s'arrêtèrent devant le luxueux gratte-ciel qui s'enorgueillissait non pas d'un mais de deux portiers à l'entrée.

— Puisque tu n'es pas propriétaire de l'endroit – j'ai vérifié –, je m'occupe d'eux.

Elle sortit de la voiture et brandit son insigne en direction de l'homme qui s'approchait sur sa droite.

— NYPSD, et il s'agit d'un véhicule officiel, qui restera là où je l'ai garé.

Le portier parut à la fois mécontent et résigné.

— Vous pourriez la déplacer juste trois mètres plus loin, histoire que je ne me fasse pas virer ?

— Ça peut se faire.

Pendant que Connors s'en chargeait, Eve reporta son attention sur le portier.

— Lowell Cosner, dit-elle.

— Oui, il est rentré chez lui il y a à peu près deux heures. Quel est le souci ?

— Marshall Cosner.

— Oui, d'accord. Il habite ici mais je ne l'ai pas vu de la soirée.

Eve sortit son mini-ordinateur pour y afficher la photo d'identité de Whitt.

— Vous le reconnaissez ?

— Bien sûr, c'est M. Whitt. Un ami de Cosner fils.

— Quand l'avez-vous vu ici pour la dernière fois ?
— Je ne sais pas. Il y a deux ou trois jours.

L'autre portier – une femme – s'approcha pour regarder l'écran.

— C'est M. Whitt. Il est passé tout à l'heure.
— Ah bon ? Je l'ai pas vu.
— T'étais en train d'aider Mme Troski avec tous ses sacs. Il est arrivé tranquillement vers 17 heures, je dirais. Et il est ressorti, tout aussi tranquillement, autour de 17 h 30.
— Il portait quelque chose ?
— Euh...

Elle fit la grimace tout en réfléchissant.

— Oui, une valise. De bonne taille. Et, ah oui, une besace plutôt chic.
— Merci.

Eve pénétra dans le hall d'entrée où régnait un silence de cathédrale. Le sol de marbre vert était impeccablement lustré. Des bouquets printaniers embaumaient depuis leurs vases cylindriques. Une femme en tenue rose pâle se tenait derrière une console de communication et un second arrangement floral. Elle les accueillit d'un sourire affable.

— Bonsoir. Que puis-je faire pour vous ?

Le sourire affable laissa la place à une expression professionnelle et neutre quand Eve présenta son insigne.

— Lowell Cosner est chez lui ?
— Il me semble, oui.
— Nous devons accéder à son appartement. De même qu'au domicile de Marshall Cosner, juste après.
— Je ne crois pas que Marshall Cosner soit actuellement chez lui.

— Non, et il ne reviendra pas. Criminelle, indiqua Eve en pointant son insigne du doigt. Nous sommes ici pour informer M. Lowell Cosner du décès de son fils.

— Oh, mon… mon Dieu.

— Laissez-nous monter et faites en sorte que nous ayons aussi accès à l'étage et à l'appartement de Marshall Cosner.

— Oui, bien sûr. Je dois simplement confirmer vos pièces d'identité.

Elle sortit un scanner pour le passer sur l'insigne d'Eve.

— M. Lowell Cosner occupe l'appartement-terrasse n° 2. M. Marshall Cosner habite… habitait l'appartement 3610, au trente-sixième étage. Puis-je faire autre chose pour vous ?

— À quelle heure avez-vous pris votre poste ?

— À 20 heures.

Trop tard pour avoir vu Whitt.

— Il va me falloir le nom et les coordonnées de la personne qui tenait la réception à 17 heures.

— Certainement.

Elle donna le nom sans hésitation et Eve en prit note.

— Merci. Il nous faudra aussi les vidéos de surveillance de la porte d'entrée, du hall, des ascenseurs et de l'étage où habitait Marshall Cosner. Entre, disons, 16 h 30 et 18 heures aujourd'hui.

— Je peux vous fournir ça.

— Faites. On s'occupera du reste.

Eve se dirigea vers l'ascenseur avec Connors et attendit d'être dans la cabine avant de reprendre la parole.

— Il est venu chez Cosner pour se débarrasser de tout ce qui pouvait établir un lien entre l'affaire et lui. Ou peut-être pour disséminer de quoi incriminer plus directement Cosner. Il a toujours eu l'intention de le tuer.

— Toujours ?

— Il le voyait comme un toxico, un maillon faible, un risque sur pattes. Il s'est servi de Loco jusqu'à ce qu'il ait ce qu'il voulait puis il s'en est débarrassé. Il avait besoin de Cosner jusqu'à la fin mais, sentant la pression s'intensifier, il a choisi de prendre les devants et d'interrompre l'opération.

» Arrivé tranquillement, répéta-t-elle. Je parie que c'était exactement ça. Il débarque l'air de rien et repart de la même manière.

— Pas très malin de sa part d'oublier que tu peux visionner les vidéos de surveillance.

Elle secoua la tête.

— Il s'imagine avoir au moins deux jours devant lui, si ce n'est plus, avant qu'on trouve l'entrepôt et le corps. D'ici là, les images auront été effacées et les souvenirs des portiers seront flous. Si l'on y ajoute toutes les preuves accumulées contre Cosner, il estime qu'il ne risque rien.

— L'entrepôt est au nom de Cosner, se remémora Connors comme ils émergeaient de l'ascenseur. La propriété a de la valeur mais Whitt n'a jamais cherché à en réclamer une part. Oui, tu as raison. Il a toujours eu l'intention d'éliminer son ami.

— Les gens comme Whitt n'ont pas d'amis, même au sens le plus large du terme.

Elle s'arrêta devant la double porte d'un blanc immaculé de l'appartement-terrasse de Cosner père et actionna la sonnette.

L'ordinateur répondit quelques secondes plus tard.

— *M. et Mme Cosner se sont retirés pour la soirée.*

— NYPSD, annonça Eve en présentant son insigne devant le scanner. Dallas, lieutenant Eve et un consultant civil. Nous devons parler à M. Lowell Cosner dans le cadre d'une enquête de police officielle.

— *Un instant, je vous prie. Je transmets l'information.*

Quand la porte s'ouvrit, Eve s'attendait à voir une gouvernante ou un majordome, éventuellement un droïde. Mais Lowell en personne se tenait sur le seuil.

Il avait troqué son costume trois pièces d'avocat pour une tenue plus décontractée : pull et pantalon de ville. Eve capta de discrets effluves d'alcool et de tabac.

Son visage, d'une beauté sévère sous son épaisse couronne de cheveux d'un blond grisonnant, affichait une expression de colère.

— Comment osez-vous ? Comment osez-vous venir chez moi ? Je ne tolérerai pas ce genre de harcèlement. Vous croyez m'intimider en débarquant à mon domicile avec votre insigne et votre... consultant ? termina-t-il avec un geste dédaigneux à l'intention de Connors.

— Monsieur Cosner, nous sommes navrés de vous déranger mais nous avons une information difficile à vous communiquer. Pourrions-nous entrer quelques instants ?

— Certainement pas ! Et si vous avez trouvé je ne sais quelle raison mesquine pour arrêter mon fils ou tenter de l'incriminer un peu plus, je m'occuperai de vous demain matin, comme prévu.

— Monsieur Cosner...

Eve plaqua une main sur le panneau avant qu'il puisse lui claquer la porte au nez. Un éclair de fureur illumina les yeux de Cosner, rendus plus brillants encore par le contraste avec son teint bronzé.

— Ça va vous coûter votre job, promit-il.

— Monsieur Cosner, j'ai le regret de vous informer que votre fils, Marshall Cosner, est décédé. Nous vous présentons toutes nos condoléances.

Il eut un mouvement de recul mais sa fureur redoubla sous l'effet de l'incrédulité.

— Vous mentez !

— Non, monsieur. J'ai examiné et identifié moi-même le corps, accompagnée du médecin légiste en chef de New York. Votre fils est mort à approximativement 21 h 20 ce soir.

Connors vit quelque chose se briser dans les yeux brillants de Cosner.

— Lowell..., dit-il en l'appelant volontairement par son prénom. Il serait préférable que nous puissions entrer.

— Comment ? Dites-moi comment il est mort.

— Il a été exposé au même agent neurotoxique qui a tué deux autres personnes, répondit Eve. Voulez-vous entendre le reste ici, sur le palier ?

Lowell se retourna sans répondre et traversa le hall d'entrée jusqu'à un salon tout en teintes pastel et motifs discrets. Il se laissa lourdement tomber dans un fauteuil couleur crème constellé de minuscules diamants vert pâle.

— Il a été assassiné, comme les autres. Vous prétendiez qu'il était mêlé aux meurtres. Vous...

— Il était impliqué, monsieur Cosner.

Eve décida de s'asseoir en face de lui sans attendre d'y être invitée.

— Saviez-vous que votre fils était propriétaire d'un bâtiment en centre-ville, sur Pitt Street, un achat effectué via une société-écran ?

— Non, c'est ridicule. Marshall ne saurait pas comment s'y prendre pour créer une telle structure.

— Il a dû avoir de l'aide, répondit simplement Eve. Il a acheté cet endroit et l'a aménagé pour en faire le domicile et l'espace de travail de Lucas Sanchez. Un nom que vous connaissez, constata-t-elle en scrutant les traits de Lowell.

— Oui. Mon fils a une... tendance à l'addiction. Une faiblesse pour certains rehausseurs d'humeur artificiels. Sanchez exploitait cette faiblesse. Marshall m'a assuré, ainsi qu'à sa mère et au reste de la famille, qu'il avait coupé les ponts avec Sanchez. Après l'accident de Marshall, après qu'il s'est remis de ses blessures, il nous a promis...

« Vous ne l'avez pas cru, comprit silencieusement Eve. Mais vous espériez. Vous ne pouviez qu'espérer. »

— Je suis désolée mais ce n'était pas le cas. De plus, de nombreux éléments indiquent, de manière très nette, que Sanchez a été payé pour créer l'agent neurotoxique.

— Vous voudriez me faire croire que mon fils était une sorte de terroriste ?

— Votre fils a participé à un complot en vue d'éliminer certains individus au nom d'une rancune ancienne et tenace. Sanchez et la toxine n'étaient que des outils, et une fois l'agent fabriqué par Sanchez, celui-ci a été tué. Monsieur Cosner, votre fils a été exposé à l'agent toxique alors qu'il le plaçait dans son réceptacle pour ensuite l'expédier.

Lowell secoua longuement la tête.

— Il n'aurait pas su comment faire. Il n'était pas capable de...

— Lowell, l'interrompit Connors. Laissez-moi vous apporter un verre.

Lowell le dévisagea de ses yeux embués de larmes.

— J'avais...

Il fit un geste vague vers le fond de la pièce.

— Je lisais un peu en buvant du bourbon pour me détendre quand...

— Je vais vous le chercher, proposa Connors.

Il s'éloigna en laissant Eve poursuivre.

— Vous avez retiré votre fils de l'académie Theresa A. Gold quand le directeur Rufty a succédé à Lotte Grange.

— C'était il y a des années.

— Pourquoi l'aviez-vous retiré de l'établissement ?

Lowell se prit la tête entre les mains et demeura assis immobile pendant un long moment.

— Nous avons fini par comprendre que Marshall se droguait, qu'il buvait, que ses notes avaient été... trafiquées. Nous avons fini par comprendre que ses amis auraient pu être... mieux choisis. Nous nous sommes convaincus que la meilleure solution était de l'envoyer en internat, sous la supervision des parents de ma femme, pour l'éloigner de toute cette situation. Nous avons fait ce que nous pensions être le mieux pour lui. Nous avons essayé les centres de désintoxication. C'est mon fils. J'ai fait ce qui me semblait le mieux.

— Je n'en doute pas.

Connors revint et plaça un verre au creux de la paume de Lowell.

— Sa mère... Elle était tellement perturbée par l'accusation, par l'intervention de la police, l'entretien de demain, qu'elle a fini par prendre un tranquillisant et aller se coucher. Comment vais-je lui annoncer que notre garçon est mort ? Pourquoi on n'a pas trouvé le moyen de le sauver ?

— Avait-il laissé paraître sa colère envers le Dr Rufty ou certains de ses professeurs ?

— À l'époque, oui, bien sûr. Il en voulait à la terre entière. À nous, à l'école, mais il était si jeune. Il a paru aller un peu mieux. Il retombait parfois dans ses travers, mais... Il a toujours été doué pour dissimuler les choses, pour prétendre que tout allait bien. C'était souvent plus facile de le croire que de risquer d'être déçus par ses errements. Mais je ne peux pas croire, je me refuse à croire qu'il ait fait ce que vous décrivez.

— Comme je vous l'ai dit, il n'a pas agi seul.

Lowell but lentement une gorgée de bourbon.

— Stephen.

— Faites-vous référence à Stephen Whitt, monsieur Cosner ?

— Oui. Quand nous avons eu connaissance des agissements auxquels Marshall avait participé à TAG, nous avons fait notre possible pour le séparer de ces mauvaises influences. Au mépris du bon sens, Marshall et Stephen sont restés amis. Oh, lui aussi est doué pour les simulacres et la dissimulation. Je ne crois pas que Marshall ait menti quand il a fini par craquer et nous raconter que Stephen était derrière la plupart de leurs sales coups.

» C'était lui, le meneur. Marshall l'admirait, depuis toujours. Ma femme n'a jamais apprécié ce garçon. Elle disait que ce gamin n'avait pas de cœur. Je n'y ai pas accordé trop d'importance mais nous étions tombés d'accord pour tâcher de rompre le lien entre eux.

Il baissa les yeux vers son verre puis le mit de côté.

— Nous n'avons pas réussi, alors qu'ils fréquentaient pourtant des établissements différents dans deux États différents, puis deux universités différentes. Ça n'a pas mis fin à leur amitié. Marshall est adulte. Nous ne pouvons pas lui interdire d'être ami avec quelqu'un, même si c'est destructeur.

Lowell s'essuya les yeux du dos de la main.

— Si Marshall était mêlé à cette affaire, vous pouvez être sûre que Stephen est derrière. Marshall l'aurait suivi jusqu'en enfer. Et c'est ce qu'il a fait, souffla-t-il en reprenant son verre.

— Vous connaissez les Whitt, dit Eve.

— Nous avions des relations cordiales quand les garçons étaient au lycée ensemble. Aujourd'hui, elles sont simplement polies. Ma femme n'a aucune sympathie pour Brent, le père de Stephen, et cela depuis un moment.

— Pour quelle raison ?

— En premier lieu parce qu'il a trompé son épouse, que ma femme apprécie. Et plus encore, j'imagine, depuis qu'elle a appris qu'il avait eu une liaison avec la directrice de l'école de notre fils.

— Lotte Grange.

— Exact. Un jour, ma femme est allée retrouver une amie de passage à New York dans le hall de son hôtel. Et elle a vu Brent et la directrice arriver ensemble, louer une chambre et se livrer à... des effusions impudiques en public, dirons-nous. C'était d'autant plus choquant pour elle qu'elle était devenue amie avec l'épouse de Brent.

— Je vois.

— Ça n'a plus d'importance aujourd'hui, maugréa Lowell. Plus rien n'a d'importance maintenant.

— Monsieur Cosner, êtes-vous l'avocat de Stephen Whitt ?

Cosner haussa les sourcils, surpris.

— Non. Je n'aurais certainement pas partagé ce genre d'informations, même dans ces circonstances, si je représentais Stephen.

« Encore un mensonge, estima Eve. Encore un mensonge inutile. »

— Nous devons voir notre fils, reprit-il.

— Je vais veiller à ce que cela puisse se faire au plus tôt, répondit Eve en se levant. Dans l'immédiat, nous allons inspecter l'appartement de votre fils.

— Nous pensions qu'habiter dans le même immeuble améliorerait les choses. Mais non... Il faut que j'aille annoncer à ma femme que notre fils n'est plus. Et qu'il a participé au meurtre de deux personnes. Comment vais-je faire ça ?

## 22

Eve se tenait face à la porte d'entrée de l'appartement de Cosner. D'un blanc immaculé, elle aussi, mais avec un seul battant. Comme l'entrée était protégée par plusieurs mesures de sécurité, elle laissa faire Connors.

— Ce genre de verrou et de système d'alarme paraît disproportionné dans un immeuble comme celui-ci, remarqua-t-elle.

— Pas quand tu as quelque chose à cacher. Son père l'aimait. Il ne le respectait pas, ne lui faisait pas confiance, mais il l'aimait malgré tout.

— Il n'a rien fait pour mériter le respect ou la confiance. J'imagine que l'amour s'impose de lui-même à la plupart des parents.

— À la plupart, confirma Connors. Et voilà. Après vous, lieutenant.

L'appartement de Cosner ne comprenait pas de hall d'entrée et le salon était environ deux fois moins grand que celui de son père. On était cependant loin de la piaule miteuse.

Pas de terrasse derrière les vitres mais une belle vue sur les lumières de la ville. L'ameublement était plus audacieux, plus moderne et sophistiqué que chez ses parents. Beaucoup de couleurs tranchées et de chromes luisants.

Eve effectua un tour rapide du propriétaire.

— Bon. Un espace essentiellement ouvert, salle à manger et cuisine là-bas. La chambre doit se trouver du côté opposé. Commençons par là.

Elle trouva rapidement la chambre principale, et une chambre d'amis transformée en bureau.

— Occupe-toi du bureau, je prends la chambre. S'ils utilisaient des communicateurs prépayés, Whitt en aura peut-être raté un, ou un carnet, un fichier sur l'ordinateur, un échange sur le communicateur fixe. J'appelle Peabody pour voir comment ça se passe de son côté.

Pendant ce temps, Connors s'installa devant le bureau en acier recouvert de cuir. Il lui fallut moins de deux minutes pour contourner la demande de mot de passe sur l'ordinateur. Et à peine plus pour constater que Whitt était passé par là.

— Chérie ? Tu as une minute ?

Elle revint, l'écran de son communicateur plaqué sur sa poitrine.

— Ne m'appelle pas « chérie » quand je parle avec les collègues ! siffla-t-elle.

— Pardon, lieutenant Chérie.

Elle leva les yeux au ciel.

— Quoi ?

— Plusieurs fichiers de cet ordinateur ont été effacés aujourd'hui à 17 h 08.

— Merde !

Elle s'approcha pour contempler l'écran par-dessus son épaule, sourcils froncés.

— Tu peux en récupérer certains ?

Il redressa la tête pour croiser son regard.

— De telles insultes ne méritent même pas un « chérie ».

— Contente-toi de... faire tes trucs.

Elle agita la main vers l'ordinateur puis reprit son communicateur :

— Oui, dites aux geeks de contacter le type du labo qui s'y connaît. Euh... Siler. Une fois qu'ils auront déchiffré le reste, il pourra nous expliquer de quoi il retourne.

— Dallas, il est plus de minuit, lui rappela Peabody.

— Il est... Merde. Allez dormir un peu, tout le monde. Appelez le mec du labo à 8 heures. Et je veux que quelqu'un garde un œil sur Whitt. Je ne l'imagine pas filer en douce, pas alors qu'il se pense hors de cause. Mais je ne prendrai pas le risque.

— Compris. Harvo a trouvé mille deux cent seize poils et cheveux.

— Vous vous payez ma tête ?

— Absolument pas. Elle était à fond et vu que ça lui a pris une éternité de récupérer tout ça, les techniciens de la police scientifique viennent juste de démarrer.

— Dites-leur de poser des scellés et d'aller se coucher.

Elle raccrocha.

— Fais ce que tu pourras, dit-elle à Connors. Je fouille le reste de l'appartement. On pourra emporter l'ordinateur avec nous si besoin. Je demanderai aux geeks de la DDE de finir la récupération dans la matinée.

— Pas de « chérie » pour toi, ô femme de peu de foi, répondit-il sans cesser de travailler.

Elle inspecta la chambre, antre masculin aux couleurs profondes et aux lignes carrées, sans extravagance mais respirant l'argent.

Le contenu du tiroir de la table de nuit indiquait que Cosner avait une activité sexuelle, au moins occasionnelle. La penderie, elle, montrait qu'il aimait dépenser son argent en vêtements. Uniquement des marques haut de gamme, y compris les sous-vêtements et les chaussettes.

En mettant la main sur son stock de stupéfiants, elle constata que certains étaient étiquetés à la main, exactement comme ceux trouvés dans l'entrepôt.

C'était sans doute là-bas qu'il les avait fabriqués et emballés.

Dans la deuxième penderie, plus petite, elle trouva son équipement de sport. Clubs de golf, raquettes de tennis, chaussures de golf et de tennis ainsi que les tenues jugées chics et adaptées à leur pratique. Elle découvrit également ses anciens uniformes – d'hiver et d'été – de l'académie Gold.

Ce qui lui parut étrangement triste.

À l'instant où cette pensée lui vint, elle releva la tête et recula d'un pas, sourcils froncés. Hissée sur la pointe des pieds, elle frôla du bout des doigts le rebord d'une boîte bleu foncé perchée sur la plus haute étagère.

Elle dut aller chercher une chaise sur laquelle grimper. La fine couche de poussière sur le couvercle laissait penser que la boîte n'avait pas été ouverte depuis un certain temps.

Elle redescendit de la chaise et l'ouvrit.

Des photos. Beaucoup. Des clichés de Cosner, Whitt, Hayward et d'autres durant leur jeunesse. Des photos de grimaces, d'autres visiblement prises alors qu'ils planaient ou lors d'événements sportifs. Des coupures de journaux sur ces mêmes événements. Gazettes scolaires, annonces de bals et autres activités, souvenirs divers.

« Triste », songea de nouveau Eve en fouillant plus avant.

C'est au fond de la boîte qu'elle dégota l'épais carnet. Pas un appareil mais un carnet papier. En le feuilletant, elle constata que Cosner avait noirci beaucoup de pages de son écriture ramassée et difficile à lire.

— Eve...

— Écoute ça, répondit-elle sans se retourner. « On a défoncé ce gros naze de Rodriges hier soir. Ce con a vraiment cru qu'on voulait qu'il nous donne des cours, mais Steve et moi, on lui a donné une bonne leçon. On a parlé de l'achever. À qui il manquerait, cet abruti ? Mais on a décidé de simplement le larguer loin de chez lui puis on est allés se siffler quelques bières. »

Elle fit défiler les pages.

— Il y en a d'autres, beaucoup d'autres. Assez pour prendre Whitt entre quatre yeux.

— Eve, répéta Connors. J'ai récupéré des fichiers. Dont un en particulier qu'il faut que tu voies.

— D'accord.

Elle releva les yeux et vit son expression.

— Qu'est-ce que c'est ?

— Une liste de cibles. Détaillée.

Elle emporta le carnet avec elle jusqu'au bureau puis regarda par-dessus l'épaule de Connors qui s'était rassis face à l'ordinateur.

— La récupération de fichiers continue. Je dirais que Whitt – car c'est clairement lui ton homme – ne comprend pas grand-chose au fonctionnement réel des ordinateurs. Il s'est contenté d'un effacement standard, facile à rattraper.

— Bon sang, Cosner a appelé le fichier « À nous la vengeance », comme s'ils étaient encore au lycée.

— Et, comme tu peux le voir, les cibles de cette vengeance sont organisées par ordre alphabétique, avec un lien vers les victimes visées. Il y a d'autres infos après la liste. L'emploi du temps des cibles, les horaires optimaux pour la livraison aux victimes, les services et les dépôts d'expédition, même les noms sélectionnés pour les fausses boutiques expéditrices.

— Il a tout écrit, s'étonna Eve comme Connors faisait défiler le texte. Les alibis, les histoires qui leur serviraient de couverture. Lequel d'entre eux se chargeait des dépôts. Et maintenant il est mort. On accumule les preuves indirectes mais il n'est plus en vie pour tout confirmer. En revanche, c'est largement suffisant pour convoquer Whitt en salle d'interrogatoire.

» Reviens sur la liste des cibles.

Connors obtempéra et elle parcourut les différents noms.

— Duran, puis Flint – Rodriges m'en a parlé –, qui a pris sa retraite en Caroline du Sud. Rosalind, le prof de chimie. Rufty, puis Stuben, prof d'arts plastiques, Woskinski et Zweck, l'infirmière scolaire désormais en libéral. Ça fait sept cibles et, en comptant Cosner, trois victimes. Il ne restait que trois œufs intacts sur place à l'entrepôt. Soit Whitt a le septième entre les mains, soit il a déjà été expédié.

— Si Whitt avait prévu d'éliminer son ami depuis le début...

— Pas de cette façon. Même un idiot comme Cosner était capable de faire une addition. Sept cibles, sept œufs. Pour Cosner, la méthode était plus évidente : lui donner de quoi faire une overdose. Ici, Whitt s'est senti pressé par la nécessité. Agir vite et se mettre hors de cause. On ne peut pas courir le risque qu'il reste un œuf dans la nature.

Elle dégaina son communicateur pour appeler Peabody.

— Contactez Rosalind et Zweck, sur la liste de l'académie, ordonna-t-elle. Il faut qu'on sache si quoi que ce soit leur a été livré, si tout va bien chez eux. McNab est avec vous ?

— Ouais, mais...

— Qu'il appelle Stuben, de l'académie. Je me charge de Woskinski et Flint. Ils apparaissent tous sur la liste des sept cibles que Cosner avait sur son ordinateur.

— Eh ben... On s'en occupe tout de suite. Attendez... Le compte n'y est pas.

— Exactement. Il reste très probablement un œuf quelque part, sans doute rempli de toxine. Il est impératif qu'on le trouve. Mais on s'assure d'abord que ces gens vont bien. Leur sécurité est notre priorité absolue. Faites-moi un rapport dès que possible.

— Passe-moi le contact de Woskinski, proposa Connors. Tu t'occupes du dernier. Ça ira plus vite comme ça.

Une fois qu'elle eut la confirmation que toutes les cibles restantes étaient indemnes et en bonne santé, Eve se concentra sur la priorité suivante.

— Nous devons retrouver cet œuf. De combien de temps auras-tu besoin pour restaurer l'intégralité du contenu ?

— J'ai presque terminé. Comme je te le disais, il n'y comprend pas grand-chose. Il n'a même pas installé d'antivirus.

— Alors continue. Envoie-moi tout de suite une copie du fichier sur mon mini-ordinateur. Je vais devoir réveiller Reo.

Sans cesser de travailler, Connors l'écouta faire avec un mélange d'admiration et d'amusement.

Reo – qui avait désactivé la vidéo – répondit d'une voix rauque :

— C'est officiel, Dallas : je vous déteste.

— Marshall Cosner est mort, empoisonné par la neurotoxine. Nous avons de bonnes raisons de penser qu'un autre colis a déjà été déposé.

— Quoi ? Attendez... Bon Dieu, pourquoi il n'y a plus de café ?

Eve entendit des froissements de tissu suivis de bruits sourds.

— Donnez-moi les détails.

— Nous avons mené une perquisition dans l'entrepôt réaménagé acheté par Cosner..., expliqua Eve en guise d'introduction.

Elle déroula ensuite les détails de l'opération. Pendant qu'elle parlait, Reo finit par débloquer la vidéo pour apparaître dans sa cuisine, un énorme mug à la main.

— Nous avons pu établir que Whitt s'est rendu cet après-midi même dans l'immeuble où habite Cosner, alors que celui-ci n'était pas sur place. Les portiers l'ont identifié et nous avons des vidéos de surveillance que nous embarquerons en partant. Des fichiers ont été effacés sur l'ordinateur au domicile de Cosner et d'autres appareils qui auraient dû se trouver sur place ont disparu. Cependant, Connors a pu récupérer les documents détruits. Nous avons trouvé une liste de cibles. Elle compte sept noms, avec de nombreux détails. Trois œufs ont été utilisés pour tuer, trois ont été emportés en tant que pièces à conviction. Un dernier manque à l'appel.

— Le nom de Whitt est mentionné dans ces fichiers ?

— Oui, pour la coordination de leurs alibis.

— Ça nous sera utile. Mais à présent que Cosner est mort, ce n'est pas une preuve irréfutable.

Un feu s'alluma dans le regard d'Eve et vint durcir sa voix.

— Je l'aurai, votre preuve irréfutable ! Dans l'immédiat, j'ai besoin de mandats. Nous devons mettre la main sur ce dernier envoi. Nous disposons d'une liste des transporteurs et des lieux de dépôt qu'ils avaient choisis. Il va me falloir un mandat pour chacun d'eux.

Reo prit une longue gorgée de café.

— Envoyez-moi la liste. Je vous obtiendrai vos mandats.

— Je veux pouvoir mener perquisitions et saisies au domicile et au bureau de Whitt. Il me faut aussi un mandat d'arrestation pour lui. Prêts à être dégainés le moment venu, ajouta-t-elle. Dans l'immédiat, la priorité est de retrouver ce colis.

— Je sens qu'il va me falloir plus de café. Je me mets au travail. Envoyez-moi tout ce que vous avez.

— Envoi en cours, confirma Connors à Eve.

— Merci. Rappelez-moi dès que c'est fait, dit-elle à Reo.

Après quoi elle réveilla Michaela Junta.

— Il va falloir que vous assembliez plusieurs équipes…, lui annonça-t-elle en préambule.


— Restauration effectuée et fichiers entièrement copiés, lui annonça Connors une fois son appel terminé.

— Bien. Je demanderai à la DDE de tout récupérer. Nous travaillerons mieux chez nous. Et je veux visionner les vidéos de sécurité.

— Je n'ai pas rencontré ce Whitt mais je m'autorise une déduction à son sujet : il est loin d'être aussi malin qu'il se l'imagine.

— Je ne te le fais pas dire.

Eve mit le carnet sous plastique, scella et étiqueta la pochette.

— Ce qu'il est en réalité ? Sûr de lui, suffisant, un sociopathe protégé depuis la naissance par les privilèges et la fortune de sa famille. Protection qui arrive à son terme.

Elle referma à clé la porte de l'appartement et posa des scellés.

— Je visionnerai les images dans la voiture, ça nous fera gagner du temps. Junta refuse que je m'approche des dépôts de courrier ou que je me lance à la recherche de la toxine. À la fois rageant et compréhensible, car je ferais exactement comme elle à sa place.

Dans l'ascenseur, elle se balança d'avant en arrière sur ses talons, pressée de passer à l'action. Une fois en possession des vidéos de surveillance, elle connecta le disque à son mini-ordinateur sans attendre d'arriver à la voiture.

Elle passa rapidement les images en revue pendant que Connors conduisait.

— Les portiers ne se sont pas trompés sur l'horaire. Le voilà. Il passe devant le type de la réception, qui le salue. Il paraît clair qu'il vient suffisamment souvent pour que personne ne le questionne.

Une fois Whitt dans l'ascenseur, elle passa sur la caméra de la cabine.

— Le revoilà. Il regarde sa montre. Il sort un communicateur. Un prépayé. Ouais, ouais, il répond à un appel de Cosner, bien sûr. On pourra faire une lecture sur les lèvres au besoin. Brève conversation, puis il range le communicateur. Dont il se débarrassera plus tard. Petit sourire narquois. Oh oui, le beau sourire du mec trop sûr de lui.

Elle actionna la caméra du couloir. Whitt se dirigea tranquillement jusqu'à l'appartement de Cosner et utilisa sa propre carte d'accès et son empreinte palmaire pour entrer.

— Il ne s'est pas dit que vous vérifieriez les caméras de sécurité ?

— Sa logique, c'est que ce n'est pas ici que Cosner a été tué. Pourquoi est-ce qu'on se donnerait cette peine ? Et là aussi, il se dit que le temps que le corps soit découvert, l'enregistrement aura été effacé.

» Le voilà qui ressort. Il a passé trente-deux minutes à l'intérieur. Tout ce qu'il a récupéré sur place – des prépayés en stock et autres appareils transportables, par exemple – se trouve dans la valise et la besace. Il faut que je sache où il était ce soir, quel alibi il s'est fabriqué.

— Il aura dû trouver le temps de s'éclipser, se rendre à l'entrepôt, s'occuper de Cosner et revenir, résuma Connors en franchissant le portail de leur propriété. Sa couverture est sans doute plus publique que privée. Il aura eu besoin d'une foule, non ?

— Une autre boîte de nuit, peut-être, ou un concert, un événement sportif, une réception. Si c'était professionnel, il ne s'agissait pas d'un dîner avec un client. Ça a dû lui prendre trop longtemps pour qu'il fasse semblant de recevoir un appel.

— Laisse-moi voir ce que je peux trouver, sourit Connors en ouvrant la portière. Je n'ai pas encore tout à fait perdu la main.

— Tant mieux. Fais bon usage de cette main pendant que je vérifie où en sont Junta et Reo. J'aime autant laisser à Feeney quelques heures pour se reposer, après quoi on lancera la perquisition chez Whitt. Histoire de le cueillir dès l'aube.

— Il doit se penser hors de danger et est sûrement très fier de lui. Je parie qu'il dort comme un bébé.

— Les bébés passent leur temps à pleurer.

Connors s'arrêta soudain sur les marches qu'ils remontaient ensemble.

— Mais c'est vrai, ça. Tu marques un point. Il dort comme un sociopathe, alors. Par ailleurs, il doit avoir la formule de la neurotoxine.

Elle se tourna vers lui à leur entrée dans son bureau.

— Qu'est-ce que tu ferais si tu étais un criminel sociopathe en possession d'une arme chimique qui peut tuer de manière précise, en quelques minutes, avant de se dissiper ?

— Je la revendrais. Si je n'étais pas un pur crétin en plus d'un criminel sociopathe, j'attendrais plusieurs mois pour ça. Un an, peut-être deux.

— Il n'attendra pas si longtemps, mais il patientera un peu. Je l'imagine bien se renseigner en détail pour savoir où la vendre pour maximiser ses profits.

Elle alla directement se programmer un café.

— Tu ne lui en laisseras pas l'occasion, assura Connors. Je vais voir si je peux trouver des infos.

Il s'arrêta devant le tableau d'Eve.

— Tu comptes le mettre à jour ce soir ?

— Ça fait partie du protocole pour une bonne raison.

— Il avait tout pour lui, commenta Connors, les yeux rivés sur la photo d'identité de Marshall Cosner. La fortune, les privilèges, une éducation de haut vol, d'innombrables possibilités offertes. Quel gâchis.

— Et maintenant il est à la morgue.

Elle s'assit à son centre de contrôle et se mit au travail.

Elle prit d'abord des nouvelles de Junta, puis de Reo, et rédigea son rapport avant, effectivement, de mettre à jour son tableau. Connors revint alors qu'elle avait presque terminé.

— Whitt Group organisait ce soir un important séminaire pour ses clients, avec un repas suivi d'un spectacle, au New York Grand Hotel. Whitt y a fait un discours.

— Où est-ce ? À quelle heure est-il intervenu ?

— Il prononçait son discours au moment du dîner, programmé à 20 heures. Quant à visualiser l'endroit, faisons comme ça...

Il se pencha au-dessus d'elle et appuya sur quelques touches pour afficher un plan de New York sur l'écran mural.

— Voici le Grand Hotel, indiqua-t-il en entourant l'endroit à l'écran. Et là, l'entrepôt.

— Trop loin pour y aller à pied, il n'avait pas assez de temps pour ça. Ni en courant, même pour un coureur de marathon nu comme un ver.

— Un quoi ?

— Je te raconterai plus tard, répondit Eve. Il s'est servi d'un véhicule.

— On est d'accord. Et même motorisé, ça lui aura pris plusieurs minutes.

Eve se leva pour faire les cent pas.

— Pas un taxi, assura-t-elle. Il n'aura pas pris le risque. Et encore moins le métro. Son propre véhicule, plutôt. Pas de chauffeur, ça impliquerait une personne supplémentaire. Il y a un parking au Grand Hotel ?

— Oui, mais voiturier obligatoire.

— Ça ne marche pas. Il doit donc se garer non loin de là, à un endroit qui lui permettra de sortir et de revenir facilement et rapidement. Qu'est-ce qu'il y a aux alentours ?

Connors actionna quelques touches de plus.

— L'hôtel Hubble, avec un parking souterrain accessible, à une rue de là. Après ça, le parking le plus proche est à trois pâtés de maisons.

— Il va nous falloir les vidéos de surveillance des deux hôtels.

Connors reporta son attention sur Eve. Gonflée à bloc, de toute évidence, mais elle n'en roulait pas moins sur la réserve.

— Et j'imagine qu'il existe des flics officiellement en service à presque 2 heures du matin pour s'en occuper, non ? Tu as besoin de repos.

— Je n'ai...

Eve prit conscience qu'elle était galvanisée de voir l'affaire avancer mais que ça ne pourrait pas durer. Il fallait qu'elle garde l'esprit affûté pour se confronter à Whitt au petit matin.

— Tu as raison. Il n'ira nulle part, les autres cibles sont en sécurité et l'équipe de Junta va mettre la main sur le colis. Je vais trouver quelqu'un pour s'occuper des hôtels.

Connors lui passa une main dans les cheveux.

— Eh bien, c'était presque trop facile...

— Parce que soit je dors maintenant, soit je devrai prendre un excitant avant de faire tomber Whitt. Et je déteste ces trucs.

Elle organisa la récupération des vidéos puis tâcha d'éteindre son cerveau sur le trajet de la chambre avec Connors.

— Je me demande qui il aurait visé ensuite, dit-elle en se déshabillant.

— Qui que ce puisse être, cette personne est en sécurité.

— Et c'est en grande partie grâce à toi.

— Alors nous pouvons tous les deux dormir quelques heures avec la conviction d'avoir joué notre rôle.

Eve se glissa dans le lit sur lequel le chat s'étalait déjà de tout son long. Désireuse de relâcher toute la pression accumulée durant cette longue journée, elle laissa Connors l'attirer contre lui et lui prit la main.

— Ils avaient tout ce que nous n'avons pas eu. Et maintenant, l'un est à la morgue et l'autre passera le restant de ses jours en prison.

Il lui embrassa l'arrière du crâne et entreprit de lui masser doucement le dos, sachant à quel point cela l'apaisait.

— Et nous, nous sommes ici, ensemble. Il est temps que tu dormes maintenant, murmura-t-il. Le matin arrivera bien assez vite.


Le matin survint à 5 h 12, quand son communicateur bipa.

— Vidéo bloquée, marmonna Eve en s'en saisissant à tâtons.

Connors, déjà levé, ordonna une luminosité à dix pour cent.

— Dallas, j'écoute.

— Ici Junta. On a le colis. Sécurisé.

Eve se passa une main dans les cheveux en sortant du lit.

— Où ça ?

— Ils sont repassés par Transports-Unis. Dépôt effectué à 19 h 40. Le guichet automatique n'est qu'à deux rues de l'entrepôt. On a remonté sa piste jusqu'à la plate-forme de livraison et on l'a saisi. Ils ont fait les malins avec la fausse adresse d'expédition. « Roule ma poule ». Le paquet était adressé à Lilliana Rosalind.

— La femme du prof de chimie. Beau travail, Junta.

— Je vous retourne le compliment. Il ne vous reste plus qu'à le faire tomber, Dallas.

— C'est l'idée. Je vous tiendrai au courant.

Au moment où elle raccrocha, Connors lui tendit un café.

— Merci. Tu étais déjà levé. Et quasi habillé.
— J'ai une vidéoconférence sous peu.

Il avait enfilé un pantalon de costume noir, une chemise gris clair et une cravate impeccablement nouée qui mariait ces couleurs avec de fins motifs rouges.

— Quelles sont les prochaines étapes, lieutenant ?
— Je vais au Central, je rassemble les équipes, je mets tout en place. Je veux que Mira analyse mes échanges avec Whitt. Je devrais pouvoir coordonner le gros du travail de là-bas. Je prends une douche et j'y vais.
— Je serai dans mon bureau si tu as besoin de quoi que ce soit. Beau boulot de la part de tout le monde, ajouta-t-il avant de récupérer sa veste de costume.

« Jusqu'ici », songea Eve.

Connors sortit et elle se dirigea vers la douche.

Cosner éliminé et les preuves retirées de son domicile, Whitt se pensait hors de cause, estima-t-elle alors que les jets d'eau brûlante réveillaient son organisme. Elle allait se faire un plaisir de le ramener brutalement à la réalité. Mais elle devrait veiller à lui mettre la pression au bon moment et au bon endroit.

Toujours plongée dans ses réflexions, elle fila dans la cabine de séchage.

Décidant qu'il lui fallait un autre café, elle se le programma avant d'entrer dans le dressing. Elle sélectionna des vêtements au hasard, en songeant que cette corvée aurait été beaucoup plus simple si elle n'avait eu que cinq ou six choix possibles. Elle n'avait pas le temps de penser à ces histoires de style et d'image.

Brièvement inspirée par les températures printanières de la veille, elle opta pour un gilet plutôt qu'une veste, sélectionna une solide paire de boots montantes et ressortit pour récupérer arme et harnais. Au moment de prendre son communicateur et sa radio, elle aperçut son reflet dans le miroir et se figea.

« Hmm. »

Même sans avoir conscience de ce qu'elle faisait, elle était parvenue à associer un pantalon de cuir noir avec le gilet de cuir noir par-dessus un chemisier noir rayé et des boots noires à semelles épaisses.

La bonne tenue pour courir après les criminels et leur faire passer un sale quart d'heure.

Ces vêtements lui conféraient un petit côté féroce. Et ça lui convenait parfaitement.

Elle fila droit vers son bureau, son centre de contrôle et son troisième café de la matinée.

Elle commença par appeler Peabody pour l'informer des derniers événements et lui donner des instructions tout en guettant l'arrivée de rapports en provenance de Morris, de Harvo ou de la police scientifique.

Rien pour le moment, mais il n'était pas encore tout à fait 6 heures.

De Peabody elle passa à Jenkinson, puis à Feeney et à Reo. Plutôt que de réveiller Mira et Whitney, elle leur envoya un mémo à chacun.

Quarante minutes après l'appel qui l'avait tirée du lit, ses équipes étaient prêtes, son plan en place, et elle était parée à l'action.

Au moment où elle arriva sur le seuil du bureau de Connors, il leva le doigt pour lui faire signe d'attendre. Sur l'écran, elle distingua un groupe de personnes autour d'une grande table de réunion et... oui, c'était bien Big Ben que l'on devinait en toile de fond, derrière la paroi vitrée.

— Une fois ces modifications reçues, nous examinerons les contrats. Nous devrions pouvoir nous en occuper avant la fin de votre journée de travail. Merci.

Sa vidéoconférence terminée, Connors se tourna vers Eve.

— Il ne te manque plus qu'un fouet, plaisanta-t-il. Et comme j'imagine que tu cherches à renforcer ton image de dure à cuire aujourd'hui, je dirais : bien joué.

— Whitt aura droit à bien plus que mon image. J'attends un mandat de perquisition et j'ai une armée de flics à qui on ne la fait pas prêts à enfoncer sa porte si besoin.

— Dure à cuire et sans pitié !

Il se leva et s'approcha d'elle pour l'embrasser en la tenant par les hanches.

— Mange quelque chose. Le café et l'adrénaline ne sont pas de vrais aliments et tu auras besoin de carburant, ajouta-t-il en la voyant lever les yeux au ciel.

— Je prendrai un truc dans la voiture.

— Comme tu veux. Tu devrais mettre ton long manteau noir. La touche finale à ta tenue. Ce type n'est pas un tendre, lieutenant.

Il l'embrassa de nouveau.

— Alors prenez bien soin de mon flic préféré.

— Je suis bien plus coriace que lui, assura-t-elle.

Comme il n'avait aucun doute là-dessus, il la regarda partir puis se rassit pour entamer la visioconférence suivante.

Il était 6 h 30 et Eve se tenait devant l'entrée de la maison de ville de Whitt. Elle l'aurait plutôt imaginé habiter au sommet d'un immeuble très chic bourré à craquer de services exclusifs et de boutiques diverses. Mais ce choix d'une maison était logique.

Pas vraiment de voisins, encore moins d'individus susceptibles de remarquer ses allées et venues, personne d'autre que lui-même pour gérer la sécurité.

Conformément à ses instructions, Peabody était venue accompagnée de quatre agents en uniforme. Jenkinson avait réquisitionné Baxter et Trueheart, auxquels Feeney avait ajouté McNab et Callendar.

Elle n'avait pas besoin d'autant de monde, mais elle tenait à ce que l'opération soit spectaculaire.

— Une seule source de chaleur, annonça Callendar. Au premier étage. Il est toujours au lit, Dallas.

— Ça me donnera l'occasion d'atteindre mon quota de réveils brutaux au petit matin. Feeney, tu peux désactiver serrures et alarmes ?

— On est dessus, marmonna-t-il, occupé à travailler à côté de McNab. Si tu voulais que ça aille plus vite, tu aurais dû amener Connors.

— Il y a aussi le bélier, si je veux aller plus vite.

— Deux minutes..., grogna Feeney.

— On commence à attirer l'attention des gens qui se lèvent tôt. Agents ?

Les agents en uniforme se mirent en branle pour inciter les passants à circuler. Feeney et McNab entrechoquèrent leurs poings dans un signe de victoire.

— On peut y aller.

— À mon signal, alors. On annonce notre présence en entrant et on continue à le faire à chaque pièce visitée, dans l'ordre que je vous ai indiqué.

Elle dégaina son arme – là encore, principalement pour le spectacle – et, avec un signe de tête à Peabody, entra dans la maison.

— Police ! NYPSD ! Nous disposons d'un mandat pour entrer. Police ! répéta-t-elle, son arme pointée vers l'escalier. Nous avons un mandat. Nous sommes armés. Stephen Whitt, vous avez ordre de sortir et de vous rendre. Les mains bien en évidence.

Quand Whitt émergea de la chambre, nu comme un ver, ses mains n'étaient pas les seules à être bien en évidence.

— Non mais qu'est-ce qui vous prend de débarquer comme ça ?

— Stephen Whitt, notre mandat nous autorise à entrer et à perquisitionner ces lieux. Nous disposons d'un mandat complémentaire pour votre arrestation pour suspicion de complot en vue de commettre deux meurtres, possession et distribution d'armes chimiques et suspicion de meurtre.

— Vous avez complètement perdu la tête !

— Vous avez le droit de garder le silence. Vous avez également le droit d'enfiler un pantalon avant que je vous menotte et vous fasse emmener au Central.

— Ne me touchez pas, et ne touchez pas à mes affaires ! Je contacte mon avocat.

— C'est aussi votre droit et nous établirons ensuite le reste de vos droits et obligations. Mais dans l'immédiat, Stephen... Mettez un pantalon ! Baxter, venez aider M. Whitt à s'habiller. Et pendant que vous y serez, récitez-lui le code Miranda révisé.

Eve vit une ombre meurtrière passer dans le regard vide de Whitt.

— Vous me le paierez, cracha-t-il.

— Je vous vois nu, les cheveux en bataille et de mauvais poil. Je crois que j'ai déjà payé.

# 23

Whitt prit contact avec son avocat. Eve supposa qu'il en aurait même un bataillon au moment de commencer l'interrogatoire au Central. Mais pour l'heure, elle chargea deux agents costauds au regard dur de l'escorter jusqu'au véhicule de police qui l'attendait.

— Vous êtes finie.

Les yeux de Whitt restaient froids et vides, mais il serrait ses poings menottés.

— Vous ne savez pas à qui vous avez affaire, assura-t-il. Je mettrai fin à votre carrière.

Elle se contenta de sourire tandis que les deux policiers l'emmenaient.

— Fini le sourire narquois, constata-t-elle. Il n'est plus sûr de lui. En colère plus qu'effrayé, mais plus si sûr de lui.

Elle balaya du regard le séjour impeccablement rangé. À ses yeux, le sofa à mémoire de forme, les fauteuils blancs, les tables en acier brossé et les toiles tape-à-l'œil évoquaient plus une maison témoin qu'un vrai lieu de vie.

— On va trouver un truc, souffla-t-elle pour elle-même. Quelque chose qu'il pense avoir rangé dans un endroit où on ne le trouvera pas, sans qu'il estime nécessaire de s'en débarrasser ou de le conserver hors de son domicile.

— Il n'a même pas posé de questions sur les chefs d'accusation, fit remarquer Peabody. Même pas le dernier. Le troisième meurtre.

— Exact. Il essaie de comprendre comment nous avons fait pour retrouver Cosner aussi vite. Il se croit hors de cause sur ce plan. Il doit disposer d'au moins un coffre-fort. On trouvera le moyen de l'ouvrir. Mais il a sans doute aussi une cachette bien planquée, un truc plus difficile d'accès. Il faut qu'on mette la main dessus.

Elle commença par la chambre à coucher, sachant que la plupart des gens y voyaient un lieu sûr. Elle localisa le coffre-fort et passa plusieurs minutes crispées et transpirantes à neutraliser les verrous... pour ne rien trouver d'intéressant à l'intérieur. Quelques bijoux masculins, de l'argent liquide et le passeport de Whitt.

Feeney s'approcha d'elle.

— Très correct, ce modèle de coffre. T'as réussi à l'ouvrir sans Connors ?

— Oui.

— Tu t'améliores, ma fille. Et puisqu'on parle de Connors, il t'a dit que Whitt n'y connaissait pas grand-chose en informatique, c'est ça ? Si tu veux mon avis, Whitt n'y connaît carrément rien du tout. Le mot de passe de l'ordi dans son bureau est tellement faiblard que même la gamine de Mavis aurait pu le pirater. Plus deux protections si basiques que tu les fais sauter d'un simple regard méchant.

— Ça veut dire que vous avez accédé à son contenu ?

— Oh que oui.

Feeney sortit un sachet de pralines de sa poche, en proposa à Eve.

— Principalement des trucs professionnels. Du bla-bla technique financier pour ses clients. Connors pourra nous dire de quoi il retourne, ou on fera venir un expert-comptable, mais ça a l'air réglo. En revanche, il manque un truc évident : aucune trace de ses finances personnelles.

— Connors s'est penché dessus. Il soupçonne une forme de blanchiment. Des dépenses en liquide qui n'ont pas beaucoup de sens.

Elle s'accroupit, sourcils froncés.

— Tu dis qu'il n'a aucun document personnel sur sa machine ?

— Pas concernant ses finances. Je présume qu'il ne s'y connaît pas assez pour organiser une double comptabilité.

— Sans oublier son arrogance. Une cachette...

Elle inspecta le placard.

— Il y a forcément une cachette quelque part. Un faux mur, peut-être. Voyons...

— Je l'ai ! Wouhou ! s'exclama Peabody.

Eve se releva pour découvrir Peabody à quatre pattes au pied du lit de Whitt.

Visiblement ravie, Peabody agita volontairement sa croupe en l'air.

— C'était recouvert par ce tapis. Je me suis dit : « Bon, on ne sait jamais, jetons un coup d'œil. » Et j'ai bien fait : compartiment secret intégré dans le sol. C'est très bien fichu, du travail sur mesure. Système d'ouverture par empreinte digitale.

Eve estima le temps qu'il faudrait pour neutraliser le système puis retourna à la porte et cria :

— J'ai besoin d'un pied-de-biche !

Le grand sourire de Peabody laissa place au plus grand désarroi.

— Oh, Dallas, pas avec ce plancher magnifique...
— Vous vous en remettrez, répliqua Eve.

Elle roula des épaules en imaginant par avance le plaisir qu'elle allait tirer à déloger les lattes du parquet.

À 9 heures, Eve était de retour dans son bureau en compagnie de Reo, occupée à examiner les preuves collectées sur place. Reo s'était installée dans le fauteuil d'Eve et savourait son délicieux café.

— Je doute que le bureau du procureur ait envie de proposer un quelconque accord à M. Whitt. Au contraire, il insistera – avec force – pour une peine maximale sur tous les chefs d'accusation.

— J'espère bien.

Reo se contenta de sourire.

— Il a trois avocats pénalistes de haut vol qui n'attendent que l'occasion de réduire votre arrestation en charpie. Ils ont déjà déposé un recours pour faire abandonner les poursuites et dénoncer une arrestation illicite. Ils joueront de toute leur influence pendant que nous serons en interrogatoire. On va se retrouver en face de Kobast, Broward Kobast. Je vais me joindre à Peabody et vous et ce sera un plaisir de... Non, se corrigea-t-elle, je vais carrément me *délecter* de les faire tous redescendre sur terre.

— Vous avez déjà eu affaire à eux ?

— À deux d'entre eux. Parfois on gagne, parfois on perd, philosopha Reo avec un haussement d'épaules. Mais là, on va gagner.

Peabody apparut sur le seuil.

— Whitt et son conseil sont en salle d'interrogatoire A. L'autre avocat est avec le commandant. Je ne sais pas où est la troisième.

— Sans doute en train de plaider l'abandon des poursuites.

Reo se leva et épousseta une peluche imaginaire sur son tailleur bleu marine.

— Allons donc réduire leurs espoirs à néant !

Eve saisit la boîte de pièces à conviction posée sur son bureau et ouvrit la marche. Peabody lui tint la porte de la salle d'interrogatoire.

— Début de l'enregistrement. Le lieutenant Eve Dallas, l'inspecteur Delia Peabody et la substitut du procureur Cher Reo entament l'interrogatoire de Stephen Whitt, accompagné de son conseil, Broward Kobast. Cet interrogatoire concerne les chefs d'accusation retenus contre M. Whitt dans les affaires H-4945-1, H-4952-1, H-4963-1.

— Mon client va exercer son droit à garder le silence. Vous vous adresserez donc à moi. Par ailleurs, il conteste bien évidemment l'intégralité de ces chefs d'accusation insultants. Nous avons déposé une demande d'abandon immédiat des poursuites et déposé plainte pour harcèlement et arrestation illégale contre le NYPSD et contre vous personnellement, lieutenant.

Avec sa crinière de cheveux blancs, sa barbe blanche soigneusement taillée et ses épais sourcils d'un noir d'autant plus contrasté au-dessus d'yeux d'un bleu limpide, Kobast avait l'allure d'un ancien homme d'État.

— D'accord, dit simplement Eve.

Elle s'assit.

— Votre client voudra peut-être nous apprendre où il se trouvait hier soir entre 20 heures et 22 heures.

— Il n'en aura pas besoin car je peux moi-même en attester, puisque je participais au même événement que lui. Le gala du Whitt Group au Grand

Hotel de New York. Stephen a prononcé un discours à l'heure du dîner.

Eve hocha la tête comme si elle l'apprenait.

— Et à quelle heure est-il intervenu ?

Kobast lui rendit son hochement de tête avec un petit sourire narquois.

— Aux alentours de 20 heures, dit-il. Un discours à la fois informatif et drôle.

— J'imagine. Combien de temps votre client a-t-il parlé ?

— À peu près vingt minutes.

— Jusqu'à 20 h 20, donc. Cela ne couvre pas toute la période concernée.

Kobast laissa échapper un soupir.

— Lieutenant, des dizaines de personnes pourront corroborer la présence de Stephen dans la salle de bal du Grand Hotel. Si un seul de vos ridicules chefs d'accusation repose là-dessus...

— C'est le cas. Oui, c'est le cas, car la mort de Marshall Cosner a eu lieu à 21 h 20.

Whitt eut un hoquet et un mouvement de recul, comme si on l'avait giflé.

— Marsh ?

S'il jouait plutôt bien la comédie, il n'était pas parvenu à feindre l'horreur jusque dans son regard, où ne se lisait que le mépris.

— Marsh... est mort ? Comment... Qu'est-ce qui lui est arrivé ?

— Il a succombé à l'agent neurotoxique que vous aviez tous les deux chargé Lucas Sanchez de concevoir afin de vous venger de vos vieux ennemis.

Dans un effort pour paraître secoué, Whitt se tourna vers son avocat et lui agrippa le bras.

— Je ne sais pas de quoi elle parle, Broward. Mon Dieu, Marsh était l'un de mes plus vieux amis !

— Restez silencieux, Stephen. Mon client ne pouvait pas être à deux endroits à la fois.

— Il n'en a pas eu besoin. Peabody.

Celle-ci ouvrit la boîte de pièces à conviction et en sortit un disque.

— Voici une copie des vidéos de sécurité du Grand Hotel, la porte de service située sur la 53e Rue, suivies des vidéos de surveillance du parking du Hubble Hotel sur la 52e. Notez l'horaire, ajouta Peabody en lançant la vidéo.

— Vous n'aviez pas remarqué la caméra du magasin de souvenirs de l'hôtel, Stephen, lança Eve tandis qu'on le voyait passer d'un pas rapide à 20 h 32. Notez également que la vidéo de la porte de sortie fait un bond soudain de dix-huit secondes. Notre DDE confirme que ce phénomène a été causé par un brouilleur.

— Je suis passé devant la boutique de souvenirs, d'accord. C'est un crime de chercher des toilettes, maintenant ? s'emporta Whitt.

De nouveau, Kobast lui fit signe de garder le silence.

— On passe à la caméra du parking du Hubble, annonça Peabody. Horodatée à 20 h 35. Pause sur 20 h 38.

L'écran se figea sur l'image d'un homme sur un scooter noir, le visage dissimulé par un casque à visière.

— Vous plaisantez ? Ce n'est pas moi. On ne voit pas son visage, enfin ! Et puis, je n'ai pas de scooter.

Kobast se tourna vers Reo.

— Madame Reo, dit-il sur un ton oscillant entre pitié et dérision. C'est très, très loin de constituer une identification quelconque. Je m'attendais à mieux de votre part.

— Oh, j'ai mieux. Pour commencer, monsieur Kobast, à moins d'avoir soudain perdu la vue, vous constaterez comme moi que l'homme sur le scooter porte le même costume, la même cravate et les mêmes chaussures que M. Whitt sur les vidéos du Grand Hotel. Ajoutons que s'il ne possède pas de scooter, c'est en revanche le cas de son cousin James Cutter. Pour être précise, la plaque du scooter à l'image est enregistrée au nom de M. Cutter. Celui-ci confirme que votre client dispose des codes d'accès au garage où ledit scooter est rangé, et ceux qui permettent de le faire démarrer.

— Ce n'est pas moi, répéta Whitt, bras croisés sur la poitrine. Je n'ai jamais quitté le Grand Hotel. J'y étais de 19 heures à 23 heures.

— Pas du tout, rétorqua Eve. Mais mettons cela de côté pour l'instant et revenons en arrière. Disons, aux alentours de 17 heures ce même jour ? 17 heures hier soir.

Whitt se contenta d'un haussement d'épaules. Kobast croisa les mains.

— Un autre crime a-t-il été commis ? Un autre meurtre que vous voudriez mettre sur le dos de mon client ?

— Pas un meurtre, mais un délit. Que diriez-vous de reformuler et de demander à votre client dans quel but il s'est rendu à l'appartement de Marshall Cosner – en l'absence de celui-ci – hier à 17 heures ? Et avant qu'il se mette à protester, je précise que nous avons également les images de vidéosurveillance.

Peabody sortit un autre disque de la boîte.

— C'est ridicule. Marsh était mon ami. Il m'avait emprunté des écouteurs pour les tester mais je souhaitais les récupérer. Il m'a dit que je pouvais passer les prendre chez lui et c'est ce que j'ai fait.

— Avez-vous pris autre chose dans l'appartement de M. Cosner ?

— Bien sûr que non. C'est bon, Broward, ajouta-t-il avant que son avocat puisse l'interrompre. Il s'agit simplement d'une erreur de leur part.

— Difficile de faire erreur alors que plusieurs objets ont disparu de l'appartement de M. Cosner.

— Comment pourriez-vous le savoir ?

— Stephen..., l'avertit son avocat.

— Mais comment pourrait-elle le savoir ?

L'arrogance était de retour, dans toute sa splendeur.

— Elle balance tous les trucs qui lui viennent à l'esprit, avec l'espoir que quelque chose accroche.

— Très bien, alors balançons ceci...

Eve se leva pour tirer de la boîte une tablette, un mini-ordinateur et un communicateur prépayé.

— Ces articles appartenaient à M. Cosner et ont été récupérés par mon équipière et moi-même dans une cachette aménagée au pied de votre lit. Nous savons que ce communicateur prépayé et non encore activé appartenait à M. Cosner car il y a laissé ses empreintes digitales. Quant à ces deux-là, dit-elle en sortant deux autres appareils, ce sont les vôtres.

» Alors, dites-moi ce qu'un conseiller financier au-dessus de tout soupçon fait avec des communicateurs jetables et les appareils de son ami décédé dissimulés dans un espace secret sous le plancher de sa chambre ?

Whitt se tourna vers son avocat.

— Elle ment, évidemment. Ce sont elles qui ont placé ces objets chez moi. Pour je ne sais quelle raison, cette femme cherche à me faire du tort !

Reo reprit la parole :

— Monsieur Kobast, vous avez conscience que, conformément à la loi et aux usages en vigueur, le lieutenant Dallas et les agents de police qui sont entrés au domicile de M. Whitt, dans le cadre d'un mandat de perquisition dûment validé, portaient sur eux des caméras. L'intégralité de la fouille des lieux est enregistrée et nous pouvons vous la présenter si vous le souhaitez.

— Un coffre-fort dissimulé n'a rien d'illégal, répliqua Kobast. Pas plus que de conserver des appareils électroniques pour un ami, ou de faire l'acquisition d'un communicateur prépayé.

— Là, je ne peux que m'incliner.

Eve prit le temps de savourer le sourire suffisant de Whitt avant de plonger de nouveau la main dans la boîte.

— Pas plus illégal que de posséder cinq cent mille dollars en liquide.

Elle empila les liasses cerclées et emballées.

— Même si, honnêtement, un financier devrait savoir que conserver de l'argent liquide sous un matelas, même métaphorique, ne rapporte pas de dividendes. Vous voulez savoir ce qui est illégal, en revanche ?

Elle laissa tomber sur la table le brouilleur, un passeport sous plastique, un permis de conduire et une carte d'identité.

— L'acquisition d'un brouilleur et de fausses pièces d'identité.

— C'est n'importe quoi ! Elles veulent faire de moi un bouc émissaire. Je refuse de rester ici à écouter ces conneries.

— Assis ! ordonna Eve comme Whitt faisait mine de se lever. Vous êtes en état d'arrestation. C'est soit cette chaise, soit l'intérieur d'une cellule.

Elle pencha lentement la tête sur le côté sans le quitter des yeux.

— Je parie que c'est aussi frustrant pour vous que d'être retiré de Gold, transféré loin de vos copains lèche-bottes et de votre petite amie.

Kobast gardait son calme mais Eve avait perçu sa surprise en découvrant les fausses pièces d'identité.

— Ça suffit, lieutenant, dit-il. Je veux m'entretenir avec mon client.

— Si vous voulez.

Elle remit toutes les pièces à conviction dans leur boîte.

— Nous avons encore quelques surprises en stock. Et vous savez de quoi il s'agit, ajouta-t-elle avec un clin d'œil à Whitt. Dallas, Peabody et Reo quittent la salle d'interrogatoire. Suspension de l'enregistrement.


— Bon, maintenant Kobast sait que son client est un menteur, se réjouit Reo une fois la porte refermée derrière elles. Et il se demande s'il n'est pas quelque chose de pire. Donc... boissons fraîches ? C'est moi qui régale.

— Un tube de Pepsi, répondit Eve.

— Le même, en light, merci.

En se dirigeant vers les distributeurs, Reo croisa Mira qui émergeait de la salle d'observation. Après quelques mots, la psychologue s'avança vers Eve et Peabody sur des escarpins jaune canari coordonnés avec sa robe près du corps et sa veste.

— Ses mensonges ne tiennent pas la route, dit-elle avec un coup d'œil vers la porte de la salle d'interrogatoire. Donc il va changer de discours. Je pense qu'il essaiera de tout mettre sur le dos de Cosner. Après tout, celui-ci ne peut plus le contredire.

— Oui, j'ai eu le même raisonnement.

— Il s'estime en droit de mentir, tout comme il s'estimait en droit de châtier ceux qui l'avaient offensé ou trahi... ou dont la présence était simplement devenue gênante. Il ne reconnaît pas entièrement, et ne respecte pas du tout, l'autorité que vous avez sur lui. Et cela le met en rage. Il ne connaît ni la culpabilité, ni les remords, ni même le doute. Rien de tout cela ne le fera trébucher. La faille viendra de sa colère.

— On va le mettre en rogne. C'est gagnant-gagnant pour nous, n'est-ce pas, Peabody ?

— Comme gagner le gros lot tout en faisant des folies de son corps avec Tiger Bellows.

— C'est qui, ce Tiger Bellows ?

— Une star de cinéma, répondit Mira avec un sourire. Et il est très craquant.

— Oh, vous l'avez vu dans *Reddition* ? soupira Reo, les bras chargés de boissons.

— Ces yeux..., souffla Peabody en fermant les siens. Ça me fait fondre.

Eve récupéra son Pepsi.

— Super. Très heureuse de le savoir. Mais peut-être qu'on pourrait revenir – je dis ça comme ça – au meurtrier que nous voulons coincer ?

— Je peux vous assurer que les fausses pièces d'identité ont perturbé Kobast et qu'il doit être en train d'insister pour que Whitt s'explique, reprit Reo en distribuant le reste des boissons, dont un thé glacé pour Mira.

— Il ne dira pas la vérité à son avocat, affirma celle-ci.

— Oh, nous avons l'habitude qu'on nous mente. Kobast est un vétéran.

— Et Whitt un sociopathe menteur, violent et meurtrier, ajouta Eve. C'est aussi le fils choyé et pourri gâté d'une famille riche et importante.

Il s'attend à ce que des tiers s'occupent de tout quand il fait une connerie.

Eve sortit son communicateur qui bipait.

— J'ai des messages en attente.

Elle s'éloigna pour les consulter et lut un rapport en faisant les cent pas. À son retour, ses collègues discutaient de l'endroit où Mira avait trouvé ses chaussures mais cela ne suffit pas à entamer sa bonne humeur.

— Vous avez gagné le gros lot ? lui demanda Peabody.

— Le gros lot de la police scientifique, oui. Voilà ce qu'ils ont trouvé et comment on va l'utiliser...

Les vingt minutes que Kobast passa à discuter avec son client permirent amplement à Eve de dessiner les contours de sa stratégie. Elle retourna ensuite en salle d'interrogatoire, relança l'enregistrement et posa de nouveau sa boîte sur la table.

Kobast prit la parole :

— Mon client, dans une tentative malvenue mais compréhensible de protéger son plus vieil ami, dont il venait d'apprendre le décès, a masqué la vérité sur certains points.

— Menti, quoi, dit Eve.

Kobast ne releva pas.

— Il va faire une brève déclaration pour expliquer comment certaines pièces à conviction sont arrivées en sa possession.

— Eh bien, nous sommes tout ouïe.

— J'avais remarqué que Marsh se comportait de manière étrange, annonça Whitt en préambule. Nerveux, agité, colérique, très dispersé. Je me suis dit... Bon, ce n'est un secret pour personne que Marsh avait des problèmes de drogue. Je l'ai soupçonné d'avoir fait une rechute, j'ai même essayé d'en parler avec lui. Il m'a envoyé paître. Quand j'ai découvert qu'il avait passé une sorte d'accord avec Sanchez, j'ai de nouveau essayé d'avoir une conversation avec lui. Sanchez fournissait Marsh en stupéfiants depuis le lycée.

— Seulement Marsh ?

Whitt baissa les yeux.

— Je ne vais pas nier avoir fait quelques expériences à cette époque. Mais je ne suis pas toxicomane. Marsh, en revanche...

Il fit mine de s'interrompre sous le coup de l'émotion et souffla comme pour rassembler ses esprits.

— Quand j'ai retrouvé Marsh en boîte, l'autre soir, il nageait en plein délire. Il parlait de TAG, se plaignait d'avoir été victime d'un traitement injuste, envoyé en pension sous la surveillance de ses grands-parents. Il racontait que tout se passait super bien avant que les profs se mettent à faire pression, sur la directrice notamment. Il disait que tout était parti en vrille après l'arrivée de Rufty. Et...

Whitt baissa de nouveau les yeux, croisa les mains.

— Il disait avoir trouvé le moyen de le leur faire payer, de se venger de tous ces gens.

Il releva la tête. Eve devina qu'il s'imaginait les gratifier d'un regard horrifié très convaincant, mais il n'avait pas les talents d'acteur nécessaires. Ses yeux n'exprimaient toujours que froideur et calcul.

— Je ne savais pas... Jamais je n'aurais cru qu'il envisageait sérieusement de faire du mal à quelqu'un. Je pensais qu'il en rajoutait pour faire le malin. Je me suis même prêté un peu au jeu, en plaisantant. Quand vous êtes passées à mon bureau et que vous m'avez dit... Je n'ai pas fait le lien. Je n'ai absolument pas imaginé que ça pouvait être Marsh...

» Je peux avoir un peu d'eau ?

Sans un mot, Peabody se leva et se dirigea vers la sortie.

— Peabody quitte l'interrogatoire, précisa Eve pour l'enregistrement.

— Puis Marsh m'a appelé. On avait des communicateurs prépayés. C'était une sorte de gag entre nous depuis le lycée. Mais là, quand il m'a appelé, il était en panique. Il m'a dit qu'il était dans le collimateur de la police. Je ne savais pas de quoi il parlait, j'ai cru qu'il était sous l'emprise de la drogue. Mais il m'a supplié de passer chez lui récupérer sa tablette, son mini-ordinateur, ses prépayés, le brouilleur. Il avait soi-disant un truc à finir, mais il ne m'a pas dit quoi. J'ai fini par accepter pour qu'il se calme. C'est la dernière fois que je lui ai parlé. La dernière chose qu'il m'a dite, c'était : « Tu es mon meilleur ami, Steve. Je fais ça pour nous deux. »

Si Whitt avait espéré laisser couler quelques larmes, il n'y parvint pas. Mais il fit en sorte que sa voix se fêle en fin de tirade.

Eve laissa le silence perdurer quelques instants.

— Vous avez déclaré vous être souvent rendu à l'appartement de M. Cosner. De fait, vous disposiez de ses codes et votre empreinte palmaire était enregistrée pour vous permettre d'y accéder.

— Oui. Nous étions proches.

— J'imagine que vous connaissiez l'emplacement des objets qu'il vous a demandé d'aller chercher... ou bien qu'il vous avait indiqué où les trouver.

— C'est ça.

— Il n'aura pas fallu longtemps, quelques minutes tout au plus, pour localiser ces objets, les ranger dans votre valise ou votre besace. Sachant cela, pourquoi avez-vous passé plus de trente minutes dans l'appartement de M. Cosner ?

« Il n'a pas pesé tous les aspects de son mensonge », estima Eve en voyant Whitt hésiter et réfléchir à toute vitesse.

— Peabody rejoint l'interrogatoire.

Peabody déposa l'eau en face de Whitt, qui but longuement.

— Continuez, insista Eve.

— Je me rendais à une soirée et je ne voyais pas l'intérêt de repasser chez moi d'abord. Et, pour tout vous dire…

— Oui, dites-nous tout.

— Je m'inquiétais pour Marsh. J'ai voulu vérifier s'il cachait de la drogue chez lui. J'avais prévu d'organiser une sérieuse discussion avec lui et ses proches, pour le pousser à faire une cure de désintoxication.

— Vous n'aviez que le bien-être de votre ami à l'esprit. Votre meilleur ami vous faisait de toute évidence confiance. Vous avez trouvé des stupéfiants ?

— Non.

— Étonnant, parce qu'il nous a fallu moins de trois minutes pour mettre la main sur son stock. Dans le tiroir en haut à gauche de la coiffeuse, dans sa salle de bains.

— Mon client n'est pas policier, protesta Kobast.

— Dans un tiroir de sa salle de bains, répéta Eve.

Elle marqua volontairement une pause pour laisser ses propos résonner.

— Vous n'avez pas expliqué les faux papiers, Steve.

— Je les ai trouvés en cherchant la drogue. Je… je ne savais pas quoi penser. J'ai pris le tout pour le fourrer dans mon sac. Une fois chez moi, j'ai tout rangé dans mon coffre sous le plancher et j'avais prévu d'en parler avec Marsh aujourd'hui. Mais il… il est mort.

— En effet. Donc, durant cette fouille d'une demi-heure, où vous n'avez pas su trouver la drogue rangée dans le premier tiroir de la salle de bains, vous êtes tombé sur une fausse identité créée pour vous par votre ami ?

— Oui. J'étais dérouté. Stupéfait, même.

— Mais vous n'en avez pas trouvé à son nom ? Pas de fausse pièce d'identité pour Marsh ?

— Non, en effet, admit Whitt en la dévisageant. Et vous ?

— Non plus, ce qui signifie que vous espérez nous faire croire que votre ami disparu a – par pure bonté d'âme et malgré le coût considérable que cela représente – acquis de fausses pièces d'identité à votre nom mais rien pour lui-même. Et que vous n'étiez pas au courant ni ne saviez pourquoi il l'a fait.

— C'est ça. Je vous dis tout ce que je sais.

Eve se pencha en avant et planta son regard dans le sien.

— Vous n'êtes plus aussi bon menteur quand vous êtes obligé d'improviser.

— Lieutenant ! objecta Kobast.

Elle coula un bref coup d'œil dans sa direction.

— Vous n'y croyez pas plus que moi. Mais poursuivons. Saviez-vous que M. Cosner était propriétaire d'un immeuble en centre-ville, un entrepôt réaménagé ?

— Ça m'étonnerait, répondit Whitt avec un petit rire. Je conseillais Marsh sur tous ses investissements. Il ne possédait aucun bien immobilier.

— Eh ben, intervint Peabody, sourcils froncés et moue perplexe. Vous l'aidiez dans ses investissements, échangiez avec lui via des communicateurs prépayés, disposiez des codes de son appartement sécurisé. Votre empreinte palmaire y était même enregistrée. Et pourtant, vous ne saviez pas où il rangeait sa drogue ni qu'il avait dépensé de grosses sommes pour obtenir des faux papiers… pour vous. Vous ne saviez pas non plus qu'il possédait un bâtiment en centre-ville.

Elle tourna vers Eve de grands yeux écarquillés et incrédules.

— Ça n'avait pas l'air d'être une relation très équilibrée.

— Comme vous dites, approuva Eve. Peut-être que Marsh n'était pas aussi confiant envers Steve que celui-ci l'imaginait.

Elle sortit alors de la boîte le titre de propriété de l'entrepôt et le posa sur la table.

— Je ne comprends pas, dit Whitt. Il m'en aurait parlé.

D'un claquement de doigts, Peabody passa d'incrédule à compatissante.

— J'imagine que c'est difficile pour vous de découvrir tout ça à son sujet. Mais l'addiction fait faire aux gens des choses étranges et destructrices, affirma Peabody la Compatissante. S'il avait eu les idées claires, il vous en aurait parlé. À vous, son ami, son conseiller financier. Il aurait voulu que vous visitiez cette propriété. D'ailleurs, il aurait aussi voulu profiter de vos précieux conseils.

— Bien sûr.

— Mais il n'en a rien fait, constata Eve.

Elle fit glisser le document vers Kobast pour qu'il puisse le consulter.

— Vous n'en aviez donc jamais entendu parler. Vous n'y êtes jamais allé.

— Non, jamais. Qu'est-ce qu'il pouvait bien faire d'un entrepôt ? Dans ce quartier ?

— Il y a aménagé un espace de vie pour Sanchez et un labo où celui-ci travaillait. Du moins jusqu'au moment où Sanchez a créé la formule, l'agent neurotoxique… avant d'être assassiné.

— Loco est mort ?
— Vous l'ignoriez ?
— Comment l'aurais-je su ? Je ne l'ai pas vu depuis des années. Je sais qu'il fournissait de la drogue à Marsh, mais je ne voulais rien avoir à faire avec lui. Tout ça, toute cette histoire, devait être une idée de Loco. Marsh n'aurait jamais fait une chose pareille de lui-même. Loco a dû lui faire perdre la tête avec toutes ces drogues.

— Lieutenant, madame Reo, puisque les preuves dont vous disposez, y compris grâce à la coopération de mon client dans cette affaire, pointent clairement vers la culpabilité de M. Cosner, nous demandons à ce que soient levées toutes les poursuites contre M. Whitt.

— Hum, il y a juste un petit souci avec ça. Enfin, quelques petits soucis, pour être exacte, se reprit Eve. Saviez-vous qu'un être humain perd entre cinquante et cent poils et cheveux par jour ?

— Quoi ? Quel rapport avec notre affaire ?
— Disons que c'est une information de culture générale. Au sein de la police scientifique, en tout cas. J'imagine qu'en tant qu'avocat de la défense, vous avez déjà eu l'occasion d'entendre et de questionner notre experte en matière de pilosité, Mme Harvo.

Kobast conserva une expression soigneusement neutre.

— Venez-en aux faits, je vous prie.
— Les faits tiennent à Harvo, justement. Extrêmement douée dans sa partie, comme vous le savez. Si douée, d'ailleurs, qu'elle a trouvé, identifié et confirmé l'ADN de deux cent vingt-trois cheveux laissés par M. Whitt dans l'entrepôt réaménagé de M. Cosner. L'entrepôt dont il vient précisément

de déclarer ne rien savoir, ne l'avoir jamais vu et n'y être jamais allé. Et, bonus, l'un de ces cheveux a été retrouvé sur la sangle du masque à gaz à l'aide duquel il s'est protégé au moment de tuer son vieil ami Marsh.

» Comment votre cheveu s'est-il retrouvé là, Steve ?

— Toujours plus de conneries. Elles essaient de me baiser, Broward ! J'en ai plus qu'assez.

Kobast lui posa une main sur le bras.

— Silence, ordonna-t-il. Ne dites rien.

— Vous allez sans doute réclamer un nouveau brin de causette avec votre sale menteur de client, mais autant vous fournir d'autres pièces à conviction recueillies par la police scientifique. Comme l'empreinte de pouce que vous avez laissée derrière les étagères en retirant la caméra espion que vous aviez placée dans le labo où Sanchez concoctait la neurotoxine qui a tué trois personnes.

— Je ne suis jamais allé là-bas. Vous mentez !

— Deux cent vingt-trois cheveux et une empreinte digitale, répliqua Eve. Oh, et vous n'aviez pas vu Loco depuis des années, vous ne saviez pas qu'il était décédé ? Il a été poignardé à mort. Les techniciens de notre police scientifique sont très doués, eux aussi.

Eve sortit de la boîte un couteau à steak dans une pochette plastique.

— Il s'avère que ce couteau, retrouvé dans un tiroir de votre cuisine, compte encore des traces de sang sur sa lame. Les criminels croient souvent avoir soigneusement nettoyé leurs armes, mais ce n'est presque jamais le cas. Notre légiste – un vrai génie, comme votre avocat le sait certainement – a pu établir une correspondance entre ce couteau et les lacérations sur le corps de Lucas Sanchez.

— C'est Marsh qui a dû faire ça. Il l'a pris sans me le dire, s'en est servi et l'a remis à sa place.

— Décidément pas une relation équilibrée, répéta Peabody en secouant tristement la tête. Pauvre Marsh.

— Oui, pauvre, pauvre Marsh, acquiesça Eve. Vous auriez dû vous éloigner de quelques rues supplémentaires avant de prendre un taxi en sortant de chez Cosner, Steve. Vous n'avez parcouru qu'un pâté de maisons avant de prendre ledit taxi jusqu'au garage de votre cousin. Vous avez laissé vos empreintes sur le clavier électronique, sur la porte et sur le scooter. Nous vérifions ce genre de choses, figurez-vous.

— Vous vous croyez tellement maligne !

— C'est surtout vous qui n'êtes pas aussi malin que vous le pensez. Mais beaucoup plus, cela dit, que votre ancien copain de lycée désormais décédé.

Elle fit claquer sa main sur la table, essentiellement pour le plaisir de le voir sursauter.

— Vous étiez le cerveau de l'opération. Il vous a suivi sans discuter, comme il l'a toujours fait. Comme quand vous avez roué de coups Miguel Rodriges, au point de l'envoyer à l'hôpital.

— Qui ?

— Je ne doute pas que vous n'ayez aucun souvenir de lui. Lui se souvient de vous, en revanche. Et votre pote a consigné ce passage à tabac – et le fait que vous aviez envisagé de tuer le gamin – dans ce journal.

Elle sortit le journal de la boîte.

— Encore quelque chose qui vous a échappé durant votre fouille des lieux, Steve.

— Ça ne prouve rien du tout.

— Ça commence à former un faisceau de preuves, comme votre avocat pourra vous le confirmer.

— Ne dites plus rien, Stephen. Jouons cartes sur table, lieutenant.

— Tout cela est lié à l'académie Gold, à Grange. Votre père avait une liaison avec elle. Ça ne vous gênait pas qu'elle couche avec certains des professeurs ou des parents d'élèves. Mais votre propre père ?

Elle brandit une photo du père de Whitt et de Grange.

— En voici une que vous n'avez pas envoyée à Greenwald parce que vous ne vouliez pas – en tout cas à l'époque – qu'on identifie votre père. Mais c'est bien vous qui avez pris ce cliché, comme les autres que vous avez envoyés, pour le conserver ensuite dans votre cachette. Celle-ci, en revanche, a sans doute été prise par Cosner...

Elle présenta un autre cliché, cette fois de Lotte Grange avec Stephen Whitt.

— Mon client était mineur et cette femme une adulte, qui plus est directrice de l'établissement qu'il fréquentait.

— Nous sommes d'accord, et croyez bien que nous ferons ce qui s'impose. Vous vouliez la punir pour avoir couché avec votre père, votre propre père, alors qu'elle couchait déjà avec vous, n'est-ce pas, Steve ? Vous avez pris soin de prendre des photos où il aurait la tête tournée, les traits indiscernables.

Elle se tut le temps d'extraire de la boîte le cliché qu'elle venait de décrire.

— Vous les avez envoyées au mari de Grange. Les divorces, celui de vos parents, celui de Grange, tout ça ne vous dérangeait pas. Mais vous ne vous attendiez pas à ce que Grange quitte l'établissement. Au-delà du sexe, elle vous garantissait que vous n'auriez pas d'ennuis. Un authentique chouchou de la maîtresse, hein ?

— En tant que mineur...

Eve fit taire Kobast d'un regard qui le fit tressaillir aussi violemment que le coup sur la table avait fait sursauter Whitt.

— C'est là que tout a commencé !

Elle planta son doigt sur la photo de Grange avec Whitt. Un adolescent, un lycéen.

— Précisément là. Mais cela n'a pris fin qu'aujourd'hui. Grange a décidé d'arrêter les frais et a accepté un poste dans une autre ville. Et d'un seul coup, Rufty débarque avec ses diktats. Quel culot. On vous retire de l'établissement mais au moins vous serez toujours avec Grange, qui sera là pour vous protéger, et sans doute continuer à coucher avec vous. En revanche, vous avez perdu la fille.

Eve se leva et fit le tour de la table.

— Vous n'aimiez pas cette fille, vous n'en êtes pas capable. Mais elle vous appartenait, elle faisait ce que vous lui ordonniez de faire, ce que vous vouliez. Presque assez belle et obéissante pour être digne de vous. Et puis voilà qu'elle tourne la page. Qu'elle vous laisse tomber. Au départ, vous pouvez tout mettre sur le dos de ses parents. Mais très vite il apparaît qu'elle-même ne tient pas spécialement à vous revoir.

Elle se pencha pour chuchoter à l'oreille de Whitt :

— Cette « grosse conne », cette « pauvre flippée ».

Eve le vit serrer les poings tandis qu'elle reculait de quelques pas.

— Et que fait-elle ensuite ? Elle noue un lien complice avec la mère qui vous a séparés et lance carrément une entreprise. Après quoi c'est le coup de grâce...

Eve plongea la main dans la boîte pour en tirer des coupures de journaux mises sous plastique.

— Elle se fiance. Et pas au premier venu, mais à quelqu'un d'important, le fils d'une personne de poids. De quel droit ?!

Eve planta son poing sur la table.

— C'est comme ça que vous voyez les choses, non ? Personne ne peut vous tourner le dos et s'en tirer à bon compte. Et à qui la faute ?

Elle sortit la liste des victimes, qu'elle laissa retomber sur la table.

— Leur faute. Seulement ce n'est pas aussi simple que d'appuyer sur « Effacer », Steve. Vous ne vouliez pas tuer les individus responsables. Non. Vous vouliez qu'ils souffrent, qu'ils vivent une immense perte, qu'ils n'oublient jamais. L'académie était votre poule aux œufs d'or et ils l'ont tuée. Alors vous avez supprimé le mari de Rufty, la femme de Duran. Vous avez tué Sanchez dès qu'il ne vous a plus été utile et vous avez éliminé votre acolyte dans cette vengeance, votre meilleur ami, pour pouvoir rejeter toutes les fautes sur lui et vous en sortir sans être inquiété. Mais...

Elle se pencha de nouveau près de son oreille, la voix pleine de sarcasme et de mépris :

— Vous n'avez pas été assez malin pour réussir votre coup. Chaque fois que vous pensiez avoir effacé vos traces, vous avez laissé des indices de votre passage. Vous avez gardé le couteau dont vous vous êtes servi pour tuer parce que vous êtes à la fois arrogant et trop stupide pour vous en débarrasser.

— La ferme ! gronda Whitt.

— Lieutenant..., tenta d'intervenir Kobast mais Eve passa outre.

— Cartes sur table, on a dit. Vous aviez gardé des informations détaillées sur vos ennemis, sur les cibles, y compris leur emploi du temps, dans une tablette rangée dans votre cachette, tout ça pour le plaisir de vous sentir plus malin qu'eux en en feuilletant le contenu.

Pour corroborer ces paroles, Peabody sortit la tablette en question et la version imprimée des informations qu'elle contenait.

— Vous avez passé une demi-heure dans l'appartement de votre ami avant de l'assassiner parce que vous êtes tellement crétin que vous n'avez même pas imaginé que nous pourrions consulter les vidéos de sécurité.

» Vous n'avez pas détruit la tablette de Cosner et n'avez pas su contourner son mot de passe parce que vous êtes trop bête. Cosner, lui, avait conservé son habitude de consigner les événements, à la manière d'un journal intime. Sauf qu'il est passé du carnet à la tablette. Tout est enregistré là-dedans.

Elle vint placer son visage à quelques centimètres du sien, la voix suintante de dérision :

— Vous êtes un imbécile incapable de réussir au lycée sans tricher. Vous avez trompé votre copine avec une femme assez âgée pour être votre grand-mère. Vous vous êtes acharné sur les élèves les plus vulnérables pour vous donner l'impression d'être un homme fort. Mais vous ne l'êtes pas, vous ne l'avez jamais été. Vous êtes resté un petit garçon minable, égoïste et stupide.

— Va te faire foutre !

Eve se tourna de manière à ce que le coup de coude de Whitt lui heurte légèrement la hanche. L'occasion d'ajouter « agression sur une représentante des forces de l'ordre » aux autres chefs d'accusation si elle en avait envie.

Et elle en avait envie.

— Gardez le silence, Stephen.

— J'emmerde le silence. Stupide, moi ?

Une colère noire se lisait à présent dans le regard de Whitt.

— Si je suis si stupide, comment ça se fait que le mari de ce fumier de Rufty soit mort ? Et la femme de Duran, ce demeuré ? Est-ce qu'un mec stupide aurait pu convaincre un loser toxico de se concentrer et de bosser jusqu'à fabriquer un truc pour lequel l'armée paierait des milliards ? Et si vous êtes si maligne, s'époumona-t-il pour couvrir Kobast qui lui ordonnait de se taire, comment ça se fait que vous n'ayez pas compris plus tôt ? Avant que Marsh se défonce et fasse une fausse manip avec un œuf ?

— Vous avez versé de la drogue dans son verre de scotch. Et vous aviez descellé l'œuf.

— Et alors ? Il s'est quand même fait ça tout seul. Et si vous êtes tellement plus intelligente que moi, pourquoi est-ce que la femme de ce foutu donneur de leçons qui se prétend prof de chimie est clamsée ?

— Vous voulez parler de Lilliana Rosalind ? Elle va bien. Nous avons intercepté votre colis. Parce que vous êtes un imbécile.

— Assez ! Ça suffit. Cet interrogatoire est terminé ! s'exclama Kobast en se levant brusquement.

Eve hocha la tête.

— C'est effectivement terminé, Kobast. Votre client vient d'avouer, officiellement, quatre meurtres et une tentative de meurtre. Les autres chefs d'accusation aussi, au fil des propos qu'il a tenus. Et tout cela parce que quelqu'un a dit qu'il ne pouvait pas avoir tout ce qu'il voulait quand il le voulait.

Elle reporta son attention sur Whitt.

— Et maintenant, vous allez passer le restant de vos jours dans une cage à vous entendre répéter chaque jour tout ce que vous ne pourrez plus jamais avoir.

— Je n'irai pas en prison, cracha-t-il, lèvres retroussées. Vous savez qui je suis ? Vous connaissez ma famille ?

— Absolument.

— Ne dites plus rien, Stephen. Plus un seul mot. Cet interrogatoire est terminé. Stephen, vous allez devoir retourner en cellule et attendre que je revienne vous voir. Madame Reo, nous avons à parler.

— Vous avez intérêt à m'arranger le coup, Broward. Vous m'entendez ? Réglez tout de suite le problème, sinon c'est vous qui risquez d'en avoir. Vous avez une femme, vous aussi.

La menace fit tressaillir Kobast mais il ne répondit pas.

— Peabody, demandez à un agent en uniforme de ramener M. Whitt à sa cellule avec vous.

— Je vous le ferai payer, maugréa Whitt, les yeux braqués sur Eve.

— Pour l'amour de Dieu, Stephen, taisez-vous..., soupira l'avocat.

— Je vous le ferai tous payer !

— Raccrochez-vous à cette idée, suggéra Eve. Ça vous permettra peut-être de tenir pendant la première dizaine d'années. Fin de l'interrogatoire. Fin de l'enregistrement.

# ÉPILOGUE

Le soir venu, Eve somnolait dans son bureau, la tête posée sur la table. Elle avait renvoyé Peabody chez elle, puis elle avait rédigé les rapports, rempli les formulaires et fermé le verrou.

Elle avait aussi mené des entretiens avec Reo, puis avec Mira, et ajouté le tout à ses notes.

Après quoi elle avait clos le dossier et rangé son tableau.

Renonçant à boire un café à cette heure tardive, elle avait niché sa tête entre ses bras et fermé les yeux.

Ce fut Connors qui la réveilla d'une caresse dans le dos suivie d'un baiser sur le sommet du crâne.

— Je... repose juste un peu mes yeux.

— Vous étiez carrément partie, lieutenant. Mais vous n'auriez sans doute pas approuvé que je vous porte encore endormie hors de votre bureau.

— C'est clair...

Elle se redressa et se frotta les yeux.

— Merci d'être venu, dit-elle.

— Je suis ravi d'avoir pu t'aider dans cette affaire. Et tu pourras me raconter pendant le trajet comment tu y as mis un point final.

— Ça marche.

— Ton tableau est de nouveau propre et vierge.

Elle tourna la tête vers le panneau tout en se levant.

— Pour le moment.

Elle entama son récit dans l'ascenseur jusqu'au parking puis poursuivit tandis que Connors prenait le volant.

— Son avocat a insisté pour obtenir un accord. Reo a tenu bon. Ils vont mandater leur propre psy et essayer de le dédouaner de cette façon, mais ça ne passera pas. Whitt distinguait sans problème le bien du mal. Il n'en avait simplement rien à faire.

— Tu comptes prévenir l'ex-copine ?

— Je lui ai déjà parlé. J'ai estimé qu'il fallait qu'elle soit au courant avant que l'info passe dans les médias parce qu'ils vont forcément se pencher sur son lien avec lui. J'ai aussi appelé Rosalind pour lui dire qu'il n'y avait plus rien à craindre. Même chose pour les autres cibles de la liste. Je me dis que je dois une bonne bouteille à Harvo, même si elle est déjà très contente comme ça.

— Je l'imagine bien aimer le champagne.

— Peut-être. Oui, d'accord... Ce salopard a tué son unique véritable ami parce que c'était le plus pratique pour lui. Et il n'avait pas une once de remords. Il fut un temps où Mavis était ma seule amie... même si je n'en voulais pas forcément à l'époque. Bon, il y avait aussi Feeney, mais c'est différent, c'était mon boss. Une fois Mavis devenue mon amie à l'usure, en revanche, je serais montée au créneau pour elle quoi qu'il arrive. Et maintenant que j'ai toutes ces autres personnes dans ma vie, c'est pareil. Je monterais au créneau pour elles.

— Whitt est une coquille vide. Personne ne compte pour lui en dehors de lui-même. Et pour Grange ? demanda Connors.

— Elle est finie, ou ça ne saurait tarder. J'aurais aimé pouvoir l'envoyer derrière les barreaux. Mais en l'état, j'ai au moins eu une discussion avec les autorités de l'école préparatoire, je leur ai fourni un dossier complet. Y compris une photo d'elle nue en compagnie d'un élève mineur. Elle est finie.

— C'est par elle que tout a commencé, non ?

— À mon avis, les gens comme Whitt naissent avec ce vide en eux. Mais oui, elle l'a alimenté, elle a semé et encouragé des idées dans l'esprit de Whitt. Donc elle mérite ce qui lui arrive, conclut-elle au moment où Connors se gara devant la maison de Rufty.

Charles et Louise les attendaient sur le trottoir.

— Nous avions envie de marcher un moment, expliqua Louise quand Eve sortit de la voiture. Donc on a fait le trajet à pied pour vous attendre.

Elle prit les mains d'Eve dans les siennes.

— Merci.

— C'est mon travail, Louise.

— Je sais, mais pour moi, c'est personnel.

— Et c'est une belle attention que vous preniez ce temps pour lui aujourd'hui, que vous fassiez en sorte que des amis soient à ses côtés quand vous lui annoncerez la nouvelle, ajouta Charles. Ça va bien au-delà de votre travail. Ça ne ramènera pas Kent, mais ça apportera un peu de paix à Martin.

Eve l'espérait, tout comme elle espérait apporter une forme d'apaisement à Jay Duran ensuite.

Main dans la main avec Connors, elle s'avança jusqu'à la porte et sonna.

Plus tard, alors que cette longue journée se terminait enfin, elle s'assit au bord du bassin avec Connors. Ils demeurèrent en silence près de l'arbre qu'ils avaient planté, profitant de l'air printanier sous l'éclat des étoiles et des lumières scintillantes de leur maison.

Eve avait fait son travail et profiterait elle aussi de la paix retrouvée, si courte soit-elle.

# DU MÊME AUTEUR AUX ÉDITIONS J'AI LU

## EN POCHE

Les illusionnistes (n° 3608)
Un secret trop précieux (n° 3932)
Ennemies (n° 4080)
L'impossible mensonge (n° 4275)
Meurtres au Montana (n° 4374)
Question de choix (n° 5053)
La rivale (n° 5438)
Ce soir et à jamais (n° 5532)
Comme une ombre dans la nuit (n° 6224)
La villa (n° 6449)
Par une nuit sans mémoire (n° 6640)
La fortune des Sullivan (n° 6664)
Bayou (n° 7394)
Un dangereux secret (n° 7808)
Les diamants du passé (n° 8058)
Les lumières du Nord (8162)
Coup de cœur (n° 8332)
Douce revanche (n° 8638)
Les feux de la vengeance (n° 8822)
Le refuge de l'ange (n° 9067)
Si tu m'abandonnes (n° 9136)
La maison aux souvenirs (n° 9497)
Les collines de la chance (n° 9595)
Si je te retrouvais (n° 9966)
Un cœur en flammes (n° 10363)
Une femme dans la tourmente (n° 10381)
Maléfice (n° 10399)
L'ultime refuge (n° 10464)
Et vos péchés seront pardonnés (n° 10579)
Une femme sous la menace (n° 10745)
Le cercle brisé (n° 10856)
L'emprise du vice (n° 10978)
Un cœur naufragé (n° 11126)
Le collectionneur (n° 11500)
Le menteur (n° 11823)
Obsession (n° 12192)
Un cœur à l'abri (n° 12672)

## LIEUTENANT EVE DALLAS

Lieutenant Eve Dallas (n° 4428)
Crimes pour l'exemple (n° 4454)
Au bénéfice du crime (n° 4481)
Crimes en cascade (n° 4711)
Cérémonie du crime (n° 4756)
Au cœur du crime (n° 4918)
Les bijoux du crime (n° 5981)
Conspiration du crime (n° 6027)
Candidat au crime (n° 6855)
Témoin du crime (n° 7323)
La loi du crime (n° 7334)
Au nom du crime (n° 7393)
Fascination du crime (n° 7575)
Réunion du crime (n° 7606)
Pureté du crime (n° 7797)
Portrait du crime (n° 7953)
Imitation du crime (n° 8024)
Division du crime (n° 8128)
Visions du crime (n° 8172)
Sauvée du crime (n° 8259)
Aux sources du crime (n° 8441)
Souvenir du crime (n° 8471)
Naissance du crime (n° 8583)
Candeur du crime (n° 8685)
L'art du crime (n° 8871)
Scandale du crime (n° 9037)
L'autel du crime (n° 9183)
Promesses du crime (n° 9370)
Filiation du crime (n° 9496)
Fantaisie du crime (n° 9703)
Addiction au crime (n° 9853)

Perfidie du crime (n° 10096)
Crimes de New York à Dallas
(n° 10271)
Célébrité du crime (n° 10489)
Démence du crime (n° 10687)
Préméditation du crime
(n° 10838)
Insolence du crime (n° 11041)
De crime en crime (n° 11217)
Crime en fête (n° 11429)
Obsession du crime (n° 11546)
Crimes par trois (n° 11614)
Crimes sans fin (n° 11615)
Pour l'amour du crime (n° 11672)
Confusion du crime (n° 11888)
Crimes et chaos (n° 11983)
Crimes sous silence (n° 12064)
Les noces du crime (n° 12266)
Le crime est une œuvre (n° 12724)
Crime et complot (n° 12879)
Les dessous du crime (n° 13062)
Crime pour vendetta (n° 13108)

Crime de minuit (numérique)
Interlude du crime (numérique)
Hanté par le crime (numérique)
L'éternité du crime (numérique)
Crime rituel (numérique)
Mémoire du crime (numérique)
L'ombre du crime (numérique)
Dans l'enfer du crime (numérique)
Crimes pour vengeance
(numérique)

**LES TROIS SŒURS**
Maggie la rebelle (n° 4102)
Douce Brianna (n° 4147)
Shannon apprivoisée (n° 4371)

**TROIS RÊVES**
Orgueilleuse Margo (n° 4560)
Kate l'indomptable (n° 4584)
La blessure de Laura (n° 4585)

**LES FRÈRES QUINN**
Dans l'océan de tes yeux (n° 5106)
Sables mouvants (n° 5215)
À l'abri des tempêtes (n° 5306)
Les rivages de l'amour (n° 6444)

**MAGIE IRLANDAISE**
Les joyaux du soleil (n° 6144)
Les larmes de la lune (n° 6232)
Le cœur de la mer (n° 6357)

**L'ÎLE DES TROIS SŒURS**
Nell (n° 6533)
Ripley (n° 6654)
Mia (n° 8693)

**LES TROIS CLÉS**
La quête de Malory (n° 7535)
La quête de Dana (n° 7617)
La quête de Zoé (n° 7855)

**LE SECRET DES FLEURS**
Le dahlia bleu (n° 8388)
La rose noire (n° 8389)
Le lys pourpre (n° 8390)

**LE CERCLE BLANC**
La croix de Morrigan (n° 8905)
La danse des dieux (n° 8980)
La vallée du silence (n° 9014)

**LE CYCLE DES SEPT**
Le serment (n° 9211)
Le rituel (n° 9270)
La Pierre Païenne (n° 9317)

**QUATRE SAISONS
DE FIANÇAILLES**
Rêves en blanc (n° 10095)
Rêves en bleu (n° 10173)
Rêves en rose (n° 10211)
Rêves dorés (n° 10296)

**L'HÔTEL DES SOUVENIRS**
Un parfum de chèvrefeuille
(n° 10958)
Comme par magie (n° 11051)
Sous le charme (n° 11209)

**LES HÉRITIERS DE SORCHA**
À l'aube du grand amour
(n° 11109)
À l'heure où les cœurs s'éveillent
(n° 11406)
Au crépuscule des amants
(n° 11562)

**LES ÉTOILES DE LA FORTUNE**
Sasha (n° 11738)
Annika (n° 11967)
Riley (n° 12073)

## EN GRAND FORMAT

**ABÎMES ET TÉNÈBRES**
L'éclipse
La prophétie
L'élue

## INTÉGRALES

Affaires de cœur
L'île des trois sœurs
L'hôtel des souvenirs
Le cercle blanc
Le cycle des sept
Le secret des fleurs
Les étoiles de la fortune
Les frères Quinn
Les héritiers de Sorcha
Les trois sœurs
Les trois clés
Magie irlandaise
Trois rêves
Quatre saisons de fiançailles

13225

*Composition*
NORD COMPO

*Achevé d'imprimer en Espagne
par* BLACKPRINT
*le 26 avril 2021*

Dépôt légal : mai 2021
EAN 9782290251317
OTP L21EPLN002948N001

ÉDITIONS J'AI LU
87, quai Panhard-et-Levassor, 75013 Paris

*Diffusion France et étranger : Flammarion*